KB273454

프라이즈

무라야마 유카
장편소설

이소담 옮김

PRIZE

プライズ

위즈덤하우스

**PRIZE by
MURAYAMA Yuka**

목차

프라이즈 ◇ 7

옮긴이의 말 ◇ 448

추천의 말 ◇ 452

《프라이즈》에 등장하는 출판 용어 ◇ 454

1

술렁이는 장내에 다시 같은 방송이 나오기 시작했다.

"오늘도 저희 서점을 찾아주신 고객 여러분, 진심으로 고맙습니다."

천장에 설치된 스피커에서 젊은 여성 직원이 더듬더듬 안내하는 방송이 울렸다.

"잠시 뒤, 오후 5시부터, 8층 행사장에서, 아모 카인 작가님의 사인회가, 개최됩니다. 오늘 행사는, 7월에 남십자서방 출판사에서 출간되어, 빠르게 화제를 모으고 있는 《달의 이름》의, 사인회입니다. 책을 구매하신 고객님, 선착순 백 분께, 사인회 대기표를, 나누어드립니다. 부디 이번 기회에, 많은 참

여를 부탁드립니다.”

담당 편집자인 오자와 치히로는 저도 모르게 참았던 숨을 내쉬었다.

‘다행이다. 이번에는 안 틀렸어.’

듣는 이쪽이 더 긴장되었다. 이야기를 들어보니 지난 일주일간 안내 방송을 담당한 여성이 하필 오늘 병가를 내는 바람에, 교대로 지금 저 여성이 맡게 되었다고 한다. 한번은 “아모 사인 작가님의 카인회가…… 앗, 어머”라고 방송이 나와서 간담이 서늘해졌다. 당사자인 작가가 도착하기 전이어서 그나마 다행이었다.

백화점 8층, 올라가는 에스컬레이터에서 내리면 바로 나타나는 행사장에 서점 로고가 찍힌 큼지막한 파티션이 세워졌다. 그 앞에는 하얀 천을 깐 길쭉한 테이블과 접의자가 놓였고 위쪽에는 ‘소설가 아모 카인 신간 발매 기념 사인회’라고 크게 적힌 현수막이 가로로 길게 걸려 있다.

바로 아래에는 우수에 젖은 표정으로 이쪽을 바라보는 저자의 최근 사진, 그리고 프로필이 이력과 주요 작품 등과 함께 적혀 있었다.

라이트 노벨 작가의 등용문인 서던크로스 신인상에서 사상 최초로 최우수상과 독자상을 동시에 수상하며 데뷔. 그로부터 3년 후 처음으로 일반 소설을 출간하고 같은 작품으로 그해의 서점 대상을 수상. 이후로 끊이지 않고 베스트셀러를 탄생시키면서 드라마와 영화로 제작된 작품도 다수. 현재 나가노현 가루이자와에 거주한다.

생년월일은 작가 본인의 의향으로 공개되지 않았는데, 가까운 편집자들만은 그가 올해 마흔여덟 살인 것을 안다. 데뷔로부터 십이간지 한 바퀴가 지난 요즘에는 문학상 후보에 이름이 거론되는 일도 늘었다. 최근 5년간만 쳐도 요시카와 에이지 문학신인상, 야마모토 슈고로상, 오야부 하루히코상, 게다가 나오키상에도 두 번 후보에 올랐다.

전국 서점 직원이 뽑는 서점 대상에는 매년 후보로 오를 만큼 단골인데, 프로 작가가 심사하는 유명 문학상은 매번 코앞에서 미끄러졌다. '무관의 제왕'이라는 별명을 작가 본인이 어떻게 받아들일지는 짐작이 가고도 남는데, 어찌 됐든 지금 시점에서 최고로 전성기를 누리는 작가 중 하나임은 분명하다.

치히로는 긴 테이블 끝에 장식된 꽃바구니를 바라보았다. 진분홍 장미를 중심으로 하얀 카네이션과 거베라를 조합한 꽃바구니는 화사해서 작가 이미지에 잘 어울렸다. 작가의 생김새는 어딘지 모르게 날카로우면서 쓸쓸한 느낌이 나서 이른바 '분위기 있는' 타입인데, 행동거지가 당당한 덕분에 권위 있어 보인다. 아마도 대중이 보는 이미지는 어둠보다는 햇볕 같은 사람일 것이다.

그 밖에 의자 오른편에 놓인 트레이에는 작가가 지정한 은색 펜이 다섯 자루 담겼고, 또 그 옆에는 유칼립투스 오일을 한 방울 떨어뜨린 물수건과 코발트블루 페트병에 든 솔란 데 카브라스의 광천수가…….

"저기요오, 괜찮을까요."

불안한 목소리에 시선을 돌리자, 이 서점을 담당하는 판매부 소속 요시다였다. 철사 옷걸이에 양복을 입혀놓은 듯한 몸이 오늘따라 유난히 미덥지 못했다.

"응? 뭐가?"

"괜찮겠죠, 오늘 사인회 모객이요."

입사하고 2년이 훌쩍 넘었으면서, 게다가 나이도 세 살밖에 차이 나지 않는데 신입 사원 때 교육을 맡았던 치히로에게 일일이 판단을 맡기는 면이 별로였다. 괜스레 심술을 부리고 싶은 마음에 치히로가 말했다.

"글쎄다, 어떻게 되려나."

"잠깐만요, 오자와 선배님만 믿습니다요오. 할 수 있는 일은 다 했단 말이에요."

"그건 알아. 하지만 결과가 따라오지 않으면 의미 없잖아."

"그건 그렇지만요오."

손목시계를 보니 4시 20분이었다. 5시까지 아직 시간이 남았는데 에스컬레이터 옆에 벌써 제법 긴 줄이 생겼다. 바람이 통하지 않아 무더운지 손에 든 부채며 전단 따위로 얼굴을 부채질하는 모습을 보니, 이렇게 늦더위가 기승을 부리는데 일부러 발걸음해준 것만으로도 절을 올리고 싶은 기분이었다.

요시다를 그 자리에 남겨두고 치히로는 위층 카페로 돌아왔다. 안쪽 개별실 문을 노크하고 안에서 대답하길 기다렸다가 열자, 작가가 좁은 테이블에 자기 저서를 쌓아놓고 서점 판매용으로 사인본 50권을 만들고 있었다. 살집 좋은 부점장이 맞은편에 앉아서 책을 펼쳐 내밀었다.

또 다른 담당 편집자인 후지사키 아라타가 보이지 않았다. 설마 이 두 사람끼리 일하게 둔 것일까. 등골이 서늘해진 것이 세게 틀어놓은 에어컨 탓만은 아니리라.

그때였다.

"아라타 씨는 지금 그 신인 작가를 데리러 내려갔어."

아모 카인이 어깨까지 내려오는 머리카락을 귀 뒤로 넘기며 말했다.

"그랬군요? 죄송합니다."

"괜찮긴 한데, 내 사인회를 본다고 뭐 그렇게 도움이 될까?"

"당연히 되죠. 아모 선생님의 팬 서비스는 그야말로 신의 경지인걸요."

"그런가? 아라타 씨도 아까 비슷한 말을 하던데."

치히로는 작가의 왼편에 서서, 마침 사인을 마친 한 권을 건네받았다.

2년 선배인 후지사키는 문예 단행본 담당이고, 소설지 《남십자》 편집부 소속인 치히로는 연재 담당이다. 조금 전까지 이 개별실은 문예부 중역과 편집장을 필두로 여섯 명 정도의 인원이 한데 모여 북적거렸다.

‘산소가 부족한 것 같은데요?’

하지만 작가가 농담인지 진담인지 모를 진지한 표정으로 말하는 바람에 다들 퇴장했다. 사인회가 진행되는 동안 장내 어딘가에서 대기하며 지켜보다가 끝나면 다시 인사하러 오기로 했나 보다.

좁긴 해도 창 너머 조망 덕분에 답답하지는 않았다. 사실은 이렇게 대기실을 마련해준 것만으로 감사할 일이다. 상업 빌딩에 입점한 서점은 보통 비좁은 회의실도 없는 곳이 대부분이어서, 작가 동반으로 인사차 방문할 때면 미안해 어쩔 줄 모르는 점장의 안내를 받아 참고서나 만화책 재고가 천장까지 쌓인 매장 뒤쪽 창고 같은 곳으로 가거나, 사무실에서 아무개의 책상에 앉아 사인할 때도 있을 정도였다. 이쪽 역시 그런 사정을 알고 가기에 불만은 없다.

“독자들이 벌써 많이 줄을 섰어요.”

“그래, 다행이네.” 치히로가 보고하자 작가가 후후 웃으며 대답했다. “이런 이벤트는 몇 번을 해도 두근거려.”

“에이, 또 그런 말씀을.”

“아니, 정말로. 그렇잖아요? 사전에 대기표를 아무리 많이 뿌려도 당일에 와준다는 보장은 전혀 없지 않나요?”

“하긴요, 옳은 말씀입니다.”

의중을 떠보는 질문을 받은 부점장이 지나치게 솔직하게

대답했다. 치히로는 얼른 끼어들었다.

"그래도요. 서점 직원분들도 모두 깜짝 놀라는데요, 아모 선생님의 대기표 회수율은 단연코 최고예요. 150장을 배부했는데 당일 한 장도 남기지 않고 회수한 적도 있을 정도인걸요."

"이야, 그거 대단한데요."

"어지간해서 백 퍼센트는 나오지 않죠."

"참고로 어느 서점이었죠?"

"달리아북스 미나토미라이 지점이었어요."

"요코하마라니! 이거 더욱더 대단하군요."

지방이면 몰라도 독자 대다수가 이벤트에 익숙한 도쿄 근교에서 사전 대기표를 받은 전원이 당일에도 와서 줄을 서는 일은 확실히 드물다.

머리 위에서 오가는 대화를 흘려들으며 아모 카인은 척척 사인을 진행했다. 오늘 옷차림은, 신간 표지에 맞춘 태피터 재질의 미드나잇블루 원피스와 초승달 모양의 금 목걸이. 그 전부가 그의 창백한 피부를 더욱 하얗게 돋보이게 했다. 왼손에는 수수한 결혼반지, 검지에는 알 굵은 수정 반지를 꼈다. 깔끔하게 정리한 손톱은 오기 직전 네일 숍에서 관리받았으리라. 사인을 할 때 제일 잘 보이는 부위는 손이다.

무너지지 않게 다섯 권씩 엇갈려 쌓은 서적의 산을 조심스레 카트에 돌려놓았다. 예정했던 50권이 마무리되자 부점장이 숨을 크게 내쉬었다.

"이거 정말 고생 많으셨습니다."

그때 노크 소리가 들렸다. 후지사키 아라타가 문을 열고 슬쩍 들어왔다.

"아모 선생님, 죄송합니다만 의논드릴 일이 있습니다."

"뭔데?"

"오늘, 지금 막 현장에서 책을 구매하는 손님이 예상보다 많은 것 같습니다. 그래서 서점 직원분이 대기표를 앞으로 스무 장 정도 더 배부해도 괜찮을지 물어보는데요."

"좋아." 즉답이었다. "마침 좋은 기회니 서른 장이든 쉰 장이든 한계치를 정하지 않아도 돼."

"앗, 이럴 수가. 괜찮으십니까?"

부점장이 끼어들었다.

"물론이죠. 독자가 최우선인걸요. 아예 대기표 없이 오신 분도 줄 제일 뒤에만 서신다면 나는 괜찮아요." 그러더니 이쪽을 돌아보았다. "치히로 씨, 아직 시간 남았지?"

"네, 앞으로 30분도 안 남았지만요."

"밑에 있는 요시다 씨한테 말해서 서점에 있는 내 책, 다른 출판사 것도 좋으니 가지고 오게 해. 전부 다 사인할 테니까."

순간 치히로와 후지사키의 시선이 교차했다. 부점장이 "아이고, 아닙니다, 그렇게까지 부탁드리면 너무" 하며 허둥거렸다.

"괜찮아요. 물론 서점에 폐가 되지 않는다면, 이지만요."

"폐라니 말도 안 됩니다. 아이고, 정말 괜찮으십니까? 그렇다면 사양하지 않고 감사히……."

부점장이 황송해하면서도 스마트폰으로 직원에게 연락하는 것을 보며, 치히로도 후지사키도 천천히 숨을 내쉬었다.

"그나저나 아라타 씨, 그 신인 작가는 어디 두고?"

아모 카인이 물었다. 담당 편집자는 기본적으로 성이 아니라 이름으로 부르는 것이 그의 방침이었다.

"일단 행사장에서 대기하라고 했습니다."

"뭐야. 여기로 데리고 올 줄 알았는데."

"방해될 테니까요, 사인회 이후에 인사 나눠주시기만 해도 감사할 따름입니다."

아모 카인이 흐음, 하고 콧소리를 냈다.

"치히로 씨, 독자들은 어땠어? 선두는 늘 오는 분들?"

"맞아요. 열 번째 정도까지 친위대분들이었어요."

"응? 무슨 말씀이세요? 친위대?"

통화를 마친 부점장이 의아한 표정을 짓자 후지사키가 대답했다.

"저희가 그냥 그렇게 부를 뿐이긴 하지만요, 굉장히 열정적인 분들이에요. 오프라인 모임으로 교류도 하는 모양인지 아모 선생님의 이벤트가 있으면 반드시 다 같이 오십니다. 오픈 전부터 꽃을 들고 줄을 서기도 하고요."

"오오, 역시 골수팬이 있으시군요. 그나저나 여성 작가 중에 남성 독자가 이렇게 많은 분도 드문 경우 아닙니까."

아모 카인이 미소 지었다. "그러네요, 그런 말 자주 들어요."

"그러시죠. 여성 작가의 독자는 보통 80퍼센트 이상이 여성이라는 인상인데, 선생님은 반반 정도잖아요. 역시 그거 아니겠습니까. 남자가 읽어도 대체 어떻게 이렇게까지 남성 심리를 잘 꿰뚫는지, 실은 남성 작가가 아니냐고 의심할 정도라니까요."

상당히 수다스러운 부점장이었다.

"꼭 저만 그런 것도 아니에요." 아모 카인이 말했다. "여성 작가도 다들 내면은 남자라고 생각하는걸요."

그때 카트에 쌓인 책이 스무 권쯤 도착했다. 여러 출판사의 저서가 뒤섞였고 그중에 문고본도 있었다.

부점장과 임무를 교대한 후지사키가 책을 펼치면 아모 카인이 면지에 사인해서 왼쪽으로 밀고, 치히로가 4절지 종이를 끼웠다. 덮어도 잉크가 묻지 않게 하려는 건데, 위쪽으로 살짝 삐져나오게 하면 '사인본입니다'라고 알리는 표시가 된다.

다른 출판사에서 나온 책도 전부 작가가 낳은 소중한 아이들이다. 담당자는 당연히 모든 책을 살펴본다.

오늘 이 서점에 재고가 어느 정도 있어서 정말 다행이라고 치히로는 생각했다. 아모 카인이 전부 가지고 오라고 말했을 때는 책이 몇 권 없으면 어쩌나 싶어 심장이 쪼그라들었다.

서점에도 제각기 사정이 있다. 불필요한 재고를 떠안기 싫은 서점에서는 반드시 팔린다고 장담하는 책이 아닌 이상 사인본은 오히려 짐이 된다. 저자 사인본은 기본적으로 발행처인 출판사에 반품 불가, 서점에서 매입해야 하기에 작가 본인은 선의에서 하는 제안이어도 상황에 따라서는 책 본체가 아니라 단행본 커버의 안쪽 날개 부분에 사인해달라는 말을 듣기도 한다. 팔리지 않으면 겉만 벗겨서 버리고 커버 손상본으로 반품할 수 있기 때문이다.

그러나 아모 카인쯤 되면 서점 쪽도 기뻐할 약 70권. 이 서점에서만 팔기 아까우니 계열 서점에 조금씩 나눠줄지도 모른다.

후지사키가 준비성 좋게 챙겨 온 까만 붓펜과 미쓰비시 마커의 금색과 은색 펜으로, 작품 면지의 색에 맞춰 바꿔가며 사인한 작가가 마지막 한 권까지 마치고 치히로 앞으로 밀었다.

"고생하셨습니다!"

부점장을 포함해 세 사람의 목소리가 하나로 모였다.

"잠깐이라도 좋으니 쉬세요. 홍차 더 드시겠어요?"

"마실래. 금방 준비될까?"

"서두르라고 할게요."

이제 10분 뒤로 다가온 사인회에서는 작가 사인 외에 곁들이는 메시지로 구매자의 이름을 적고 상황에 따라 날짜도 쓴다. 때로는 책을 선물하려는 사람의 이름을 적어달라고 하기도 한다.

입사하자마자 지금 편집부에 배치되어 벌써 5년, 치히로는 제법 많은 사인회를 지켜보았다. 붙임성 좋은 작가도 있고 시종일관 침묵을 관철하는 강경한 작가도 있는데, 다들 자기 캐릭터에 어울리는 이벤트였고 팬들의 뜨거운 마음을 가까이에서 느낄 수 있어서 기뻤다.

그중에서도 아모 카인의 사인회는 조금 특별했다. 사인회를 시작하면 반드시 마이크를 들고 짧게 코멘트를 하고, 이후로 두 시간에 걸쳐 처음 만나는 상대와 원만하게 대화를 나누면서 손으로는 이름과 날짜를 정확하게 쓴다. 잘못 쓴 적은 거의 없다. 시선을 맞추며 대화를 나누고 같이 사진도 찍은 팬은 누구나 할 것 없이 만나기 전보다 훨씬 그를 좋아하게 되어 돌아간다. 당일 SNS에 올라오는 감상을 살펴도 부정적인 이야기는 없다.

부점장이 말했다.

"선생님 독자분들은 열정적이면서 매너도 참 좋으셔서 저희도 준비하는 보람이 있습니다."

"그렇다는 말씀은 매너가 별로인 독자도 있다는 뜻이네요."

"뭐, 때로 직원에게 폭력적인 말을 퍼붓거나 극단적인 요구를 한다거나 대기 시간이 너무 길다고 화를 내는 사람도 있거든요. 작가의 작풍에 따라 팬층도 다양하고요. 아, 그러고 보니 전에 하세가와 슈 선생님의 사인회에서 교도소 장서를 들고 줄을 선 사람이 있었다는 얘기를 들었는데 그거 진짜려나."

"교도소? 그러니까 그 사람이 출소하면서 멋대로 가지고 나왔다는 소리예요?” 아모 카인이 황당하다는 듯이 웃고 고개를 돌렸다. “두 사람도 알아? 지금 이야기.”

치히로가 대답했다. “들은 적은 있어요.”

“어차피 도시 전설 같은 거겠지만 참 절묘하다. 그 하세가와 씨라면 정말 있을 것 같은 이야기여서 재미있어.”

하세가와 슈의 작품은 범죄 세계를 다룬 굵직한 누아르가 많고 팬 중에는 십중팔구 그쪽 인간으로 보이는 사람도 있다. 그런 인물일수록 사인회에 줄을 서면 예의 바르고 작가 본인 앞에 서면 황송해하며 입을 꾹 다물고, 마지막에 악수할 때는 감격한 나머지 눈시울을 붉힌다……와 같은, 참으로 절묘하고 지극히 현실적으로 보이는 소문은 대부분 실화였다.

옥에서 이제 막 나왔다고 자진 신고한 남자가 교도소의 장서인이 찍힌 대표작을 내밀었을 때 하세가와 씨가 장황하게 설교했던 것을 치히로는 안다. 왜냐하면 그때 양쪽에 버티고 섰던 사람이 후지사키 아라타와 치히로였기 때문이다.

그러나 지금은 말하지 않는다. 다른 작가의 소문을 늘어놓았다가 아모 카인에게 무슨 말을 들을지……. 자기 비밀도 그런 식으로 사방에 떠벌리고 다닐 거라는 의심이라도 사면 난감해진다.

또 노크 소리가 들리고 요시다가 들어왔다.

“선생님, 슬슬 준비 부탁드립니다.”

“어머, 벌써 시간이 그렇게 됐어?” 옷감 스치는 소리를 내며 일어난 작가가 태피터 원피스의 밑단에 잡힌 주름을 먼지 털듯 펴면서 치히로를 돌아보았다. "시간이 촉박한 것 같은데 지금 화장실에 다녀올 여유가 있을까?"

입에서 심장이 튀어나올 것 같았다.

"죄, 죄송합니다! 깜박했어요."

얼른 안내했어야 했는데 미처 눈치가 없어서…… . 낭패한 치히로에게 작가는 무언의 미소로 대답했다.

일을 마친 뒤의 회식은 매번 있는 일이지만 설마 주역 쪽에 서 점장과 부점장, 문예 매대 직원에게도 같이 가자고 할 줄 은 몰랐다.

"괜찮잖아요, 오늘 여러모로 신세를 졌는걸요."

"아닙니다, 저희는요."

"인원이 늘어도 전혀 문제없어요. 개별실이고 중식집이라 고 하니까."

그렇지, 하고 치히로를 봤다. 당연히 이런 일쯤은 미리 계 산했겠지, 라는 미소였다.

"아니에요, 정말로 마음만으로 감사합니다. 아직 일도 남아 서요."

사양하는 세 사람에게 아모 카인이 집요하게 권했으나 더 욱 강건하게 거절해서 결국 포기했다.

"그러세요, 아쉽네요. 그럼 다음 기회에 꼭 가요."

옆에서 함께 웃으면서 얼마나 안도했는지 모른다. 개별실에 중식집, 그야 원형 테이블이어서 가깝게 붙으면 앉을 수는 있겠지만, 유명한 고급 중식집의 가장 비싼 코스를 인원에 맞춰 한 달 가까이 전에 예약했다. 그리 쉽게 변경할 수 없다.

"이럴 줄 알았으면 신인 작가를 데리고 가면 좋았을 텐데."

중식집으로 이동하는 택시에서 아모 카인이 말했다. 자기가 무리한 요구를 한다고는 추호도 생각하지 않는다. 어디까지나 좋은 마음에서 하는 말이다. 그래서 곤란했다.

"그 친구, 감격했어요."

조수석에 앉은 후지사키가 살짝 고개를 돌리며 말했다.

"그랬어?"

"장래를 위해 도움이 되면 좋겠다 싶어서 일단 제일 프로페셔널한 사인회를 보여주었는데, 자기는 그 정도로 신의 경지는 도저히 불가능하다면서 자신감을 조금 잃었습니다."

"역효과였다는 소리잖아?"

"아니요, 그렇지 않습니다. 그 친구에게는 역시 동경하는 대선배님이니 의욕이 급상승했겠죠. 훨씬 엄격한 분이라고 생각했던 듯한데 실제로 뵙고 보니 참 스스럼없고 다정한 분이어서 많은 말씀을 들을 수 있었어요, 어떡하죠, 오늘 밤에는 잠도 못 잘지도 몰라요, 라더군요."

"어머, 그렇다면 다행이네."

"그래도 단단히 다짐을 받아두었습니다."

“뭐를?”

“‘그렇게 보이셔도 일할 때는 무섭도록 엄격한 분이야’라고요.”

“괜한 소리는 안 해도 돼.”

“그 친구도 그 점을 잘 이해했습니다.”

“흐음. 똑똑한 친구네.”

“그렇죠.”

“아무튼 아라타 씨, 바지런하게 돌봐줘야겠어. 큰 상을 척척 거머쥘 수 있게.”

“……노력하겠습니다.”

반쯤 제정신이 아닌 상태로 드디어 이치가야의 중식집에 도착하자, 문예 담당인 하라다 전무와 소설지 《남십자》의 편집장인 사토, 그리고 광고부와 판매부 각각의 부장인 우에노와 야마모토가 먼저 와서 기다리고 있었다.

부장들도 꼭 와달라고 요구한 것은 작가 본인이었다. 치히로가 연락해서 사인회가 있는 날 밤에 시간을 내달라고 부탁했을 때, 두 사람 다 뭐라고 형용할 수 없는 신음을 흘렸다.

“선생님, 정말 고생하셨습니다!”

“하하, 평소보다 더욱더 성황이었죠.”

유난히 쾌활하게 칭따오 맥주로 건배하고, 아모 카인이 좋아하는 사오싱주를 주문했다. 술이 그다지 세지 않은 치히로가 탄산수를 탄 계화진주를 주문하자, 웬일인지 후지사키 아라타도 같은 것을 주문했다.

"아니, 무슨 일이야, 둘 다 자제하네."

"아, 천천히 마시려고요. 이런 날에 흥분해서 마시다가는 금방 취할 것 같아서요."

큰 접시에 담긴 해파리냉채가 나와 한바탕 설명을 마친 뒤에 보기 좋게 접시에 나뉘어 각자 앞에 놓였다. 무친 해파리도 피단도 수육도 전부 사이즈가 아담했으나 지금까지 다른 곳에서 먹었던 것보다 맛있었다.

아모 카인도 맛있다고 연발하며 기뻐해서 치히로는 그제야 몸 안에 단단하게 굳은 덩어리 같은 것이 부드럽게 풀리는 기분을 느꼈다. 은은한 취기가 둥실둥실 돌기 시작했다.

성게 크림으로 버무린 큼직한 새우, 약재와 함께 찐 흰살생선, 그릇에서 넘칠 듯한 상어 지느러미 수프가 이어지고, 드디어 북경 오리 구이가 나왔다. 한 마리 통째로 반들반들 호박색으로 구운 오리의 겉껍질만 벗겨서 먹으면 된다.

중식집 직원이 인원에 맞춰 준비하면 되겠느냐고 물었다. 잠시 뒤, 얇은 떡과 잘게 썬 오이와 파채, 춘장을 곁들인 오리 껍질이 각자에게 돌아갔다. 크레이프처럼 얇은 떡에 순한 된장을 펴 바르고 오리 껍질과 고명을 싸서 입에 넣었다. 식감이 다른 재료가 저마다 입안에서 자기주장을 하다가 혼연히 녹아내렸다.

"이렇게 궁극적으로 맛있는 음식을 먹을 때면 정말 생각이고 뭐고 하기 싫죠."

우에노 부장이 황홀한 듯이 말하자 모두가 동의했다. 한 사람당 겨우 두 조각. 삼키고 나면 덧없는 환상 같으나 이것만 배부를 정도로 먹으면 고마움이 흐려질 것이다.

술을 몇 번이나 더 시키며 전복 굴 소스 찜, 쇠고기볶음 그리고 게살 볶음밥으로 위장을 묵직하게 채우고, 이제 디저트만 남았다. 좋아하는 것을 자유롭게 몇 개씩 고를 수 있어서 직원이 각자의 주문을 받으러 왔다.

그때 아모 카인이 말했다.

"죄송합니다만 디저트는 조금 천천히 주실 수 있을까요?"

알겠습니다, 필요하실 때 불러주세요, 라고 대답한 직원이 문을 탁 닫기를 기다린 그가 말했다.

"자, 사토 편집장님. 이 틈에 해치울까요."

"뭐를 말씀이시죠?"

"반성회요."

순간 모두의 얼굴에서 표정이 사라졌다. 때를 노린 듯이 트림한 우에노 부장이 허둥거리며 "실례했습니다" 하고 입을 막았다.

"있잖아요, 나는 매번 같은 것, 정말로 같은 것만 부탁드리는데 왜 그때그때 편차가 생기는지 이해가 안 되는데요."

편집장, 전무, 판매부장, 광고부장, 후지사키, 치히로. 전원의 얼굴을 순서대로 바라본 뒤, 아모 카인이 말을 이었다.

　"우선 기본 중 기본, 은색 사인펜 말입니다만, 그 브랜드 걸로 내가 기분 좋게 쓸 수 있는 건 한 자루당 60명에서 70명까지예요. 그 이후로는 펜촉이 뭉개져서 굵어지니까 잘 써지지 않아요. 이건 거듭해서 여분을 준비해달라고 부탁했었어요. 그랬죠? 그리고 오늘 줄을 선 독자는 최종적으로 약 2백 명. 그러니까 많아도 네 자루만 있으면 충분하다고 생각했겠죠? 그런데 말이죠, 다섯 자루 중 하나는 처음부터 펜촉이 뭉개졌어요. 잉크를 확인할 때 누가 난폭하게 꾹꾹 꾹꾹 눌러썼겠죠. 오늘 나는 한 권이지만 그 펜으로 독자 이름을 썼어요. 첫 획을 그을 때까지 몰랐으니 어쩔 수 없는데, 할 수만 있다면 지금이라도 그 독자에게 사과하고 싶어요. 다시 쓰고 싶어. 글자가 이상하게 굵어졌는데 이름도 똑똑히 기억해요, '사이토(齋藤)' 님이었어요. 안 그래도 어렵고 획수가 많은 한자여서 더 엉망으로 써졌단 말이에요. 잠깐, 여러분 지금 고작 그런 일이라고 생각하나요? 사소한 일이라고요. 여러분에게는 2백 권 중 한 권이겠죠. 하지만 그 독자에게는 평생 간직할지도 모르는 한 권이에요. 그걸 위해 오늘도 더운 와중에 일부러 찾아와서 땀을 뻘뻘 흘리며 줄을 서신 거예요. 그렇잖아요? 오늘 펜을 준비한 사람도 악의가 있어서 그런 건 아닌 줄 알아요. 분명 사정이 있었겠죠. 하필 서둘렀다거나 뭔가 일이 있거나 했겠죠. 하지만 그런 건 분위기로 전해지게 마련이에요. 이쪽이, 즉 남십자서방의 모두가 내 사인회를 정말로 소중하게 여기고 독자에게 감사하며 오늘 이날을 반드시 최고의 하루로 완성해야겠다는 마음을 제대로, 바르게, 올곧게 전했다면, 준비한 직원도 펜 한 자루까지 세심하게 신경 썼을 거예요.”

편집장도 부장들도 고개를 들지 않았다. 말없이 눈앞의 하얀 테이블보를 응시했다.

“다음으로 그 꽃. 예쁘게 장식한 걸 두고 이런 말을 하기 미안한데, 대체 뭐죠? 그 천박한 분홍색. 사인회 내내 시야에 들어온 탓에 계속 기분이 나빴어요. 내가 진분홍색을 좋아하지 않는다고 사전에 전달했다면 좋았을 거 아니야? 안 그래? 치히로 씨.”

“엇. 아…… 죄, 죄송합니다.”

모깃소리 같은 목소리만 나왔다. 진분홍색 문제는 지금 처음 알았다. 듣고 보니 아모 카인이 난색 계열 옷을 입은 모습을 본 적 없는 것 같았다.

“그리고 독자와 사진 촬영. 아라타 씨, 시간이 너무 오래 걸리지 않았어?”

“그건, 네. 정말 죄송합니다.”

반성하는 마음도 있으리라, 후지사키가 나직한 목소리로 대답했다.

“물론 스마트폰 종류가 다양해서 복잡한 건 이해하는데, 아라타 씨가 조작하느라 허둥거릴 때마다 진행이 느려지잖아.

내가 앉은 자리에서는 뒤에 아직 줄이 긴 게 보이고, 독자들의 짜증 난 심경도 전해져. 그런 상황에서 스마트폰 주인이 당신에게 가서 여길 이렇게 하고 저렇게 하라는 걸 나는 웃으며 지켜봐야 한다고. 뒤에 선 사람들에게 눈짓으로 사과하면서. 사진 촬영을 허가한 시점에서 이런 일이 발생하리라 충분히 예상할 수 있었을 텐데 왜 전자랜드라도 가서 다양한 기종을 만져보지 않았지? 그랬다면 조금은 더 제대로 대처할 수 있었을 텐데?”

치히로는 후지사키 쪽을 볼 수 없었다. 대체 왜 서른이 훌쩍 넘은 어엿한 편집자를 이런 식으로, 그것도 굳이 사람들 앞에서 욕하는가.

“그리고 두 사람 다.”

놀란 치히로의 몸이 굳었다.

“독자가 챙겨 온 선물을 받을 때 대체 무슨 생각해? 그 사람들이 어떤 마음으로 선물 하나하나 골랐을지 제대로 헤아리긴 해? 나는 사인하느라 손이 바빠서 직접 받아도 바로 당신들에게 넘겨야 하지, 그런 상황인데 만약 당신들이 선물하는 쪽이었다면 그렇게 대수롭지 않게 발밑 상자에 넣는 게 걱정되지 않겠어? 끝난 뒤에 내가 잘 챙겨 갈 수 있을지, 어디 뒤에 방치되었다가 분실하지는 않을지, 나였다면 너무 걱정스러울 거야. 그런 식으로 독자가 불안해하게 다루지 말아줘. 오른쪽에서 왼쪽으로 휙휙 넘기는 건 상대방에게 실례잖아.

배려심도 없거니와 상상력이 너무 빈곤해."

숨이 막힐 것 같았다. 치히로는 후지사키와 나란히 고개를 숙였다.

"……죄송합니다."

그럴 생각은 전혀 없었다. 한 명 한 명 눈을 맞추며 정중하게 고맙다고 하고 "저희가 맡아두겠습니다"라고 말을 건넨 뒤 받아서, 잃어버리지 않게 뒤쪽 상자에 정리했다. 그러나 당사자인 작가 눈에 그렇게 보였다면 변명의 여지가 없다. 실제로도 불안했던 독자가 있을지 모른다.

"그리고 하라다 씨, 사토 씨, 우에노 씨, 야마모토 씨. 우선 나를 좀 보시겠어요?"

네 사람의 눈이 번쩍 튕겨 올랐다.

"이번 《달의 이름》 초판이 3만 부였죠. 왜 이렇게 짜게 잡았어요? 야마모토 씨."

"아니요, 짜게 잡은 게 아니라……." 야마모토 부장이 물수건으로 땀을 닦으며 말했다. "바로 2쇄, 3쇄로 중판하는 편이 오히려 홍보될 테니까……."

"그건 이해하는데 일단 초판을 제대로 확보하지 않으면 전국에 배본할 수 없잖아요. 이번에도 〈왕의 브런치(매주 토요일에 방송되는 일본의 정보 방송. 책, 쇼핑, 영화, 맛집 등 그때그때 화제가 된 것을 소개하는 인기 프로그램이다—옮긴이)〉에서 특집을 꾸린 덕분에 금방 화제가 됐는데, 지방에서는 좀처럼 구하기 어렵고 대형 서점에 가야만 살 수 있고 아마존에서도 품절이었죠. 인터넷에서 불만이 크게 터졌어요. 알고 계세요?"

부장이 입을 다물었다.

"젊은 사람은 오늘 못 사면 내일은 잊어버리고, 어르신들은 혼자 번화가까지 가지 못하거나 인터넷 주문 자체를 못 해요. 게다가 아마존 품절은 TV 방송 이후로 열흘 가까이 계속 해결되지 않은 상태였죠. 대체 그사이에 판매를 얼마나 많이 놓쳤겠어요? 나도 그렇고 후지사키 씨도 오자와 씨도, 매일 몇 번이나 사이트를 확인하며 대체 언제 들어오나 조바심이 났는데⋯⋯. 그런 일이 벌어지면 모처럼 효과를 노리고 광고를 해봤자 전부 허사잖아요."

"무슨 말씀인지 이해합니다⋯⋯. 다만, 아마존 재고는 저희가 세밀하게 조정할 수 없어서요."

"제가 지금 그런 말을 하는 게 아니잖아요. 만약 처음부터 5만 부를 찍었다면 아마존도 좀 더 넉넉하게 매입했을지도 몰라요. 아니면 재고가 떨어져도 출판사 창고에서 바로 보급할 수 있었겠죠. 이건 예전부터 했던 생각인데, 너무 불공평해요. 소규모여도 열심히 하는 서점이 매입하고 싶다고 요구하는 건 절대로 들어주지 않아요. 팔리지 않아서 반품하는 게 두려우니까. 같은 이유로 일부러 전국 방방곡곡까지 보내지 않고 도시의 대형 서점에만 백 부 단위로 납품하고, 재고는 그런 곳에서 추가 주문이 들어왔을 때를 대비해서 조금씩만 확보해놓고요. 이렇게 인색하고 궁상맞게 장사하니까 폭발적으로 히트하지 못하는 거예요.”

“아이고, 아모 선생님, 정말이지 옳은 말씀…….”

“편집장님은 가만히 계세요. 나는 지금 일을 결정하는 권한이 있는 분과 대화 중이니까.”

사토가 허탈한 표정으로 입을 다물었다.

치히로는 견디다 못해 마른침을 삼켰다. 돌멩이라도 삼킨 듯이 단단한 것이 식도를 틀어막아 좀처럼 위장으로 내려가지 않았다. 아모 카인의 말은 대부분 정곡을 찔렀고 평소 담당 편집자인 자신들도 불만스럽게 생각한 점이지만, 그래도 세상일에는 표현 방식이라는 게…….

“이번 가을에 문춘에서 신간을 낼 예정입니다만.” 아모 카인이 말했다. “초판은 최소 5만 부 이상으로 부탁했어요. 그 이하라면 낼 마음이 없다고.”

“만약…… 문춘이 어렵겠다고 하면 어떻게 하실 생각이세요?”

하라다 전무가 물었다.

“어머. 어쩜 실례되는 말씀을 하시네요. 내 작품에 초판 5만 부의 가치가 없다고요?”

“아닙니다, 저희라면 이번에야말로 5만 부를 찍겠다고 말씀드리고 싶었습니다.”

“아쉽네요. 걱정하시지 않아도 벌써 암묵적으로 승낙을 받았어요. 이제는 그 5만 부를 놓고 얼마나 열성적으로 광고를 할지 의논해야 하지만요. 나는 내 작품을 위해서라면 뭐든지 협력해요. TV든 라디오든 나가서 홍보할 거예요. 필사적이에요. 당연히 읽어주길 바라니까요. 목숨을 걸고 쓰고, 담당 편집자들과 바닥까지 파고들어 논의하며 일절 타협하지 않고 만든 작품이잖아요? 편집자들도 자기 시간을, 아니 몸을 갈아가며 나와 함께 책 한 권을 만들어요. 무슨 수를 쓰든 독자 곁에 도달하게끔 해야 해요. 그렇지 않으면 모두의 마음이 헛수고로 돌아가니까.”

아무도 입을 열지 않는 가운데 아모 카인이 조용히 한숨을 쉬었다.

“오해하지 않았으면 해요. 나는 남십자서방을 본가처럼 생각해요. 서던크로스 신인상으로 데뷔하지 못했다면 지금의 나는 없을 테니까.”

원형 테이블에 둘러앉은 전원을 다시 한번 쭉 훑어보았다.

“다만 나도 내 아이가 사랑스러워요. 부모라면 누구든 내 아이의 잠재력을 정당하게 평가하는 곳…… 평가하고서 가장 소중히 아끼며 장래를 위해 노력해주는 곳에 맡기고 싶다고 생각하지 않겠어요? 그게 당연하잖아요?”

아모 카인이 매력적으로 웃었다.

“내가 뭐 틀린 말을 했나요?”

2

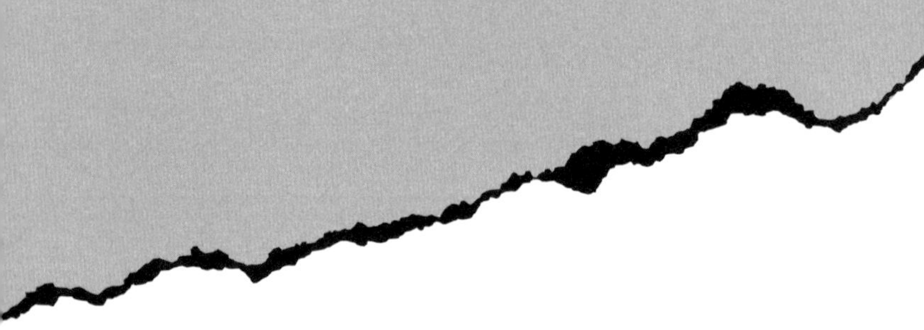

택시를 부른 사람은 사토 편집장이고 스마트폰 앱으로 호출했기에 자동으로 요금은 그가, 즉 남십자서방이 부담한다. 그러니 아예 가루이자와까지 2백 킬로미터를 이대로 타고 가버릴 생각도 했으나, 택시 기사가 수다쟁이여서 그만두었다. 가는 내내 말을 걸면 지친다. 그만 말하라고 화를 냈다가 고속도로에서 졸음운전이라도 할까 봐 그것도 무섭다.

도쿄역 야에스 출구에서 택시를 내린 시각이 오후 9시 반 지나서였고 신칸센 막차까지 30분 정도 시간이 남아 취기를 깨려고 지하 식품 매장에서 오래 먹을 수 있는 것을 고르고, 사는 김에 마쿠노우치 도시락(밥에 생선이나 고기, 달걀말이, 채소 등 여러 반찬이 담긴 대표적인 일본 도시락—옮긴이)과 안심 돈가스 샌드위치도 샀다. 지금은 목 끝까지 꽉 차서 뭘 봐도 식욕이 없으나 내일이면 틀림없이 배가 고파진다. 아무튼 마감 직전에는 부엌에 서는 시간도 아깝다.

도쿄 거리는 밤이 되어도 열기가 가시지 않는다. 승강장으로 올라가자 무시무시한 더위가 온몸의 모공을 틀어막았다. 뻣뻣한 태피터 원피스를 이 자리에서 벗어 던지고 싶었다.

몇 년 전까지 이런 곳에서 어떻게 살았을까. 당시에도 물론 낮에는 도무지 밖에 나가기 싫었고 밤에는 잠을 자지 못해 힘들었지만, 익숙해진 건지 체념한 건지 매년 견디다 보면 어느새 여름이 끝났다.

지금은 돌아올 마음이 전혀 없다. 신칸센을 한 시간 10분만 타면 가루이자와다. 여름에도 겨울에도 아침저녁 기온이 도쿄와는 거의 10도나 차이 난다. 영하까지 내려가는 겨울은 힘겨워도 여름철의 시원한 은혜와 따져보면 거스름돈을 넉넉히 받는 기분이다.

온몸에서 흥건하게 땀이 나고 손에 든 음식 무게에 손가락이 저리기 시작할 무렵, 드디어 차량 청소가 끝났다. 제일 앞쪽 12호차에 탔다. 11호가 특실인 그린 차, 이 차량은 그보다 한 단계 위인 그랑 클래스다. 여유로운 좌석이 통로를 사이에 두고 한쪽에 두 열, 반대쪽에 한 열. 성수기가 아니면 보통 전세 낸 듯 텅텅 비어서 두 개 나란한 좌석의 창가에 앉아 짐을 옆자리에 놓았다.

전에는 그린 차를 이용했다. 좌석 자체는 부족함 없이 쾌적해서 불만이 없었다. 다만 집과 마찬가지로 이웃을 고를 수 없다. 혼잡할 때면 바로 옆자리에 품위라곤 없는 여자가 짙은 향수 냄새를 폴폴 풍기며 타고, 고생과는 인연 없어 보이는 청년의 이어폰 밖으로 시끄러운 소리가 새어 나오고, 혹은 막되어먹은 가족이 타서 아무것도 안 하는 아빠가 스마트폰을 들여다보는 동안 아이들이 괴성을 지르며 통로를 뛰어다니는 등 제멋대로 굴어서 참다못해 한마디 했다가 엄마로부터 따가운 눈총을 받고…… 같은 일을 거듭 겪다가 결국 질리고 말았다.

아이를 그린 차에 태우지 말란 말이다. SNS에 썼다가는 난리 날 소리인 줄 알지만, 한편으로 동의하는 사람도 다수 있을 것이다. 특별 차량이란 본래 어른을 위한 공간이다. 일과 생활에 지친 어른이 찰나의 쾌적함을 확보하기 위해 상응하는 플러스 알파를 내고 탄다.

예전에 숙모 가족은 여행을 갈 때면 어른들만 특별 차량에 타고 고등학생 이하 아이들은 전부 보통석에 태웠다. 목적지까지 얌전하게 앉아 있을 만큼 분별력이 생기기 전에는 어디에도 데리고 가지 않았다. 참으로 강직한 교육 아닌가.

이제야 땀이 가셨다. 버튼을 눌러 등받이를 젖히고 발판을 올려 폭신한 시트에 차분히 온몸을 맡기자 긴 한숨이 나왔다.

만약을 위해 하루 묵은 도내 호텔비와 어제오늘 왕복한 기차 표는 남십자서방 부담이니 더욱 마음 편하게 쉴 수 있었다. 타락한 그린 차와 비교하면 그랑 클래스는 아직 어느 정도는 **나았다**. 좌석 배치가 가족여행에 적합하지 않고, 중산층이 타기에는 약간 장벽이 높은 가격이다. 고작 한 시간가량 이동하는데 편도로 몇천 엔이나 하는 차액은 확실히 사치지만, 직접 돈을 낼 때도 일부러 탄다. 고요함과 마음의 평온을 얻기 위한 필요 경비라고 생각하면 비싸지 않다.

마음의, 평온…….

바라는 것은 그것뿐인데 이상하게 방해를 받는다. 이 세상에서 담당 편집자만큼은 아군일 텐데, 때때로 믿을 수 없어서 초조해진다. 오늘도 그랬다.

평소 후지사키 아라타도 오자와 치히로도 '아모 카인'의 작품을 독자에게 전하기 위해 몸과 마음을 바쳐 노력한다. 그 점은 의심하지 않는다. 그러나 조직 안에서 일하는 젊은 그들에게 아직 회사 방침을 뒤엎을 만한 힘은 없고 당연히 결정권도 없다. 작품을 독자 곁으로 보내기 위해 해야 할 일이 확실하게 보이고 실제로 할 수만 있다면 분명 효과가 있을 것을 아는데도 의견이 통하지 않는다. 상황을 가장 정확하게 파악하는데도 불구하고.

그들 앞을 가로막는 자는 누구인가? 아는 것이라곤 없는 상사들이다. 제 몸을 지킬 생각만 하느라 열정을 잊은 타버린 재들이다.

편집자들은 아무에게도 말하지 못하는 불평불만을 몰래 털어놓곤 한다. 그래서 오늘 밤은 그들을 위해 대단하신 아저씨들을 한데 모았다. 자신이 앞장서서 할 말을 하면 중간부터 그들도 가세해서 이 기회를 놓치지 않고 평소의 뜨거운 이상향을 말할 줄 알았다.

하지만 아라타도 치히로도 고개를 숙이고만 있었다.

마음이 통하지 않았나. 사인회에서의 사소한 실수를 괜히 트집 잡는 것처럼 지적한 이유는, 미리 그렇게 연막을 쳐서 아저씨들과 대립하지 않을 수 있게 하려던 것이었다. 나중에 두 사람이 '너흰 대체 누구 편이야?'라고 들볶이지 않아도 되게끔. 이 전략을 왜 이해 못 하지?

차창 밖으로 큰 강과 철교가 보였다. 같은 간격으로 나란한 가로등과 맨션 창문의 불빛이 수면을 비추고, 다리 위를 오가는 차량 불빛이 그 위에 움직임을 더했다. 지금 비로소 깨달았는데 오늘은 보름인가 보다. 아니면 보름 하루 전인 고모치즈키라고 해야 할까.

보름 다음 날은 이자요이, 그다음이 다치마치즈키, 이마치즈키, 네마치즈키, 후케마치즈키……. 최신간 《달의 이름》에는 각 장 부제로 각각 달의 명칭을 붙였다(고모치즈키, 이자요이, 다치마치즈키 등은 순서대로 음력 14일, 16일, 17일, 18일, 19일, 20일의 달을 부르는 일본어다―옮긴이).

자신 있는 작품이다. 아까 부장들에게도 말한 대로 무엇 하나 타협하지 않았다.

다른 작품보다도 심리묘사에 심혈을 기울였으므로 독자는 최소한 한 명이라도 자신과 닮은 등장인물을 찾아 감정이입할 것이다. 이야기 구조 자체에도 아이디어를 짜내 쉽게 간파하지 못할 수수께끼를 넣었고 동시에 읽으면서 막히는 부분이 없도록 상황을 쉽게 설명하여 배려했다. 손에 땀을 쥐며 이야기에 몰입한 끝에는 누구도 예상하지 못할 엄청난 반전과 큰 감동이 기다린다. 한 번이라도 사랑하는 사람을 잃은 경험을 한 사람이라면 눈물 없이 읽지 못하고, 책을 덮은 뒤에는 넋을 잃을 정도로 카타르시스가 오래 남을 것이다.

출간일보다 열흘쯤 일찍 견본이 완성되었을 때의 감격은 한층 더 대단했다. 그래서 후지사키 아라타와 오자와 치히로에게 물었다.

"이번에야말로 되겠지?"

"네?"

"나오키상."

'물론이죠!'

'틀림없어요!'

이런 반응만 예상했기에 두 사람의 눈빛이 동시에 흔들려서 놀랐다.

"그럴 수 있도록 최선을 다해 독자에게 다가가겠습니다."

한 박자 사이를 두고 치히로가 말했다.

"이렇게 대단한 작품이니 분명히 각오가 전해질 겁니다."

아라타도 말했다.

그런 말을 듣고 싶은 게 아니었다. 두 사람만은, 최소한 담당자인 두 사람만큼은 '반드시 이 작품으로 받을 거예요!' 이렇게 확실히 말해주길 바랐다.

'이 작품의 가치를 모르는 놈은 완전 멍청이죠!'

'심사 위원은 눈이 뒤통수에 달렸어요!'

이게 아니라면 혹은 '중진들은 노쇠해서 이야기가 길면 끝까지 못 읽는 것 아닐까요?' 같은 말을 마구마구 해주길 바랐다. 전부 다 지금까지 상 후보에 올랐다가 떨어질 때마다 참지 못하고 담당자들에게 퍼부은 말들이므로.

……나의 어디가 문제지?

속으로 반문할 때마다 악물었던 어금니가 닳았다. 위장이 지글지글 불타서 재가 될 것 같다.

작품이 책으로 나온 뒤에는 다시 읽지 않는다. 초교와 재교 단계에서, 아니다, 정확히는 입고 단계에서 단 한 점의 후회 없도록 완성한 것을 또다시 읽을 필요는 없다. 그럴 시간을 다음 작품에 쏟아붓는다. 그러니 지금에 와서는 알고 싶다. 대체 무엇이 부족한가.

창밖을 응시하다가 눈 안쪽이 아파와서 눈가를 천천히 문지르는 동안 의식이 멀어졌고, 차량 방송을 듣고 번쩍 눈을 떴더니 벌써 가루이자와였다. 역시 피곤했나 보다.

서둘러 짐을 챙겨 폭이 넓은 승강구를 지나 승강장에 내리자마자 입에서 저절로 "어휴" 하는 소리가 나왔다. 시원했다. 밤공기가 산뜻했다. 이것만으로도 이사하길 잘했다 싶다.

그나저나 매번 하는 생각인데, 에스컬레이터까지 왜 이리 멀까. 그랑 클래스가 12호차, 그린 차가 11호차, 그런데 에스컬레이터는 승강장 중앙이어서 바로 옆에 정차하는 것은 보통석인 8호차다. 이해할 수 없다.

각 차량에서 들뜬 관광객들이 연달아 쏟아져 나왔다. 캐리어를 끌며 내린 그들의 제일 끝에 서서 초조하게 에스컬레이터 차례를 기다렸다. 줄이 줄어드는 속도가 느린 것은, 그럴 필요도 없는데 한 줄로 서서 오른쪽을 비우기 때문이다.

'멍청한 것들, 썩 돌아가.' 속으로 중얼거렸다. '산에서 벌에 쏘이기라도 하면 좋겠네.'

그중에 딱 봐도 일본인이 아닌 사람들도 있었다. 시체라도 옮기나 싶게 거대한 캐리어를 한 사람당 최소 두 개씩 굴리며, 싸움이라도 거는 것처럼 큰 소리로 뭐라고 지껄이며 쭐레쭐레 걷는다. 목적지는 역에 인접한 대형 아웃렛. 비행기까지 타고 명품을 사러 오다니, 일본을 우습게 여기는 것이다.

코로나 팬데믹 중에는 모처럼 조용했는데 국경 폐쇄가 풀리자마자 또 동네가 번잡해졌다. 귀를 막고 싶어도 양손엔 짐이 들려 있다. 한시라도 빨리 집에 가고 싶었다. 오늘 하루 2백 명이나 되는 사람들에게 일일이 완벽한 미소를 지었으니 더는 인간을 보고 싶지 않았다. 목소리도 듣기 싫었다.

간신히 개찰구를 빠져나오자 찾을 것도 없이 정면 벽 쪽에 서 있다. 낮에 잡초라도 베다 왔을까, 다갈색 얼룩이 점점이 튄 작업복을 갈아입지도 않고, 우뚝 서서 팔짱을 끼고 있었다. 나이에 비해 키가 커서 눈에 띈다. 그 점이 또 신경에 거슬렸다.

가까이 가자, 무두질한 가죽처럼 볕에 탄 손이 다가와 짐을 받았다. 희끗희끗한 머리에서 양달 같은 냄새가 났다. 학교 운동장에서 마구 뛰어논 아이한테서 날 듯한 냄새였다.

"마중 올 때는 옷을 갈아입고 오라고 말했을 텐데."

이런, 하는 표정으로 자기 옷을 살폈다. 깜박했나 보다. 고개를 꾸벅 숙였다.

"됐어. 빨리 가기나 해."

고개를 끄덕인 남자가 빠른 걸음으로 앞장섰다. 바짝 따라가지 않고 천천히 뒤편에서 에스컬레이터를 타고 내려갔다. 남에게 어쩔 수 없이 설명해야 할 때는 일꾼이나 정원사, 집 보는 사람이나 운전사라고 적당히 둘러대는데, 요컨대 하인이다. 나이는 아마도 예순여덟이고 이름은 사카키라고 한다.

내려다보이는 로터리에는 마중 나온 차량이 또 줄을 이뤘다. 사카키가 흰색 아우디를 에스컬레이터에서 가까운 곳에 세워둬서 일단은 불평하지 않아도 괜찮았다.

뒷좌석에 들어가 문을 닫자 드디어 고요해졌다. 외부 세계로부터 차단된 공간이 참 기분 좋았다. 아우디를 산 것은 유세 떠는 듯한 벤츠가 천박해 보여서고, 요즘은 개나 소나 SUV만 선호하니 일부러 세단을 선택했다. 눈길처럼 험한 길에 강한 점도 마음에 들었다. 이곳 생활에 적합한 차량이다.

사카키가 운전석에 올라타 안전띠를 매고, 좌우를 확인한 뒤 출발했다. 그런데 금방 급브레이크를 밟았다.

"뭐야, 왜 그래?"

역 화장실에서 뛰어나온 삼인조 중년 여성이 이쪽을 보지도 않고 도로를 비스듬히 가로질렀다.

"깜짝 놀랐네. 저런 건 들이받아도 돼."

사카키가 고개도 까닥이지 않고 묵묵히 다시 차를 모는 것을 보니 이유 없이 화가 났다. 고일 대로 고인 응어리가 끓어오를 듯이 치밀어서, 감정이 가는 대로 운전석 뒤에서 구둣발로 허리 부근을 있는 힘껏 걷어찼다. 덜컥, 둔탁한 소리가 나도 그는 아무 말 없이 정지선에서 정확히 셋을 셀 때까지 멈췄다가 로터리를 부드럽게 빠져나갔다. 더욱더 화가 치밀어 한 번 더 걷어찼다.

그러고 보니 이런 짓을 하는 여성 의원이 있었다. 그 기사를 읽었을 때는 어쩜 경거망동하는 여자가 다 있네, 이런 인간만은 되기 싫다고 생각했는데 완전히 똑같은 짓을 하고 있다.

동쪽으로 가는 우회 도로에서 도중에 남쪽으로 꺾어, 아우디는 커브와 언덕이 많은 길을 달렸다. 가로등 수가 눈에 띄게 줄고 나무숲이 울창해졌다.

운전면허가 없는 것은 아니다. 직접 핸들을 잡고 싶을 때는 망설이지 않는다. 그러나 남편은 이렇게 말했다.

'최소한 일 때문에 오갈 때는 태워달라고 해.'

'역 앞 주차장에 차를 오래 세워놓으면 위험하고, 당신도 피곤할 테니까. 사카키한테도 일을 시켜야지!'

사카키 다케오는 원래 시부야구 쇼토에 있는 남편의 본가에서 운전기사로 일했다. 나이는 많아도 운전 실력이 확실하고, 본인도 조금 더 일하고 싶어 한다는 말을 들었으니 무턱대고 거절할 수도 없었다. 너무 사양하면 괜한 의심을 살 것 같았다.

남편과는 벌써 몇 년이나 도쿄와 가루이자와에 떨어져서 각자 생활하고 있다. 이를 에세이로 쓰거나 강연에서 언급할 때면 별거혼, 왕래혼이라는 표현을 쓴다. 부부 사이는 좋고, 평소 따로 지내는 만큼 만날 때마다 신선해서 마치 평생 연인 같은 사이다, 둘이 함께 선택한 새로운 부부 형태도 '노후'가 점점 길어지는 앞으로의 시대에는 바람직하게 여겨지지 않을까……

'그런데 실제로는 어떤가요?'

언제던가, 인터뷰 중에 직구를 던진 용기 있는 자가 있었다. 자신보다 나이가 많은 여성 신문기자였다.

‘실제로는 절친한 친구 같은 느낌이에요.’ 이렇게 대답했다. ‘떨어져 지내는 시간이 많지만, 그래도 서로를 누구보다 잘 안다고 표현하면 좋겠네요.’

그렇다, 아주 잘 안다.

남편은 가루이자와 집에는 거의 오지 않는다. 그러나 가루이자와에 아예 오지 않는 것은 아니다. 젊은 여자를 데리고 골프를 치고, 최근 새로 생긴 말도 안 되게 비싼 호텔에 머무르며 미식과 정사를 즐긴다. 어떻게 알았는가 하면, 공통 지인에게서 남편이 지금 호텔 라운지에서 젊은 여자를 꼬드기고 있는데 부인도 아는 사실인가, 라는 취지의 라인 메시지를 받았기 때문이다.

세찬 바람에 얻어맞은 심정이었다. 조심성이 너무 없는 남편이 부끄러워서, 대신 어디든 숨고 싶었다. 수캐가 사람들이 보거나 말거나 복숭앗빛 성기를 드러내고 암캐에게 접근하는 것과 똑같다. 그런 짓은 사람 눈에 띄지 않는 곳에서 몰래 하라고, 얼간이 같으니.

그래도 헤어질 생각은 없었다. 후폭풍이 두려웠다. 지금까지 실컷 부부의 새로운 형태를 말하며 어른의 행복을 어필했는데 인제 와서 ‘이혼’은 할 수 없다. 작가에게 이미지는 중요하다. 동경심을 품고 자신이라는 작가를 받아들인 사람들은 배신당한 기분이 들 것이다.

아우디는 호반을 크게 둘러 달렸다. 겨울이면 새하얗게 어는 호수의 잔잔한 표면에 달그림자가 비쳤다. 도쿄는 아직 여름 흔적이 짙은데 이곳의 계절은 성급하다. 속도를 줄이며 바퀴자국이 깊게 난 사설 도로로 들어갔다. 익숙한 낙엽송 거목이 헤드라이트 불빛을 받았고, 이어서 하얀 펜스와 부지 구석에 세워둔 소형 트럭이 보였다.

세련된 맞배지붕 집은 2층까지 조명이 환하게 켜져 있었다. 마중을 나오기 전에 사카키가 켜둔 것이다. 엔진이 꺼지자마자 정적이 사위를 뒤덮었다. 정원 조명이 은은하게 비추는 바닥 풀숲에서 귀뚜라미와 베짱이가 울었다.

먼저 내린 사카키가 조수석에 둔 짐을 내려서 현관문을 열고 안으로 옮겼다. 자동차 키를 건네며 눈치 보듯이 이쪽을 바라보았다.

"이제 됐어. 잘 자."

남자는 고개를 숙이고 발길을 돌렸다. 어둠 속을 걸어 정원 안쪽으로 갔다. 슬슬 노년에 접어들 나이에 딸뻘인 어린 여자에게 부려지는 기분이 어떨까.

"사카키." 이름을 부르자 돌아보았다. "……미안했어."

고개를 끄덕인 건지 갸웃거린 건지 모르겠다.

현관문을 잘 잠그고, 우선 사 온 음식들을 정리해 냉장실과 냉동실로 나눠 넣었다. 다음으로 세면대에서 입을 헹구고 클렌징 로션으로 화장을 지웠다. 얼굴에서 막 하나를 벗긴 것처럼 개운했다. 욕조에 물을 받는 동안 냉장고에서 광천수를 꺼내 그 자리에 서서 마셨다. 식도와 위장 모양이 느껴질 정도로 차갑다. 되살아나는 기분이었다. 투명한 코발트블루 페트병은 입구가 넓어서, 이것 하나만으로도 물이 맛있게 느껴졌다.

집을 비운 동안 도착한 우편물과 요 며칠 바빠서 쌓이기만 한 잡지 더미를 안고 거실로 갔다. 밖에는 한 치 앞도 보이지 않는 어둠이 펼쳐졌으나, 여기에서 살기 시작하자마자 랄프 로렌에서 주문한 시크한 꽃무늬 커튼 덕분에 폭 감싸여 보호받는 기분이었다. 비쌌다. 도대체 이게 커튼이 맞나 싶게, 중후한 가구를 살 수 있을 가격이었다. 국산 제조사의 천 중에도 비슷한 것이 있었으나 그걸로는 부족했다. 브랜드 이름이나 품격은 필경 소유자의 자기만족을 위해 존재한다.

자택에서 인터뷰할 때 등 뒤로 비치는 풍경은 이 커튼과 거실이고, 빈곤하게 생활하면 빈곤한 소설만 쓰게 된다. 중대한 결단을 내리기 전, 간절히 그런 생각을 하며 스스로 부채질했던 기억이 있다. 남편이라면 이런 갈등과는 인연 없겠지. 필요한 때 전혀 망설이지 않고 카드를 긁느냐 마느냐로 진짜 부자와의 '수준' 차이가 드러난다.

근처 부동산 전단과 배달 피자 쿠폰 따위에 섞여 몇몇 출판사에서 보낸 인세 입금 통지와 증쇄 보고가 도착했다.

연재소설 제1회가 실린 소설지 《올 요미모노》. 삽화는 자주 함께 일했던 일러스트레이터가 담당해서 일일이 지시하지 않아도 안심하고 맡길 수 있다. 또《달의 이름》관련한 인터뷰가 실린 책 정보지. 이번에는 두 페이지가 아니라 한 페이지 분량이었다. 불만스럽지만 어쩔 수 없다. 다음번에는 교섭해야 할지도. 그 밖에 에세이를 싣는 여성지《CREA》와 전에 한번 연재한 이후로 매번 보내주는《주간 신조》와《주간 문춘》과…….

잡지가 담겼던 갈색 봉투나 비닐 꾸러미를, 하여간 이게 일일이 귀찮다고 지긋지긋해하며 벅벅 찢어버리는데, 제일 아래에서 딜러의 로고가 찍힌 물빛 봉투가 나왔다. 아우디 차량 점검을 재차 알리는 것이었다.

하얀 스티커에 인쇄된 이름을 보고 내밀던 손이 멈췄다. 봉투를 건드리지 않고 가만히 바라보았다.

아마노 가요코 님.

대부분 '아모 카인 님' 앞으로 온 우편물 중에 가끔 이 이름이 섞여 있다. 당연하다. 어쨌거나 본명이므로. 그런데 오늘 하루만 해도 합산하면 3백 번 가까이 아모 카인, 아모 카인, 아모 카인, 아모 카인, 아모 카인, 아모 카인, 아모 카인 하고 게슈탈트 붕괴를 일으키면서도 일편단심으로 썼기 때문일까, 진짜 이름에 묘하게 거리감이 느껴졌다.

'아모, 카인.'

'아마노, 가요코.'

이름은 남에게 불리기 위해 존재한다. 남편에게 '가요코'라고 불리는 동안에는 아내로 살았고 '아모 씨'나 '카인 선생님'이라고 불리는 상황에서는 작가로 살고 있다.

천사의 날개처럼 덧없는 하얀 이미지(아모는 하늘 천(天)과 깃 우(羽)를 쓴다—옮긴이)에, 구약성서에 등장하는 인류 최초의 살인자, 신에게 사랑받는 동생을 질투해서 살해한 형의 이름을 조합한 필명은 개인적으로 마음에 들지만, 어디까지나 만들어낸 것일 뿐이다. 그러나 이렇게 깊은 숲속에 혼자 있을 때면 잘 모르겠다. 사실은 어느 쪽이 자신일까. 아니, 이 자신이란 대체 누구일까.

갑자기 큰 소리로 〈예수, 인간 소망의 기쁨〉의 멜로디가 들렸다. 욕실이었다.

"아, 깜짝이야."

돌아와 처음으로 혼잣말을 했고, 그 목소리를 듣고서야 비로소 '자신'이 되돌아온 기분이었다. 그래, 할 일을 얼른 해치우고 일찍 자야 한다. 다음 마감도 코앞이다. 내일까지 피로가 남으면 집필에 지장을 준다.

뜨겁게 샤워하고 머리와 몸을 산타마리아노벨라의 샴푸와 비누로 꼼꼼히 씻어 영 밝아지지 않는 기분까지 배수구에 흘려보낸 다음 욕조에 몸을 담갔다. 고양이 발처럼 생긴 금색 다리가 달린 하얀 욕조. 남편은 너무 노골적으로 졸부 취향이라며 눈살을 찌푸렸으나 꿈꾸던 것을 물질적으로 얻고 싶은 유혹을 이기지 못했다.

처음부터 부자로 태어난 사람은 모른다. 상상한 적도 없겠지. 욕망이란 위장의 굶주림과 똑같다는 것을.

환풍기의 낮은 울림에 졸음이 쏟아져 고개가 꾸벅꾸벅 꺾이려 했다. 꾹 참고 물속에서 무릎으로 서서 살짝 열어둔 창 너머로 밖을 살피자, 뒤뜰 안쪽 별채의 불빛은 꺼져 있다. 사카키는 벌써 자나 보다.

같은 부지에 세워진 단층집에서 기거하는 그는 낮에는 잡초를 베거나 장작을 패고, 건물과 외부 수리 같은 작업을 한다. 메모를 건네면 일상적인 장보기 정도는 해주고, 사설 도로 옆 한 귀퉁이를 경작해 텃밭을 만들어서 매일 아침 수확한 채소 중 정확하게 절반을 본채의 부엌 뒷문에 가져다놓는다.

이 지역에서 살기 시작한 지 5년, 지금은 주변 별장이 오래 빌 때면 관리까지 해주는 것 같다. 여벌 열쇠를 맡아 가끔 창문을 열어 환기하고 외부 수도가 얼지 않도록 대비하고 잡초를 베는 정도지만 용돈 벌이는 되나 보다.

세 끼 식사는 전부 따로따로, 대화하지 않아도 되는 것이 제일 편했다. 여자 혼자 살아가기 어려운 환경인 만큼 현실적인 문제에서는 그의 존재가 도움이 된다.

그러나 아무리 해도 그 모습을 볼 때마다 신경질이 난다.

남편은 어느새 벌이가 제법 좋아진 아내가 정도를 넘는 것을 경계하는 듯하다. 별거는 괜찮으나 이 가루이자와 '별장'에 젊은 남자를 끌어들인다고 소문이라도 나면 곤란하다. 그래서 이른바 감시 역으로 배치된 것이 사카키였다. 과거 큰 병을 앓아 목소리를 내는 것이 어려워졌고 인터넷 사회에 여태껏 적응하지 못한 남자는 남편의 숨은 목적에 적합했다. 이 무슨 멍청한 짓일까.

'인기는 어차피 일시적이니까 너무 우쭐해지지 말아.' 소설이 팔리기 시작했을 무렵, 남편은 자주 이런 소리를 했다. '그래도 부럽군, 소설가란 직업. 연재 중에 한 장당 얼마간 원고료를 받고 그게 단행본이 되면 10퍼센트의 인세가 들어오고 문고본이 되면 또 10퍼센트잖아? 밥 한 그릇으로 두 번 세 번이나 배를 채우다니, 그렇게 편한 장사도 없겠어.'

편할 리가 없다. 연재를 모아 책으로 낼 때도, 2년이나 3년 뒤에 문고본을 낼 때도, 반드시 새롭게 교열 체크가 들어가고 이쪽 역시 처음부터 한 글자, 한 구절도 놓치지 않고 교정한다. 대폭적으로 새롭게 쓸 때도 있다. 그렇게 생각했으나 굳이 말하지 않았다.

'뭐 괜찮겠지. 할 수 있을 때 열심히 해. 어떤 것이 세상에 잘 먹히는지 조사하고 그것을 정확하게 노려서 글 쓰는 거, 예전부터 당신 특기였으니까.'

대형 광고 회사에서 일하던 시절, 이쪽이 고안한 캐치프레이즈를 좋게 봐서 채용한 사람이 클라이언트인 남편이었다.

도내 일등지에 빌딩이 있고 아버지 대에 규모를 키운 수입 회사를 더욱 성장시키고 상장까지 해내서, 앞으로는 악착같이 일하지 않아도 자산 운용만으로 충분히 먹고살 수 있는 부자였다.

청혼받고 결혼했다. 내면도 마음에 들지만 그 이상으로 얼굴이 취향이라는 고백을 받고, 무심코 웃음이 터졌고 동시에 묘하게 위안을 받아서 그만 허락했다. 일을 그만두고 가정주부가 된 것도 남편이 그렇게 해달라고 했기 때문이다. 원했던 아이를 갖지 못한 채 몇 년이 흘렀고, 다시 일하고 싶다고 말을 꺼내면 남편 반응이 떨떠름해서 고육지책으로 첫 소설을 썼다. 집에 있으면서 할 수 있는 일을 하면 불평하지 못하리라 생각했다.

문장을 쓰는 것은 장기였으나 원고지 수백 장에 달하는 이야기를 끝까지 완성하려면 다른 능력과 노력이 필요할 것이다. 몇 년은 포기하지 않고 계속 투고해야 한다고 각오했는데, 처음으로 쓴 그 작품이 신인상을 받았다. 수상 알림을 받은 그날이 공교롭게도 서른여섯 살 생일이었다. 작품이 인정받아서 그저 한껏 기뻐하는 아내를 남편은 냉철한 웃음을 짓고 바라보며 말했다.

'진정해, 가요코. 고작해야 라이트 노벨이잖아? 그리고 작가가 되려는 인간이라면 신인상 따위 누구나 받는 법이야. 장담하는데 아이돌과 마찬가지로 데뷔해도 팔리지 않으면 금

방 사라져. 출판사가 다음 의뢰를 하지 않으면 거기에서 끝이니까.'

그러나 출판사의 의뢰는 끊기지 않았다. 끊기기는커녕 언제가부터 책을 내면 반드시 베스트셀러 1위에 오랫동안 군림했고, 최근 몇 년은 반드시 어떤 상의 후보에 오르기도 했다.

그런데도…… 받지 못한다. '누구나 받는 법'인 신인상에서 최우수상과 독자상을 동시 수상한 이후로 무슨 상에 몇 번을 후보에 오르든 떨어지기만 했다. 돌이켜보면 데뷔 이래로 서점 직원이 뽑는 서점 대상 이외에는 받지 못했다. 전국 서점 직원이 가장 팔고 싶은 책이라는 영예는 영광이지만, 투표를 통해 뽑히는 것만으로는 이제 만족할 수 없었다.

대중에게 이 정도로 지지를 받는데 왜 상을 받지 못할까. 자기 작품의 어디가 문제인지, 문학상을 받기에 뭐가 부족한지 모르겠다.

무엇보다 무례하지 않은가. 후보작을 발표하는 것은 이 세상이 주목한다는 소리다. 상을 거머쥔 작가는 좋겠지만, 떨어진 작가는 사는 내내 수치를 감당하라는 것인가.

심사 위원을 맡은 작가들의 심사 평을 읽어도, 글이 너무 추상적이어서 도무지 모르겠다. 배우려는 마음으로 편집자에게 물어보았으나 그들도 고개를 갸웃거릴 뿐이었다.

'어쩌면 질투 아닐까?' 화가 나다 못해 담당자에게 투덜댄 적이 있다. '자기보다 잘 팔리는 작가에게 상을 주기 싫겠지.

괜히 라이벌을 만드는 것일 뿐이니까.'

그러자 그도 분명히 동의했다.

'음, 하기야 그런 마음이 전혀 없다고 할 수는 없겠죠.'

내면 팔리는 것만으로는 이제 부족했다. 신체의 모든 세포가 정당하게 평가받는 영예에 굶주릴 대로 굶주렸다. 대중과 서점의 인정은 받았다, 남은 것은 문단으로부터, 동업자로부터 작가로서 실력을 인정받고 싶다. 아니, 인정하게끔 하고 싶다. '아모 카인'을 업신여기는 것을 더는 용납하지 않겠다. 남편이든, 그 누구든.

방법이 분명 뭔가 있을 것이다. 자신만 그 방법을 모르고 남들은 뒤에서 약삭빠르게 구는 것이 분명하다.

이번 작품, 아니면 10월에 문예춘추에서 나오는 신간을 어떻게 해서든 후보로 밀어 넣어야 한다. 둘 중 한 권이라면 10월 문춘의 출간작에 승산이 있을까. 매번 다섯 편에서 여섯 편이 뽑히는 후보작을 살펴보면, 보통 문춘의 책이 한두 편은 포함된다. 그도 그럴 것이 나오키 산주고상과 아쿠타가와 류노스케상을 관리하는 '일본문학진흥회'는 실질적으로 문예춘추 사내에 속한 조직이다.

미지근해진 물에 어깨까지 푹 담갔다. 지금까지 몇 번이나 마셔야 했던 고배, 느껴야 했던 분통함 그 전부가 몸 안에서 빙글빙글 휘몰아쳐서 진정되지 않았다.

발을 차올려 뒤로 몸을 눕히자, 물이 첨벙거리며 넘쳤다.

대자로 물에 뜬 채 천장을 노려보았다.

……나오키상을 원해.
다른 어떤 상도 아닌 나오키상을.

3

　요즘 세상에 초판 3만 부를 찍는 작가는 거의 없다. 2만 부도 고작 한 줌에 불과하고 대부분 몇천 부로 시작이다. 이 업계, 글만 써서 먹고사는 작가가 훨씬 더 소수였다. 신입 사원이던 시절에는 그나마 나았지. 20년 남짓 전 문예춘추 출판사에 입사했을 무렵을 떠올리고 이시다 산세이는 왠지 심경이 복잡해졌다.

　'지금 하시는 일을 그만두지 마세요.'

　매년 데뷔하는 신인 작가를 앞에 두고 요즘 담당 편집자가 제일 먼저 하는 조언은 이것이 전부다.

　'수입을 견실하게 확보하고 당분간 겸업으로 진행하죠.'

미리 다짐을 받아두지 않으면 큰일이 난다.

세상에는 작가가 되기만 하면 곧바로 몇천만 엔을 벌 수 있다는 환상이 여전히 뿌리 깊은 모양인데, 데뷔하는 신인이 백 명이라면 3년 뒤까지 살아남는 작가는 하나나 둘이다. 현실은 몹시도 가혹하고, 게다가 극심한 출판 불황은 매년 그 정도가 더해지고 있다.

입사한 무렵에는 아직 《주간 문춘》의 판매도 쾌조였고, 사내에서 일명 '본지(本誌)'라고 불리는 《월간 문예춘추》는 국민 잡지를 자칭했다. 《올 요미모노》나 《문학계》 같은 문예지의 판매가 부진해도 그 적자를 충분히 채울 만큼 기세등등했다. 출판사를 향한 훼예포폄(비방과 칭찬―옮긴이)이 심각해서 명예 훼손이니 뭐니 몇 개나 되는 재판을 항상 떠안고 있었으나 전혀 문제가 되지 않았다.

'문예를 포함한 예술은, 예술성을 추구하면 부수도 따라온다'라는 고색창연한 이상이 아직 그럭저럭 설득력이 있었기에, 이시다 본인도 담당하는 신간 문예서의 초판 부수를 영업부가 낮게 잡으려고 할 때마다 악착같이 싸웠고, "이걸 누가 읽어?"라는 말을 대놓고 들은 책을 실제로 히트시킨 적도 있었다.

그러나 이 정도로 출판 불황이 이어지면 무용담만 늘어놓을 수도 없는 노릇이다. 최근에는 부수 결정 회의에서도 체념이 앞선다. 《올 요미모노》 편집장이라는 처지 때문일 수도 있다. 작가를 직접 담당하기보다 편집부 전체를 두루 살피는 업무가 늘었고, 생각하기도 싫은 이익까지 염두에 넣고 편집 방침을 세워야 하기에 아무래도 자기 주변만 신경 쓸 수 없게 되었다.

초판 부수는 많든 적든 고뇌의 씨앗이다.

어떤 잡지에 연재된 작품이나 게재된 단편을 몇 편쯤 모아서 가령 초판 7천 부로 단행본을 낸다고 해보자. 예상 이상으로 인기가 있으면 처음부터 더 많이 찍었어야 한다고 욕을 먹는데, 이건 그나마 낫다. 예상보다 판매량이 시원찮아서 중판되지 않으면, 왜 이런 원고를 가지고 왔느냐고 잡지 편집부가 혼난다.

급기야 판매량이 너무 저조한 작가에게는 글을 써달라고 말하는 것 자체가 어려워진다. 책으로 만들어도 회사로서 이익을 기대할 수 없다면, 잡지에 싣는 원고료를 주는 것도 무의미하다고 판단하는 것이다. 더 솔직히 말하면 이 원고료도 편차가 크다. 신출내기 작가와 인기 작가는 당연히 다르고 게재 매체에 따라서도 달라진다.

예를 들어 어떤 중견 작가에게 에세이를 의뢰할 때, 문예지의 원고료가 4백 자 원고지 한 장당 5천 엔이라면 신문은 그 두 배에서 세 배, 명망 있는 잡지나 주간지, 전문지 등이라면 그보다 조금 더 높을까. 일류 기업의 광고를 겸해 의뢰한 칼럼이라면 스폰서가 있는 만큼 파격적이지만, 여하튼 불황인 탓에 광고 자체가 확연하게 줄었다.

어찌 됐든 신문이나 잡지나 기업이 청탁하는 작가 자체가 한정적이니, 작가 대부분은 문예지 원고료만으로는 살아가지 못한다. 의뢰가 매달 끊이지 않고 들어온다는 보장도 없고, 한 달에 쓸 수 있는 매수에도 자연히 한계가 있다.

작가에게 물어보니, 모아둔 원고가 무사히 단행본으로 나오고 신간 출간일 다음 달에 '정가의 10퍼센트×초판 부수+소비세'에서 원천징수세를 뺀 금액이 은행 계좌에 입금된 것을 봤을 때 비로소 한숨 돌린다고 한다. 그러나 단가 2천 엔인 책이라면 인세는 한 권당 2백 엔, 즉 초판 5천 부로 시작한다면 수입은 백만 엔. 집필에 반년이 걸린다고 쳐서 한 해에 두 권을 내도 겨우 2백만 엔일 뿐이다. 이후 나올지 말지 모르는 문고본이 추가되어도, 도저히 수지타산 맞는 일이라곤 할 수 없다.

게다가 보너스는 없다. 복리 후생도 없다. 출판사와 고용계약이고 뭐고 없다. 그런 상황에서 얼마나 많은 작가가 최소한 초판 1만 부를 간절히 바라는지.

그걸.

'5만 부라……'

"네?"

되묻는 말에 이시다는 퍼뜩 놀라 고개를 들었다.

호텔 프런트, 체구가 아담한 여성 직원이 공손한 미소를 짓고 이쪽을 바라보았다. 아무래도 소리로 나와버렸나 보다.

"아니요, 아닙니다" 하고 얼굴 앞에서 손을 저었다. "죄송합니다."

"그럼 번거로우시겠지만 여기 단말기에 한자로 성함을 적어주세요."

재촉받아 전용 터치 펜을 움직였다. 石, 田, 三, 成. 종이와 느낌이 달라서 능숙하게 쓴 적이 없다.

三成라는 이름은 '미쓰나리'가 아니라 '산세이'라고 읽는데, 처음 만난 사람은 대부분 헛웃음을 짓는다. 어려서는 그게 너무 싫어서 부모님을 원망한 적도 있지만, 지금은 오히려 좋았다. 무수히 많은 출판사의 무수히 많은 편집자 중에서 작가가 단번에 이름을 기억하는 것만으로도 대단한 이점이지 않은가. 젊은 시절, 꼬장꼬장하기로 유명한 역사소설가가 이름을 칭찬하고 세키가하라 전투를 다룬 원고를 줘서 이시다는 사내에서 인정받기도 했다(이시다 산세이와 똑같은 한자를 쓰는 이시다 미쓰나리라는 전국시대 일본의 무장이 있다. 도쿠가와가 천하의 패권을 확립하는 계기가 된 세키가하라 전투 때, 이시다 미쓰나리는 도쿠가와 이에야스의 동군에 맞선 서군의 대장이었다—옮긴이).

개인 신용카드로 결제하고 회사 이름으로 영수증을 부탁했다.

"오늘은 18층 1826호실, 더블베드에 금연인 방을 준비했습니다. 여기 카드 키입니다. 편히 쉬세요."

호텔 로고가 그려진 반으로 접힌 종이를 받고, 이시다는 같은 층인 로비 라운지로 서둘러 달려갔다.

어깨에서 흘러내린 까만 배낭을 추스르자, 안에 담긴 단행본 세 권이 딱딱하게 등에 닿았다. 오늘 밤에는 이 책들을 집에 가지고 가 꼼꼼히 읽고 다음 주 조별 회의에 임해야 한다. 상반기 아쿠타가와상·나오키상 시상식이 8월 말에 거행되고 그로부터 아직 두 달도 지나지 않았으나 다음 후보 작품을 고르기 위한 예비 심사가 이미 고비에 들어섰다.

라운지의 넓은 티 룸에서 아모 카인이 허브차를 마시며 기다리고 있었다. 회색인지 모스그린인지 헷갈리는 미묘한 색의 원피스는 심플한데 한눈에 봐도 고급이었다. 다른 편집자와 임원과 함께 프렌치 레스토랑에서 식사하고 여기까지 택시로 이동할 때는 금목서가 떠오르는 향수 냄새가 은은하게 났다.

얇은 코트를 가지런히 개켜 옆에 놓고 소파에 여유롭게 몸을 기대 수첩을 펼친 그는 이시다가 가까이 다가가자 고개를 들었다.

"오래 기다리시게 해서 죄송합니다."

키를 사이에 끼운 종이를 내밀었다.

"결제는 마쳤으니 내일 체크아웃하실 때 그대로 가시면 됩니다. 룸서비스나 필요하신 것이 있으면 뭐든 방 앞으로 달아두시면 되고요."

"어머, 미안하네."

평소 그가 지내는 가루이자와 말고도 도쿄에는 남편이 사는 넓은 집이 있다. 대중에게는 서로 자유롭게 왕래하는 연인 같은 부부를 연기하지만, 실상은 도쿄에서 머물 때면 보통 이렇게 출판사가 숙소를 잡는다. 불규칙한 시간에 들락거리면 남편이 신경 쓰인다고 그가 말했기 때문이다.

"오늘은 무리한 부탁을 드려서 죄송합니다. 정말 고생하셨습니다."

아모 카인은 이시다가 내민 카드 키를 받아 테이블 오른쪽 구석에 놓고, 수첩을 덮어 그것 역시 옆으로 밀어놓았다.

"바로 집에 가야 해? 산짱도 커피라도 마시고 가지."

그가 기분 좋게 말해서 그러겠다고 짐을 내려놓으며 맞은편 소파에 앉았다.

그는 매달 원고나 교정 스케줄, 이벤트 일정 등을 적는 세로로 길쭉한 그 수첩에 평소 취재 메모도 쓰고 문득 떠오른 아이디어도 적는다. 파란 도마뱀 가죽 커버는 에르메스 것으로, 매년 전용 속지를 리필해서 쓰는 듯했다.

신호를 보내자 미끄러지듯 접근한 초로의 직원에게 따뜻한 블렌드 커피를 시켰다. 최근 마감 작업을 하느라 회사에서 숙식하는 날이 이어져서 조금이라도 일찍 집에 가고 싶은 심정이었으나, 그와 비슷하게 이 흥분감을 작가와 나누고 싶은 마음도 컸다.

《올 요미모노》에서 1년 넘게 연재했던 장편소설 《낙원의 끝》이 마침내 한 권의 책으로 만들어져서, 갓 인쇄된 신간 천 부를 회의실에 쭉 쌓고 한 권 또 한 권에 사인을 진행한 것이 오늘 오후다. 휴식 시간을 가지며 했지만, 담당 이외의 편집부 직원까지 포장 요원으로 가세했는데도 네 시간이 넘게 걸렸다.

오늘 밤 회식은 그 뒤풀이였다. 벌써 다음 연작 단편도 시작한 참이어서, 개별실에서 이루어진 대화는 한껏 달아올랐다.

"팔이 아프시죠." 이시다가 말했다. "손가락이 저리지는 않으세요? 원하신다면 방에 마사지사를 부르죠."

"괜찮아, 익숙하니까." 작가가 어딘지 천진한 표정으로 웃었다. "그래도 그저 고마울 따름이야. 그 정도 책의 산, 말하자면 산맥? 그걸 전부 전국의 서점에서 매입한다고 생각하면."

알게 된 지도 이제 곧 10년, 다른 출판사도 포함해 어떤 편집자와 비교해도 자신을 대하는 말투는 스스럼없이 마음을 터놓는 느낌이다.

"그야 그렇지만, 아모 선생님 책은 사인본이 아니어도 틀림없이 팔릴 테니까요. 실질적으로 서점을 위한 서비스 아닌가요."

"그리고 독자를 위해서지. 작가의 생살여탈권을 움켜쥔 건 서점과 독자야."

이런 말을 입에 담을 때의 그에게 거짓은 없다고 이시다는 생각했다. 언제나 지나칠 정도로 진지하게 독자를 생각한다.

소설 구상이 머릿속에 떠오른 순간부터 말을 짜내고 문장을 엮는 동안에도, 혹은 책 디자인이나 띠지를 결정할 때도 반드시 '독자'를 염두에 둔다. 이런 유형의 작가가 드물지는 않지만, 아모 카인 정도로 철두철미하게 거기에 집착하는 작가를 적어도 이시다는 모른다.

직원이 고급 커피를 정성스럽게 가지고 왔다. 아모 카인이 둥근 주전자에서 허브차를 한 잔 더 따르는 것을 보며 뜨겁고 씁쓸한 액체를 마셨다. 역시 맛있다.

"드디어네."

풀썩, 소파에 등을 기댄 그가 말했다.

"정말 그러네요."

"그 표지라면 당연히 최고일 줄은 알았는데, 늘어놓고 보니 역시 장관이었어."

"박력 있었죠. 눈에 띌 겁니다."

커버는 매트하고 온기 있는 백색, 제목과 저자 이름은 엠보싱 가공하고 금박과 은박을 넣었으며, 물방울 모양으로 도려낸 창문을 추가해 그 너머로 본체의 파란빛이 보이도록 했다.

"그렇게 정교하게 만들다니, 요즘은 쉽지 않잖아?"

이것이야말로 초판 부수가 많기에 할 수 있는 사치였다. 붙는 예산부터 다르다. 이시다는 연재할 때만 담당했고 한 권으로 정리한 것은 다른 편집자였지만, 책이 형태를 이루는 과정을 곁에서 지켜보는 것은 즐거웠다.

"전자책 제작도 허락해주셨지만, 이 작품은 반드시 종이책으로 소유하고 싶게 만들자고 했어요."

"누구 의견이야?"

"편집부 모두입니다. 그리고 저희 사내 디자이너도요."

"그래." 아모 카인이 미소 지었다. "고마워, 기쁘다."

저자의 만족도가 직접적으로 전해지면 이쪽도 보상받는 기분이어서 심장이 따뜻해진다.

"저희가 드릴 말씀이죠." 이시다가 고개를 숙였다. "내일도 대장정이 되겠지만 잘 부탁드립니다."

"전부 여덟 곳이던가?"

"네, 죄송합니다."

오전 10시에 《아사히신문》 문화 면을 시작으로 한 시간 간격으로 잡은 인터뷰가 총 여덟 건. 인터뷰를 위해 일부러 몇 번이나 상경하지 않도록 최대한 취재일을 겹친 결과였다.

취재기자는 모두 사전에 작품을 읽고 질문을 준비한다. 신간이 실물로 나온 뒤에 읽고 기사를 써달라고 하면 스타트 대시가 늦어지므로, 출간일보다 한 달 넘게 일찍 교열자와 저자가 각각 두 번 살펴본 재교 교정지를 바탕으로 '가제본'이라고 불리는 간이 책자를 만들어 문예평론가나 각 신문의 문화부 기자, 잡지 서평 페이지 담당자, 이른바 카리스마 서점 직원에게 배포한다. 스테이플러로 찍은 교정지를 배포하는 것보다 구색이나마 제본한 것이 접근성을 높인다.

“제대로 된 기자가 오면 좋겠는데. 가끔은 녹음한 걸 그대로 기사로 쓰는 사람도 있잖아.”

“유의하겠습니다. 아모 선생님께 부담되지 않게 저희가 손을 볼까요?”

“아니야, 내가 확인할게. ‘내 아이’를 위한 일이니까 노력해야지. 그보다 당신들도 노력해서 확실하게 밀어줘.”

그랬다.

이시다는 등을 폈다. 5만 부 정도로 엉거주춤하면 안 된다. 영업부와 연계해 마구마구 판매해서 중판이 들어가도록 노력해야 한다.

“네. 물론입니다.”

최대한 힘주어 대답하고 커피를 마셨다. 식어도 역시 맛있다. 고개를 들자, 아모 카인이 어이없다는 표정으로 이쪽을 보고 있었다. 움찔해서 컵을 내려놓았다.

“산짱.”

“……네.”

“지금 물론이라고 했는데……. 내가 한 말의 의미, 아는 거지?”

“네?”

“네, 가 아니잖아. 대체 뭘 어디로 밀 생각인데. 《낙원의 끝》이 서점에 열심히 밀지 않으면 팔지 못할 작품이란 소리야?”

훈훈해졌던 심장이 순식간에 얼어붙었다.

"아니요, 절대 그런 것은……."

"잘 들어, 내가 뭣 때문에 일부러 문춘에서 글을 썼다고 생각해?"

"그게 그러니까……."

"당연히 그다음 한 걸음이 있기 때문이지."

'그다음, 한 걸음.'

그제야 의미가 뇌에 도달한 것과 동시에 둔중한 충격을 느꼈다.

"그에 관해서도, 네……. 노력하겠습니다만."

"하겠습니다만?" 곧바로 말이 가로막혔다. "하겠습니다만, 이라니 뭐야. 기분 나쁘게."

"앗, 그게 아니라, 죄송합니다."

내심 또 이러나 싶었다. 가끔, 아니 종종 이런 일이 있다. 조금 전까지 기분 좋아 보였는데 갑자기 먹구름이 몰려오고 정신 차렸을 때는 머리 위에서 천둥이 친다.

아모 카인은 테이블에 올려둔 자기 수첩 부근을 바라보고 있었다. 반쯤 내리뜬 눈도 더해져서 자비 따위 없는 신처럼 보였다.

"다음 심사회가 내년 1월이지."

"……네."

"그때를 대비한 작품 읽기는 이미 시작하지 않았어?"

흘끗 이쪽을 봤을 뿐인데 뺨이 찌릿찌릿했다. 공기가 전기를 띤 것 같았다.

"그렇죠."

"나라고 뭐, 본 심사회에서 손을 써달라는 소리는 아니야. 하지만 최종 후보 몇 편 안에 남기는 것쯤은 산쨩이라면 할 수 있잖아."

"네? 제가 어떻게."

"시치미 떼지 마, 편집장님. 나오키상 심사회의 사회는 매번 《올 요미모노》 편집장이 담당하잖아? 그렇다면 최종 후보에 밀어 넣는 것쯤은……."

차오른 불쾌함이 무심코 표정으로도 드러났나 보다. 아모카인의 눈이 더욱 티 나게 험악해졌다.

"뭐야? 그런 표정을 지을 정도로 내가 뻔뻔한 소리를 했어?"

"아닙니다, 그런 게 아니라……."

"당신도 담당한 작품이 상을 받으면 공을 세우는 셈이잖아?"

"그거야, 그렇습니다만……."

"다 알고 있어. 지난번 영담사의 상, 마지막 몇 편으로 좁힌 단계에 이르러서 부장인가 국장의 한마디로 최종 후보가 한 편 늘어났다더라."

억누르곤 있으나 그의 목소리는 낭랑했다. 어설프게 얼버무려봤자 속지 않겠다고 그 눈빛이 주장했다. 이시다는 시선을 떨궜다.

프로 작가에게 주어지는 문학상은 스무 개가 넘고 대상과 성질도 다양한데, 제각각 심사 과정이 다르다. 문학부 대학생을 동원해서 사전 읽기를 진행하는 곳도 있고, 고등학생이 고르는 곳도 있고, 또 아모 카인의 말처럼 주최하는 출판사의 지위 높은 인간이 권한을 움켜쥔 곳도 있는 듯하다.

과거에 담당했거나 개인적으로 사이가 좋은 작가의 작품이 제법 높은 단계까지 남으면, 최소한 심사회에서 논의의 도마에 올리는 데까지는 돕고 싶은 것이 당연하다. 편집자라면 누구나 담당 작가를 후보에 남기고 싶다. 작가를 위해서이자 동시에 자신을 위해서기도 하다. 공로도 되겠지만, 기획부터 연재 내내 필사적으로 함께 달린 작품이 큰 상을 받는 기쁨이란, 어지간한 말로는 표현하기 어려울 정도로 엄청나다.

그러나 나오키상의 심사 과정은 아주 엄격하게 정해져 있다. 사실상 인위적인 조작이 어렵다.

다른 상과 비교해도 누가 뭐라든 대중의 주목도나 인지도의 차원이 다르다. 수상하면 신문과 TV 뉴스로 대대적으로 다뤄지고, 전국 방방곡곡의 지인에게서 꽃다발이나 화분이나 축전이 오고, 고향 관공서에는 현수막이 달리고, 졸업한 후로 만난 적도 없는 학창 시절 동창에게서 전화가 오기도 한다. 수상작은 곧바로 몇만 부나 증쇄가 들어가고 '경축 나오키상!'이 적힌 띠지로 바뀌어 서점의 가장 눈에 띄는 위치에 산더미처럼 쌓인다. 아마존 재고는 다 팔리고 작가의 이전 작품까지 중판되고 원고료가 올라가고, 수상 이후 첫 작품은 초판 부수도 늘어난다. 게다가 무엇보다 이후로 기회가 있을 때마다 필명 앞에 '나오키상 작가'라는 호칭이 붙는다.

한 사람의 인생을 대대적으로 바꿀 위력을 지닌 상인 만큼 후보를 꼽는 쪽도 어디까지나 신중할 수밖에 없다. 애초에 일본문학진흥회가 주최하는 예비 심사는 시스템이 매우 확고하고 엄정해서, 사원 아무개가 어떤 작품에 ○를 주었는지까지 기록된다.

그런데 이 사실을 사람들은 잘 모른다. '어차피 팔은 안으로 굽는 법이니 문춘에서 나온 작품이 뽑히겠지.' 이 정도로 여긴다. 눈앞에 앉은 아모 카인이 그러듯이.

"뭐 할 말 없어?"

무섭도록 낮은 목소리가 재촉해서 이시다는 고개를 들었다. 계속 노려보고 있었나 보다. 고독해 보이는 외모를 타고난 만큼 표정이 사라지면 가면을 쓴 것처럼 보인다.

"거짓 없이 말씀드려도 될까요?"

"……뭐를."

"저는 《낙원의 끝》도, 남십자에서 나온 《달의 이름》도 좋은 작품이라고 생각합니다."

"딱히 산짱의 감상을 듣고 싶은 건 아닌데."

"아모 선생님 작품의 뛰어난 점은 주저하지 않고 전력을 다해 추천합니다. 내용은 물론이고 잘 팔린다는 것도 소설의 강력한 힘 중 하나니까요."

"괜찮네, 그런 말을 듣고 싶었어. 그래서?"

"그러나…… 이건 부디 믿어주시면 좋겠습니다만, 편집장인 제가 가진 한 표도, 다른 편집자가 가진 한 표도 무게가 완전히 같습니다. 신입도 중견도, 나아가 상을 관리하는 일본문학진흥회에서 추가되는 이사나 평의원도 모두 한 표예요. 어떤 소설에 동그라미를 줄지, 의향은 저마다 다릅니다. 앞으로 몇 달에 걸쳐 조별 회의와 전체 회의를 반복하고 당연히 그때마다 토론을 거칩니다만, 결선 투표의 결과는 동그라미가 몇 개인지 그 숫자가 결정합니다. 일단 나온 숫자의 결과를 나중에 뒤집을 수는 없습니다."

아모 카인은 침묵했다. 이시다는 컵 바닥에 남은 진흙 같은 커피 흔적을 바라보았다.

"그러니 약속드릴 수 없는 점을 양해 부탁합니다."

대답이 없었다.

"하지만 아모 선생님의 작품 두 편이 최종까지 남을 때는……."

쏟아지는 시선이 아팠다.

"그럴 때는 같은 작가의 작품을 둘 다 남길 수는 없으므로 어느 하나를 고르게 됩니다만, 저로서는 《낙원의 끝》을 추천하겠죠……. 꼭 저희 책이어서가 아니라 소설로서 만듦새가 분명 뛰어나니까요. 담당자로서는 역시 좋은 작품으로 상을 받으시기를 바랍니다."

바짝 졸인 듯한 침묵이 이어졌다. 너무도 불편했다.

커피를 권했을 때, 볼일이 있다고 사양하고 떠날 것을 그랬다. 바늘방석이란 바로 이런 상황을 가리킨다. 그래도 거짓이나 속임수는 일절 입에 담지 않았다. 이것이 오랜 담당자가 보일 수 있는 성의고, 거짓을 말하지 않는다면 잠깐은 미워할지언정 인연이 끊기지는 않는다는 자신이 있었다.

이윽고 하얀 손가락이 쓱 움직이더니 테이블 구석의 카드 키를 쥐었다. 반으로 접힌 종이를 펼친 아모 카인이 숙박자 카드를 보더니 눈을 깜박였다.

"이게 뭐지?"

"……네?"

"이름이 '이시다 산세이'라고 되어 있는데."

"네?"

무심코 몸을 내밀어 들여다보니 그 말대로였다. 결제는 자신이, 숙박자는 아모 카인이라고 분명히 전달했는데 결제하면서 자신의 이름으로 사인한 탓에 프런트 직원이 실수했다.

"알아차려서 다행이지만 만약 내가 이걸 집에 가지고 가면, 분명 이혼 소동으로 발전할 일이야. 그렇잖아, 이래서야 산짱이랑 호텔에 묵은 것 같아."

"죄, 죄송합니다!"

허둥거리며 엉거주춤 일어났다. 상상만으로도 오싹했다.

"정말 죄송합니다. 잠시 돌려주시겠어요? 당장 정정해달라고 하겠습니다!"

안쪽 테이블에서 다른 손님이 무슨 일인가 하고 이쪽을 살폈다.

그때 웃음을 터뜨린 것은 아모 카인이었다. 고개를 숙이고 웃음을 참았다.

"농담이야."

"네?"

"이대로도 괜찮아. 남한테 보여줄 것도 아니고."

쓴웃음이긴 했으나 덕분에 조금 전의 바늘방석은 어디론가 사라진 듯했다. 여전히 반신반의하며 슬금슬금 다시 앉은 이시다와 시선을 맞추지 않은 채, 그는 키를 수첩과 함께 가방에 넣었다.

허브차를 다 마신 아모 카인이 코트를 팔에 걸치고 일어나, 결제를 위해 자리에 남은 이시다를 내려다보았다.

"산짱이 하는 말, 일단은 이해했어."

"······네."

"그러니까······ 지금 내가 한 말은 외부에 흘리지 말아줘."

"물론입니다." 이시다가 고개를 깊이 숙였다. "입이 찢어져도 발설하지 않겠습니다."

다시 쓴웃음을 지은 아모 카인이 발걸음을 돌리고, 마지막으로 짧게 뭐라고 중얼거리고 떠났다.

'과연 그럴까.'

그렇게 말한 것처럼 들렸다.

조금 상처를 받았다. 내용이야 어쨌든 작가가 이렇게까지 속을 터놓고 말해준 것 자체는 틀림없이 기쁜 일이었는데.

4

뭉게구름을 타고 가을이 온다는데, 최근 들어 가을이 점점 늦어지는 것 같다. 벌써 10월인데 하늘 절반은 소나기구름에 뒤덮였고, 솔이 스친 것 같은 새털구름은 저 높은 곳에 체면치레하듯이 흩어졌을 뿐이었다.

남십자서방 사옥을 나와 건널목 신호가 바뀌기를 기다리며 오자와 치히로는 손목시계를 확인했다. 옆에 선 후지사키 아라타도 마찬가지로 시간을 확인했다. 나가려는데 편집장이 불러서 예정보다 늦어졌다.

"택시를 탈까요?"

"음, 하지만 길이 막힐 것 같네."

그렇겠죠, 같은 대화를 평소보다 빠르게 주고받으며 평소보다 빠른 걸음으로 길을 건너, 두 사람은 지하철역 계단을 내려갔다. 정체된 미지근한 공기가 발밑에서부터 올라와 몸을 휘감고 역 구내 곳곳에 들러붙은 먼지와 타인의 땀 냄새가 밀려왔다.

치히로는 자기도 모르게 입으로 숨을 쉬었다. 한 달에 한 번, 어쩔 수 없이 냄새에 민감해지고 예민해진다. 이게 월경통 자체보다 은근히 괴롭다.

후지사키는 스마트폰을 댔고 치히로는 마찬가지로 스이카 교통 카드를 대며 개찰구를 지났다. 승강장에 내려가자 바로 전철이 들어왔다.

소설지《남십자》편집부의 치히로와 문예 단행본 편집부의 후지사키가 팀을 이루는 일은 드물지 않다. 함께 담당한 작가를 꼽으면 미나가타 곤조나 미야노 유키미처럼 확고부동한 대가도 있고 하세가와 슈나 아모 카인 같은 베테랑도 있는가 하면 바로 얼마 전에 결정된 신인상 수상 작가도 있는데, 마침 지금부터 그 작가와 만날 예정이었다. 우선은 두 달 뒤《남십자》에 수상 작품의 초록을 싣고 전체 원고를 입수해서 단행본으로 엮기 위해 오늘 첫 미팅을 하기로 했다.

남십자서방이 주최하는 서던크로스 신인상은 라이트 노벨 업계에서도 '수율 양호'로 유명하다. 즉 상을 받은 작가가 작품 하나로 끝나지 않고 계속해서 활약할 확률이 높다는 뜻이다. 그중에는 영상화될 화제작을 내거나 시리즈 작품으로 히트하거나 혹은 일반 소설로 넘어가 유명한 문학상을 거머쥔 작가도 있다.

이렇게 경계를 초월하는 일이 드물지 않은 요즘, 치히로는 라이트 노벨이나 보이즈러브 소설 같은 장르 구분 자체가 이미 낡았는지도 모른다고 생각한다. 소설은 결국 두 종류뿐이다. 좋은 소설과 그렇지 않은 소설. 편집자의 역할 중 하나는 때로 근소한 차로 나뉘는 그 경계선을 포착하는 것이다.

만나기로 한 장소는 우에노역에서 5분 거리인 커피숍이었다. 북적이는 아메요코(우에노역과 오카치마치역 사이의 넓은 상점가—옮긴이)를 빠져나가는 길은 냄새 고인 도가니여서 치히로는 괴로웠지만 어쩔 수 없었다. 후지사키의 등을 보며 쫓아가기 싫어서 최대한 어깨를 나란히 하고 걸었다.

"오, 제법 고풍스러운데."

꽤 복고적인 분위기의 문을 밀고 들어가자, 벌써 와 있던 상대방이 이쪽을 보고 고개를 꾸벅 숙였다.

필명은 이치노조 다카시, 본명은 스즈키 다카시, 스물일곱 살, 대형 문구 회사 근무.

약 한 달 전, 이후 수상작이 되는 《환상의 귀신》이 최종 후보에 올라간 시점에 한 번 만났다. 남십자서방 빌딩까지 찾아왔던 그때는 아직 한여름이었는데도, 스즈키는 양복에 넥타이를 매고 있었다. 후지사키가 "더우시죠. 편하게 벗으셔도 됩니다"라고 말했는데도 사양하고, 어마어마하게 흐르는 땀을 닦아가며 마지막까지 양복을 입고 있었다.

좁은 커피숍 구석 자리, 오렌지색 비닐이 덮인 의자를 끌고 앉아 각자 커피와 홍차를 시켰다. 카운터 바 테이블 끝에 손님이 한 명 있었는데, 주인과 대화하느라 이쪽을 신경 쓰지 않았다.

후지사키와 치히로는 앉은 자세를 고치고 말했다.

"다시 한번 수상을 축하드립니다."

"앗, 네, 감사합니다."

고개를 숙인 스즈키는, 오늘은 로고 들어간 티셔츠와 청바지, 그 위에 얇은 후드 점퍼를 걸친 캐주얼한 차림이었다. 앞머리도 왁스로 고정하지 않아 이마에 흐트러졌다.

"어떠세요, 조금은 실감이 드셨나요?"

후지사키가 싹싹하게 물었다. 치히로가 수상을 알렸을 때는 전화 너머로 몇 번이나 "장난 아니죠, 진짠가요, 못 믿겠어요"라는 말을 거듭했을 정도였다.

"네, 그렇지요. 이쯤 됐으니."

스즈키가 씁쓸하게 웃으며 대답했다. 복장과 헤어스타일 탓도 있겠지만, 지금까지 이미지와 비교하면 오늘은 왠지 건방져 보였다. 아무래도 좋다. 작가 본인의 성격은 작품과 관계없다.

"저기요."

스즈키가 치히로 쪽을 봤다.

"네."

"나폴리탄 스파게티 시켜도 될까요?"

"물론이죠, 얼마든지 편하게 시키세요."

"죄송합니다. 여기 나폴리탄이 맛있어서요. 후지사키 씨도 어떠세요?"

"저는 점심을 먹고 와서요, 아쉽네요."

"그럼 죄송하지만 사양하지 않고."

손을 들어 점원을 부르는 스즈키를 보며 치히로는 약간 껄끄러웠다. 이런 미팅의 식사비는 경비로 처리할 수 있고 딱히 공복도 아니다. 그러나 왜 후지사키에게만 먹을지 권할까. 그러면서 사무 처리 관련한 것은 이쪽에 물었다.

수상작을 처음 읽었을 때와 비슷한 위화감이었다. 주인공 남자는 대식가에 말투가 걸걸한데 속마음은 도를 넘을 정도로 다정하다. 한편 파트너를 이룬 여자는 성격이 세고 괄괄한데 때로는 누나 같은 포용력을 보인다. 등장인물의 성격이 극단적으로 스테레오타입인 데다 요즘 세상에 보기 드문 낡은 가치관이 엿보여서 심사회에서도 그런 점을 문제로 꼽았다. 물론 전체적인 이야기에는 그를 뛰어넘는 매력이 있었기에 수상작으로 결정했으나, 마지막까지 ×를 준 심사 위원이 있었던 것도 사실이다.

치히로도 작품 자체는 아주 재미있게 읽었다. 문장이 뛰어나고 긴장감 있게 스토리를 끌고 가는 전개력도 제법이었고, 소리 내 웃은 부분도 있고 눈물을 글썽인 부분도 있었다. 앞으로 어떻게 손을 대느냐에 따라 더 좋아질 수 있다. 그러기 위해서라도 남자에게는 '남성다움'을, 여자에게는 '여성다움'을 짊어지게 하는 스타일은 재고할 여지가 있다고, 오늘은 이 점을 알리기 위해서 왔다.

후지사키에게는 후지사키 나름의 생각이 있겠지만, 단행본으로 엮기 전에 우선 수상작 발표 호에 초록을 게재하기 위해서 전반부를 다듬을 필요가 있다. 이런 과정 하나하나가 스즈키를, 즉 이치노조 다카시라는 신인을 어엿한 작가로 이끌어가는 발판이 된다. 심사 위원에게서도 "아직 한참 멀었으니 확실하게 키워줘"라는 분부를 받았다. 책임이 중대하다.

철판에서 요란한 소리를 내는 나폴리탄은 확실히 맛있어 보였고, 비스듬하게 썬 어육 소시지와 얇게 썬 피망이 보기에도 향수를 자극했다. 스즈키는 입가에 케첩을 묻히며 집중해서 먹고 마지막으로 물을 마시더니 "죄송합니다, 배가 엄청 고팠거든요"라고 미소를 지으며 이쪽을 봤다. 콧잔등에 땀방울이 맺혔다.

"그럼 슬슬 본론으로 들어갈까요?"

치히로는 발밑에 놓아둔 가방에서 두툼한 갈색 봉투에 담긴 포스트잇 가득한 교정지를 꺼냈다. 점원에게 정리를 부탁한 테이블에 펼치고, 이어서 말해둬야 할 사항을 적어 온 노트도 꺼내 펼쳤다. 옆에 앉은 후지사키가 눈을 동그랗게 뜨고 들여다보았다. 이걸 만드느라 어젯밤엔 거의 자지 못했다.

처음부터 문제점만 지적하면 자신감을 잃고 주눅이 들지도 모른다. 먼저 장점을 칭찬해야겠다고 숨을 들이마셨을 때였다.

"아, 그 전에" 하고 스즈키가 말했다. "보고드릴 게 하나 있는데요."

"네, 뭐죠?"

"저, 회사를 그만뒀어요."

억, 하는 외침을 끝으로 후지사키가 경악했다. 치히로는 말도 나오지 않았다. 테이블이 쥐 죽은 듯 고요해져서 카운터석의 대화만 들렸다.

"놀라게 해드릴 생각으로 가만히 있었는데 이렇게까지 놀라셔서 기쁘네요."

"그…… 그야 놀라죠. ……아, 큰일이네."

후지사키가 신음했다.

"왜죠?"

"네?"

"왜 후지사키 씨가 큰일이라고 하시죠? 훌륭한 각오라는 말 정도는 들을 줄 알았는데."

"그게……. 아니, 그런데 왜 미리 상의해주시지 않았죠?"

"그러니까 깜짝 놀라게 해드릴 생각이었다니까요. 상의하면 의미 없잖아요.”

“그만두신 게 언제죠?” 치히로도 물었다. “혹시 수상이 정해지고서 바로였나요?”

“아니요.” 스즈키가 싱긋 웃었다. “두 분을 처음 뵌 다음 날입니다.”

귀를 의심했다.

“그렇다면 수상하게 될지 아닐지도 모르면서 그러셨다고요?”

“그렇게 되죠.”

“왜 그렇게 무모한 행동을……”

“무모한가요? 배수의 진이라는 말이 있잖아요. 음, 그러니까 그럭저럭 안정된 직장에서 계속 근무하는 상태로는 꿈을 이루지 못할 것 같아서요. 발원 같은 셈이죠.”

무심코 후지사키와 얼굴을 마주 보았다. 자기 얼굴이 거울에 비친 것처럼 상대의 표정도 곤혹스럽기 그지없었다. 좀 더 일찍, 일만은 절대로 그만두지 말라고 말해야 했다. 후회해도 이미 늦었다. 최소한 한마디쯤 상의했다면 좋았을 텐데.

“퇴사를 철회할 수는 없나요?”

자기도 모르게 묻자, 스즈키가 카랑카랑하게 웃었다.

“당연히 불가능하죠. 이미 제 자리는 사라졌습니다. 게다가 그렇게 쪽팔린 짓을 어떻게 하겠어요.”

“쪽팔린 짓이요.”

“사표를 낼 때 작가가 되겠다고 당당하게 선언했거든요. 어휴, 상을 받아서 정말 다행이에요. 판돈을 크게 건 내기에 이긴 기분이네요.”

옆에서 후지사키가 허어어, 하고 숨을 내쉬었다. 길고 깊은 한숨이었다.

“저기, 스즈키 씨.”

“이치노조입니다.”

“이치노조 씨. 이 말씀만은 드리겠는데, 이 업계가 그렇게 만만하지 않아요. 신인상을 받았어도 처음부터 책이 날개 돋친 듯 팔리는 것도 아니고, 두 번째와 세 번째 작품까지 살아남을지도 알 수 없어요. 혹독한 세계예요.”

“그런 것쯤은 알고 있습니다.”

“아니, 모르시니까 이런 말씀을 드리는 겁니다. 진심으로 원하는 작품을, 시간을 들여서라도 완벽하게 쓰기 위해서 따로 수입을 확보해야 합니다. 집세나 공과금은 어쩌시려고요. 조만간 식비도 줄여야 할 텐데요.”

“저금쯤은 있습니다. 여차하면 본가에 들어가는 방법도 있고요.”

“그걸 배수의 진이라고 하나요?”

“말꼬리 잡으시네요. 인제 와서 그런 말씀을 해도 소용없어요, 이미 그만뒀으니까.” 스즈키가 성질을 부렸다. “애초에 두 분은 제 재능을 믿어주셨잖아요.”

"재능이라면?"

"작가로서 재능이요. 1200편이나 되는 응모작 중에 딱 한 편만 뽑히잖아요? 주만지 아키라나 아모 카인처럼 서던크로스 출신인 인기 작가가 엄청 많잖아요. 저도 그렇게 되어 보이겠습니다. 이것만큼은 입에 발린 말이라도 좋으니 믿어주시죠."

다시 후지사키가 탄식했다.

"스즈키 씨."

"이치노조입니다."

"아니요, 아직 아닙니다. 책 한 권도 나오지 않았고 심지어 시상식도 끝나지 않았으니까. 스즈키 씨, 들어보세요. 아까 '내기에 이겼다'라고 말씀하셨는데, 회사를 그만둔 후에 수상하게 된 것은 우연입니다. 스즈키 씨는 아직 무엇 하나 이기지 못했어요. 그런 말씀은 5년이나 10년, 이 일을 계속한 뒤에 하세요. 재능이란 살아남는 힘입니다."

후지사키의 말이 전적으로 옳아서 치히로는 선배를 다시 봐야겠다고 생각했는데, 신출내기인 스즈키에게는 지나치게 엄격한 세례일지도 모른다. 알에서 깨어나 처음 본 것을 쫓아가는 병아리와 마찬가지로 신인에게 담당 편집자는 대체로 부모에 필적하는 존재다.

"저기, 일단……" 하고 일부러 밝은 목소리로 끼어들었다. "우선 눈앞에 닥친 일부터 생각할까요?"

"그러게요, 어휴 참."

스즈키가 중얼거렸다. 의연한 표정이지만 치히로가 도와
줘서 안도한 티가 고스란히 났다. 생각보다 알기 쉬운 사람인
가 보다.

"스즈…… 이치노조 씨가 먼저 해주실 일은……."

"스즈키면 됩니다, 아직은요."

샐쭉한 태도로 말했다.

"그럼 스즈키 씨가 해주실 일은 제목 재고입니다."

"재고요?"

"네. 다른 제목을 생각해주십사 합니다."

"왜죠?"

"심사회 자리에서 선생님들이 지적하셨어요. 모처럼 전체
적으로 훌륭한데 마지막에 이르러 갑자기 여러 번 나오는 '환
상의 귀신'이나 '몽환과도 같은 것'이라는 단어 반복이, 말하
자면 소설을 설명조로 만든다고요. 조만간 선생님들의 심사
평을 받으면 확인하실 수 있는데 분명 많은 공부가 될 거예
요. 매년 저희도 새롭게 배우는 것이 있거든요. 아무튼…… 마
지막 이 부분은 설명을 의도적으로 대폭 생략하고 결말만 툭
내보이는 편이 여운이 훨씬 깊어질 거예요. 그렇게 하면 제목
도 재고의 여지가……."

"싫습니다."

갑자기 말이 가로막혔다. 고개를 들자, 맞은편에 앉은 스즈

키의 표정이 심각했다.

"저는 안 고칠 겁니다. 그 제목에 그 내용으로 수상했으니까요. 고칠 이유가 없어요."

"……그게 말이죠, 스즈키 씨."

"아, 혹시 그런 건가요? 시키는 대로 제목을 바꾸지 않으면 자격 박탈이어서 수상이 취소된다거나?"

"그……런 일은 없습니다만."

"그렇다면 고칠 필요가 없네요. 내용 면에서도 명백히 잘못된 부분 말고는 절대 고치지 않겠어요. 이 소설은요, 여기저기 상에 응모했다가 몇 번을 떨어지고, 그게 열받아서 수없이 고치고 또 고친 끝에 완성했으니까 지금이 완벽한 형태예요. 단어 하나, 구절 하나도 바꾸지 않겠습니다."

"아니, 잠깐만요" 하고 후지사키가 끼어들었다. "이 작품 하나를 몇 번이나?"

"그랬는데요."

"떨어질 때마다 또 같은 작품을 수정해서?"

"안 되나요? 끈기만큼은 자신 있어요."

스즈키의 콧구멍이 벌어졌다.

"그러는 동안 다른 작품을 새롭게 쓸 생각은 안 하셨나요?"

"그런 식으로 도중에 내던지는 짓은 안 합니다. 이래 보여도 완벽주의여서요."

하하, 하고 자조적으로 웃는 스즈키를 치히로와 후지사키는 말없이 바라볼 수밖에 없었다.

낙선해서 분통했다면 다른 작품을 써서 다시 도전하는 것이 작가다. 손에 쥔 낙선한 작품에 집착한 나머지 두 번째, 세 번째 작품을 쓰지 못해서야 앞으로 전업 작가로서 살아갈 수 있을까. 자기 작품에 자신감을 품는 것은 중요하지만, 지적을 유연하게 받아들이고 흡수하는 것도 실력이다. 어지간한 천재가 아닌 한 그러지 못하는 작가는 사라진다.

"아무튼 제 소설이니까 제가 정합니다."

스즈키가 눈가에 잔뜩 힘을 주고 말했다.

"제목은 절대로 바꾸지 않을 거예요."

부엌 뒷문을 열자 역시나 채소가 한가득 놓여 있었다. 사카키는 이렇게 매일 아침, 마당 텃밭에서 딴 채소 중 절반을 두고 간다. 눈부신 아침 햇살을 받으며, 혹은 자욱한 안개 속에서 오도카니 자리한 대나무 바구니를 볼 때마다 생각한다.

'은혜 갚는 여우인가.'

계절에 따라 진짜 여우의 선물처럼 밤이나 버섯이 들었을 때도 있다. 아마노 가요코는 쪼그려 앉아 아침 이슬에 젖어 반짝이는 오이를 집었다. 손끝이 작은 가시에 찔려서 따끔했다.

오늘 수확은 굵고 든든한 오이 두 개에 터질 듯이 잘 익은 가지와 토마토가 하나씩, 큼지막한 피망과 노랑 파프리카, 두 손바닥에 꽉 찰 정도의 풋고추, 붉은빛이 귀여운 래디시에 루콜라와 푸른 차조기와 바질 같은 향미 채소. 이것이 수확량의 절반이라니 놀랍다.

매일 받다 보니 남을 때도 있지만, 많거나 적다고 불평할 생각은 없었다. 채소만 이렇게 많아서는 다 먹지 못한다고 말했다가 다음 날 아침 문 앞에 꿩이나 산토끼가 있을 것 같다.

묵직한 대나무 바구니를 부엌으로 옮겨 바로 아침을 준비했다. 완전 무농약이어서 전부 가볍게 흙을 씻기만 하면 된다. 어제 받았던 양상추를 손으로 찢고, 루콜라도 마찬가지로 찢고 오이와 토마토를 올렸다. 파릇파릇하고 싱싱한 향기가 났다. 색감을 위해 파프리카와 래디시도 약간, 또 반대편이 비칠 정도로 얇은 생햄을 얹고 파르미지아노 레지아노 치즈를 갈았다. 드레싱은 먹기 직전에 뿌린다.

산 모양 식빵이 구워지는 동안 홍차를 만들었다. 마리아쥬 프레르의 마르코 폴로, 우유는 데우지 않는다. 냉장고에서 에쉬레 버터를 꺼내 작은 접시에 한 조각을 담고, 예전에 런던 벼룩시장에서 산 버터나이프를 놓았다. 양각 장식이 들어간 은 나이프와 자루를 뒤덮은 진주층이 은은하게 반짝이는 것이 마음에 들어서 쓸 때마다 기분이 좋다.

달콤하고 구수한 냄새를 풍기며 빵이 다 구워지자 베란다의 둥근 테이블로 쟁반을 가지고 갔다. 우선 샐러드부터 천천히 먹기 시작했다.

남편과 도쿄에서 살던 시절에는 생채소를 좋아하지 않았다. 대신 채소 주스를 사서 매일 아침 한 잔씩 마셨는데, 공복일 때 그러면 혈당치가 급격히 올라간다는 것을 알고 당황해서 그만두었다. 가루이자와에 오고부터 채소의 놀라운 맛을 알았고, 그 감동이 너무도 강렬해서 사카키가 마당 귀퉁이를 경작하도록 묵인한 것이 지금에 이르렀다. 도쿄 음식점에서 나오는 샐러드는 여전히 별로였다.

올해 여름 채소는 슬슬 끝물이리라. 낙엽송 숲을 빠져나와 머리카락을 흐트러뜨리고 지나가는 바람이 이제 꽤 쌀쌀했다. 다시 안으로 들어가 부드러운 가운을 걸치고 나오자, 바로 앞의 모밀잣밤나무를 타고 오르는 야생 다람쥐가 보였다. 어디선가 쇠딱따구리인지 오색딱따구리가 나무를 쪼는 소리도 났다.

식빵이 노릇노릇 절묘하게 구워졌다. 배가 고프면 달걀도 먹지만 오늘 아침은 이렇게 단순한 게 좋았다. 회식이 이어져서 위가 지쳤다. 그저께 저녁이 프렌치 요리였을 때부터 다음 날의 인터뷰 여덟 건 이후에는 이탈리안 요리가 아니라 일식으로 해달라고 부탁할 것을 그랬다. 이시다 산세이라면 흔쾌히 가게를 찾았을 텐데. 취소 비용을 얼마간 내야 하더라도.

오래 알고 지낸 담당의 어딘지 갓파(일본의 상상 속 요괴로, 작은 몸집에 머리에 물이 담긴 접시가 있는 외양으로 알려졌다—옮긴이)가 떠오르는 수더분한 용모를 떠올린 순간, 불쾌한 일까지 생각날 것 같아 얼른 머릿속에서 몰아냈다. 이시다 따위로 모처럼의 아침 식사가 맛없어지면 아쉽다.

홍차에 우유를 조금 넣어 마시자, 익숙하고 화사한 향기가 감싸주는 것 같아 한숨이 나왔다. 역시 집이 최고라고 실감했다.

좋아하는 맛, 좋아하는 식기, 좋아하는 각종 천과 옷. 지금 입은 베이지 색 가운은 론 허먼 것으로 역 건너편 아웃렛에서 발견했다. 피부 위에 바로 입고 싶을 만큼 깃털처럼 부드럽고 포근하다. 집이 곧 직장이니 실내복을 깐깐하게 골라도 될 것이다.

테이블에 팔꿈치를 대고 유리 너머로 집 안을 바라보았다. 남편이 이 집에 오지 않은 지 오래지만 쓸쓸한 적은 없다. 일단 한번 둔 물건은 자신이 건드리지 않는 한 계속 그 자리에 있다는 것, 겨우 그 정도에 이렇게까지 마음이 차분해질 줄은 몰랐다. 모든 것이 제대로 된 곳에 배치되어 만족스럽고 차분한 공기가 흐른다.

거실 새하얀 벽에는 커다란 사이드보드를 놓고, 소형이지만 고급인 오디오 시스템 옆에는 외국 서적을 꽂아두었다. 주로 사진집이나 화집처럼 판형이 큰 책이다. 평소 문자로 머릿속을 꽉 채우는 반동으로 숨 돌릴 때는 글자 없는 아름다운 책을 펼치고 싶어진다.

글쟁이 따위, 하고 줄지은 책등을 바라보며 생각했다. 책을 읽지 않은 인간에게는 세상에 존재하지 않는 것이나 마찬가지다.

처음 방문한 네일 숍에서 직업을 물어서 솔직하게 작가라고 대답하면 "우아, 멋있어요. 혹시 서점에 가면 손님 책이 꽂혀 있기도 하나요?"라고 순진무구하게 묻는다.

서점 책장에 자기 작품이 꽂혀 있지 않은 인간이 애초에 작가라고 이름을 대겠느냐고 따지고 싶지만, 보아하니 요즘은 그렇지도 않나 보다. 비대한 자의식을 장황하게 늘어놓은 것을 인터넷에 공개했을 뿐이면서 프로필에 곧장 '작가'라고 적어 넣는 수치라곤 모르는 인간들이 발에 챈다.

데뷔했을 때부터 결심했다. 적어도 종이책을 세 권 내거나 이 일을 5년간 한 뒤에야 '프로'라고 이름을 대겠다고. 인터넷 공간을 거침없이 흘러가는 산문에 아무리 많은 사람의 시선이 닿아도, 그것만으로는 부족한 것 같았다. 데이터가 아니라 종이책을 출간해 한 권 또 한 권을 세상에 남기고 싶었다.

남기는 일을 하고 싶다. 이렇게 생각하는 자신이 너무 구식일까.

어려서부터 얼마나 많은 종이책이 자신을 구해주었던가. 책을 읽다가 주인공과 동화해서 분노로 부들거린 적도 있다. 눈물로 페이지가 얼룩진 날도, 다 읽은 책을 끌어안고 잠든 밤도 있다. 전자책으로는 그럴 수 없다. 은은하게 단내가 나는 낡은 종이 냄새를 맡을 수 없고, 꺼끌꺼끌한 촉감이나 두툼한 무게에 용기를 얻지도 못한다. 그때그때 자신이 품에 그러안았던 것은, 페이지 안에서 펼쳐지는 끝없는 이야기 세계인 동시에 '책'이라는 실체 있는 보물이었다.

지금 이렇게 소설을 쓰는 것은 그 시절의 은혜를 갚는 일인지도 모른다. 할 수만 있다면 누군가가 끌어안고 잠들 이야기를 쓰고 싶었다. 그럴 수만 있다면, 누군가를 위로하고 곁에 있어주고 싶었다.

그렇기에 아무리 가혹해도 마지막에는 어떤 형태로든 보상받는 이야기를 지금껏 써왔다. 그런 기도와도 같은 마음이 어째서 '작가 사정에 맞춰서 쓴다'느니 '인간을 그리지 않는다'라는 야유를 받아야 하는가. 지금까지 접한 심사 위원의 평이 생각나자 또 속이 부글거렸다. 그 인간도 저 인간도 호된 꼴을 당하면 좋겠다.

그저께 밤에는 실수했다. 프렌치 코스 요리와 함께 벌컥벌컥 들이킨 눈이 튀어나오게 비싼 와인 탓이다. 취하지만 않았다면 같은 말을 하더라도 조금은 완곡한 표현을 골랐을 것이다.

그렇게 대놓고 상에 대한 욕망을 드러내다니, 다시 떠올리기만 해도 부끄럽다. 죽고 싶다. 솔직히 이시다 앞이어서 너무 마음을 놓고 말았다. 다만 그쪽의 주장도 어설프지 않았나 싶다. 나오키상이 얼마나 특별한지는 모르나, 인간이 인간을 평가하는 일이므로 허점이 여기저기 있을 것이다. 그냥 맡겨달라고 대답하면 그만인데 '숫자를 뒤집을 수 없다'느니 뭐니, 건방지기는. 좀 더 다른 식으로 말할 수 있었을 것이다.

자기도 모르게 어금니를 악물며 설거지를 마치고, 홍차를 한 잔 더 만들어 2층 작업실로 올라갔다. 만에 하나라도 참사가 생기지 않도록 머그잔을 키보드보다 낮은 위치에 두고 컴퓨터를 켰다. 메일을 확인해 급한 것에 답을 보낸 뒤 오늘 일을 시작했다.

책상에 펼친 B4 크기의 두툼한 종이 다발은 내년 2월에 출간되는 장편소설의 초교 교정지였다. 게재 당시 데이터를 바탕으로 꼼꼼히 손을 봐 완벽한 상태로 납품한 원고가 책과 같은 배치로 인쇄되었다. 출간까지 아직 시간이 넉넉하지만 일찍 진행해서 가제본을 만들어 여기저기 배포할 생각인가 보다. 서점 직원이나 서평가의 입소문은 발행처에서 진행하는 광고 이상으로 효과가 있다.

빨간 펜을 들고 다시금 차분히 읽기 시작했다. 연재하고 시간이 지난 작품일수록 신선한 마음으로 읽을 수 있다. 마지막까지 읽고 이렇게 대단한 작품을 대체 누가 썼냐고 감탄하면 곧 걸작임을 의미한다. 이 작품은 그러리라는 예감이 들었다.

그런데.

3페이지에서 살짝 미간이 찌푸려졌다. 팔랑팔랑 넘겨 전체를 대략 살핀 시점에 결국 말이 나왔다.

"아, 정말, 왜 이러는 거야!"

이번 교정 담당자가 요소요소 적어놓은 연필 흔적에 짜증이 치솟고 심란해졌다. 지적이 하나하나 초점을 벗어났다. 큰 흐름을 전혀 파악하지 못한 주제에 소름 끼칠 정도로 아무 의미 없는 것만 소상하게 찔러댔다.

여자 주인공의 어두운 심정을 나타내려고 의도적으로 '그녀는 영맹(獰猛, 모질고 사납다는 뜻—옮긴이)한 미소를 지었다'라고 썼는데 수고스럽게도 연필로 '영맹한'에 동그라미를 쳐놓았다.

'뺄까요? 형용모순?'

멍청한 소리 하지 마. 단순히 '미소를 지었다'는 안 된다. 여기 어디까지나 '영맹한 미소'여야만 의미가 있는데 어떻게 '뺄까요?' 같은 제안을 할 수 있지. 월권행위에도 정도가 있다.

주인공과 깊은 관계를 맺은 소녀가 모르는 남자에게 끔찍한 일을 당하려 한다. 저항이 통하지 않아 쓰러지고, 입고 있던 스웨터가 위로 말려 올라가 반쯤 벗겨지는데, 그것을 '목 주변에 목도리처럼 뭉쳐졌다'라고 묘사한 곳에 또 연필로 화살표가 들어갔다.

'이렇게 되나요?'

까탈스럽네. 뭉쳐졌다고 썼으면 뭉쳐지는 거다. 이렇게 되나요, 라는 지적도 사람을 무시하는 것 같아서 너무도 무례했다.

심지어 상처를 치료하는 장면, 사이드 테이블 위에서 갈색 소독약 병이 쓰러지고 굴러서 '바닥에 떨어져 깨진 순간, 코를 찌르는 알코올 냄새가 주변을 가득 채웠다'라는 문장 옆의 여백에는 세상에, 테이블과 바닥과 병을 어설프게 그림까지 그려서 화살표를 하고 이렇게 적어놓았다.

'깨지지 않을지도 몰라요.'

이젠 나오느니 한숨이었다. 이보다 앞쪽에서 바닥에 푹신한 카펫이 깔렸다거나, 사이드 테이블 다리가 엄청나게 짧았다거나, 무심코 이런 식의 묘사를 했다면 어쩔 수 없다, 당연한 지적이다. 그러나 그런 내용은 어디에도 쓰지 않았다. 깨지지 않을지도 모르나 깨질 수도 있고, 이때는 깨졌다. 작가는 신이다.

한 글자도 건드리지 않고 빨간 펜을 던지고 등받이에 기댔다. 이런 경우가 지금까지도 가끔 있었다. 교열이라는 업무에 큰 도움을 받고 있고 진심으로 존경하고 감사하지만, 가끔 상성이 최악이면 교정지를 살피는 내내 성질이 가라앉지 않는다.

그러면 분노는 담당 편집자에게도 향한다. 교열 작업은 가능한 한 온갖 의문점을 드러내 사실과 대조하는 일이니 어쩔 수 없다. 그러나 편집자는 교정자가 보낸 교정지를 살피고 연필 표기를 하나하나 체크해 저자에게 보여줄 필요 없는 것은 지우개로 깨끗하게 지워서 보내야 하는 것 아닌가. 아니면 이번처럼 사소한 지적이 전부 다 옳다고, 저자가 직접 판단해야 할 중요한 사항이라고 진심으로 생각했을까. 그렇다면 담당자가 제정신인지 의심스럽다.

이런 고행을 4백 페이지 남짓이나 견디라고?

그런 생각이 들자마자 교정지를 덮고 택배로 받은 봉투에 쑤셔 넣었다. 이대로 아무것도 고치지 않고 담당자에게 보내겠다. 뭘 잘못했는지 고민하고 두려워하기를 바란다.

깜박해서 다 식어버린 홍차를 신경질적으로 마시며 창밖에 시선을 주었다.

아직 한낮도 되기 전인 숲 어디에선가 때까치 우는 소리가 들렸다. 불과 며칠 보지 않은 사이에 산벚나무의 잎이 물들었고, 단풍이 완연하게 들기 전에 지기 시작했다. 살랑살랑, 그 아래 풀밭을 무심하게 뒤덮는 마른 잎을 지켜보는 사이, 분노로 빨라졌던 심박수가 차츰 안정되었다.

책상 옆 책장에 손을 뻗어 묵직한 종이 다발을 꺼냈다. 원고를 납품하기 직전, 컴퓨터 화면이 아니라 종이로 최종 확인을 하려고 전체 출력한 것이다.

화는 나지만, 이것이 드디어 세상에 나갈 때 그 간판이 되는 것은 자신의 이름이다. 독자는 모두 '아모 카인'이라는 간판을 단 신간을 기다리고, 서점에 진열되면 구매해서 기대감에 차 읽는다. 무엇을 희생하든 그들을 배신할 수는 없다. 그냥 그대로였다면 아무런 가치도 없는 '아마노 가요코'를 '아모 카인'으로 있게 해준 사람이 바로 독자들이니까.

다시 펜을 쥐고 새하얀 원고와 마주했다. 이 작품을 더욱 발전시킬 수 있는 사람은 자신뿐이다. 교정자가 만들어낸 연필의 잡음 따위 필요 없다. 이 몸 안에서 울리는 자신의 목소리에만 귀를 기울이면 된다.

페이지를 넘기고 또 넘겼다.

그러는 사이, 새들이 울어대는 소리도 귀에 닿지 않았다.

택배 센터에 직접 집하하러 오라고 연락해도 되지만, 고용인은 부지런히 부리지 않으면 금방 게을러진다. 가요코는 새하얀 교정지를 사카키에게 시켜 보내기로 했다.

튼튼한 종이봉투에 넣고 편지 한 통도 곁들이지 않고 봉했다. 이런 한심한 교정지를 보낸 편집자라도 일단 반송용 착불 전표를 같이 보낼 정도의 머리는 있었나 보다. '수취인' 칸에 '문광당 출판부 다케다'라고 휘갈겨 적고, 성실하게 '님'을 지우고 '앞'이라고 고쳐놓았다. 이왕 이렇게 보낼 거면 발신인 칸의 주소와 이름까지 적어주면 됐을 것을, 일머리가 없다. 시골 주소는 유난히 길어서 한 글자 한 글자 필압을 담아 적는 것이 여간 귀찮은 것이 아니었다. 그랬는데 칸에서 삐져나오면 찢어버리고 싶다.

이걸 받은 다케다가 안에 든 것을 꺼내고 자기가 쓴 메모까지 그대로 돌아온 것을 알아차릴 때, 얼마나 낭패할지 상상하니 보기 좋게 한 방 먹인 기분이었다. 동시에 슬프기도 했다. 왜 이런 일을 하게 만드는지 모르겠다. 그쪽이 편집자 역할을 완수만 해주면 이쪽 역시 온 마음을 담아 답할 준비를 했는데.

이름 칸에 '아모 카인'이라고 적자마자 사카키를 라인 메시지로 호출했다. 얼마 지나지 않아 본채 현관 앞에 나타난 남자에게 제법 무거운 소포와 주황색 전표를 건넸다.

"보내고 와."

오늘 아침에도 일찍부터 제초기 소리가 들렸다. 조금 전까지 뒷정리를 하다 왔는지 작업복 바지에 진흙 튄 자국과 정체 모를 씨앗 같은 것이 점점이 붙어 있었다.

"거기 수취인 이름, 일부러 다케다 '님'이라고 고칠 필요는 없어."

사카키가 의아한 표정으로 이쪽을 봤다.

"괜찮다니까. 이대로 보내."

새우등인 장신을 구부리는 것처럼 끄덕이고 사카키가 짐을 받아 까만 소형 트럭에 탔다. 행동이 언제나 민첩해서 일흔이 다 된 나이로는 전혀 보이지 않았다.

발화가 어렵다지만 목소리가 전혀 나오지 않는 것은 아닐 텐데 가요코는 그에게서 짧은 대답도 들은 적 없었다. 용건이 있으면 그쪽도 라인 메시지를 보낸다. 큰 병을 앓기 전에는 어떤 목소리로 말했을까 같은 생각을 하다가 코로 흥 소리를 냈다. 그런 건 알 바 아니다.

희미하게 노란 물이 들기 시작한 낙엽송 숲을 지나, 자갈 밟는 타이어 소리가 360cc 엔진음과 함께 멀어졌다. 그 외에는 그저 고요했다. 공기가 맑아지고 점점 추워질 앞으로의 계절, 주변에 드문드문 자리한 별장에 체류하는 사람들 역시 줄어든다. 아이들이 떠드는 소리나 딱 봐도 멍청한 소형견이 짖는 소리도 이미 들리지 않았다.

이제 드디어 가루이자와의 가장 좋은 계절을 만끽할 수 있다고 생각하며 가슴 한가득 심호흡하고, 가요코는 마당을 어슬렁어슬렁 걷기 시작했다. 자신 말고 아무도 없는 것을 인식하자, 평소보다 훨씬 긴장이 풀렸다.

사카키의 텃밭은 한창때인 여름철과 비교해 초록빛의 세력이 많이 줄었다. 그가 생활하는 별채보다 먼 건너편에는 단풍 든 철쭉 산울타리에 둘러싸인 제법 세련된 별장이 있다. 저기는 아이도 개도 없는데, 여름 내내 방탕한 부잣집 아들이 여자를 끌고 모여서 시끄러웠다.

일명 별장족.

자신 역시 주민표까지는 이곳으로 옮기지 않았기에 대놓고 말하긴 그런데, 요즘 별장족들은 꼴불견이다.

최근에는 주요 도로에서 바로 눈에 띄는 곳에, 도쿄에서도 거의 보지 못하는 거품경제 시기의 러브호텔을 방불케 하는 집이 생겼다. 유서 깊은 피서지와 전혀 어울리지 않는 조악한 풍경이어서 앞을 지날 때마다 현기증과 구역질이 난다. 그런 집이 느는 것은 공해나 마찬가지다. 마을 조례로 엄격히 단속할 수 없을까.

자동차 운전도 그렇다. 장롱면허 주제에 시골이니까 안심이라는 듯이 도쿄 시나가와의 번호판을 단 벤츠나 포르쉐가 방약무인으로 달린다. 방향 지시등 없이 차선을 변경하는 건

예삿일이고, 마구잡이로 속도를 내나 싶다가 급브레이크를 밟고, 직진할 때도 오른쪽이나 왼쪽으로 지나치게 붙거나 이리저리 구불거리며 달린다. 자기 차의 내륜 차(차가 회전할 때 앞바퀴 궤적과 뒷바퀴 궤적의 차이. 보통 뒷바퀴가 앞바퀴보다 안쪽에서 돈다. 대형일수록 내륜 차가 커서 핸들을 많이 꺾어야 한다―옮긴이)가 대형 트럭 수준인 줄 아는지, 좌회전할 때면 일일이 오른쪽으로 핸들을 꺾어서 크게 도는데 얼마나 위험한지 모른다. 차폭도 제대로 몰라서 좁은 길에서 마주치면 엇갈려 지나가지 못하는데, 정차한 채 고집스럽게 양보하지 않아 어쩔 수 없이 이쪽이 넓은 곳까지 후진해줬더니 살벌한 눈빛으로 노려보며 지나갔다. 밤길에 툭하면 상향등을 켜서 마주 오는 차의 눈을 아프게 하는 것도 거의 백 퍼센트 그놈들이다.

또 꼽자면 일상적인 장보기. 한창 코로나 팬데믹일 때는 특히 심각했다. 지역민의 생활 기반이라 할 수 있는 마트에 아침 댓바람부터 대형차를 타고 찾아와, 딸에게도 보내줘야 한다느니 신바람이 나서는 몇 킬로그램이나 되는 쌀, 몇 박스나 되는 생수, 채소에 고기, 화장실 휴지와 물티슈와 세제 같은 일용품, 당연히 마스크와 알코올 소독액에 이르기까지 대량으로 쓸어갔다. 평소와 같은 시간대에 주민이 장을 보러 오면 물건이 제대로 남아 있지 않을 정도였다.

말이 나온 김에 거론하면, 별장족은 물론이고 관광객도 대부분 끔찍하다. 코로나 팬데믹이 어느 정도 진정되었을 시기,

마침 직접 장을 보러 간 가요코가 계산대에 줄을 섰는데, 장바구니에 잼과 노자와나(열무 비슷한 채소—옮긴이) 같은 특산물을 가득 담은 어떤 엄마가 이런 소리를 했다.

"어머나, 동네 사람들도 여기에 평범하게 장을 보러 오는구나."

건성으로 대답한 남편은 또 남편대로 괴성을 지르며 마트를 뛰어다니는 아이들을 방치하고 스마트폰이나 보고 있었다. 가지고 있는 신용카드 전부 자성이 망가지는 저주에 걸리면 좋겠다고 생각했다.

"모든 악의 근원은 역 앞 아웃렛이라고 하는 사람도 제법 있다고 해요."

일전에 남십자서방의 오자와 치히로에게 이런 말을 들었다. 그 말대로 역 근처에 아웃렛이 생기기 전의 가루이자와는 지금보다 훨씬 조용한 동네였을 것이다.

치히로에 따르면, 예전부터 이곳에 살던 어떤 남성 작가의 아내가 그런 말을 했을 때, 동석한 다른 출판사 담당자가 고개를 크게 주억이며 애초에 명품을 저렴하게 사려는 것 자체가 촌스럽다니까요, 그런 복작복작한 곳에 가려는 인간의 심리를 모르겠어요, 라는 소리를 했단다.

"그런데요, 누구라고는 말할 수 없지만, 돌아가는 길에 그 담당자와 아웃렛에서 딱 마주쳤어요. 그쪽도 여러 매장의 종이 가방을 잔뜩 들고 있었죠. 서로 시선을 피하고 못 본 척했지만요."

참고로 저는 아웃렛 진짜 좋아해요!라는 치히로의 말투가 재미있어서 박장대소했다.

요즘은 도시에서 온 이주자도 늘어 초등학교 교실이 부족해지는 추세라고 한다. 마을 입장에서야 세금 수입이 늘고 음식점도 많아져서 편리해질지 모르나, 조용한 환경을 바라고 사는 사람으로서는 하나도 고맙지 않다. 편리함과 살기 편함이 반드시 비례하는 것은 아닌데…….

그때 손에 든 스마트폰이 진동했다. 확인하니 지금 막 떠올린 당사자, 오자와 치히로의 메시지였다.

내일 토요일 오후 12시 반쯤, 행사장에 도착할 예정입니다. 구와바라 선생님도 행사 후에 뵙는 자리가 기대된다고 말씀하셨어요!

두 번 읽고 답을 보냈다.

오케이. 나도 기대돼.

뭘 입을지 정해됐다. 내일은 사카키에게 부탁하지 않고 직접 아우디 핸들을 잡을 생각이었다.

6

"부친 대부터 가루이자와에 신세를 많이도 졌습니다만, 이제부터가 제일 좋은 계절이지 않습니까. 여름에도 물론 기분 좋지만, 저는 겨울의 가루이자와가 특히 좋습니다. 춥기야 매섭도록 추운데, 그 점이 시원시원하고 심지어 청아하게 느껴집니다……."

TV에서 친숙하게 듣는 낮고 부드러운 목소리가 마이크를 거쳐 행사장 구석구석 도달했다. 무대 옆 윙 스테이지의 음향 스태프가 응시하는 모니터 화면은 너무 작아서 객석 분위기를 알 수 없었다. 오자와 치히로는 윙 스테이지에 준비된 접의자에서 일어나 장막 사이로 슬쩍 내다보았다.

대학교수의 강연회라고 하면 딱딱한 인상인데 구와바라 다쓰히코의 강연회는 달라서, 오늘도 행사장을 채운 관객 절반 이상이 여성과 중장년이다. 아버지는 저명한 역사소설가고 본인은 현재 50대 중반인 근대 일본 문학 연구자인데, 월간 《남십자》에 신변잡기처럼 가벼운 에세이를 연재하고, 종종 신문에 평론이 실리고 해설자로서 TV 방송에 출연하기도 한다.

다만 미디어 노출이 많다고 반드시 청중이 모인다고 할 순 없다. 구와바라라면 늘씬한 장신에 우울하지 않은 생김새와 이지적인 말투는 물론이고, 뭐니 뭐니 해도 타고난 목소리의 매력이 모객에 큰 역할을 한다고 치히로는 생각한다.

지금도 모두가 집중하게 하는 캐시미어 같은 소프트 보이스의 위력이란, 이쯤이면 무기 아닐까. 작년 《남십자》 지면에서 젊은 논픽션 작가와 대담했을 때는 관련 없는 부서에서도 여성 편집자들이 하나둘 견학하러 와 회의실 벽면을 채울 정도였다.

이번 강연은 대형 프랜차이즈인 동네 서점에서 남십자서방을 통해 의뢰하고, 담당인 치히로가 창구 역할을 맡아 진행하게 되었다. 가루이자와 작가들이라는 묶음으로 이야기를 들려주십사 청하는 의뢰에 구와바라가 그것만으로는 범위가 좁다고 해서 강연 주제를 '작가라는 생물'로 정했다. 어떤 내용이 될지는 "나도 잘 모르겠군"이라는 것이다.

치히로가 도쿄에서 같이 온 이유는 매니저 없는 구와바라를 혼자 움직이게 둘 수 없었기 때문이다. 주최자의 요망은 자칫 폭주하기 쉽기에 본인을 대신해 거절하는 역할을 맡을 사람이 필요하고, 또 드물게 거리감이 미묘한 팬도 있다. 집요하게 쫓아다니거나 접근하는 일이 생기면 곧바로 사이에 파고들어 말려야 한다.

어지간한 일은 생기지 않겠지만 후지사키 아라타가 다른 일 때문에 같이 못 가게 되어 조금 원망스럽다…… 라는 소리를 마침 아모 카인과 미팅하다가 불쑥 털어놓자, 자기도 꼭 강연을 듣고 싶으니 가겠다고 그쪽에서 말을 꺼냈다. 조금 전부터 객석을 살폈으나 치히로의 시력으로 뒷자리의 얼굴까지는 또렷하게 보이지 않았다.

"예전부터 이곳은 많은 문인의 사랑을 받았습니다."

구와바라의 이야기는 여유롭게 이어졌다.

"별장을 소유했던 작가를 꼽으면 아리시마 다케오, 무로 사이세이, 가와바타 야스나리……. 엔도 슈사쿠도 유명하죠. 호리 다쓰오는 가루이자와가 무대인 소설을 몇 편이나 남겼고 미시마 유키오는 '세련된 소설을 쓰고 싶다'면서 만페이 호텔에 머물며 《흔들리는 미덕》을 썼습니다.

현재도 많은 작가가 이곳에서 지내지요. 별장도 포함하면 상당수가 되지 않을까요. 그렇지, 언제였더라, 바로 저 앞 골프장에서 출판사 주최로 골프 대회가 열려서 전날 밤부터 가루이자와에 집이나 별장이 있는 작가와 만화가가 모여 바비큐 파티를 했습니다. 그때 '여기 있는 사람들만으로 단발성 잡지를 만들어 출간하면 꽤 팔리지 않을까' 같은 농담을 주고받았습니다. 실제로 낸다면 분명 각자 지분을 따지느라 분란이 생기지 싶지만요."

수런수런 떠드는 듯한 웃음이 행사장에 퍼졌다.

"아까 안내를 받아 서점을 살펴봤는데, 지역 작가 책장도 따로 있었습니다. 이토록 작품을 사랑해주신다니 행복한 일이죠. 집필 환경 면에서도 여기는 참 훌륭한 곳입니다. 조용한 분위기에서 일할 수 있고, 미팅이나 다른 일로 도쿄에 가야 하면 지금은 편도 한 시간 정도로 갈 수 있어요. 자연 속 휴양과 도시의 자극, 무리 없이 양쪽을 다 음미할 수 있으니 분에 넘칩니다.

거주 작가 중에 여러분이 아마 잘 아는 분이라면, 후지모토 요시나카 씨와 고이즈미 마리코 씨 부부일까요. 후지모토 씨는 아쉽게도 몇 년 전에 타계하셨지만, 한 지붕 아래에 두 명의 나오키상 수상 작가가 살고 심지어 파트너가 되어 오랜 세월 단란하게 지냈다니 실로 대단한 일입니다.

왜냐하면 작가란 동서고금을 막론하고…… 제 경우 가장 가까운 표본은 아버지입니다만, 말하자면 업보 깊은 생물입니다. 자기 자신 안에 도사리는 괴물과 격투를 벌인 끝에 절충하는 것도 힘든데 부부 모두 작가 아닙니까. 실례를 무릅쓰고 말하면 집안에 똑같은 종류의 괴물이 하나 더 있는 셈입니다. 이거야 원 여차했다가는 지옥입니다. 후지모토 씨와 고이즈미 씨 부부는 정말이지, 자기 자신을 조절하는 정신력이 강인한 것은 물론이고 서로를 원하는 강렬한 마음이 어지간한 수준이 아니었을 겁니다. 저는 두 분을 진심으로 존경합니다.

그 외에 '개를 위해 이사했다'고 하는 작가도 있습니다. 하세가와 슈 씨나 유이하라 가이 씨 같은 분인데, 더위를 타는 대형견이 조금이라도 시원하게 여름을 보내게 하려고 이사하셨다죠.

마찬가지로 십몇 년 전에 여기로 이주한 모리야마 유카 씨와 얼마 전에 대담을 나누었는데요, 하세가와 슈 씨와는 온 가족이 가까이 지낸다고 하시더군요. 모리야마 씨라면 연애소설, 한편 하세가와 씨는 하드보일드가 특기인 작가이며 심지어 태도도 강경하시죠. 설마 그 두 분이? 신기해서 확인했더니 하세가와 씨 말씀이 '확실해'라는 겁니다. '모리야마 유카는 우리 집 운전기사이자 전속 정원사야'라며 아주 거만하게 으스대더군요. 들어보니 모리야마 씨가 술을 거의 즐기지 않는 분이어서 다 같이 식사하러 갈 때는 솔선해서 운전을 담당하신다는, 우리 같은 주당에게는 신으로 모셔도 좋을 감사한 이야기인데, 하세가와 씨 입을 통하면 아무렇지 않게 '우리 집 운전기사'가 됩니다."

조금 전보다 무람없는 웃음이 터졌다. 분위기가 풀리기 시작했나 보다.

"다만 만약 서로 도쿄에서 계속 살았다면 애초에 접점이 없었을 거라고 하셨습니다. 가루이자와에 비해 도쿄의 인구가 많다는 이유 때문은 아닐 겁니다. 쓰는 장르도 거뜬히 초월한 교제가 이루어지는 것은 역시 이 토지가 지닌 신비한 힘이며 포용력 덕분이라고 해도 좋다고 저는 생각합니다."

치히로는 무의식중에 고개를 끄덕였다. 그 말대로 예전부터 문인들끼리 교류가 자라났던 토지인 만큼 이곳에는 다른 지역과 달리 일종의 독특한 공기가 흘렀다. 담당 작가를 만나러 오갈 뿐인 자신도 느낄 정도였다.

다만 당연히 예외도 있는데, 같은 지역에 살면서도 동업자와 일절 교류하지 않는 작가도 있다. 예를 들어 아모 카인……. 생각이 미친 그때, 바로 그 본인이 행사장 뒤쪽으로 들어오는 것이 보였다. 얼굴이 보이지 않아도 틀림없을 것이다. 선 자세만으로도 알 수 있다. 살짝 몸을 웅크리며 들어온 그는 제일 뒷줄의 빈자리에 조용히 앉아 가방을 무릎에 얹고, 이후로는 꼼짝하지 않았다. 왠지 시선이 무대가 아니라 이쪽으로 쏟아지는 기분이었다.

구와바라의 이야기는 현대에서 시간을 거슬러 올라가 이윽고 자기 전문인 다이쇼·쇼와의 문학 세계(다이쇼와 쇼와는 일본의 연호로 각각 1912~1926년, 1926~1989년이다. 각 시대를 대표하는 작가로는, 다이쇼는 아쿠타가와 류노스케와 다니자키 준이치로 등을 꼽을 수 있고 쇼와는 가와바타 야스나리, 다자이 오사무, 미시마 유키오 등이 있다—옮긴이)로 옮겨갔다. 저마다 명망 있는 문호들의, 너나 할 것 없이 상식을 부수는 에피소드에 관객은 흠뻑 매료되어 귀를 기울였다.

"자, 조금 전에 언급했던 가와바타 야스나리…… 이 작가가 다자이 오사무의 원한을 사 '찌르겠다' 같은 아주 불온한 소리를 들은 적 있는데 아십니까?"

앞줄에 앉은 **묘령**의 부인들이 눈을 휘둥그레 뜨고 모른다고 고개를 저었다.

"이 이야기를 하려면 먼저 지금으로부터 대략 90년 전까지 돌아가야 합니다. 어디 보자, 여러분, 아쿠타가와상과 나오키상을 아시죠. 아쿠타가와상이라는 이름이 아쿠타가와 류노스케에서 온 것은 쉽게 연상할 수 있을 텐데, 그렇다면 나오키상은 어떤가요. 알고 계십니까?"

같은 부인들이 또 모른다고 고개를 저었다. 중년들의 반응은 정직하다.

"실은 다이쇼 말기부터 쇼와 초기에 걸쳐 활약한 나오키 산주고라는 작가가 있습니다. 그때는 아주 유명했어요. 대중 시대소설로 크게 히트했고, 영화로 만들어진 작품이 50편쯤 있습니다. 산주고는 필명으로, 데뷔 당시 서른한 살이어서 처음에는 나오키 산주이치라고 했고 이듬해에는 산주니, 또 이듬해에는 산주산이라고 고쳤는데 서른네 살인 산시는 '참사'와

발음이 같아서 하나 뛰어넘어 산주고가 된 지점에서 멈췄습니다. 친구인 기쿠치 간이 그만 좀 하라고 혼냈다는 설도 있어요(산주이치부터 각각 31, 32, 33, 34, 35라는 뜻. 참사(慘死) 역시 '산시'라고 발음한다—옮긴이).

그런데 이 기쿠치 간이 대단한 사람이었죠.《아버지 돌아오다》나《진주부인》을 쓴 소설가이자 저널리스트이며 정치가였고, '문예춘추'라는 출판사를 세운 실업가였습니다. 요즘은 '문춘포(《주간 문춘》에서 특정 대상을 집중적으로 공격하는 기사를 내는 것을 말한다—옮긴이)'로 유명한 그 출판사죠. 남을 잘 돌보는 사람이어서 출판사를 시작한 것도 젊은 작가들의 작품을 실어 원고료를 주고 먹고살게 하기 위해서였어요.

쇼와 2년, 그러니까 1927년에 친했던 아쿠타가와 류노스케가 서른다섯 살이라는 젊은 나이에 제 목숨을 끊었을 때, 기쿠치 간의 조의는 눈물로 목소리가 제대로 나오지 않았다고 합니다. 또 1934년, 나오키 산주고가 마흔세 살에 병사했습니다. 이때 기쿠치는 맹우들의 이름을 딴 두 개의 문학상을 설립하겠다고 결심했어요. 앞으로 문예춘추라는 출판사가 없어져도 상이 존속할 수 있게, 그것까지 생각해서 일본문학진흥회라는 별개 조직을 세워 관리를 맡기기도 했습니다. 그런 점이 역시 수완가죠. 참고로 아쿠타가와상은 순문학, 나오키상은 대중문학이 대상이고, 처음에는 둘 다 무명 신인에게 주는 상이었지만 이윽고 변화해서 지금 나오키상은 이미 활약하는 중견 작가에게 주는 일이 많아졌습니다.

그럼 이쯤에서 아까 언급한 가와바타 야스나리와 다자이 오사무의 이야기로 돌아갈까요. 다자이는 지금도 인기가 대단한 작가지요. 10대에 읽으면 대부분 푹 빠져요. 다만 이렇게 말하면 그렇지만, 일본 문학사를 돌이켜도 1, 2위를 다툴 하남자입니다. 소설은 젊은 시절부터 썼는데, 자살 미수를 몇 번이나 반복하고 게이샤나 여급과 동반 자살 사건을 일으켜 여성만 죽게 하고, 복막염을 치료하느라 쓴 마약성 진통제에 중독되어 마약 주사를 사느라 돈을 다 써버리고……. 그런 끝에 수업료도 결국 내지 못해 도쿄제국대학에서 제적되었습니다.

기쿠치 간이 두 상의 설립을 발표한 시기가 마침 이때였습니다. 20대 중반인 다자이는 그때 어떻게든 아쿠타가와상을 받고 싶다고 생각하죠. 현실적으로 5백 엔이나 되는 고액의 상금도 물론 원했겠지만, 사실 그는 예전부터 아쿠타가와 류노스케라는 인물 자체에 심취했습니다. 중학생 때 노트에 아쿠타가와 류노스케, 아쿠타가와 류노스케, 아쿠타가와 류노스케라고 빽빽하게 적고 초상화까지 그렸다고 하니 뼛속까지 팬입니다. 그러니 무슨 수를 써서라도 이 상을 원했죠. 존경하는 아쿠타가와의 이름을 계승하는 것은 바로 나다, 내 작품이야말로 아쿠타가와상에 어울린다고 스스로 믿었습니다.

그러나 제1회 심사회에서 다자이의 작품은 맥없이 낙선합니다. 심사 위원 중 한 명, 가와바타 야스나리가 쓴 심사 평은 이렇습니다. '작가의 현재 생활에 불길한 구름이 끼어 재능을 순수하게 드러내지 못하는 아쉬움이 있었다.' 표현이 조금 복잡한데, 요컨대 작가 자신의 현재 생활이 너무 문란하여 문학을 이루려는 재능이 전혀 발휘되지 않았다고 생각한다는 의미입니다. 이걸 읽은 다자이는 아주 단순하게, 사생활에서 이런저런 문제를 일으키는 걸 이유 삼아 수상을 막았다고 받아들이고 몹시 화를 냈습니다. 작가의 생활이 무슨 상관이냐, 작품은 그것 자체로 평가해야 한다고 항의하고 가와바타 야스나리를 저격하는 글을 문예지에 발표했어요. 그게 앞서 잠깐 소개한 '찌르겠다고 생각했다. 끔찍한 악당이라고 생각했다'라는 문장입니다. 이쯤 되면 격분했다고 해야겠죠.

그런데 이런 글을 썼으면서 다자이는 제2회, 제3회 심사회 때는 손바닥 뒤집듯이 가와바타에게도, 또 다른 심사 위원인 사토 하루오에게도 애원하는 편지를 썼습니다. '부디 저에게 주십시오. 한 치의 술수도 없사옵니다', '제2회 아쿠타가와 상은 제게 주시기를 엎드려 간청드리옵니다' '저를 잊지 마십시오. 저를 말려 죽이지 마십시오'…… 특히 사토 하루오에게 보낸 편지는 4미터에 이르는 길이였으니 어찌나 집요한지, 그야말로 목이 빠질 정도로 간절한 마음, 무섭도록 강렬한 인정 욕구의 발로였지요."

도중부터 치히로는 숨을 제대로 쉴 수 없었다. 장막 그늘에서 관객석 마지막 열로 시선을 주는 것조차 두려웠다.

구와바라에게 당연히 다른 뜻은 없다. 대중적으로 지명도 높은 문학상을 화제로 삼으면 좋겠다고 생각했을 뿐이고, 실제로도 관객 모두 흥미진진하게 귀를 기울였다. 그러나 다자이의 일화가 이런 맥락으로 나올 줄 미리 알았다면…… 아모카인이 들으러 오겠다고 한 시점에 무슨 수를 써서라도 막았을 것이다. 그 이전에 구와바라의 담당이 자신인 것도, 강연에 동행하는 것도 절대로 흘리지 않았을 텐데.

"결론부터 말씀드리면 다자이는 아쿠타가와상을 받지 못했습니다. 제3회 이후로 '과거 후보에 올랐던 작가는 이후 후보에 올리지 않는다'는 규칙이 생겨서 그의 꿈은 무너지고 말았죠. 지금은 이 규칙이 사라져서 아쿠타가와상과 나오키상 모두 여러 번 후보에 오르는 사람이 있습니다. 특히 나오키상은 신인상이라는 성격이 없으므로 본인만 승낙하면 몇 번이든 오케이죠.

다만 그중에는 두 번 다시 후보에 올리지 말라고 하는 작가도 있어요. 수상 레이스에 휩쓸리지 않고 집필에 전념하겠다는 이유도 있겠고, 자기 작품의 가치는 어차피 심사 위원이 이해하지 못한다고 거리를 두기도 합니다. 무리도 아니지요. 일일이 평가당하고 낙선하면 다자이가 아니라도 상처 받아요.

한편으로 열 번이나 후보에 올라 마침내 수상한 작가도 있습니다. 여러분 중에는 아홉 번이나 떨어졌다니 명예롭지 못하다고 여기는 분도 계실지 모르나 제 생각은 다릅니다. 그렇게 몇 번이나 후보에 올랐다는 것은 다시 말해 오랜 세월에 걸쳐 수준이 뛰어난 작품을 계속 썼다는 뜻이니 불명예가 아니라 아주 명예로운 일, 위업이라 해도 좋지 않을까요.”

구와바라가 입을 다물고, 잠깐 사이를 둔 뒤 다시 말을 이었다.

“사견입니다만…… 상이란 다양한 의미에서 두려운 존재입니다. 예나 지금이나 마찬가지인데, 자칫하면 한 사람의 인생을 바꿔버려요. 저도 어떤 문학상의 심사 위원을 맡고 있습니다. 매년 후보작이 도착할 때마다 하나하나와 맞찌르며 싸우겠다는 각오로 읽습니다. 내용을 자칫 잘못 이해하거나 놓치기라도 하면 큰일이니까요.

다만…… 어떻게 표현하면 좋을까요. 오해를 무릅쓰고 말하자면, 상의 행방에는 아무래도 타이밍이나 숙명과 같은 요소가 작용합니다. 이 작가라면 훨씬 뛰어난 작품을 쓸 수 있을 테니 이번에는 떨어뜨렸는데 다음에도, 또 다음에도 그저 그래서 전작이 더 좋았다는 의견이 나옵니다. 그렇다면 그때 상을 줬으면 됐을 텐데 심사 위원도 신이 아니니 앞날까지는 내다보지 못하죠. 지금 눈앞에 있는 작품을, 전력으로 읽고 전력으로 판단할 수밖에 없습니다.

그 작가만의 걸작이 마침 만들어진 타이밍……. 또 그 한 권이 마침 어떤 다른 작가의 작품과 나란히 후보가 되는가와 같

은 숙명도 포함해서, 어느 지점부터는 그 작가가 타고난 수호
성의 영향 아래에 있지 않을까요……. 아무튼 이렇게 잔혹한
측면이 있다고 솔직히 생각합니다. 노골적인 말로 바꾸자면
운이라고 하겠지요. 저는 그런 불확실한 것까지 전부 포함해
서 '재능'이라는 이름으로 부르지 않을까……."

　강연회는 오후 3시가 넘어 끝났다. 이어서 지역 서점의 진
행으로 사인회가 열렸고, 오자와 치히로는 평소처럼 저자의
왼편에 서서 사인을 마친 책을 받아 간지를 끼우고 줄을 선
독자 한 명 한 명에게 건넸다.

　도중까지 관객석 뒤쪽에 앉아 있던 아모 카인은 남은 사람
이 다섯쯤으로 줄자 자리에서 일어나 줄 끝에 섰다. 맑은 파
란빛 스웨터에 오프화이트 스커트, 브이넥으로 파인 가슴에
는 자그마한 다이아몬드 목걸이가 반짝였다.

　치히로는 의도적으로 아무 생각도 하지 않는다는 듯한 미
소를 짓고 시선을 마주했다. 구와바라의 말을 그가 어떻게 받
아들였을지는 아무리 생각해도 정확히는 모르겠고, 안다고
해서 뭐라고 말할 수도 없다. 담당인 자신이 할 수 있는 일은
앞으로도 오로지 하나뿐이다.

　눈앞에 선 그가 구매한 책을 내밀며 말했다.

　"처음 뵙겠습니다, 구와바라 선생님. 저는 아모 카인이라고
합니다."

"오오, 선생이군요."

치히로에게 언질을 들었던 구와바라가 활짝 웃었다.

"오늘 정말 감사했어요. 멋진 말씀 잘 들었습니다."

"허허, 부끄럽습니다. 본업이 소설가이신 분 앞에서 건방진 소리를 늘어놔서."

"무슨 말씀이세요." 사인 옆에 메모를 곁들이는 구와바라의 손을 내려다보며 카인이 말을 이었다. "눈이 번쩍 뜨인 기분이었어요. 결국 우리 작가는 고독하게 자신과 싸울 수밖에 없겠죠. 그것도 승리도 패배도 없는 싸움을요."

음음, 하고 고개를 끄덕이며 사인을 마친 구와바라가 다시 고개를 들었다.

"아모 씨."

"네."

"이렇게 만나 뵈어 기쁩니다. 나는 아모 씨의 소설에 아주 강렬한 인력이 있다고 생각해요. 다음에 또 후보에 오르기를 기대하고 있습니다."

치히로는 움찔해서 구와바라의 정수리를 내려다보았다.

……또 후보에.

손이 멎은 치히로 대신 구와바라가 직접 간지를 끼워 내밀었다. 아모 카인은 받아 들고 짐짓 기쁜 듯이 웃었다.

"고맙습니다. 다음에 또 느긋하게 말씀을 들을 기회가 있으면 좋겠어요."

"그래요, 또 만납시다."

인사하고 발걸음을 돌린 카인의 뒷모습을 배웅한 뒤, 구와바라가 일어났다.

"그러면 우리도 돌아갈까."

뒷정리는 서점 직원에게 맡기고 치히로는 구와바라와 나란히 행사장을 나섰다. 넓은 주차장에 이미 호출한 택시가 와 있었다.

구와바라는 이대로 다음 주까지 센가타키에 머무른다고 한다. 치히로도 예전에 카메라맨과 함께 인터뷰 취재를 위해 방문한 적 있는데, 원래 영국인이 세웠고 이후에 구와바라의 아버지가 양도받았다는 별장은 언젠가 지역 문화재가 되고도 남을 만큼 정취 있는 건물이었다. 최근 새롭게 등장한 별장족과는 수준 다른 격이 느껴져서 진정한 명문가란 무엇인지 그때 처음으로 생각했다.

깊이 허리 숙여 택시를 배웅하고 고개를 들자, 웅장한 아사마산의 기슭이 장밋빛 저녁놀에 물들었다. 어느새 바람이 제법 차가워졌다. 해가 기울면 역시 추웠다.

어깨에 건 토트백을 추스르고 치히로는 익숙한 하얀 아우디로 걸어갔다. 운전석에 앉은 아모 카인을 보고 조금 놀랐다. 평소 가루이자와에서 미팅할 때면 반드시 자택 말고 지역 호텔의 라운지를 이용하는데 그때마다 함께 다니던 초로의 운전사가 오늘은 없나 보다.

"수고했어."

조수석 문을 연 치히로에게 기분 좋은 목소리가 들렸다. 애용하는 향수의 달콤한 향이 났다.

"기다리시게 해서 죄송합니다."

"별로 기다리지 않았어. 사실 조금 멍하기도 했고. 오늘 강연, 알려줘서 고마워."

"……강연, 괜찮았죠."

"응. 오길 잘했어. 여러모로 의미 있었어."

비꼬는 뉘앙스는 없는 것 같아서 안심했다.

"대학교수는 말을 잘하네."

"그렇죠. 구와바라 선생님은 특히 다르시지만요."

버튼 하나로 시동을 건 아모 카인은 두 손으로 핸들을 쥐고 그럼, 하고 중얼거렸다.

"그런데 치히로 씨." 앞 유리 너머 아사마산을 올려다보며 말했다. "혹시 오늘 서둘러 돌아가야 해?"

"그렇진 않아요. 차만 마시지 말고 어디 가서 식사할까요?"

"그래도 좋은데 내일 일요일이잖아. 다른 용건 있어? 회사에 가봐야 한다거나?"

"아니요, 특별한 일은 없어요."

"그럼 우리 집에서 자고 가면 어때?"

네? 하고 반사적으로 목소리가 뒤집혔다.

"아모 선생님 댁에서요?"

“안 돼? 싫을까?”

“아니요, 싫다니요.”

싫다거나 안 되는 건 아니다. 놀라움과 망설임이 앞섰다.

“실은 하고 싶은 말이 너무 많거든. 돌아갈 시간을 신경 쓰면 차분하게 대화도 못 나누니까.”

도쿄행 신칸센 막차는 밤 10시 이후였다. 아직 해도 지지 않았는데 도대체 얼마나 ‘많은’ 이야기를 할 생각일까.

“그래도…… 괜찮으세요?”

“괜찮으니까 말하는 거지.”

승낙이라고 받아들인 카인이 활짝 웃었다.

“좋아, 결정한 거다. 그러면 와인에 어울리는 먹을거리를 사서 가자. 먹고 싶은 거 있어? 뭐든 만들어줄게.”

아모 카인의 집에 묵는다니……. 차츰차츰 현실감이 차올랐다. 이 일을 시작한 지 5년 반, 담당 작가의 자택에 머무는 것은 처음이지만, 남자 집에 묵는 것도 아니니 곰곰이 생각해도 별반 위험하진 않을 것 같다.

“고맙습니다. 그럼 감사히 신세를 지겠습니다.”

“잘됐다.”

환하게 웃는 얼굴을 보자 어린애 같은 사람이다 싶어 재미있었다.

“죄송한데 도중에 편의점에 잠깐 들러도 될까요?”

“편의점? 뭐 사려고?”

“칫솔과 속옷을······.”

“그거 회사 경비로 처리되나?”

“아마 안 되겠죠.”

“그럼 아예 아웃렛에 갈까? 수입 란제리 가게가 있어. 마음에 드는 거 사줄게.”

“그걸 누구 보여주라고요!” 외치면서 치히로도 결국 웃음을 터뜨렸다. “괜찮아요. 편의점 팬티면 충분하거든요.”

각오했더니 왠지 기대되었다. 상대가 아모 카인인 만큼 긴장되지 않는다면 거짓말이지만, 지금까지보다 깊은 이야기를 나눌 수 있을 것 같아 기쁘다. 자신에게 뭔가 바라는 것이 있다고 생각하니 더욱 그랬다.

그럼 가자, 하고 카인이 차를 출발시켰다. 대형 마트는 걸어 다니기만 해도 지친다면서 역 근처에서 주전부리와 치즈 등을 간단히 사고, 산뜻한 스파클링 와인도 샀다.

우회 도로를 벗어나 한동안 달렸다. 오른쪽에 크기가 상당한 호수가 보였다. 호반을 빙그르르 돌아서 숲으로 들어가자 이윽고 집에 도착했다. 뉘엿뉘엿 해가 지는 하늘 아래에 도드라진 하얀 벽이 보였고 마당 안쪽의 별채에도 작게 불빛이 반짝였다. 그 운전기사의 집일까.

“밥 먹기 전에 목욕부터 해. 그러는 편이 마신 뒤에 편하니까.”

포근한 수건과 잠옷을 받아 머리까지 감고 나오자, 창밖은 이미 완연한 어둠에 잠겨 있었다. 보태니컬 무늬의 중후한 커튼을 치고, 카인이 교대해서 욕실로 들어갔다.

둘 다 반질반질 윤기 흐르는 민낯으로 식탁에 마주 앉아 오늘 밤의 첫 술잔을 맞댔을 때쯤, 치히로 내면에 있던 어색함은 제법 흐려졌다. 사 온 치즈와 마른 과일, 생햄은 물론이고 카인이 부엌에 서서 척척 만들어준 술안주가 또 맛있어서 와인이 잘 넘어갔다.

메인 요리인 파스타를 삶는 등에 대고 뭔가 돕겠다고 말하자 "괜찮으니까 앉아 있어"라며 웃었다. "2인분쯤 금방 하니까."

"아 그때도……."

간신히 말하는 도중에 멈췄는데 목구멍이 좁아져서 사레들릴 뻔했다. 다행히 카인의 귀에는 들리지 않은 듯했다.

작년 여름이었다. 나오키상 후보에 두 번째로 오른 아모 카인은 세타가야의 한적한 주택가에 있는 마당 딸린 단층집 레스토랑을 빌려 후보작 담당자는 물론이고 안면 있는 출판사의 담당 편집자 열 명 남짓을 불러 모아 다 같이 결과 연락을 기다렸다.

이런 식의 이른바 '대기 모임' 자체는 드물지 않다. 규모는 제각각인데 후보 작가는 보통 담당자들과 결과를 기다린다. 그러나 아모 카인은 그저 막연하게 기다리지 않았다. 심사회는 오후 5시부터 시작인데 "이런 건 축제니까 즐기는 사람이 이기는 거야"라며 한낮부터 사람들을 모아 마당 한쪽의 화덕에 직접 불을 지펴 손수 만든 피자를 모두에게 대접하고 파스타까지 인원수만큼 만들었다.

요리는 맛있었다……. 아마 그랬을 텐데 기억이 희미하다. 무알코올이 아니라 평범한 맥주를 마셨어도 도저히 취하지 못했을 것이다. 4시가 지나고 5시가 지나고 6시가 지나고, 무리해서 밝은 이야기를 끌어내 분위기를 띄우는 데도 모두가 지쳤을 무렵, 아모 카인 본인의 휴대폰이 울렸다. 대답하는 표정을 보면 결과는 명백했다.

분풀이다, 마시자!로 이어졌다면 그나마 나았다.

그러지 않았다. 시작된 것은 '범인 수색'이었다.

이번 후보 작품이라면 반드시 수상할 거라고 말한 편집자는 누구와 누구인가. 작품에 부족한 점이 있다면 도대체 뭐가, 어떻게 문제인가. 작품 이외에 원인이 있다면 무엇인가. 심사 위원 중에 반대한 자는 누구인가.

창백한 얼굴이 분노로 일그러진 아모 카인은 담당 한 명 한 명에게 생각한 바를 말하라고 추궁하고, 누구의 말도 납득할 수 없다며 난동을 부렸고, 결국 참을 수 없어진 한 편집자가 심사회 사회를 맡은 문춘《올 요미모노》의 편집장을 불러서 설명을 듣자는 말을 꺼내기까지 했는데, 당연히 편집장은 올 수 없었다. 당시 아직 부편집장이었던 이시다 산세이가 연락했으나 수상자 기자회견에 참석하느라 바빠 그럴 상황이 아니었다. 그게 더욱더 불에 기름을 들이부었다.

그날 밤의 거북함이 되살아났다. 동석했던 후지사키 아라타와 함께 좌불안석이었다. 자사에서 낸 작품이 후보가 되지 않아 정말 다행이라고 생각했고, 언젠가 그런 일이 생겼다가 또 이와 같은 일이 반복된다고 상상만 해도 두려워서 부디 두 번 다시 후보가 되지 않으면 좋겠다고 바라기까지 했다. 그렇지만.

"자, 먹자!" 눈앞에 새우와 콜리플라워 페페론치노가 등장했다. 구운 마늘 냄새가 위장을 자극했다. "이건 먹어도 살 하나도 안 쪄."

"네?"

"새우도 콜리플라워도 담백하잖아. 그러니까 괜찮아."

"처음 들어요."

"희끄무레한 건 칼로리가 낮아 보이잖아."

"그럼 지방이나 설탕은요?"

그렇지만 지금 이렇게 서로 무방비한 잠옷 차림으로 마주하자, 치히로의 내면은 또 별개의 감개로 채워졌다.

그때 아모 카인을 지배했던 강렬한 분노는 자기 아이가 다친 엄마의 분노와 비슷하지 않을까. 그러고 보면 지난 서점 사인회 이후에도 그랬다. 남십자서방의 임원까지 불러서 그가 확인하고 싶었던 것은 말하자면 자기 아이를 향한 애정이다. 아모 카인이 낳고 기른 작품을 저자 본인과 비슷하게 소중히 아끼는지 아닌지, 충성심을 눈에 보이는 형태로 보여달라고 요구했을 뿐이다.

'내가 뭐 틀린 말을 했나요?'

아니, 틀린 것은 하나도 없다. '엄마'라면 당연하다.

포크로 돌돌 만 뜨거운 파스타를 입에 넣었다. 소금 간도 완벽하게 맞았다.

"……아모 선생님."

"어때, 괜찮아?"

"네. 정말 맛있어요." 왠지 콧속이 시큰해졌다. "아모 선생님."

"응?"

"저는…… 아모 선생님이 만드시는 걸 좋아해요."

"어, 뭐야, 요리 말이야? 요리 말고?"

"누가 뭐라고 하든 아모 카인의 소설은 최고예요. 그 누구에게도 지지 않아요. 이기고 지는 문제가 아니라고 해도, 다른 어떤 작가에게도 없는 것이 분명히 있어요. 저는 알아요. 아니, 믿어요. 언젠가 온 세상이 아모 카인의 발밑에 엎드리는 때가 와요. 그때까지 무슨 일이 있어도 저는 반드시 선생님 편이니까요."

"……치히로 씨, 많이 취했어?"

"그럴지도 몰라요. 하지만 거짓말이 아니에요."

"알았어, 알았으니까."

"정말로 거짓말이 아니……."

카인이 테이블 맞은편에서 후후 웃었다.

“거짓말이라고 생각하지 않아. 나도 내 작품을 믿는걸.”

“아모 선생…….”

“알았으니까 자, 먹자. 식겠다.”

포크로 콜리플라워를 찍어 입에 넣었다. 새우도 찍으려고 했으나 몇 번이나 놓쳤다. 이어서 파스타를 한가득 먹은 치히로에게 “고마워” 하고 카인이 불쑥 말했다.

“많이 믿고 있어. 다른 누구보다도.”

울고 싶은 것을 필사적으로 참았다. 상복 없는 작가를 가련하게 여기는 눈물이라고 오해받기 싫었다.

다자이가 써서 보낸 애원 편지를 진심으로 웃어넘길 수 있는 작가가 얼마나 있을까. 누구나 상찬을 원한다. 인정받고 싶고 자신감을 얻고 싶고, 자기 자신을 자랑스럽게 여기고 싶을 것이다.

“있잖아, 치히로 씨.”

“네.”

점점 취기가 도는지 머리가 멍했다.

“내 편이라고 했지.”

“물론이죠.”

“사실은 상담하고 싶은 게 좀 있는데.”

치히로는 포크를 내려놓았다. 마침 다 먹은 참이었다.

“만약에. 만약 당신이 어떤 작가에게 초고 교정지를 보냈는데 그게 새하얀 백지로 돌아오면 어떻겠어?”

"백지요?"

"교열자가 한 교정에 대해 아무런 판단이나 빨간 펜으로 수정한 부분도 없이, 자기가 메모를 첨부해서 보낸 그 상태 그대로 돌아오면. 심지어 아무리 찾아도 작가의 편지 한 장도 같이 오지 않았다면."

상상했다. 목덜미의 솜털이 오싹하게 일어났다.

"……아마 지릴지도요."

두려워서 조금 과장을 담아 말했으나 카인은 웃지 않았다.

"그렇지. 그 정도로 큰일이라고 생각하지. 적어도 뭔가 큰일이 생겼다는 걸 알아차리겠지."

"그야 당연하죠."

"다행이다."

"네?"

"내가 이상한가 싶었어." 후, 하고 숨을 내쉬었다.

"오늘 나, 강연회에 지각했어. 시간 맞춰 출발했는데 막 도착했을 때 전화가 와서. 어제 보낸 교정지가 오전에 도착했다는 담당자의 연락이었는데, 그게."

말을 멈추고 카인이 이쪽을 빤히 봤다.

"앗, 설마."

"맞아. '아모 선생님, 혹시 댁에 수정한 교정지가 남아 있나요~ 실수로 새하얀 걸 보내신 것 같은데요~'라더라."

"……어디의 누구죠, 그 멍청이는."

“그걸 물어보게?”

“괜찮으시다면요.”

“문광당의 다케다 씨.”

기운이 빠졌다. 그 경박한 세 치 혀로 살아가는 날라리. 전에 아웃렛에서 딱 마주쳤을 때, 작가의 아내에게 고자질할 걸 그랬다.

“그래서 내가 너무 화가 나서.”

“그야 당연하죠.”

“내 소중한 아이를 그런 사람에게 맡길 수 없다 싶어서.”

“당연합니다.”

“그걸 끝으로 원고를 돌려받기로 했어.”

“당연……. 네?”

“연재는 문광당 잡지에서 했지만, 단행본은 거기에서 내지 않겠어. 두 번 다시 그 출판사와는 일하지 않을 거야. 다케다 씨에게도 확실하게 그렇게 말했어. 무슨 소린지 모르겠다고 해서 그건 내가 할 말이라고 했어.”

그렇게 됐으니, 하며 카인의 강렬하게 번뜩이는 눈이 치히로를 바라보았다.

“그 소설, 대신 치히로 씨 출판사에서 내고 싶어. 그런 한심한 교정지와 별개로 나는 완벽하게 완성해뒀거든. 그러니까 치히로 씨한테 맡겨도 되지?”

7

일요일, 이시다 산세이는 구립 경기장 관중석에 있었다. 아들이 속한 축구 팀의 공식 시합이 있어서 아내와 딸과 함께 응원하러 왔다.

초등학생이라도 요즘 아이들은 발육이 좋아서 체구가 작은 아들이 힘에 밀려 구를 때마다 안절부절못했지만, 화창한 가을 하늘 아래, 아들과 가족이 즐거워하는 표정을 보니 기뻤다. 시합을 마치고, 모처럼이니 분발해서 본격적인 중식집에 들렀다.

메뉴판을 펼치자 아들이 "비싸다!" 하고 눈을 크게 떴다.

"먹고 싶은 거 시켜. 우선 모둠 전채부터 시킬까."

“나는 바로 라멘 먹을래. 아깝잖아.”

“그런 건 신경 쓸 필요 없어” 하고 아내가 타일렀다. “다른 건 뭐 먹을래? 칠리 새우?”

“그럼 가느다란 고기랑 피망 들어가는 거, 이름이 뭐더라.”

“고추잡채?”

“그거.”

“나는 탕수육 먹을래. 파인애플도 들어갔겠지?”

금방 활기가 도는 원형 테이블로 점원을 부르려고 한 손을 드는데, 머릿속에 창백한 얼굴이 떠올랐다. 지난주 밤, 호텔 라운지에서 아모 카인과 마셨던 커피. 남에게 절대 말하지 말라고 약속한 대화……. 가족이 단란하게 어울리는 이 자리와 너무도 이질적이어서 마치 자기 몸이 둘로 나뉜 기분이었다.

그러나 이건 딱히 새삼스러운 일은 아니다.

매일매일 작가들이 보내는 엄청난 매수의 원고, 그것도 미스터리에 SF에 판타지, 연애소설과 청춘 소설과 시대소설 등 다양한 장르를 읽고, 작가 개개인과 논의를 주고받으며 이 허구의 세계를 견고하게 만들 방법을 모색하는 일에만 마음을 쏟으면, 문득 정신이 든 순간 현실 세계로 돌아오기 어려울 때가 있다. 현실이 그 강도를 잃어서 눈앞의 아내도 딸도 아들도 그 전부가 아른아른 멀어지고, 오히려 지금까지 머릿속을 차지했던 창작의 세계가 확고한 것처럼 느껴져서 멍해진다.

“빨리 집에 가고 싶지?”

옆에 앉은 아내가 조용히 힐난해서 이시다는 마지못해 미소 지었다.

"안 그래."

나오키상 예비 심사의 조별 회의를 내일로 앞두고 아직 살펴보지 못한 단행본 두 권을 가지고 왔다. 얼른 돌아가서 계속 읽어야 한다는 초조함이 얼굴에 드러났을 수도 있다. 이 시간부터 읽으면 밤을 새워야겠지만, 그래도 역할을 맡은 이상 집중해서 한 글자, 한 구절을 진지하게 읽어야 한다.

나오키상 발표는 한 해에 두 번. 상반기는 12월부터 5월까지 발표된 단행본이 심사 대상이고 후보작은 보통 6월 중순에 발표되어 7월에 심사회, 그다음 8월에 시상식이 열린다. 한편 하반기는 6월부터 11월까지 나온 작품이 대상이고 심사회는 이듬해 1월이다.

따라서 지금 이시다가 읽는 것은 6월 이후 서점에 진열된 작품들이었다. 앞으로 12월 후보작 발표를 위해 대여섯 작품까지 좁혀야 한다.

아모 카인에게는 그때 말이 나온 김에 다소 설명했으나, 사실상 나오키상 심사가 이런 대상작 사전 읽기부터 시작해서 어떤 방식으로 진행되는지, 현역 작가들 대부분 모르지 않을까. 어쩌면 동업자인 다른 출판사의 편집자들도 자세하게 파악하지 못했으리라.

이번 8월 시상식이 끝나고 새로운 띠지를 두른 수상작이 서점 평대를 채웠을 무렵, 상을 관리하는 일본문학진흥회에서 일찌감치 이시다 산세이에게 연락이 왔다. 다음 나오키 산주고상 예비 심사 위원으로 위촉합니다, 라는 연락이었다.

마찬가지로 위촉된 사람이 이번에는 《올 요미모노》에서 네 명, 출판부 열 명, 문고부 여섯 명. 거기에 진흥회의 두 명이 더해져 총 스물세 명이 예비 심사를 진행하게 되었다.

우선 네 명에서 다섯 명씩 다섯 개의 조로 나뉘어 각각 세 권의 작품을 읽고, 월초에 열리는 조별 회의에서 논의를 거쳐 월말 전체 회의에 남길 작품을 정한다. 좋은 작품이 있다면 두 권 남길 때도 있고 한 권도 없을 때도 있는데, 어떻게 되든 각 위원이 모든 작품에 ○△×를 주고 ○는 1점, △는 0.5점, ×는 0점으로 계산한다. 낮은 득점을 한 작품부터 순서대로 논의하는 것은 본선 심사회와 같다.

월말에는 그 결과를 바탕으로 전체 회의를 여는데, 그때 스물세 명의 위원이 한자리에 모인다. 공평성을 위해 사회는 위촉된 위원과 별개로 일본문학진흥회 사무국장이 맡는다. 처음부터 전원이 투표하지는 않고, 다섯 조에서 올라온 몇 개의 작품을 놓고 작품마다 한 명 한 명의 의견을 듣는다. 위원은 먼저 자기 평가를 ○△×로 설명하고, 그렇게 평가한 이유와 다음 단계에 남길지 말지 자기 생각을 말한다.

이때 '오른쪽에 남긴다'라는 표현을 쓴다. 손에 든 작품 목록 중에 최종 후보작의 후보로 남기고 싶은 것을 서류 오른쪽

칸에 추가하기 때문인데, 한마디로 행동을 그대로 표현한 말이다. 예를 들어 "지금 시점에서는 한 가지 기준으로 삼아 오른쪽에 남기죠"나 "후보작에 반드시 올리고 싶은 완성도니 적극적으로 오른쪽에 남기고 싶습니다", 혹은 "이 작품은 여기까지면 될 것 같습니다" 같은 식으로 말한다. 최종적으로 좁힌 시점에서 작품 수가 부족해지는 것을 피하려고 어느 쪽인지 판단하기 어려울 때는 일단 오른쪽에 남긴다.

이 조별 회의와 전체 회의를 상반기와 하반기 모두 세 번 반복하다 보면 보통 열다섯 편쯤이 '오른쪽에 남게' 된다. 그리고 그다음 달인 12월과 6월 초에 새로이 최종 회의를 열고 이때 모든 위원이 투표해서 나오키상 후보작을 결정하고 공표하는 것이다.

아모 카인에게 이 정도로 속속들이 설명할 생각은 없었지만, 그때 했던 말에 거짓은 없었다. 편집장이든 국장이든 올해 입사한 신입이든 한 표는 한 표, ○△×의 점수는 같다. 심지어 어떤 작품을 어떻게 평가했는지 빠짐없이 기록된다. 속임수가 절대적으로 불가능하다.

결국 월요일의 세 번째 조별 회의에서 이시다 산세이가 ○를 준 것은 세 작품 중 하나뿐이었다. 나머지는 △와 ×. ○가 있는 것만으로도 다행으로, 어떤 달에는 세 작품 모두가 ×일 때도 있다.

같은 조의 다른 세 명은 어떻게 읽었는가 하면, 두 사람은 이시다가 ×를 준 작품에 △, 또 한 사람은 ○를 줬다. 감상은 사람마다 다르다. 다만 ○라면 ○대로 이유를 제대로 설명해 다른 사람을 납득시켜야 한다. 반대일 때 역시 마찬가지로, 누군가가 ○를 준 작품을 ×로 평가했다면 어느 지점이 어떤 이유로 별로였는지 제대로 설명해야 한다.

네 명이 머리를 맞댄 논의 끝에 이번에는 두 작품을 남기기로 했다. 아마도 둘 중 하나는 전체 회의에서 떨어질 것이다.

"궁금한데 이 사람, 왜 매번 세모만 받는 걸까."

출판부의 미야자키라는 남자가 남기기로 한 작품 중 하나의 표지를 손가락으로 톡톡 두드리며 말했다.

"되게 잘 팔리기는 하잖아."

"나오키상에 별로 어울리지 않아서일까요?"

이번에는 문고부의 신입이 말했다.

"으음……. 하지만 요즘 시대에는 이런 것이 널리 받아들여지다는 걸 심사 위원도 이해해야 하지 않을까."

"그래도 널리 받아들여지는 것과 문학적인 가치는 별개지?"

《올 요미모노》의 여성 편집자가 말했다.

"음, 그야 뭐"라고 말을 받는 미야자키. "이 사람도 좀 더 독을 내뿜으면 좋을 텐데."

"독을 내뿜는다고 문학적인 건 아니지 않나?"

"작풍과 어울리지 않을 테고요."

"작풍이라."

"그렇지. 고정 팬의 취향 문제도 있고."

"그래도 저는 좋아해요, 이 사람의 글."

"어떤 점이?"

"자기 자신을 있는 그대로 쓴다는 느낌을 받아요. 읽는 동안 굉장히 감정이입 하게 되고요. 그런 소설도 찾아보면 생각만큼 없거든요."

"흐음, 나에게는 머나먼 청춘이란 느낌인데. 뭐, 옛 생각이 나긴 하지만."

미야자키의 손 아래에 있는 책을 바라보며 이시다는 침묵했다.

아모 카인의 《낙원의 끝》. 이번에 ○를 준 것은 절대로 청탁 때문이 아니다. 좋은 소설이다. 세 편 중에서 격이 다르게 좋았다. 여기 있는 네 사람 모두, 심지어 미야자키도 높게 평가했다. 다음 전체 회의에서도 분명 오른쪽에 남을 것이다. 그렇지만 잠정적으로 선택된 작품 전체를 심사 위원 전원이 다시 한번 읽었을 때, 최종 회의에서 후보작으로 뽑힐지 아닐지 판단이 서지 않는다.

이시다가 다른 작가와 미팅이 있었기에 팀 회의는 곧 마무리되었다.

일단은 안도한 것이 솔직한 심정이었다. 이쪽이 특별한 일을 하지 않아도 지금 시점에서 아모 카인은 살아남았다. 정정

당당하게 작품의 힘으로.

후보로 넣어달라고 본인이 부탁했을 때는 아무래도 얼굴빛이 달라졌을 테고 속이 턱 막히는 기분이었지만, 생각해보면 그런 일이 가능하다고 그가 믿었기 때문일 테고 어쩌면 그게 당연할지도 모른다. 아쿠타가와상과 나오키상 모두, 세상 사람들은 문춘에서 나온 작품이 유리하다고 믿는다.

실제로는 오히려 반대라고 할 수 있다. 문예춘추의 작품이 최종까지 몇 편이나 남은 상황이면, 어쩔 수 없이 걸러내서 줄일 때도 있다. 자사 서적은 아무리 뛰어난 작품이 모이더라도 최대 두 편까지만 후보에 넣는다는 암묵적인 규칙이 있기 때문이다. 유리하기는커녕 불이익을 받을 때도 있다.

남십자서방에서 낸 아모 카인의 또 다른 작품《달의 이름》은 지금 다른 팀이 맡아서 읽고 있을 텐데 과연 어느 단계까지 살아남을까. 물론 최종 후보작에 같은 작가의 작품을 두 편 이상 올리는 것은 말도 안 된다.

……감정이입이라.

젊은 편집자의 감상은 또래 독자들과 겹치는 면이 있으니 무턱대고 부정할 생각은 없다. 마치 내가 겪은 일처럼 등장인물에 감정이입 할 수 있는 소설은 독서의 마중물이 되기에 최적이고, 베스트셀러가 될 힘을 갖는다.

다만 한편으로 처지나 나이만 비슷하면 누구나 주인공에게 공감은 할 수 있다. 오히려 자신과 동떨어진 인물의, 곧바로는 이해할 수 없는 인생에 격렬하게 마음이 흔들리는 경험을 주는 소설이야말로 진정한 보편성을 지녔다고 할 수 있지 않을까.

그리고, 하고 이시다는 생각했다.

감정이입 하기 쉬운 소설이 반드시 문학상에 적합하다고 할 수는 없다.

8

"정말 저로…… 저희 출판사로 괜찮으세요?"

그날 밤, 치히로의 목소리는 떨렸다. 이쪽이 빌려준 잠옷을 입고, 눈가는 와인을 마셔서 붉었는데 술기운이 단숨에 깬 것 같았다.

"이쪽에서 부탁하는 건데."

가요코는 빈 접시를 부엌으로 치우고 대신 치즈 몇 종류를 접시에 담아 테이블로 돌아왔다.

"하지만 다케다 씨가 그걸 납득할까요?"

"납득이라…… 뭐, 안 하겠지."

'실수로 새하얀 걸 보내신 것 같은데요.'

그런 소리를 한 다케다에게는 전혀 실수가 아니라고 말해 두었다. 그쪽이야말로 짐작 가는 바가 없는지 묻자, '엑, 뭐가 있었던가요?'라며 한층 더 얼빠진 대답을 했다.

'됐어. 이번 건은 백지로 돌릴 테니까.'

'아니, 그러니까 백지가 도착했다고 말씀드렸는데요.'

말이 안 통하는 인간이었다.

"그쪽이 납득하거나 말거나 전혀 상관없어." 가요코는 말했다. "쓴 사람은 나니까 내가 정할 거야."

그러자 치히로는 색소 옅고 예쁜 눈동자로 이쪽을 똑바로 응시했다.

"……정한다는 건 즉, 선생님의 아이를 맡길 곳이죠."

"응, 그거야."

역시 이해가 빠르다.

"그래서 어쩔래? 받아들일 거야, 말 거야? 혹시 문광당과 분규라도 생기면 회사 차원에서 곤란해질까?"

"아니요……. 회사끼리 분규는 아마 없을 거예요. 작품은 저자 소유니까요."

"그렇지. 그렇게 말할 줄 알았어."

"다만요, 그래도 일단 회사에 보고하고 싶어요. 제가 마음대로 판단해서 경솔한 말씀을 드릴 수는 없어서요."

긴장과 흥분으로 딱딱해진 그의 얼굴을 보니 가엾다는 생각이 들어 일부러 미소를 지었다.

"그건 그렇네. 알았어, 우선 사토 편집장과 상담해봐. 그래도 괜찮아, 윗사람은 당연히 다들 기뻐할 테고, 치히로 씨의 공로가 될 거야."

"네? 왜요?"

"그야 당연하지. 치히로 씨가 아모 카인의 원고를 끌어오는 거야. 그것도 이미 완벽하게 완성해서 이제 인쇄하고 내기만 하면 되는 5백 장을. 이게 공로가 아니면 뭐야."

"하지만 저는 아무것도 안 했는데요."

"이 건에 한해서는 그렇지. 그래도 말했잖아, 누구보다도 믿는다고. 믿지 않았다면 일부러 당신한테 이런 무모한 부탁 안 해."

말은 이렇게 하지만 무모한 부탁이라는 생각은 추호도 하지 않았다.

만에 하나 남십자서방이 거절하면 문예춘추의 이시다 산세이에게 가지고 가면 그만이다. 그라면 오히려 대체 왜 처음부터 자신에게 맡기지 않았냐고 분개할지도 모른다. 그런 표정을 떠올리니 기분이 좋았다.

'대체 왜'고 뭐고 자명하다. 작가 아모 카인을 위해 얼마나 자기 몸을 바치고 희생할 수 있는가, 아모 카인이 낳은 작품을 얼마나 가감 없이 사랑할 수 있는가. 전부 여기에 달렸다. 감정이나 의욕의 문제가 아니다. 태도와 행동으로 보여주지 않으면 의미가 없다. 당연하지 않은가.

그리하여 다음 날, 가요코가 출력한 원고를 안고 도쿄로 돌아간 치히로는 월요일에 곧바로 상사들에게 안건을 상담하고 점심시간이 끝나자마자 전화를 걸었다.

"평소처럼 저와 후지사키가 담당을 맡게 되었습니다. 전력을 다할 테니 잘 부탁드립니다."

"그런데 말이야, 치히로 씨."

가요코가 말을 가로막았다. 이쪽의 말투만으로 뭔가 알아차렸는지 "네" 하고 대답하는 그의 목소리에 긴장이 서렸다.

"오늘 아침 일찍 다케다 씨에게서 연락이 왔어. 문광당의 높은 분들이 줄지어서 사과하러 오겠다고."

한동안 말 없는 시간이 흘렀다.

"안 와도 된다고 했어." 가요코는 말을 이었다. "그래도 무슨 일이 있어도 오겠다고 애걸하니까 어쩔 수 없잖아. 가루이자와까지 쳐들어오면 불편하니까 내일모레 내가 도쿄에 가는 김에 만나자는 정도로 양보했어."

"……그렇군요." 다시 찾아온 침묵이 지난 뒤 치히로의 목소리가 한층 낮아졌다. "그래서 아모 선생님, 어떻게 하실 생각이세요?"

"어떻게라니?"

"그러니까…… 상황에 따라서는 역시 문광당에서 출판할 가능성이 있으시, 려나, 요?"

말끝을 어물거리는 것에서 심경이 고스란히 드러났다.

"그렇다면 어쩔 건데?"

"만약 그렇다면 저희로서는 물론 아모 선생님 판단을 존중하고요."

"역시 출판사끼리 껄끄러워지긴 싫어?"

"그게 아니에요. 다만 동업자로서 문광당이 지금 얼마나 허둥거릴지는 충분히 이해가 가니까요."

어디까지나 조심스러운 치히로의 말에 오히려 짜증이 치솟았다.

"저기, 사람 우습게 보지 마. 당신 눈에는 내가, 머리로 피가 솟았다는 이유로 이런 중요한 일을 결정하는 인간처럼 보여?"

"아니요, 그게……. 죄송합니다. 절대로 그런 의미는 아니에요."

"원고를 돌려받았을 뿐이라면 몰라도 남십자까지 끌어들여 소동을 키웠는데, 그쪽이 조금 자세를 낮춘다고 내가 꺾일 것 같아? 손바닥을 쉽게 뒤집으면 너무 우습잖아. 내가 꺼낸 말이니까 인제 와서 그렇게 간단히 없었던 일로 하진 않아."

세 번째로 고요가 찾아왔다.

"그 말씀은 조건에 달렸다는 뜻인가요?"

"뭐?"

"방금 '그렇게 간단히'라고 말씀하셔서요."

발끈해서 반박하기 직전에 가요코는 드물게도 말을 삼켰

다. 재미있군. 자신은 분명 오자와 치히로의 이런 냉정함과 보통 이상의 대범함을 좋아하는 것이다.

"치히로 씨."

"죄송합니다, 실례되는 말씀을……."

"그건 괜찮아. 그보다 또 부탁해서 미안한데."

"……네?"

"문광당과 만날 때, 당신이 내 옆에 앉아줘."

데이코쿠 호텔 라운지였다. 미리 전달받은 대로 그쪽은 전무와 편집장과 다케다가 몰려왔다.

사과는 일단 받아들이겠지만 귀사에 대한 불신감이 사라지지 않는 이상, 역시 소중한 작품을 맡길 수는 없다. 담당을 바꾸면 그만이라고 문제를 축소하면 곤란하다. 다음에 인연이 있을지도 지금 시점에서는 답변하기 어렵다. 신입 편집자라면 몰라도 베테랑의 이런 상태를 용납하는 귀사의 사풍이 바뀌지 않는 한은 두 번 다시 함께 일할 마음은 없다.

고작해야 이게 다인데 그들을 납득시키는 데 예상보다 시간이 걸렸다. 자리에 앉은 것이 오후 4시. 15분이면 끝날 줄 알았더니 이야기를 일단락 짓고 간신히 일어섰을 때는 밖이 이미 어둑어둑했다.

"고생했어."

빨간 카펫을 밟아 출입구로 가면서 치하하자, 치히로는 뭐라 형용할 수 없는 표정으로 고생하셨습니다, 라고 대답했다.

"어디 가서 밥 먹을 시간 있어?"

"네. 오늘은 회사에 복귀하지 않아도 되게 처리했어요. 아모 선생님, 뭐가 좋으세요?"

"글쎄. 이탈리안이나 고기나, 쉽고 빠르게 행복해지는 게 좋겠어. 아무튼 장소를 바꾸자, 여긴 좀 기분 나빠."

택시를 타고 긴자로 갔고, 차에서 치히로가 예약한 사가 소고기 전문점에서 중간급쯤 되는 코스를 시켰다. 안쪽의 조용한 자리에서 여자 둘, 각자 좋아하는 일본 술을 시키고 차례차례 나오는 일식 요리를 만끽했다.

"오늘은 덕분에 살았어."

다시금 말하자 치히로가 살짝 고개를 저었다.

"아니에요, 제가 뭘요."

"옆에 있어줘서 마음이 정말 든든했어."

라운지에 들어섰을 때, 다급하게 일어나 맞이한 문광당 사람들은 오자와 치히로를 보자마자 저마다 곤혹스러운 표정을 지었다.

'왜 남십자분께서 여기에?'

마치 대표라도 되듯이 다케다가 물었다.

'다수에 혼자는 불공평하니까요. 안심해요. 이 친구는 발언하지 않을 테고, 물론 남에게 누설하지도 않을 테니까.'

그 말대로 치히로는 한마디도 하지 않았다. 무슨 말을 들어도 묵묵히 무릎에 두 손을 얹고 시선을 테이블에 향했을 뿐이었다.

그래도 분명 일종의 억제 장치가 되긴 했다. 처음 얼굴을 마주한 상대편 편집장은 성질 급하고 상대에 따라서 대놓고 압박을 가할 듯한 분위기를 모락모락 풍겼다. 그러나 제삼자, 그것도 다른 출판사의 편집자가 동석했기에 자제했을 것이다. 노골적으로 부수를 올리겠다는 제안도 하리라 예상했는데, 한참 젊은 치히로 앞이어서 꺼내지 못한 것이 분명하다. 도중부터 망연자실한 표정으로 입을 다물고 무릎을 덜덜 흔들기만 했다.

"진심으로 그런 여성혐오남은 세상에서 사라지면 좋겠어."

"저도 같은 생각이에요" 하고 치히로가 싫다는 듯이 미간을 찌푸렸다. "정년퇴직하면 부인에게도 자식에게도 무시당할 타입이죠."

차가운 술잔을 입에 대고 그래도, 하고 말을 이었다.

"솔직히 다케다 씨 마음은 이해해요. 거기는 연재부터 단행본까지 한 명이 일괄적으로 담당하죠? 그랬던 만큼 굉장히 분통하지 않을까요. 마음을 담아 함께 달린 작품을 한 권의 책으로 만들지 못하다니……"

"안 담았어."

"네?"

"안 담았어. 연재할 때 감상도 허울만 좋았어. 다케다 씨가 분통하다면 자기 공로를 빼앗겼기 때문이겠지."

"하지만…… 그럴 수가 있나요?"

"치히로 씨나 아라타 씨는 아마 이해 못 할 거야. 남십자의 편집자는 다들 우수하고 열정도 있잖아. 그런데 그런 편집자들만 있지 않아. 아쉽게도 사람은 다양해."

다시마에 얹어 살짝 구운 복어 치어를 모미지오로시(무 간 것에 빨간 고춧가루를 넣은 양념—옮긴이) 폰즈에 찍어 먹었다. 걸쭉하게 흘러나온 뜨거운 국물에 혀를 델 것 같았다. 은은하니 향이 좋고 굉장히 달았다.

"다케다 씨와 대화하는 거, 내내 괴로웠어. ……불평만 늘어놔서 미안한데, 공부라고 여기고 들어줄래?"

"그럼요."

"무엇보다 오독이 많았어. 연재 원고를 보낼 때마다 일단 감상을 준 것 자체는 괜찮은데, 왜 이런 소리를 하나 싶어서 입이 쩍 벌어지는 해석을 당당하고 지루하게 늘어놓더라. 그러더니 등장인물이 다음에 어떤 행동을 할지, 이야기가 어느 쪽으로 굴러갈지, 일일이 자기 억측을 섞어서 적는 거야. 제일 최악은, 끝에 반드시 '뭐 이렇달까요(웃음)'라고 추가해서 보낸 점이야."

"……으아악."

"그렇지? 으아악 소리가 절로 나오지? 꼴이 어쨌거나 문예 편집자면서 '뭐 이렇달까요(웃음)'라니까? 그거 정말 불쾌했어. 나도 거기랑은 일하는 게 처음이라 일단은 조심스러우니까 지적하지 않았는데 결국 이렇게 됐네. 좀 더 일찍 말했으면 좋았겠어."

맞은편에 앉은 치히로가 갑자기 시무룩한 표정을 했다.

"응? 왜 그래?"

"……죄송합니다."

"뭐가?"

"저도 미처 모르는 사이에 아모 선생님께 많은 부담을 드린 것 같아서요."

"그런 적 없어."

"참지 말고 꼭 말씀해주세요, 부족한 점이 있으면 반드시 고칠 테니까요. 갑작스러운 최후통첩은 너무 괴로워요."

조금만 건드리면 울 것 같은 무방비한 얼굴을 보는데 문득 심장 구석이 경련하는 듯한 동통을 느꼈다. 친한 여성 편집자라면 출판사마다 있다. 모두 다 신뢰한다. 그래도 개인적으로 사랑스럽다고 느낀 것은 처음이었다. 여동생이 있다면 이런 느낌일까.

"그렇게 말해줘서 기쁜데, 치히로 씨한테 불만을 느낀 적 없어."

"정말요?"

"정말이야, 정말. 소소한 충돌은 있어도 전부 그때그때 말했고."

"그렇다면 괜찮은데요……."

"무엇보다 지금 치히로 씨가 한 말 같은 것, 다케다 씨였다면 절대로 안 했어. 자기 자신을 부감할 수 있고 부족한 점을 고치려고 생각할 줄 아는 인간이 상대였다면, 애당초 이런 어처구니없는 문제가 생기지 않았겠지."

치히로는 고개를 끄덕였으나 여전히 불안해 보였다.

"이런, 미안해." 가요코가 쓴웃음을 지었다. "왠지 너무 지치더라. 작품을 돌려받겠다고 말하자마자 다케다 씨의 메일 공격이 어찌나 집요한지."

"네? 오늘 그런 형태로 만나겠다고 약속했는데도요?"

"그래, 약속하기 전에도 후에도 다. 일로 연락해야 하는 상대가 그 사람 말고도 셀 수 없이 많은데 수신함에 줄지어 애원과 사죄를 몇 통이나 보내니까 지긋지긋해서…… 그래서 나도 모르게."

치히로의 잔에 술을 따라주었다. 끄덕이듯 고개를 숙인 그가 갑자기 전혀 다른 이야기를 꺼냈다.

"아모 선생님, 지금도 전부 혼자 하시나요? 사무적인 업무 연락이나 처리요."

"그런데?"

"업무 의뢰도 어떤 것이든 직접 답변하시고요?"

"어쩔 수 없지. 대신 거절해줄 사람이 따로 없는걸."

업무 창구로서 비서나 매니저를 두는 작가도 없지는 않다.

그러나 작가 대부분 자기가 직접 일을 받거나 혹은 거절하고, 그에 따라오는 연락도 직접 한다.

가요코도 후자였다. 들어오는 의뢰라고 해서 전부 고려할 가치가 있는 것은 아니어서, 때때로 미사여구만 끝없이 늘어놓다가 '원고료를 드리기는 어렵습니다'라고 말하는 의뢰도 있고, 반대로 출연료가 아무리 높아도 절대로 받아들이지 않을 황당한 버라이어티 방송의 출연 의뢰도 있다.

도쿄와 가루이자와로 나뉘어 별거혼을 시작했을 무렵, '사람을 고용하면 될 텐데. 우리 직원을 붙일까?' 남편이 이렇게 말했으나 감시 역은 사카키 하나로 충분했다.

'괜찮아. 어차피 일의 양이 그렇게 많은 것도 아니니까.'

겸손한 척 말하자, 그는 비웃듯 콧김을 내뿜었다. 사실은 이미 오래전부터 사람을 고용해야 했다. 업무 상대와의 연락이나 사무 처리의 번잡함은 집필 시간을 무참하게 깎는다.

만약 원고 의뢰라면, 주제나 매수나 보수를 확인하고서 마감 일정을 스케줄 노트에 적고, 따로 미팅이 필요하다면 시간을 정해 찾아가거나 원격으로 대처해야 하고, TV에 출연할 땐 매번 똑같은 옷을 입을 수 없고, 인터뷰 취재 역시 촬영이 있는지 없는지에 따라 입을 옷이 달라진다. 대담 기획이라면 그날까지 상대방 저서를, 상황에 따라서는 과거 작품까지 거슬러 올라가 읽어둬야 하고, 강연회라면 주최자에게서 도착 시간부터 도시락 준비 여부, 단상에 준비할 음료 종류까지 질문이 오고, 전단과 포스터를 만들 테니 프로필 문구와 얼굴 사진 데이터를 보내달라고 부탁하는 데다가, 일을 처음 함께 하는 상대라면 입금 계좌를 알려야 하고, 출판 계약서를 구석 구석 확인해서 도장을 찍어 발송하고, 자원봉사 단체나 도서 관에서 작품을 낭독해도 괜찮은지 문의가 들어오면 유료 이 벤트인지 아닌지 기획 취지를 확인한 뒤에 승낙 여부를 알리 고, 출연 방송의 프로듀서에게서 다른 방송과 방영 날짜가 겹 치지 않는지 문의가 들어오면 확인해서 답변하고…….

하나하나는 대단한 작업이 아니다. 그러나 각양각색의 의 뢰와 질문과 상담을 직접 대처하다 보면 그것만으로 한나절 은 거뜬히 흘러간다. 모처럼 글이 잘 써지는 도중에 뚝 끊기 고 그대로 집중력이 돌아오지 않는 상황도 종종 있다.

그래도 업무 일환인 이상 할 수밖에 없으니 지금껏 했으나, 사실은 지칠 대로 지쳐서 때로는 전부 내팽개치고 싶은 것이 솔직한 마음이었다.

"그거야 그렇죠, 당연히 그렇죠."

오자와 치히로가 안 그래도 큰 눈을 더욱 크게 뜨며 말했다.

"아모 선생님, 선생님을 누구라고 생각하시는 거예요? 어 제오늘 데뷔한 신인이 아니잖아요? 아모 카인이잖아요?"

"그런데 왜?"

"업무량이 전혀 다르잖아요. 정말, 대체 왜 일찍 말씀해주 시지 않으셨어요?"

"그러니까 뭘?"

"얼마나 힘드셨는지 말이에요."

초조한 듯 치히로가 안절부절못했다.

"아모 선생님만 괜찮으시면 저희가 얼마든지 창구가 될게요. 일단 자잘한 의뢰는 제가 대신 해결할게요."

직원이 보는 앞에서 적절하게 구워준 사가 소고기 등심을 두 사람은 순식간에 먹어치웠다. 유자 후추와 고추장을 조금 얹어 한 점씩 서로 다른 맛을 즐길 수 있었다. 참마 씨눈이 들어간 영양밥과 된장국으로 식사를 마치자, 깨끗하게 정리된 테이블에 디저트인 딸기와 멜론이 나왔다. 따끈따끈한 야메차(일본 후쿠오카현에서 생산하는 녹차—옮긴이)의 맛이 순해서 마음이 부드럽게 풀렸다.

"정말로요, 아모 선생님만 싫지 않으시면 지장 없는 범위에서 저한테 넘겨주세요. 이미 왕래하는 타사 문예지와의 연락이라면 몰라도 새로 들어오는 자잘한 의뢰라면 도와드릴 수 있어요. 판단하기 어려운 안건은 아모 선생님께 여쭙겠지만, 제가 아는 한도라면 일일이 번거롭게 해드리지 않아도 되니까요."

"그건…… 큰 도움이 되겠지만 아무리 그래도 미안하지."

"무슨 말씀이세요. 작가 선생님들이 집중할 수 있는 환경을 꾸리는 것도 편집자의 업무인걸요."

모범적인 대답이 돌아와서 심술궂은 마음이 들었다.

"달리 또 누구의 창구를 맡았어?"

"네?"

"나만이 아니지? 사무적인 일에 시간을 빼앗기면 곤란한 작가, 나 말고도 있을 테니까."

그러자 치히로가 상처 받은 듯한 눈으로 고개를 숙였다. 인제 와서 술기운이 새롭게 올랐을 리 없는데 귓불과 목덜미까지 붉게 물들었다.

"그야 다른 분도 많이 계시겠지만……." 조용한 목소리로 말했다. "누구에게나 드리는 말씀은 아니에요. 아모 선생님이 처음이에요."

가요코는 그 대답에 만족했다.

일전에 단행본 담당인 후지사키 아라타에게 들은 말에 따르면, 치히로가 아모 카인의 담당이 된 것은 원래 본인의 희망이었다고 한다. 학생 때부터 내내 팬이었다, 지금까지 나온 작품을 전부 갖고 있다는 말을 들었을 때는 기분이 나쁘지 않았다.

다른 부서로 옮겨 간 그전의 담당자와는 도무지 마음이 맞지 않아서, 아무리 본가여도 남십자서방과는 그다지 적극적으로 일하지 않았던 가요코지만, 치히로가 담당이 된 뒤로 갑자기 의욕이 생겼다. 이렇게까지 달라지나 싶어 스스로 놀랄 정도였다.

이번 여름에 출간한 《달의 이름》도 기획과 취재 단계부터 그와 이인삼각으로 만들어냈다. 만족스러운 플롯을 짜느라 방대한 시간을 소비했고, 궁지에 몰린 기분으로 한 줄 한 줄을 써 내려가 마침내 완성까지 끌고 간 작품이었다.

그러니 최소한 상 후보에…….

이런 바람이 그렇게까지 이상할까.

"고마워, 치히로 씨."

마음을 담아 말했다.

"아니에요, 이런 일은 누구든 하죠."

"누구든? 누구나 할 수 있다고?"

"그럼요."

"그래도 아무도 안 했는걸?"

치히로가 입을 다물었다.

"할 수 있는 것과 실제로 하는 것은 천양지차야. 그 벽을 뛰어넘는 사람은 극히 일부야. 내 장편을 돌려받기로 했을 때, 다른 사람이 아니라 치히로 씨에게 맡기자고 생각한 것도 그래. 치히로 씨가 나를 위해, 아니 내 작품을 더 좋게 만들기 위해서 이렇게 자기 일처럼 여기고 희생을 할 수 있는 사람이니까 그랬어."

치히로가 꼭 화가 난 듯한 표정으로 고개를 숙였다. 포크로 찍은 딸기를 입에 가져가 가득 물고 우물우물 씹었다. 어린애 같았다.

"당신과는 많은 얘기를 나누고 싶다." 가요코가 말했다. "좀 더 속 깊은 대화까지. 괜히 사양하거나 숨기지 않고.”

입에 든 음식을 삼킨 치히로가 그제야 고개를 들었다.

“네. 저도요.”

9

크리스털 샹들리에 아래, 안 그래도 눈부신 금병풍이 찬란히 빛을 반사했다.

가을도 깊어진 무렵, 매년 이 호텔의 가장 넓은 연회장에서 남십자서방이 주최하는 문예 3상의 시상식과 파티가 열린다. 코로나 팬데믹 동안은 수상자와 최소한의 관계자만으로 열었던 식이 최근 드디어 예전 규모를 회복하기 시작했고, 오늘 밤도 오픈과 동시에 참석자들이 많이 몰려들었다.

단상을 바라보고 왼편에는 세 가지 문학상의 수상자들이 앉는 자리, 오른쪽은 각 상의 심사 위원 자리. 가로로 긴 연회장에 5백 개나 되는 의자가 놓여서 수상자의 친족이나 지인을 비롯해 다른 출판사의 편집자나 퇴사한 직원 등 업계 관계자들이 가득 모였다. 현역으로 활약하는 작가도 있고 점차 이름을 듣기 어려워진 작가도 보였다. 마지막 줄 뒤쪽에는 접이식 사다리에 올라간 방송국 카메라맨이 대기하고, 신문기자들은 플래시 달린 일안리플렉스카메라를 들고 제일 앞줄에 쪼그려 대기한다.

마이크 스위치가 켜지는 소리가 났다. 왼쪽 구석에 놓인 연단으로 문예 편집부장이 다가갔다. 간단한 자기소개와 인사를 마치고 드디어 시상식이 시작되었다.

늘어선 방송국 카메라 뒤, 오자와 치히로는 벽을 등지고 섰다. 옆에는 양복 차림의 후지사키 아라타가 있었다. 밝은 감색 바탕에 거의 눈에 띄지 않을 정도로 연보라색 세로 줄무늬가 들어간 양복은 이 선배의 한 벌뿐인 정장이다. 평소의 캐주얼한 차림보다 이른바 잔근육 체형이 잘 드러났다. 치히로도 세탁소에서 막 찾아온 바지 정장을 입었다. 잘 하지 않는 긴 금 목걸이도 오늘이라는 경사스러운 날을 의식한 것이다.

제일 첫 순서는 프로 중견 작가에게 주는 문학상 시상이다. 다음이 일반 문예 신인상이고, 세 번째가 라이트 노벨을 대상으로 한 서던크로스 신인상이다.

올해 수상자는 각각 1인, 2인, 1인 총 네 명인데, 연설 순서로는 먼저 각 상 심사 위원의 심사 평이 있기에 이치노조 다카시 즉 스즈키 다카시가 단상에서 말하는 순서는 일곱 번째,

최후의 한 명이다.

처음 만났을 때는 여름 정장에 넥타이를 야무지게 맸으나 지금은 버튼다운 셔츠와 짙은 감색 재킷, 베이지 색 바지인 비교적 소탈한 복장이었다. 한껏 차려입은 다른 수상자들과 대비되는데, 그로서는 의도적으로 엇나가게 보이려고 했을 수 있다. 후드 티와 운동화로 오지 않은 것만으로도 감지덕지했다.

"음, 괜찮을까……."

치히로가 중얼거렸으나 어째서인지 후지사키는 대답하지 않았다. 최근 들어 말을 걸어도 반응이 도무지 건성인 것 같은데 기분 탓인가. 이치노조 때문에 그만큼 스트레스를 받은 걸까, 하고 치히로는 생각했다.

치히로도, 그리고 후지사키 역시 아마도 이치노조 본인 이상으로 긴장했다. 더 정확하게 표현하면 거의 제정신이 아니었다. 수상 소감 초고를 미리 보여달라고 하자 이치노조는 떨떠름한 티를 냈으나 담당자의 책임과 권한으로 밀어붙였다.

이 자리에서 한 말이 순식간에 전국 규모의 미디어에 실린다. 방송국도 신문사도 기본적으로 수상자들을 축하하러 모이지만, 발언에 따라 어떻게 굴러갈지 모른다. 어딜 잘라내느냐에 따라 인상이 크게 달라지고, 원래 인터넷은 나쁜 것일수록 순식간에 퍼진다. 그런 일이 생기지 않게 준비를 게을리하면 안 된다.

'너무하네. 정말 나를 못 믿으시네요.'

지난주, 출력한 초고를 사이에 두고 대화하는 내내 이치노는 늘 그렇듯 무뚝뚝했다.

'아니, 그게 아닙니다. 다만 첫인상을 줄 기회는 딱 한 번뿐이니까 이왕이면 좋은 인상을 남기도록 지혜를 모으자는 뜻이죠.'

'그냥 있는 그대로가 제일 좋지 않나요?'

그 있는 그대로가 걱정이다. 치히로는 또 이런 역할을 맡아야 하냐고 생각하며 옆에서 달랬다.

'이치노조 씨가 상상하시는 것보다 훨씬 많은 보도진과 손님이 모여요. 이렇게 시상식이 열리는 것만으로도 대단한 어드밴티지죠. 메이저 신인상을 받지 않고 데뷔하는 작가도 많이 있긴 하지만, 그렇게 되면 이런 기회를 한 번도 얻지 못하니까요.'

'그런 것쯤은 압니다.'

'모처럼 찾아온 기회는 소중히 해야죠' 하고 후지사키도 말했다. '연설에 뭔가 훅이 될 만한 게 있으면 그게 다음 일로 이어질 수도 있고요. 게다가 앞으로도 수백 명이나 되는 관계자를 두고 자기 이야기를 들려줄 기회는 쉽게 오지 않거든요.'

'과연 그럴까요?'

'네?'

'두 분, 설마 이렇게 생각하나요. 나란 사람이 라노벨 신인상으로 끝날 작가라고.'

'이치노조 씨…….'

'흥, 지켜보시죠. 금방 다음 스테이지에 도달해 보일 테니까. 그런 의미에서 당일은 그럭저럭 기념할 만한 하루가 되겠네요. 갓난아기가 처음 일어나서 걸은 것처럼요. 주변에서는 축하하고 싶어 하지만 본인에게는 별로 중요하지 않아요.'

연회장에 따뜻한 박수가 퍼지고, 두 번째로 단상에 올랐던 심사 위원이 자리로 돌아갔다.

금병풍이 너무 눈부셔서 눈이 아팠다. 수백 명은 되는 참가자의 뒤통수가 전부 까맣게 보였다.

"다음으로 서던크로스 신인상 심사 위원을 대표해 기리하라 마코토 씨의 말씀을 듣겠습니다."

사회의 말에 맞춰 시원시원한 이미지의 젊은 여성 작가가 까만 옷을 입은 스태프의 유도에 따라 단상으로 올라갔다. 마이크 위치가 조금 내려갔다.

"안녕하세요. 올해부터 심사 위원 말석에 동참하게 된 기리하라입니다. 수상자 여러분, 특히 서던크로스 신인상을 수상한 이치노조 다카시 씨, 진심으로 축하드립니다."

다른 세 사람과 마찬가지로 이치노조도 앉은 채로 일단은 공손하게 고개를 숙였다.

지금은 라노벨 분야에서 많은 팬을 보유한 기리하라 마코토 본인도 서던크로스 신인상을 수상하며 데뷔한 작가다. 이후 이렇다 할 활약 없이 몇 년을 보냈고, 재기를 노리고 다른

레이블에서 낸 《마도사와 사역마》 시리즈가 히트하며 지금
에 이르렀다.

본인에 따르면 첫 담당자와 도무지 의견이 맞지 않아 뭘 써
도 재미라곤 전혀 없다, 이런 걸 누가 읽느냐며 잘라냈다고
한다. 치히로가 모르는, 이미 그만둔 편집자인데 그렇게 잘라
낸 작품이 이후 다른 출판사에서 출간되어 중판을 거듭하고
있다.

담당 편집자와의 상성이 얼마나 중요한지, 아니 편집자의
보는 눈과 독해력, 끌고 가는 자세가 얼마나 중요한지 생각하
면, 저절로 자세를 가다듬게 되는 일화였다. 신인 작가 한 명
을 살리는 것도 죽이는 것도 담당자 한 명의 어깨에 달렸다고
해도 지나치지 않다.

그 기리하라 마토코가 지금 단상에서 이치노조의 작품《환
상의 귀신》에 찬사를 보냈다. 심사회 때도 제일 열정적으로
추천한 사람이 그였다.

이치노조에게도 그 사실을 말해두었으니 분명 감격에 거
워 들을 줄 알았는데, 그를 봤더니 평소의 무뚝뚝한 표정으로
지루한 듯 앞만 응시할 뿐이었다. 기리하라가 자신에게 말을
걸었을 때도 흐지부지한 반응을 보였다.

"하, 진짜……."

옆에 선 후지사키 아라타가 더는 못 견디겠다는 듯이 중얼
거렸다.

대체 왜 저럴까, 치히로도 화가 났다. 아주 조금이라도 좋으니 제대로 된 태도를 보이면 안 될까. 작가에게 제대로 된 사회성과 협조성을 요구해봤자 무의미하다는 것을 알지만, 저런 불손한 태도가 허용되는 것은 이 길을 오랫동안 걸은 베테랑뿐이다.

"마지막으로 한 가지만 더."

기리하라 마코토가 잠깐 뜸을 들였다가 말을 이었다.

"수상작의, 《환상의 귀신》이라는 제목을 언급하고 싶습니다. 사실 이치노조 씨의 작품을 적극적으로 추천한 저를 포함해 그때까지 수없이 대립했던 심사 위원 전원, 제목만큼은 바꾸는 게 좋겠다는 점에서 의견이 일치했습니다. 제목이란 글쓴이에게는 화룡점정과도 같은 성질을 띠지만, 독자에게는 처음 시선이 닿는 부분입니다. 이 점이 참 복잡해서요, 작품 내부에서 주제와 관련되는 말을 발췌해 붙이는 경우와, 그러지 않고 새롭게 상징 같은 것을 만들어 붙이는 경우, 두 가지가 있습니다. 어느 쪽이 나은지는 작품에 따라 다르고, 물론 작가의 취향도 있습니다만…… 이번 작품으로 말하자면 어떤 상징을 찾아주길 바랐어요. 작가 본인이 자기 작품을 일단 손에서 놓고 제목을 훌쩍 던진 듯한 느낌을 원했습니다. 표현이 추상적이어서 죄송합니다. 그래도 결과는 여러분이 보시는 대로 《환상의 귀신》 그대로죠. 이치노조 씨가 무슨 일이 있어도 이 제목으로 가겠다고, 바꿀 생각이 전혀 없다고 말씀하셨다고 합니다."

치히로는 팔짱 끼었던 두 손을 움켜쥐었다. 연회장이 고요해졌다. 마이크 너머에서 기리하라 마코토가 생긋 웃었다.

"솔직히 기가 막혔어요. 선배들의 조언쯤은 얌전히 들으라고요. 신인 주제에 빌어먹게 고집불통이라고."

유머러스한 말투에 청중의 긴장이 풀리고 웃음꽃이 피었다. 아무리 이치노조라도 잠깐이지만 짧게 웃음을 지은 것처럼 보였다.

"그래도 동시에 이런 생각도 했습니다. 분명 그런 고집, 강경함, 건방짐이 앞으로 작가로서 그의 핵심이 될지도 모른다. 우리가 노파심에 하는 이런저런 말들을 코웃음을 치며 무시하고, 당연하게 여기는 상식을 전부 베어내면서 나아간 끝에 그만의 새로운 소설 세계가 펼쳐질지도 모른다. 그렇게 되면 좋겠고 분명 그렇게 된다고, 기도하는 마음으로 생각했습니다. 여러분, 모쪼록 수상작, 틀림없이 재미있을 테니 읽어주세요. 그리고 빌어먹게 고집불통에 빌어먹게 건방진 이치노조 다카시의 앞날을 즐겁게 지켜봐주세요. 잘 부탁합니다."

한 걸음 물러나 깊이 인사하는 기리하라 마코토에게 박수가 쏟아졌다. 후지사키가 비로소 숨을 내쉬고, 다시 깊이 숨을 들이마신 뒤 또 조용히 중얼거렸다.

"……감사한 이야기군."

"정말요."

치히로도 대답했다.

그러나 걱정도 있었다. 지금 심사 평은 이치노조의 불손한 태도에 면죄부를 주는 셈이 아닐까. 앞으로 무슨 말을 해도 듣지 않고 "이게 내 작가로서의 핵심이라서요"라고 시치미를 뗀다면 감당할 수 없다.

시간이 많이 지체된 가운데 묵묵히 식이 진행되었다. 수상자가 순서대로 단상에 올라 저마다 기쁨과 각오를 말하고 내려갔다.

"다음으로 작품 《환상의 귀신》으로 제23회 서던크로스 신인상을 수상한 이치노조 다카시 씨, 부탁드립니다."

후지사키 아라타가 킁, 하고 짧게 코를 훌쩍였다. 마음을 진정시킬 때의 습관이었다. 치히로는 다시 두 손을 움켜쥐었다. 어느새 땀이 뱄다.

조용히 다가와 마이크 높이를 조절한 까만 옷 스태프에게 이치노조가 평소보다 낮은 목소리로 "고맙습니다"라고 말했다. 무심코 후지사키와 시선을 주고받았다.

"음." 가볍게 헛기침을 한 이치노조가 처음 한 말은 이것이었다. "안녕하세요, 처음 뵙겠습니다. 빌어먹게 고집불통에 빌어먹게 건방진 이치노조 다카시입니다."

연회장이 열광했다. 심사 위원석의 작가들도 웃음을 흘렸다.

"별로 길게 말할 생각은 없습니다. 작품을 읽으면 다 알 수 있는 얘기니까요."

직전 수상자가 자기 자리에서 고개를 숙였다. 하긴 연설이 길긴 했다.

"아무튼 감사 인사부터 하겠습니다. 심사 평을 해주신 기리하라 마코토 선생님, 그리고 심사에 참여하신 여러 선생님, 정말 감사합니다. 제 작품을 형편없는 쓰레기라고 깎아내리며 수상에 반대한 선생님도 계시다고 하던데, 누구신지 알지만 여기에서는 말하지 않겠습니다. 아, 잡지에 실리는 심사 평에는 적혀 있는 것 같지만요, 솔직하게."

"어이……."

후지사키가 신음하는 것과 동시에 치히로의 등에 누가 탁 부딪쳤다. 아니다. 반사적으로 한 걸음 물러섰는데 벽이었을 뿐이다.

심장이 날뛰다 못해 입 밖으로 나올 것 같았다. 필사적으로 삼키고 금병풍과 이치노조를 응시했다.

"어디 두고 보자, 라는 생각입니다."

준비한 초고와 전혀 다른 연설을 이치노조는 유유자적, 알 수 없는 미소까지 지으며 이어갔다.

"지금 저기 앉아 계신 선생님들과 앞으로 같은 씨름판에서, 같은 프로 작가로서 싸울 수 있어 기대가 큽니다. 신인도 베테랑도 없죠. 일반 독자가 어디 재미있는 책이 없는지 서점을 살피러 가요. 거기 산더미처럼 쌓인 책 중에서 제 작품을 손에 쥐면 제 승리입니다. 앞으로 그런 작품을 마구마구 써 내려가서 순식간에 거물이 되어 보일 테니 여러분, 오늘 밤은 제 이름을 기억하고 집에 가시지요. 이치노조 다카시입니다. 잘 부탁합니다."

객석을 향한 마지막 인사만큼은 매너 교본의 모범이 되어도 손색없을 만큼 완벽했다.

몸을 씻고 사우나에 들어가 땀이 촉촉하게 배어날 때까지 견뎠다. 냉탕에서 심장이 바짝 졸아들게 한 뒤 느긋하게 온탕에 몸을 담그고 나와서 물을 마시고 쑥 찜질을 했다. 다시 샤워해서 땀을 씻어냈을 때쯤 치히로가 손목에 찬 팻말의 번호가 불렸다.

"앗, 죄송합니다. 제가 먼저네요."

"괜찮아, 다녀와. 나도 어차피 금방……."

그 말을 가로막듯이 아모 카인의 번호도 불렸다.

"이거 봐."

습기 가득 먹은 목욕 수건으로 민망하지 않을 정도로 앞을 가리고 안으로 가자, 까만 비키니 차림의 여성 둘이 각각 대기하고 있었다.

롯폰기 근처의 이 가게에서 한국식 때밀이와 마사지를 받는 것이 치히로는 이제 두 번째인데, 카인은 익숙했다.

'가자. 고급 피부 관리실과는 비교도 안 되게 거칠고 세련되지도 않은데 기가 막힐 정도로 기분이 좋아.'

그런 제안을 받고, 알몸을 드러내는 것은 망설여졌으나 과감하게 동행했더니 정말로 기분 좋았다. 온몸의 피부가 말 그대로 한 꺼풀 벗겨져서 매끈매끈하고 쫀득쫀득하고 부들부들해졌고, 사우나와 마사지 덕분에 혈류도 좋아져서 다음 날부터 배변 활동이 편했다.

"자, 엎드리셔."

뜨거운 물을 쫙 뿌린 간소한 비닐 침대에 시키는 대로 엎드렸다. 지난달에 처음 왔을 때는 지우개 가루처럼 하얗고 가늘고 길쭉한 때가 줄줄이 나왔다.

'손님, 때 처음 밀어? 이야, 잔뜩 나오네, 계속 나오네.'

큰 소리로 말해서 미칠 듯이 부끄러웠지만, 옆에 엎드린 카인이 침대가 흔들릴 정도로 폭소해서 오히려 마음이 편해졌다. 오늘은 어떨까. 단골인 작가의 말에 따르면, 정기적으로 다닐수록 때가 더 잘 나온다고 한다.

거칠거칠한 전용 천으로 등부터 엉덩이까지, 허벅지 안부터 발바닥까지 벅벅 밀고, 도중에 위를 보고 누워 앞쪽도 똑같이 구석구석 민 뒤에 잡아채듯이 머리를 움켜쥐어 수건으로 감쌌다. 곱게 간 차가운 오이를 얼굴 전체에 올리고, 그러고 있는 사이에 머리카락과 두피를 벅벅 감겼다.

아무리 생각해도 사람 몸을 건드리는 손길이 아니다. 거대한 무를 씻는 것이나 마찬가지인데, 이게 오히려 기분 좋았다. 피부 관리실의 섬세한 기술에 힐링하는 것과 전혀 다르게, 난폭하다 해도 좋을 수준으로 취급하니 도리어 마음껏 하라고 몸을 맡기게 되고 묘하게 안심되었다. 갓난아기로 돌아간 것처럼 마음이 무방비해졌다.

한 시간 넘게 걸려 마사지까지 받은 뒤, 조금 쌀쌀해진 몸을 온탕에서 덥힌 다음 암반욕을 하는 방으로 이동했다. 대리석 바닥에 목욕 수건을 깔고, 카인과 나란히 엎드렸다. 바닥에 댄 하복부와 유방이 뭉근하게 따뜻해지고 온몸이 느른해져서, 깜빡 잠이 들 것 같았다.

"아아…… 되게 오랜만에 제대로 주물러준 느낌이야."

카인이 자기 손등을 뺨에 대고 중얼거렸다.

"이번 달 마감도 고생하셨죠."

"단기 집중 연재여서 매수가 많았고, 게다가 최종 화의 하나 앞이거든. 지금까지 깔아둔 여러 복선을, 기술을 써서 하나하나 굴복시키고 회수하는 느낌?"

치히로는 글을 쓰지 않지만 상상은 된다. 지금까지 함께 일을 해오면서 몇 번인가 바로 옆에서 그 과정을 지켜보았다.

"빨리 읽고 싶어요."

"다음 달《올 요미모노》에 실려."

카인이 고개를 이쪽으로 돌려 치히로와 시선을 맞추더니 눈으로만 웃었다.

"있지, 싫으면 참지 말고 말해줘."

"네? 뭐를요?"

"이렇게 알몸으로 만나는 거. 이거 갑질 아닌가?"

"갑질? 어떤 점이요?"

"나는 혼자 들떠서 오자고 했는데, 담당 편집자가 사실은 가기 싫지만 싫다고 말하지 못하는 상황을 만든 거라면 본의가 아니야. 이런 식으로 어울리는 게 처음이어서 거리감을 잘 모르겠어."

"무슨……." 허둥지둥 고개를 저었다. "전혀 싫지 않아요. 오히려 오자고 해주셔서 기쁜걸요."

"정말?"

"거짓말 아니에요. 오늘 밤에도 내키지 않았다면 다른 일이 있다거나 몸 상태가 안 좋다고 거절했으면 그만이잖아요? 그런데 이렇게 신바람 나서 약속을 잡고 뻔뻔스레 따라왔으니까 싫을 리가 없죠."

"그런가."

"그럼요. 에이, 참 무슨 말씀이세요."

"다행이다. 그렇잖아, 나 아마 업계에서는 잔소리꾼으로 통하지 않아?"

"그건, 음……."

"그만큼 평상시에도 상대방을 압박하는 편인가 해서."

"괜찮아요, 그런 거 신경 쓰지 않으셔도."

치히로는 말했다. 몸을 일으키면 가슴이 고스란히 보이니까 양쪽 팔꿈치를 대고 절반만 상체를 세웠다.

"아모 선생님은 선생님 모습 그대로 계시면 돼요. 만약 압박 같은 것을 느끼면 그건 제 문제예요. 작가 선생님의 요구에 제대로 대처할 만큼 준비하지 못해서 떳떳하지 못하거나 낭패했을 뿐이고, 뭐가 어찌 됐든 아모 선생님이 마음 쓰실 필요 없어요. 잔소리꾼이라고 생각하는 사람이 있으면 그렇게 두면 되고요."

단호하게 말하자 카인이 후후후 웃었다.

"기쁘다. 고마워, 치히로 씨."

이번에는 얼굴 전체가 웃고 있었다.

"나는 성질이 못돼서 이런 식으로 어울리는 건 처음이야. 그래도 치히로 씨랑은 작가와 담당 편집자라는 틀에서 조금 벗어나서 어울리고 싶었어. 처지나 나이랑 상관없이."

"그렇게 말씀해주시니까 저야말로 기뻐요."

따뜻해진 아랫배에서 뭔가 근질근질한 느낌이 북받쳐서 치히로는 다시 엎드렸다. 학창 시절부터 동경했던 작가가 팔 길이만큼도 떨어지지 않은 곳에 나란히 알몸으로 누워 있다니 믿을 수 없다.

"그런데 아모 선생님, 대학 시절 친구분들과 교류하지 않으세요?"

"안 해." 담백한 대답이었다. "동창회 연락이 와도 절대로 안 가고."

"왜요?"

"아무와도 만나기 싫으니까."

이보다 더 확실할 수 없는 대답이었다. 말투 또한 또렷했다. 거듭해서 이유를 묻기 꺼려질 정도로. 잠자코 있는데 "친구가 꼭 필요한가?" 자기 말을 덮어씌우듯이 카인이 말을 이었다.

"많지는 않아도 최소한 한두 명은 절친이라고 부를 친구가 있는 편이 좋다…… 같은 소리를 듣는데, 잘 모르겠어. 친구가 한 명도 없다고 해서 그게 그렇게 이상한가. 특히 글쟁이가 되고 나서 하는 고민이라곤 전부 창작에 관한 것인데, 그런 건 편집자에게 상담하면 되잖아. 내 소설을 제일 잘 이해하는 사람은 담당 편집자니까. 그렇지?"

"음, 그렇죠. 그보다는 그렇게 되고 싶지만요."

"그것 말고 친구의 역할은 뭐지? 같이 쇼핑하러 가거나 카페에서 차 마시기? 나는 전부 혼자가 좋아. 남을 신경 쓰는 거 너무 불편하거든."

"그래도 여기는 오셨잖아요?"

"응?"

"같이 오자고 말씀해주셨잖아요."

"그러니까 말했잖아. 치히로 씨가 처음이라고. 왠지 모르겠는데 괜히 신경 쓰지 않아도 편하거든."

그 말을 듣고 치히로는 문득 깨달았다. 여름 사인회 무렵만 해도 아직 분명히 존재했던 조심스러움이나 두려움이 어느

새 많이 흐려졌다.

존경하는 마음은 전혀 흐려지지 않았으니 두려움이 경애로 바뀌었다고 하면 좋을까. 최신작 《달의 이름》을 놓고 몇 번이나 논의를 주고받았고, 예상치 못하게 가루이자와 자택에서 묵었고, 외부에서 돌려받은 원고를 당신이라면 괜찮다면서 맡겨주고, 이렇게 서로 알몸까지 보이며 관계를 쌓아가고……. 그런 과정을 통해 이 사람과의 사이에 나이를 떠난 우정 비슷한 것이 싹텄다고 생각해도 좋을까.

아니, 다르다. 적어도 치히로 입장에서는 그렇게 부드럽고 따사로운 것이 아니다. 잘 맡아보면 집착과 비슷한 냄새가 난다. 이 고독하고 아름답고, 조금은 곤란한 사람을 아니, 아모 카인이라는 괴물 같은 작가를 지금 업계에서 가장 깊이 이해하는 사람은 나라는, 독점욕과 비슷한……. 자신은 역시 어디까지나 작가인 아모 카인에게 강렬하게 끌린다.

"치히로 씨." 퍼뜩 옆을 봤다. 머릿속 생각을 꿰뚫어 본 것만 같아 그만 당황했다. "지난번 3상 시상식에서."

갑자기 업무용 뇌로 전환되었다.

"아, 네."

"멍청한 연설을 한 사람이 있었지."

그랬다. 그 연회장에는 카인도 있었다. 식을 진행하는 동안에는 몰랐는데, 치히로와 후지사키 아라타가 서 있던 곳의 반대편 구석에 앉아 있었던 모양이다. 서던크로스 신인상 출신 작가 중에서도 제일 출세한 카인이 축하 파티라면 몰라도 그 전의 시상식까지 얼굴을 비치다니 드문 일이었다.

"그 사람이지, 당신과 아라타 씨가 담당한다는 사람."

"맞아요."

죄송합니다, 하고 말하자 카인이 의아한 표정을 지었다.

"왜 사과해?"

"저희의 감독이 소홀한 탓에 그런 듣기 거북한 연설을."

카인이 웃음을 터뜨렸다.

"뭐 어때. 나는 꽤 마음에 들었는데. 정해진 틀에 갇히지 않는 건 장점이야, 장래가 유망하잖아."

"그래도 그 사람, 뭔가 착각의 달인 같아요. 신인 작가가 하면 안 되는 일을 닥치는 대로 해요."

"뭐랬더라, 전에 얘기했었지. 제목은 물론이고 본문도 단 한 글자도 고치지 않겠다고 주장했댔나?"

지긋지긋한 마음을 담아 고개를 끄덕였다. 둘뿐이었던 방의 문이 열리고 다른 손님이 들어왔다. 그러기만 해도 실온이 내려갔다. 등 쪽이 살짝 추웠다.

딱딱한 바닥에서 몸을 뒤집어 카인과 함께 천장을 보고 누웠다. 바닥에 댔던 하복부와 가슴을 보자 새빨갰다. 드러난 하얀 어깨를 두 손으로 문지른 카인이 쑥과 각종 허브 다발이 매달린 천장을 보며 말했다.

"나도 그럴 때가 있긴 한데. 외부의 잡음은 일절 필요 없다고 생각하는 거라면.”

치히로는 고개를 저었다.

“이해하는데 그것과 이건 달라요.”

“다른가?”

“달라요. 이치노조 씨의 딱딱하게 엉겨 붙은 고집과 아모 선생님의 스스로 철저하고 엄격하게 부감하는 시선은 전혀 달라요. 비교할 수도 없어요.”

천장을 올려다본 채 카인이 살짝 웃음 짓는 기색이 있었다.

“치히로 씨는 말이지. 편집자가 되기 위해 태어난 사람 같아.”

“네?”

놀라서 옆을 보자 카인이 말했다.

“작가를 기쁘게 하는 기술이 대단해.”

10

움직이기 시작한 차창 밖 풍경을 무심히 지켜보는데, 의식이 그만 아득해졌다. 오늘 아침에 집에서 너무 일찍 나온 탓이었다.

이시다 산세이는 차에 오르기 전에 산 페트병 커피를 따서 단숨에 절반쯤 마셨다. 졸리지만 지금 잘 수는 없다. 오후 5시 넘어 모리오카에서 출발해서 이제 곧 센다이. 도쿄까지 앞으로 두 시간도 남지 않은 동안에 반드시 읽어둬야 하는 교정지가 있다.

2B 연필을 손에 들고 교정지를 펼쳤다. 깜박 흘리면 큰일이니 병뚜껑은 단단히 닫았다. 담당 작가와의 술자리에서도

아이스커피만 마시는 이유는 술이라곤 전혀 못 마시기 때문이다.

문득 지금 막 방문했던 집 주인의 얼굴이 생각났다. 이치조인 시즈마, 문단 최후의 무뢰파(제2차 세계대전 이후 기성 문학 전반을 비판하고 새로운 인간성을 회복하자는 작풍을 보인 일본 작가들을 부르는 말—옮긴이) 작가라고 불리는 인물인데, 무뚝뚝한 말투와 달리 상대방의 사정을 세심하게 헤아리는 사람이어서, 처음 같이 식사하며 이쪽이 술을 마시지 못하는 것을 알자 '아, 그래. 그럼 다시마차라도 시키지'라고 선뜻 말했다. 술을 마시면 어떻게 되는지 묻지도 않았다.

회색빛 도는 자주색으로 변해가는 창 저 멀리, 웅대한 자오산이 보였다. 이제 후쿠시마를 지나면 아즈마연봉과 아다타라산이, 고리야마 직전에는 반다이산이…… 아니지, 그때쯤이면 이미 날이 저물었으리라.

이치조인 작가의 담당 편집자가 되고 어느새 십수 년. 그동안 《올 요미모노》《주간 문춘》《월간 문예춘추》로 부서를 이동하면서도 변함없이 담당을 맡았다. 눈에 익은 이 경치를 앞으로는 그리 빈번히 볼 수 없겠다고 생각하자 이시다는 그저 쓸쓸했다.

장례식 후 한 달 만에 찾은 집에는 여전히 주인의 냄새가 남았고, 이제 아무도 앉지 않는 작업실 의자에는 존재와 꼭 같은 크기의 부재가 앉아 있었다. 한때는 초췌해졌던 부인이 어느 정도 회복한 듯해 함께 고인의 추억을 나누며 웃을 수 있었으니 다행이었다.

지난 대지진 때의 일이나 그가 사랑한 개들 이야기, 개성이 강해 편집자를 울렸던 달필. 완고하고 편벽해서 파벌이니 담합을 극단적으로 꺼리는 사람이긴 했으나, 이시다가 결혼했을 때 감사하게도 아내에게 "부군 덕분에 소설을 쓰고 있습니다"라며 스카프를 선물해 감동을 주고 믿음직스럽지 못한 남편의 점수를 따주었다. 본인이 심사 위원을 맡은 몇몇 문학상의 심사회에서는 젊은 재능을 밀어주는 것을 주저하지 않았다.

코로나 팬데믹이 한창인 와중, 나오키상 심사회도 평소와 다른 방식으로 진행할 수밖에 없었다. 도쿄에 사는 심사 위원은 평소처럼 요정 '신키라쿠'에서 아크릴 판을 사이에 두고 얼굴을 마주했고, 모리오카에 사는 이치조인 씨는 근처 호텔에서, 오사카의 다케모리 가오루 씨는 자택에서 원격으로 참가했다.

그런 일에 서툰 것을 넘어 익숙해질 마음도 없는 이치조인 씨를 위해 이시다는 무거운 기재를 짊어지고 모리오카까지 가서 호텔 방에 모니터와 카메라, 마이크를 설치해 오후 4시 반 전에 회선을 연결했으나, 논의가 진행됨에 따라 초조해진 이치조인 씨는 다른 위원이 발언하는 중에 이시다를 돌아보며 큰 소리로 외쳤다.

'저놈이 대체 무슨 소리를 하는 거야, 도통 의미를 모르겠구먼!'

거리야 5백 킬로미터나 떨어졌어도 목소리는 물론 고스란히 들린다. 허둥지둥 말리고 설명했지만, 이치조인 씨는 전혀 동요하지 않고 그래서 뭐 어쩌냐는 식이었다.

추억은 또 있다. 담당을 맡고 몇 년째였을까, 《올 요미모노》 지면에 연재할 원고를 받으러 도쿄의 단골 숙소로 갔을 때의 일이다. 조금만 더 쓰면 완성한다지만 이후 외출 일정이 있던 그는 '나는 평소 방에 사람을 들이지 않아'라고 부루퉁하게 혼잣말하며 이시다를 호텔 방으로 들였다.

그가 원고지에 한 장, 또 한 장 문장을 적는 옆에서 이쪽도 한 장, 또 한 장을 읽는 것은 매번 하던 일이지만, 음식점 테이블이나 경륜장 관중석이 아니라 호텔 밀실에서 하는 것은 처음 해보는 경험이었다.

만년필이 종이 위를 미끄러진다. 그 소리가 때로 끊기고 다시 이어진다. 몸의 움직임에 맞춰 의자가 삐걱거린다. 피우다 만 담배 끝에서 뿌연 연기가 올라간다. 마침내 결말 한 줄을 쓴 작가는 그 한 장을 훌쩍 이쪽에 건네더니 안쪽 욕실로 사라졌고, 곧 샤워기 물소리와 콧노래가 들렸다.

깊은 맛이 가득하고 훌륭하게 마무리된 한 편을 마지막 한 줄까지 다 읽었을 때, 울고 싶은 마음에 가슴이 떨렸던 것을 기억한다. 창문에서 들이치는 눈부신 석양과 커튼 주름이 만드는 그림자, 반짝거리며 빛줄기를 들락거리는 미세한 먼지, 책상 위에 아무렇게나 놓인 만년필에 이르기까지 모든 것이 아름다워 보였고, 설령 아무리 시간이 흐르더라도 자신은 이 순간을 잊지 않으리라고 생각했다.

……이러면 안 된다. 떠올리면 어쩔 수 없이 북받친다.

두 손으로 얼굴을 벅벅 문지르고, 이시다는 가볍게 고쳐 앉아 이번에야말로 교정지에 체크를 하기 시작했다.

작년, 단편 신인상을 받으며 갓 데뷔한 미스터리 작가의 작품이었다. 미리 보여달라고 한 플롯을 사이에 놓고 의견을 주고받고, 아주 소소한 부분까지 촘촘하게 쓰게 한 덕분에 전체적인 구성에 관해서는 대대적인 수정이 필요 없어 보였다.

베테랑에게는 이런 논의가 필요 없지만 신인 작가와 일할 때는 달라서, 느닷없이 지리멸렬한 원고를 받는 것보다는 그전에 일단 플롯을 문장으로 쓰게 해야 수정하기 위한 캐치볼이 효율적으로 이루어진다. 요즘은 작가 쪽도 고쳐 쓰는 수고를 줄이기 위해서인지, 이쪽이 뭐라고 말하기 전에 먼저 플롯을 보내는 경우도 많아졌다.

고작 오륙십 장 단편 하나라도 어설픈 원고를 읽는 것은 너무 괴롭다. 최대한 안 된다고 말하고 싶지 않기에 고칠 만한 실마리를 찾지만, 솔직히 어디부터 손을 대면 좋을지 모르겠는 원고도 많다. 착상이 비범하거나 복잡한 수수께끼 풀이를 생각할 수 있다든지, 어떤 작가라도 반짝이는 면이 있기에 원고를 의뢰하는데, 결국 소설은 '어떻게 쓰느냐'에 달렸다. 본인의 기량이 부족하면 독자가 재미를 느끼지 못한다.

또 써야 할 매수 대비 너무 많은 요소를 욱여넣는 것도 신인들에겐 흔한 현상이다. 아무리 욕심을 내도 단편에는 다 넣지 못한다는 사실을 체감하지 못한다. 이것만큼은 작품을 몇 편 쓰며 익숙해지고 교묘해져서 스스로 터득하는 길 말고는 없다.

이 신인은 괜찮은 편이다. 플롯을 놓고 의견을 주고받을 때도, 이쪽이 "이 부분의 의도를 잘 모르겠군요"라고 말하자 정확하게 이해하고 바로 정리해서 고치거나, 빠르게 단념하고 다른 플롯을 보냈다. 제일선에서 활약할 잠재력을 충분히 갖췄고, 이런저런 조언을 솔직하게 받아들이는 모습을 보면 이쪽 역시 작가를 위해 힘을 쏟고 싶은 마음이 생긴다.

이런 것을 못 하는 신인도 아쉽지만 많다. 의견을 교환하는 단계에서 아무리 말해도 이쪽의 의도를 이해하려 하지 않고, 심지어 무턱대고 "고치기 싫습니다"라고 퇴짜를 놓기까지 하면 다음부터는 의뢰하기 싫어진다.

다만 그 전부를 꼭 작가의 교만함이라고 할 수는 없다.

이쪽의 생각에 귀를 기울여주는가, 근거 있는 제안이라고 받아들이는가. 작품을 더 좋게 만들려는 마음에서 수정을 제안했는데 그것 때문에 싸우거나 관계가 어긋난다면, 요컨대 이쪽이 신용받지 못하는 것이다.

그렇기에 평소 잡담도 좋고 소설이나 영화 같은 창작물 전반을 두고 많은 이야기를 나누는 것이 중요하다고 이시다는 생각한다. 다른 작품에 관한 해석을 함께 나누어야만 공유할 수 있는 것, 양성되는 것이 분명히 있다.

신인에게만 해당하는 이야기는 아니다. 그 아모 카인이 문광당에서 원고를 돌려받았다는 소문은 순식간에 퍼져서 이미 많은 업계 관계자의 귀에 들어갔다. 담당이었던 다케다를 향한 일반적인 감상에는 '불쌍하네'라는 동정과 '하긴 그 사람이니까'라는 쓴웃음을 띤 야유가 뒤섞였다.

그렇다, 결국에는 신뢰 문제다.

이치조인 씨와의 관계에서 가꾼 것과 똑같은 것을 최대한 많은 작가와도 견실하게 키워나가야만 한다. 교정지에 집중했다. 설명이 과한 부분을 삭제하자고 제안하고, 반대로 설명이 부족한 부분도 정성껏 체크를 했다. 그때 주머니에서 스마트폰이 딱 한 번 진동했다. 확인하니 메일 발신자가 아모 카인이었는데, 제목을 보고 무심코 미간을 찌푸렸다.

긴히 할 말이 있습니다.

직접 만나면 반말을 쓰는 카인도 메일에서는 늘 존댓말이다. 그건 괜찮은데 일부러 '긴히'라고 쓴 점이 걸렸다.

본문은 아주 짧았다.

한가하실 때 연락 부탁합니다.

저는 한밤중이라도 괜찮습니다.

이 말은 곧 '최대한 빨리, 서둘러서'라는 의미다.

손목시계를 봤다. 다음 역인 오미야까지 30분쯤 남았다. 망설이다가 자리에서 일어나 객실 밖으로 나왔다. 흔들림에 맞춰 발로 버티고 서서 스마트폰을 귀에 댔다.

잠시 후, "네" 하고 낮은 목소리가 대답했다.

"늘 감사합니다. 문예춘추의 이시다입니다."

지금 시간 괜찮으신가요, 라고 물었으나 전화 너머의 카인은 대답하지 않고 이렇게 말했다.

"어디에서 거는 전화야? 시끄러운 소리가 들리는데."

상대편 목소리도 기차 소리에 지워졌다. 귓가 버튼을 눌러 음량을 키우며 대답했다.

"죄송합니다, 신칸센을 탔습니다."

"출장?"

"네. 사실은 이치조인 선생님 댁에 조문하러 다녀왔습니다."

잠깐 침묵이 흘렀다. 오래 알고 지낸 사이인 것은 카인도 잘 안다.

"그래, 그런 사정이었다면 나중에 해도 괜찮은데."

"아니요, 괜찮습니다. 심려를 끼쳐드려서, 그보다 시끄러워서 죄송합니다. 잘 들리세요?"

“응, 일단은.”

어두워진 문 유리에 자기 모습이 비쳤다. 생각보다 지친 얼굴이었다.

“그보다 메일 보낸 거 말인데.”

“네. 무슨 일 있으세요?”

“무슨 일 있으시냐고?” 갑자기 카인의 목소리가 달라졌다.

“뭐야, 대체. 뻔뻔하게.”

“네?”

“산짱, 저번에 나랑 약속했잖아. 후속 기사는 이제 안 나온다며. 그거 거짓말이었어?”

“후속 기사……” 앵무새처럼 중얼거리다가 간신히 떠올렸다. “엇, 혹시 그 문제가 아직 끝나지 않았나요?”

“지금 내가 묻잖아.”

그건 분명 지난여름이었다. 아모 카인에게서 ‘부탁’이라는 제목의, 드물게 저자세로 나오는 메일이 도착했다.

내용은, 간단히 말하면 스캔들 은폐였다.

마침 그 주의 《주간 문춘》에 저명한 영화감독 다카쓰 히로야의 과거 성추행 의혹을 다룬 기사가 실렸다. 여배우나 스태프 등 복수의 증언을 바탕으로 한 기사로, 모두 익명 처리되었으나 여느 때처럼 라인으로 나눈 대화의 스크린숏까지 실렸다.

다카쓰 감독은 과거 아모 카인의 데뷔 소설을 영화로 제작했고, 이후로는 고작해야 연하장을 주고받는 정도의 사이였다고 한다. 이 문제가 생기고 지푸라기를 잡는 심정으로 카인에게 연락했다나 본데, 그가 말하기를 《주간 문춘》 기자에게서 열 개 항목의 질문지가 도착했다, 어설프게 변명했다가는 또 기사로 다뤄져서 공연히 소동이 커진다, 앞으로 어떻게 하면 좋을지 변호사에게도 상담했으나 불안해서 잠도 자지 못하겠다, 자신은 문예춘추라는 출판사와 관계가 없고 달리 떠오르는 사람이 없어서 아모 씨에게 매달릴 수밖에 없다, 라는 이야기였다.

'나는 한쪽의 주장만 들은 관계로 진실은 모릅니다만'이라고 그때 아모 카인은 메일에 적었다.

본인은 그런 기억이 없다고 하는데, 설령 실제로 성적인 폭력이 있었어도 예전 일인 것 같고, 감독 본인도 이미 늙은 할아버지니 비난을 견디기에는 약해졌다. 새벽 두세 시에 그가 전화를 걸어서는, 이런 일로 만년에 흠이 가다니 한심하다, 차라리 내가 이 세상에서 사라지는 편이 낫겠느냐고 흐느끼는 소리를 듣고 있으면 딱하기도 하고, 솔직히 자신 역시 막 잠들려는 차에 억지로 깨게 되니 다음 날 일에 지장이 생긴다. 그러니 과거 《주간 문춘》에 적을 두었던 이시다 편집장이 직접, 현 편집부 내의 힘 있는 누군가에게 잘 말해서 다카쓰 감독 건을 더는 깊이 파고들지 말라고 부탁하면 안 되겠는가…….

이것이 그 당시 아모 카인이 했던 '부탁'이었다. 평소에는 초연하게 굴면서 누가 부탁하면 발 벗고 도와주려는 그다운 면이기도 했다.

그런데 그때로부터 이미 석 달이 지났다.

"이번 호에는 기사가 실리지 않았죠."

아니면 자신이 놓쳤을까, 하고 이시다는 의아하게 여기며 물었다. 옛 고향인 《주간 문춘》에는 지금도 담당하는 작가의 연재가 실리기에 아무리 바빠도 목차 정도는 확인한다.

"아직 실리지 않았어." 그러자 카인이 화난 듯이 대꾸했다.

"아직이라면."

"어젯밤에 감독이 집에 돌아왔더니 갑자기 불러 세우고 꼬치꼬치 캐묻더래. 질문지도 또 새롭게 도착했다나 봐. 증언자가 또 나타났다고 하고, 그리고 돈 관련한 문제도 있고."

"음……."

신음했으나 기차 소리에 지워져서 들리지 않았나 보다.

"듣고 있어?"

"듣고 있습니다." 이시다가 목청을 키웠다. "그런데요, 아모 선생님. 변명처럼 들릴 수 있겠지만, 그때 저는 기사를 막는 것은 할 수 없다고 말씀드렸었죠."

"그러긴 했지만, 당신이 말했잖아. 어지간한 일이 아닌 한 후속은 없다고."

"그건 어디까지나 그 시점의 상황에 비추어, 증언자가 이 이상 줄줄이 나서는 일이 없다면, 이라는 의미입니다."

당시 지면에서는, 오랫동안 연예계에 군림한 모 연예 기획사의 성적 스캔들이 거의 매주 대대적으로 다뤄졌다. 그쪽 안건에 관해서 마침 그 주에 기사가 될 만한 새로운 수확이 없었을 것이다. 불똥이 튀었다고 표현하면 부적절할 수 있으나, 다카쓰 감독의 성추행 의혹 기사는 구멍을 메우려고 쓰인 부분도 있었다. 그렇기에 그렇게 답변했었다.

'취재한 걸 내지 말라고 할 수는 없지만, 적어도 곧바로 후속 기사가 실리는 일은 없을 겁니다.'

입사 동기인 친한 데스크에게 확인하고서 한 답변이었다. 이후 만약 또 다뤄지더라도 그때는 미리 기자가 반드시 질문지를 보낼 테니, 그것이 없는 한은 어지간해서 기사가 나지 않을 거라고도 말했다. 거짓말은 하지 않았다. 우려했던 것이 현실이 됐을 뿐이다.

"아모 선생님도 잘 알고 계시죠. 같은 회사의 잡지라도 편집부가 다르면 별개의 회사입니다. 다카쓰 감독은 공인이고, 성폭력은 세계적인 관심사기에 설령 사장이어도 기사를 막을 수는 없어요. 하물며 제 의견 같은 건……."

"그런 것쯤은 알아."

카인이 초조한 듯 말을 막았다.

"내가 하고 싶은 말은, 여전히 집요하게 쫓아다니고 있었다면 대체 왜 좀 더 일찍 알려주지 않았냐는 거야."

"아니, 그건 저도."

"그렇겠지, 산짱한테도 알리지 않았다는 거네? 그 말은 그러니까 동기인가 뭔가 하는 데스크가 당신을 무시한다는 거 아니야?"

순간 맨살의 모공이 빠끔 열리고 귀가 뜨거워졌다.

"그건……." 목소리가 딱딱해졌다. 턱이 굳어서 잘 움직이지 않았다. "그건, 아무리 아모 선생님이라도 말씀이 좀 지나치시지 않나요."

"어머, 그래? 그런가. 그렇다면 지금 한 말은 취소하겠는데."

아무래도 말실수였을 뿐인가 본데, 이시다는 마음이 진정되지 않았다.

동기인 데스크가 전부 다 털어놓을 리 없다. 누구에게나 자기 입장이 있다. 이제부터 취재한다는 정보가 만에 하나 미리 다카쓰 감독 쪽에 알려지면, 입막음을 당할 가능성도 있지 않은가.

"저로서도 이 이상은……."

"알겠다니까. 말이 심했다고 사과했잖아."

이시다는 입을 다물었다. 말이 심하다고 지적한 것은 이쪽이고 사과받은 기억도 없지만, 이것이 카인 나름의 양보임을 알 정도로 오래 알고 지냈다. 애초에 지금은 여름 때와 다르게 구체적인 부탁이 있어서 연락한 것이 아니라 그저 불평하고 싶었을 뿐인가 보다.

"나도 사실은 다카쓰 감독한테 이렇게 할 의리도 없고."

목소리가 약간 투덜거리는 톤으로 바뀌었다.

"보아하니 그 노인네, 나한테만 그러는 게 아니라 사방에 전화를 걸어서 똑같은 얘기를 하며 울고불고했나 봐."

"그랬군요?"

"그걸 알고 나니까 대체 뭔가 싶은 기분이어서."

어휴, 하는 한숨이 스피커에서 쏟아졌다.

알기로 그는 쉽게 잠에 들지 못하는 체질이었다. 간신히 잠이 들어도 일단 눈이 떠지면 다시 잠드는 것은 도저히 불가능, 이라는 에세이를 기내지였던가, 어디에선가 읽은 기억이 있다. 한밤중에 전화 때문에 잠에서 깨면 상당한 스트레스일 것이다.

"죄송합니다. 저희 회사가 부담을 드려서."

"이제 됐어, 어쩔 수 없지. 세계적인 관심사라며."

이시다가 입을 다물자 "저기, 그보다" 카인의 음색이 다시금 훌쩍 바뀌었다.

"슬슬 때가 됐지."

"네? 뭐가요?"

정말로 몰라서 반문했는데 "시치미 떼지 마"라고 혼났다.

"이번 달이잖아, 후보작이 정해지는 거."

나오키상의, 까지는 말하지 않았지만 전에도 이런 대화를 나눴는데 또다시 화제로 삼나 싶어서 가벼운 경악을 느꼈다.

"우리끼리만 하는 얘긴데, 이번에는 몇 편 정도일 것 같아?"

"……글쎄요. 다섯 편이나 여섯 편이지 않을까요."

"숨길 것 없잖아. 나라고 해서 뭐, 누가 될 것 같으냐고 묻진 않을 테니까."

"아니요, 감추는 것이 아니라 정말로 아직 모릅니다. 최종 회의 결과가 나오지 않아서요."

"흠. 언제 정해져?"

"아마 다음 주 정도에는."

귓가에 혀 차는 소리가 들린 것 같았다. 아닐 수도 있다. 기차 소리의 일부일지도 모른다. 모래알이 창문을 때렸을 뿐일 수도 있다. 그렇게 생각하고 싶다.

"알았어." 잠시 후, 카인이 극도로 차가운 목소리로 말했다.

"요컨대 나를 전혀 신용하지 않는다는 거네."

"무슨 말씀이세요, 그럴 리 없잖습니까. 그저 저희 책임상 말씀드리기 어려울 뿐이어서……."

"이제 됐어. 당신한텐 앞으로 아무것도 부탁하지 않겠어."

갑자기 전화가 끊겼다. 망연자실 스마트폰을 내려다보았다. 화면이 뚝 까매졌다. 코로 천천히 심호흡을 반복해 분노와 억울함을 가라앉혔다.

대체 왜 이런 일로 일방적으로 몰려야 하는가. 지난 반년간 두 편의 소설을 낸 아모 카인이 후보작 라인업을 궁금해하는 것은 심정적으로 이해할 수 있다. 그렇다고 해서 이런 예민한 화제를 무슨 부록처럼 꺼내는 건…….

그러다가 문득 깨달았다.

혹시 나오키상 쪽이 본론이었나? 다카쓰 감독 문제는 말하자면 전화로 직접 대화를 나눌 구실이고, 그런 식으로 이쪽을 몰아간 것도 미리 우위를 점하려는 수단이었을지도 모른다. 계산적인 것과는 조금 다르나, 숨 쉬는 것처럼 자연스럽게 그럴 수 있는 사람이 아모 카인이다.

누가 무슨 말을 해도 지금 이야기할 수 있는 것은 하나도 없다. 전에도 그에게 설명한 대로 최종 회의 투표까지는 어떤 작품이 우세할지 모르고, 일단 결과가 나오면 이시다가 어떻게 바꿀 수도 없다.

다음 주, 즉 12월 초순에 있을 최종 회의에서 정해질 하반기 최종 후보작, 다섯 편 내지 여섯 편의 목록은 먼저 일본문학진흥회의 이사장에게 보고된다. 진흥회에서 각 후보자에게 연락해 '후보를 받아들일지'를 확인하고, 모두에게서 '받아들이겠습니다'라는 답변을 받으면 정식으로 결정되고, 만에 하나 '거절하겠습니다'라는 말을 들으면 최종 회의에서 다음 순번이었던 작품이 올라가게 된다. 이런 시스템과 절차가 엄밀히 정해져 있고, 일이 진행되는 동안 예비 심사 위원의 비밀 유지 의무는 철저하게 지켜져야 한다.

'당신한텐 앞으로 아무것도 부탁하지 않겠어.'

마지막으로 쏟아진 말과 목소리가 머릿속에 재생되어서

지금은 보디블로라도 얻어맞은 듯한 효력을 발휘했다.

굳이 선언할 것까지도 없다. 아모 카인이 문광당에서 돌려받은 그 원고는, 이후 남십자서방에 갔다고 한다.

즉, 그런 것이다, 라고 이시다는 생각했다.

스마트폰을 주머니에 넣고 좌석으로 돌아왔다. 차량에는 난방이 잘 들어왔는데, 등줄기가 유난히 선뜩했다.

11

롯폰기 거리는 잠들지 않는다. 하늘이 밝아질 무렵에 아주 잠깐 꾸벅꾸벅 졸고 낮에는 건전 그 자체인 얼굴을 보여주지만, 어두워지면 다시 네온사인으로 짙게 화장하고 야행성 인간들을 맞이한다.

사이타마 본가를 떠나 도쿄에서 자취를 시작한 학창 시절, 오자와 치히로에게 밤의 롯폰기는 쉽사리 걷기 어려운 무서운 곳이었다. 위험할 것 같은 마음 이상으로 자신이 '시골뜨기' 같아서 주눅 들었다.

지금은 그렇지 않다. 익숙해지면 이렇게 정이 깊은 거리도 없다. 도로 저 끝에는 주황색으로 반짝이는 도쿄타워가 우뚝 섰고, 한밤중에도 여러 가게의 불빛이 인도를 눈부시게 비추고, 오가는 사람들 누구도 남을 신경 쓰지 않는다. 심야에 서점 내 카페에서 커피를 마시며 방금 산 책을 읽다 보면, 자기 방에 혼자 있을 때보다 오히려 고독해지는 것 같다.

그래도 지금은 두 사람이다. 새벽 1시를 지난 시각인데 어스레한 카페 레스토랑 구석에 마주 앉아 있었다.

"졸리시죠. 다 먹으면 갈까요?"

상대방이 나른하게 하품해서 그렇게 말했는데 "아니야, 괜찮아" 테이블 맞은편에 앉은 아모 카인은 입을 다물더니 고개를 도리도리 저었다.

"치히로 씨 얼굴을 봤더니 왠지 마음이 편해졌을 뿐이야."

"그렇다면 괜찮지만요."

그때 주문한 메뉴가 나왔다. 카인 앞에 나시고랭과 아이스티, 치히로 앞에는 팟타이와 재스민차가 놓였다.

"모처럼 땀을 잔뜩 흘렸는데 이래서야 도로 아미타불이네."

카인이 짧게 웃었다. 입욕, 암반욕, 사우나를 몇 바퀴나 돌고 때까지 미는 풀코스를 마치고 알몸으로 체중을 쟀더니 두 사람 다 1킬로그램 가까이 줄었다. 그러나 저녁을 먹고 여섯 시간이나 지났던 터라 역시 배가 고팠다. 그것도 맹렬하게.

"아, 맛있다……"

인도네시아식 볶음밥을 한 입 먹은 카인이 눈을 크게 떴다.

"정말요, 이거 괜찮네요."

치히로는 태국식 볶음국수다. 남플라 소스의 독특한 풍미
와 고수의 풋내가 입에서 뒤섞이고 코로 빠져나오는 느낌이
최고였다.

프랜차이즈인 아시안 카페에서 이렇게 본격적인 맛을 느
낄 수 있는 줄 몰랐다. 롯폰기 대로에 면한 이곳은 좁은 계단
을 올라와야 하는 2층인데 생각보다 넓었다. 간접조명만 켠
실내는 땅굴처럼 어둑어둑하고, 손님은 떨어진 자리에 앉은
커플 한 쌍뿐이다. 대놓고 말할 수 없는 내용도 여기에서라면
속닥속닥 털어놓을 수 있겠다.

"그러면 하던 얘기로 돌아가서……." 곁들임으로 나온 방울
토마토를 쿡쿡 찌르며 카인이 고개를 숙인 채 말했다. "뭔가,
왠지 석연치 않아."

"그건 그렇죠. 믿을 사람이 아모 선생님뿐이라고 했으면서
다른 사람한테도 실컷 매달렸다니……. 정신적으로 너무 아
슬아슬한 지점까지 몰린 거겠지만요."

"뭐, 그건 그렇지."

"그러지 않았다면 새벽 3시에 전화를 걸지 않겠죠."

"아, 그건 비교적 디폴트. 평소에도 밤낮이 바뀌어서 업무
상대든 누구에게든 그러나 봐."

"점점 더 민폐네요."

후후, 하고 카인이 웃었다.

"그래도 그 사람, 재능이라는 부분에서는 아주 대단한 사람

이야." 고유명사는 일부러 입에 담지 않았다. "치히로 씨도 봤잖아. 내, 그, 영화화된 거."

"하긴요, 그건 정말 좋았어요. 원작과는 꽤 달랐어도요."

"똑같을 필요는 없으니까. 애초에 똑같을 거면 일부러 영화로 만들 의미가 없지."

깜짝 놀랐다. 듣고 보니 소설은 소설로만 할 수 있는 것을, 영화는 영화로만 할 수 있는 것을 만들어 양쪽이 서로를 돋보이게 할 수 있다면 최고다.

"그 영화에는 감사해. 덕분에 문고본 매출이 무섭게 솟구쳤고."

"저는 역시 원작을 꼭 읽어주길 바라지만요."

"나도 그래. 거기로 이어지는 계기를 영화가 만들어주고, 심지어 작품 자체만으로 완성도가 훌륭하면 바랄 게 없지. 물론 작품의 혼과 같은 부분을 멋대로 바꾸려고 한다면 끝까지 싸우겠지만."

작가 중에도 자기 작품의 영화화에 관용적인 사람과 그렇지 않은 사람이 있다. 중요하게 여기는 포인트도 사람마다 다르다. 치히로는 좋아서 문예 세계에 있는 만큼 소설의 편을 들게 되지만, 카인이 말하는 의미는 충분히 이해한다. 그런 식으로 자신이 선 위치를 내려다보고, 그야말로 자기 아이처럼 소중한 작품을 남의 손에 맡길 수 있는 아모 카인은 역시 멋지다고도 생각한다.

"석연치 않다고 한 점이 사실은 그거야."

카인이 아이스티 빨대를 입에 물었다.

"그《주간 문춘》이 승산도 없이 기사를 실을 리는 없겠지만, 그래도 이번 일은 조금 일방적이어서 안됐다는 생각이 들어. 자업자득이라고 하면 할 말이 없지만, 현실적으로 그의 눈에 띄고 그의 마음에 들어서 일선에 나오게 된 여배우가 많이 있는 것도 사실이고."

금방 몇 명의 얼굴이 떠올랐다. 지금은 두말할 것 없는 대배우인데 과거 다카쓰 감독의 작품에 기용되던 시점에는 아직 인지도 없는 신인이었다.

"이때까지 수십 년에 걸쳐 훌륭한 작품을 남겼고 세계적인 찬사를 받았고, 영화상도 외국을 포함해 수없이 받은 사람이야. 감독으로서 드디어 확고부동한 지위를 쌓아 올린 시점에 이런 일이 일어난 거잖아? 그런 노인네를 지금 고발하고 헐뜯는 게 대체 무슨 의미가 있지? 문춘의 이시다 씨는, 공인이니 뭐니 했지만 그런 기사를 보면 매번 고발당하는 본인 이외의 증언자는 익명 A 씨, B 씨잖아. 그것도 좀 문제야. 이쪽은 간판을 내걸고 가게를 차렸는데 자기는 다치지 않을 그늘에서 저격하는 사람과 어떻게 싸우라는 거야. 그런 건 전혀 공정하지 않아."

카인 자신도 얼굴이 보이지 않는 상대에게서 무분별한 중상모략을 당한 적이 많을 것이다. 주장에 열기가 담겼다. 치히로는 입을 다물었다. 뭔가 말해야 한다고 생각하지만 제대로 표현하기 어려웠다.

"전화 너머로 본인이 울면, 한마디로 정리하기 어려운 기분이 들어. '나는 이제 끝났다, 이대로 살아서 수치를 사느니 죽는 편이 낫다'느니 '50대 정도였다면 그래도 싸울 기력도 있겠지만 이렇게 나이를 먹어서는 한동안 기다렸다가 재기를 노리자고 생각할 활기도 없다'느니."

"몇 살이었죠?"

"일흔여섯이었나."

"아아……."

"그리고 이런 말도 했어. '아모 씨처럼 펜 한 자루로 승부를 거는 일과 달리 영화는 제작에 관여하는 인간의 수가 너무 많다. 나에게 무슨 일이 생기면 그 전원에게 피해가 간다'라고. 이번 사건으로도 벌써 주연 여배우까지 정해진 기획 하나가 끝장났대."

"여배우 입장에서는, 지금 그 사람 가까이 있다가는 이미지가 나빠질 뿐이라는 거겠죠."

"맞아. 스폰서도 그렇고."

카인이 포크로 찌른 새우 살에 가늘고 길쭉한 재스민 라이스가 튀김옷처럼 붙었다. 그걸 한 알도 떨어뜨리지 않고 입에 넣어 씹어 삼킨 뒤 아이스티를 마셨다. 일류 레스토랑이든 이런 캐주얼한 음식점이든 다르지 않다. 이 사람의 동작 하나

하나가 아름답다고 치히로는 생각했다. 우아하다기보다 멋있다. 이렇게 나이를 먹고 싶다고 생각하는 반면에 오늘 밤은 아무래도 가슴 안쪽이 껄끄러웠다.

"죽네 사네 해도, 그런 소리는 상태를 살피면서 어느 정도 감안해서 듣긴 하는데, 사람은 마음이 약해지면 무심코 일을 저지를 수도 있으니까 조금 무서워서…… 자칫하면 나까지 끌려가고."

"아이, 그런 말씀 마세요."

"괜찮아." 카인이 희미하게 웃었다. "아무튼 이 답답한 마음을 치히로 씨에게 말하고 싶었어. 덕분에 후련해졌어."

"그렇다면 다행이지만요."

"애당초 이런 생각 안 들어? 일반 사회라면 몰라도 예능 세계는 역시 특수하잖아. 우리 작가도 마찬가지여서, 예전에는 글쟁이도 물장사라는 소리를 들었어. 그런 세계에서 살고자 한다면, 여자 쪽에도 인의라는 게 있을 거 아니야. 그 사람한테 크게 신세를 진 수많은 여배우 역시, 당시에는 일적으로 기브 앤 테이크라고 받아들였으니까 지금까지 내내 침묵했던 거잖아. 10년 전과는 도덕성의 기준도 크게 다른데, 현재의 정의감으로 과거 일까지 재판하는 건 이상하지 않아?"

"하지만……." 치히로는 말했다. "이번에 처음 고발한 A 씨가 피해를 겪은 건 비교적 최근이지 않아요?"

"그건 그렇지만, 거기에 편승하는 것처럼 B 씨에 C 씨가 나오는 건 뭔가 좀, 비열한 느낌이야. 정말로 싫었다면 대체 왜 그 시점에 경찰한테 가지 않았는데. 왜 지금에 와서 주간지에 들고 가냐는 거야. 그런 점이 같은 여자로서 기분 나쁘단 말이지.”

카인이 훗, 하고 웃었다.

“차라리 이번에 욕먹을 걸 각오하고 에세이로 쓸까. 왜냐하면 누구도 대놓고 말하려고 하지 않잖아, 그런 일은.”

“아모 선생님.”

반사적으로 가로막았다. 자기가 생각해도 당혹스러울 정도로 말투가 날카로워져서 카인도 놀라는 것을 느꼈다.

“죄송해요, 아모 선생님.” 치히로는 포크를 내려놓고 입가를 훔쳤다. “조금 건방진 말씀을 드려도 괜찮을까요?”

무서워서 얼굴을 보지 못하겠다. 잠시 후, 카인의 낮은 목소리가 대꾸했다.

“괜찮아. 해봐.”

“저는 이번 건은…… 아모 선생님과 조금 다르게 생각해요.”

입이 바짝 말라서 물을 마시고 싶었으나 손을 뻗을 용기가 나지 않았다. 뒤늦게 무릎이 떨렸다.

“말씀하시는 의미도, 이해가 안 되진 않아요. 분명 저마다의 세계에 저마다의 불문율 같은 것이 있고, 예를 들어 프로 게이샤가 손님의 사적인 이야기를 외부에 재잘재잘 떠드는 일은 당연히 도리에 어긋나겠죠. 아모 선생님 말씀대로 인의

가 없다고 저도 생각해요."

카인은 아무 말도 하지 않았다. 먹다 만 접시에 시선을 내리고 치히로는 말을 이었다.

"하지만 이번 사건은 그것과는 다르다고 봐요. 영화계에도 엄연히 불문율이 있고, 과거에 여배우는 그 안에 자신을 억지로 밀어 넣어야만 살아남을 수 있었던…… 그런 시대가 길었던 것은 사실이에요. 하지만 그건 너무 불공평하고, 상하 권력의 차이가 너무 크지 않나요? 힘 있는 자의 말을 얌전히 듣지 않으면 지금 일에서 배제될지도 모른다. 두 번 다시 이 세계에서는 부상하지 못할지도 모른다. 그렇게, 처지가 약한 사람이 싫다고 할 수 없는 상황에서 관계를 강요하는 것은 역시 근본적으로 잘못되었어요. 그걸 저는 기브 앤 테이크라고 인정하고 싶지 않아요."

대답이 전혀 돌아오지 않았다. 테이블 맞은편이 어둠에 잠긴 것처럼 느껴져서, 앉은 상태인데도 현기증을 느꼈다.

"그리고…… 예전에는 당연했다고 해서 지금 거기에 문제를 제기하는 것이 그렇게 이상한 일일까요? 여성에게 선거권조차 없었던 시대와는 다를 텐데, 왜 그런 문제만은 남성을 배려해서 입을 다물어야만 하나요. 이득을 본 남자는 이제 다 늙은 할아버지니까 불쌍하다고 너그럽게 봐주고, 반대로 고발한 여성은 어차피 아줌마가 되어서 유통기한이 끝났으니까 돈을 노리는 거라고 비난해요. 그런 거 이상하잖아요."

숨을 쉬려고 입을 다물어도 카인은 한마디도 하지 않았다. 최소한 반론을 해주면 좋을 텐데, 무슨 말을 해도 이해가 안 되는 걸까, 아니면 자신의 말솜씨가 부족한 걸까. 눈물이 고일 것 같았다. 떨리는 손을 뻗어 물잔을 잡고 간신히 한 모금 마셨다. 잔을 돌려놓는 손이 떨리는 것을 그가 빤히 지켜보았다.

"아까 아모 선생님, 왜 경찰에 신고하지 않느냐고 말씀하셨는데…… 말할 수 없어요. 성적인 피해를 당했을 때는 아무에게도 말하지 못해요. 그것도 바로 당장은, 절대로."

카인이 처음으로 몸을 움직였다.

"이번 건도 그렇지만, 기사를 본 사람들은 인터넷에서 우르르 달려들어 여배우를 욕하죠. 저항하지 않았던 주제에 그런다느니, 다른 계산이 있어서 그런다느니, 그렇게 될 줄 알면서 단둘이 있었던 쪽이 나쁘다느니. 이게 만약 강도 사건이었다면, 피해자에게 그런 소리를 하지 않을 텐데 성적인 일이 되면 이상하게 모두 여성을 손가락질해요. 그렇다고 해도 주변에서 탓할 것도 없어요. 그런 피해를 겪으면, 누구보다 본인이 자기 자신을 탓해요. 그때 왜 단둘이 있었을까 하고. 설령 죽더라도 저항했어야 했는데, 왜 그러지 못했을까 하고. 지금에 와서도 또 이렇게, 죽고 싶을 만큼 괴로워지는 건, 그때 제대로 저항하지 않은 대가지 않을까 하고."

"잠깐만, 치히로 씨."

"저는, 그랬어요."

한 방 맞은 듯이 카인이 입을 다물었다.

“저는…… 저는 모르는 사람이 아니라, 고등학교 2학년 때, 고작 두 달쯤 사귀었던 남자의 폭력이어서, 그래서 더욱더 주변의 누구에게도 말하지 못했어요. 말해도 사랑싸움이라고 생각하거나, 그런 건 처음 하면 아무래도 아파서 남자만 기분 좋으니까 열받는다는 식으로 가볍게 여기는 걸 참을 수 없어서, 결국 제일 친했던 친구에게도 털어놓지 못했어요. 하지만 10년이 지나도 여전히 꿈을 꿔요. 그때 그 남자에게 짓눌려서, 가위라도 눌린 것처럼 비명을 지르고 싶은데 소리가 나오지 않아요. 최악의 악몽이에요.”

끼익, 하고 바닥이 밀리는 소리가 들렸다. 고개를 들자, 저 끝에서 젊은 커플이 일어나는 참이었다. 친근하게 어깨를 맞대고, 더치페이로 계산을 마치고 계단을 내려갔다. 지켜보던 치히로가 미소 짓는 것을 보고 카인이 고개를 돌렸다가 의아한 듯 이쪽으로 시선을 되돌렸다.

“……아니요, 왠지 좋다 싶어서요.”

“응?”

“그냥 내고 싶은 사람이 내면 그만인데요. 그래도 저렇게 대등한 느낌을 보면 기분이 좋아서요.”

치히로는 그제야 카인을 봤다. 평소보다 얼굴빛이 하얗게 보였다.

“새삼스럽지만 저, 줄곧 아모 선생님의 팬이었어요. 전에도 말씀드렸던 걸로 기억하지만요.”

“……응. 들었어.”

“사실은요, 데뷔 작품을 처음 읽은 게 지금 말씀드린 그런 일들 때문에 너무 힘들었을 때였어요. 고향에는 죽어도 있기 싫어서 미친 듯이 공부해서 도쿄에 왔고, 그런데 혼자 살기 시작하니까 점점 더 악몽만 꿔서……. 그때는 제대로 된 문장은커녕 버스 시간표를 읽는 것도 힘들었는데, 대학교 생협에 강의 교재를 사러 갔다가 아모 선생님의 신간이 평대에 놓인 것을 보고, 사봤자 어차피 끝까지 읽지 못할 텐데도 대체 왜 그랬는지 사 왔고, 순식간에 이야기에 푹 빠져들어서 다 읽었더니…… 뭔가 조금이지만 편해졌어요. 그날 밤에는 악몽도 꾸지 않았어요. 구체적으로 어떤 말이 어땠다는 건 아니에요. 그저, 이 세상에는 이토록 아름답고 사랑스러운 관계도 있구나 싶었어요. 내가 미숙해서 모를 뿐이지, 세상은 분명히 넓다고 순수하게 생각할 수 있었고, 그래서…… 조금 더 살아도 괜찮겠다는 마음이 들었어요.”

얼굴을 맞대고 하는 고백이 갑자기 부끄러워져서 치히로는 시선을 내렸다.

“‘아모 카인’이라는 작가를 내내 동경했어요. 이렇게 투명한 소설을 쓰는 사람은 어떤 사람일까. 담당을 맡았을 때는 꿈만 같았고, 지금도 그 마음은 같아요. 그러니까…… 너무 제멋대로인 소리인 줄은 알지만요, 바로 그렇기에 아모 선생님만큼은 피해를 겪은 여성을 탓하지 않으셨으면 해요. 설령 10년 전 일이어도, 그게 정말로 있었던 일이었다면이지만요, 고발을 결심하느라 얼마나 용기를 짜냈는지 아니까요."

말하면서도 하여간 제멋대로라는 생각이 들었다. 마음이 아무리 강렬하더라도, 아무리 확고한 신념이 있더라도, 일방적으로 상대에게 강요하는 것은 폭력일 뿐이다. 지금 실로 규탄하는 남자들과 똑같은 짓을 자신이 해버린 것은 아닐까.

"치히로 씨."

이름을 부르는 목소리가 덜덜 떨려서 깜짝 놀랐다.

"앗, 아니, 왜 그러세요?"

"미안해, 치히로 씨." 아모 카인의 뺨이 젖어 있었다. "나, 아무것도 몰라서."

"무슨, 아니에요. 말씀드리지 않았으니까 당연하죠."

"당연하지 않아. 당신 사정뿐만 아니라, 그런 거 전부, 전혀 알려고 하지 않았어. 그러면서 건방지게 연설이라도 하는 양……."

지금 너무 부끄러워. 사라질 듯한 목소리로 말하며 카인이 얼굴을 훔치고 코를 훌쩍였다.

"정말 고마워."

"저는 아무것도……."

"내 사고방식이 20년 전에 멈춰 있다고 알려주지 않았다면 평생 깨닫지 못했을 거야. 아무것도 모르면서 똑똑하다는 얼굴로 에세이를 썼다가 욕을 먹는 수준이 아니라 망신을 당할 뻔했어.”

테이블을 넘어 이쪽으로 뻗은 손이 치히로의 팔을 강하게 꼭 움켜쥐었다.

“말해줘.”

“네?”

“앞으로도 많이 지적해줘. 내가 뭔가 이상한 소리를 하면 ‘아모 선생님 그건 아니에요’라고 치히로 씨가 알려줘. 나, 성격이 이렇지만 당신이 하는 말이라면 순순히 들을 수 있어. 가끔은 발끈할 수도 있지만, 그래도 포기하지 말고 꼭 말해줬으면 해. 부탁이야.”

“아모 선생님……”

“작가가 뭘 제일 두려워하는지 알아? 주변에 있는 모두가 진심을 말해주지 않는 거야. 글이 적당히 재미있고 잘 팔리기까지 하면, 일부러 미움받을 소리를 누가 하고 싶겠어? 나는 벌거숭이 임금님이 되는 것만은 싫어. 우물 안 개구리는 더 싫어. 다들 비웃는데 나만 알아차리지 못하느니 죽는 편이 나아. 그러니까 부탁해, 약속해줘. 다른 누가 모르는 척 입을 다물어도 치히로 씨만은 나한테 사실을 말해주겠다고.”

과분하다.

거미줄에 매달린 것처럼 필사적인 얼굴을 보면서 몸 깊은 곳에서 솟구친 감정이었다. 이때껏 본 적 없는 카인의 표정을 가까이에서 바라보며 처음으로 납득할 수 있었다. 항간에서

‘존귀하다’라고 칭하는 그 특수한 감정은, 분명 이것을 가리키겠지.

“아모 선생님.”

학창 시절, 생협 서점에서 그의 책을 손에 든 이래로 품은 마음을 전부 담아 치히로는 말했다.

“알겠습니다. 저라도 괜찮으시면 약속할게요.”

그 말을 한 순간, 정체 모를 황홀한 화살이 몸을 꿰뚫었다.

12

차창 밖으로 겨울의 쓸쓸한 전원 풍경이 펼쳐졌다. 오미야를 지나고 다카사키를 지나고 가루이자와에 접근함에 따라 산이 가까워지고 녹음이 줄어들었다.

아직 이른 낮의 신칸센으로 돌아가는 것은 오랜만이었다. 평소처럼 역 건물 지하에서 먹을거리를 살 기력이 없었다. 어젯밤에도 늦게까지 남십자서방의 오자와 치히로와 대화를 나누었더니 호텔로 돌아갔을 땐 거의 새벽이었고, 막상 누워도 머리가 맑아져서 도무지 잠이 오지 않았고 간신히 졸음이 몰려온다 싶더니 벌써 체크아웃 시간이었다.

팔걸이에 턱을 괴고, 아마노 가요코는 멍하니 밖을 바라보았다. 이제는 별수 없는 생각을 무심코 하다가 몇몇 얼굴이 떠올라 혀를 찼다.

《주간 문춘》 최신 호에 결국 예의 기사가 실렸다. 영화감독 다카쓰 히로야 왕년의 성추행 문제다. 한밤중에 그렇게 울며 매달렸던 감독이 사실은 여기저기 비슷한 푸념을 늘어놓았다는 사실을 안 뒤로 동정하는 마음도 흐려졌으나, 그건 그렇다 치고 자신의 존재가 아무런 영향도 끼치지 못했다고 생각하면 역시 수치스러웠다. 잘못을 따지면 바로 《올 요미모노》의 담당 편집자 이시다 산세이가 한심한 탓이다.

'설령 사장이어도 기사를 막을 수는 없어요. 하물며 제 의견 같은 건……'

이시다의 말은 전부 변명이었다. 허울 좋은 말을 늘어놓지만 회사의 최대 세력인 《주간 문춘》의 눈치만 살피고 이쪽의 부탁을 진지하게 받아들일 각오가 없다. 번거로운 일을 피하고 싶을 뿐인, 고작해야 회사원이다.

머리 꼭대기까지 피가 솟아서 약간 날카로운 말을 했더니 처음 듣는 딱딱한 말투로 이런 소리를 했다.

'아무리 아모 선생님이라도 말씀이 좀 지나치시지 않나요.'

이쪽도 여유를 잃었던 점은 인정하지만, 진심으로 이시다에게 모욕을 주려던 것은 아니었고 말하자면 오는 말이 고와야 가는 말이 곱다고, 흥분해서 말이 잘못 나왔을 뿐이었다. 오래 알고 지냈으니 그런 것쯤은 당연히 헤아려야 하지 않는가.

사과하기도 싫었지만 그대로 전화를 끊는 것도 겸연쩍어서 어른스러운 태도로 화제를 바꿨다. 이제 곧 최종 후보작이 발표될 나오키상 이야기라면 딱히 부자연스럽지 않을 테니.

'슬슬 때가 됐지.'

'네? 뭐가요?'

가볍게 말을 꺼냈는데 갑자기 전화 너머에서 이시다가 경계하는 것을 느꼈다. 전에도 나오키상을 놓고 그와 속을 터놓은 대화를 한 적이 있다. 최소한 후보작에 올리는 정도는 할 수 있다고 믿고 교섭한 그때도, 이시다는 예비 심사 과정이 얼마나 엄정하게 진행되는지 담담히 설명하고 자기가 할 수 있는 것은 아무것도 없다고 말해서, 결과적으로 이쪽의 강렬한 욕구만이 허공에 붕 떠 부끄러운 꼴이 되고 말았다. 그래도 그가 그 입으로 진지하게 작품을 칭찬했으니 체면은 섰다. 비 온 뒤 땅이 굳는다고 하지 않는가, 오히려 지금까지보다 진지하게 대화를 나눌 상대가 되었다고 여겼다.

……그랬는데.

또 혀를 차고 말았다. 대체 뭐냐고, 꾸며낸 듯이 시치미나 떼고. 이쪽이 다른 뜻 없는 질문을 해도 초장부터 얼버무리며 대답하려 하지 않았다. 두렵고 화가 났다. 이시다 눈에 아모카인이라는 작가는 이미 '나오키상무새'로 보이지 않을까. 그런 생각이 들자 개탄스럽고 한심하고, 그리고……. 문득 아무래도 상관없어졌다. 이시다라는 남자의 바닥을 본 기분이었다. 결국 그는 자기 자신이 소중할 뿐이다. 작가와 회사 사이에 낄 듯한 분위기를 감지하면, 순식간에 말투가 신중해진다. 곧바로 대의명분을 내세우는 점도 마음에 들지 않는다.

사실 문광당에서 돌려받은 원고를 어느 출판사에 맡길지 고민했을 때, 남십자서방의 오자와 치히로와 나란히 이시다 산세이가 생각나지 않은 것은 아니다. 치히로를 선택한 것은, 두 사람의 능력이나 개개인의 신뢰도에 차이가 있어서가 아니라 단순히 이시다에게 소소하게 앙갚음하고 싶은 기분이 작용했을 뿐이다.

하지만, 이제 됐어.

남자 따위 신용할 수 없다.

성추행 노인네 다카쓰 감독도 열받고, 그걸 집요하게 쫓는 기자들도 열받고, 어딘지 우유부단하게 구는 이시다 산세이도, 모조리 다 열받는다. 일을 대충 하는 문광당의 다케다도, 말만 사죄지 고압적이었던 그쪽 임원들도, 덧붙이자면 모험을 꺼리고 안전책만 펼치려고 하는 남십자서방의 중역들도, 죄다 한꺼번에 멍석에 말아 썩은 내 나는 하수구에 던져버리고 싶다. 이것도 다 그들이 이쪽을 무시하기 때문이다.

망신살이 뻗치는 것도, 남이 그렇게 몰아가는 것을 도무지 참을 수 없었다. '무관의 제왕'이라고 조롱받는 것도 사실은 끔찍이 싫었다. 책을 내면 팔리는데 명성 있는 문학상을 받지 못하는 자신을 향한, 에두른 야유로만 들린다. 신간을 낼 때마다 초판 부수에 집착해 높은 사람에게 따지는 것도 수치스럽기 싫어서다. 유통사나 서점 현장에서 슬슬 한물갔다고 여겨지는 것은 죽어도 싫었다.

‘작가 아모 카인’이 우습게 여겨지는 일이 있어선 안 된다. 그렇기에 사인회의 펜 한 자루와 꽃 한 송이까지 까다롭게 지적하고, 독자를 환대하고 배려하고자 열성을 다해 노력한다. 어차피 한두 번만 입을 비싼 옷, 신발, 가방, 소지품, 거주지와 차, 취미와 기호……. 전부 작가를 작가답게 하는 요소 중 하나니 걸맞은 것을 철저히 찾아 엄선한다. ‘아마노 가요코’는 밥을 물에 말아 먹어도 ‘아모 카인’은 우아하게 리소토를 입에 넣어야만 한다.

그런 만큼 어젯밤, 오자와 치히로가 해준 말은 고마웠다. 최근 하나둘 밝혀지고 드러나는 성적 착취에 관한 자신의 인식이 하룻밤 사이에 상당히 업데이트된 것 같다.

‘그런 피해를 겪으면, 누구보다 본인이 자기 자신을 탓해요.’

분명 아무에게도 말하고 싶지 않았겠지. 틀림없이 오랜 세월 아무에게도 말하지 않았으리라. ‘아모 카인’이라는 간판이 수치스럽지 않을 수 있었던 것은 치히로가 몸을 던져 간언한 덕분이다. 자칫 시류로 보아 빈틈투성이인 지론을 펼치다가 집중포화를 맞을 뻔했다.

그 애뿐이야, 라고 가요코는 생각했다.

담당 편집자는 각 출판사에 몇 명이나 있지만, 오자와 치히로만은 진심으로 믿을 수 있다.

내려서자마자 들이쉰 호흡에 폐가 얼어붙을 것 같았다. 코트 앞섶을 여미고 서둘러 에스컬레이터로 향했다. 승강장 응달에 남은 눈에 미끄러질 뻔했다. 그러니까 도대체가, 이놈의 신칸센은 왜 이렇게 많이 걷게 하냐고.

개찰구를 나오자 정면 벽에 늘 그렇듯 사카키가 있었다. 최근에는 말을 이해했는지 작업복 차림으로 데리러 오지 않는다. 어깨에 멘 토트백에 묵묵히 손을 내밀기에 "됐어"라고 거절하고, 아래 로터리에 세워둔 하얀 아우디에 탔다. 아마 조금 전에 껐을 엔진을 다시 켜는 사카키에게 말했다.

"되게 아슬아슬하게 도착했나 봐?" 룸미러로 그가 머뭇거리는 시선을 보냈다. "……따뜻하니까."

노년에 접어든 남자의 눈가가 살짝 부드러워진 것을 보자 맹렬하게 짜증이 났다.

"빨리 출발해. 얼른 집에 가서 쉬고 싶어."

기어로 향하던 울퉁불퉁한 손이 아주 잠깐 멈췄다.

"뭐야, 왜 그래?"

사카키는 고개를 젓고 미끄러지듯 차를 몰았다.

평소의 길, 평소의 엔진 소리. 마음이 편해져서 겨우 5분 탔을 뿐인데 잠이 쏟아졌다. 곧 도착하니까 어떻게든 눈꺼풀을 밀어 올리려 했으나 살풍경한 나무숲 사이로 호수가 보일 무렵에는 저항하기 힘들어졌고, 그러다가 얼마 지나지 않아 유리창에 측두부를 부딪혀 눈을 떴다.

"아야……."

룸미러 너머로 사카키가 언뜻 미안한 표정을 지었다. 크게 흔들린 것은 밤마다 얼었다 또 녹은 땅이 가라앉아 사설 도로의 바큇자국이 더욱 깊어졌기 때문이다. 숲에 둘러싸인 응달은 뼛속까지 스미도록 춥다. 도착하면 온돌 설정 온도를 올려야지. 어쩌면 사카키가 이미 하고 왔을까. 도로 앞에 하얀 펜스와 집이 보였다.

흠칫했다.

낙엽송 거목 옆에 빈티지 블루 G바겐이 서 있었다.

룸미러를 노려보아도 사카키는 부자연스럽게 앞만 본 채, 그 옆에 아우디를 세웠다. 가요코는 가방을 끌어당기고 운전석 등받이를 두 번 연속으로 걷어찬 뒤에 차에서 내렸다.

얼어붙은 땅이 너무 딱딱했다. 크게 심호흡해 마음을 단단히 먹었다. 오랜만에 만나는 상대에게 잠이 부족해 지친 얼굴을 보여주기 싫은 것은, 걱정을 끼치고 싶지 않아서도 아니고 여자의 심리도 아니었다.

현관문을 열고 조용히 들어가자 커피 향이 났다. 자기 마음대로 원두를 갈아 커피를 내렸나 보다.

"아, 어서 와."

남편이라는 인간이 거실 소파에 편하게 있었다. 고급스러운 플란넬 바지에 캐시미어 스웨터, 관자놀이에 살짝 난 흰머리를 염색하지 않는 것도 아마 계산한 것이리라.

"웬일이야." 짐을 거실 의자에 놓으며 가요코가 말했다. "열쇠, 갖고 있었나?"

"사카키에게 열어달라고 했어."

자기도 모르게 신음했다. 역시 두 번 걸어차는 것으로는 부족했다.

"응? 뭐라고?"

"아무 말도 안 했어. 미리 말해줬으면 어제 돌아와서 뭔가 준비했을 텐데."

"아이고, 선생님께 그런 일을 시킬 수는 없지요."

또 발끈했으나 꾹 눌러 삼키고, 일단 세면대로 가서 꼼꼼히 손을 씻었다. 라벤더의 풋풋한 향기에 뒤틀렸던 신경이 조금은 안정되었다.

입을 헹구고 거실로 돌아오자, 남편이라는 인간은 같은 자리에서 스마트폰을 들여다보며 뭔가 조사하고 있었다. 언제 갈 거냐고 물을 뻔했다.

"언제, 도착했어?"

"조금 전. 마침 사카키가 차 엔진을 데우고 있었어. 길이 어디나 뻥 뚫려서 너무 일찍 도착했어."

"골프?"

"그럴 리가. 이 근처 골프장은 지난달 말부터 전부 문 닫았어."

"그래? 미안, 골프에 흥미가 없어서."

"아무리 그래도 상식이지."

아무래도 좋다. 말다툼할 마음도 없었다. 계속 서 있는 것도 불안해서 어쩔 수 없이 식탁 의자를 끌고 와 앉았다.

"그래서 오늘은 갑자기 웬일이야?"

그제야 그가 시선을 들고 스마트폰을 주머니에 넣었다.

"갑자기 오면 곤란할 일이라도 있어?"

"없는데. 용건 있어?"

"용건이 없어도 오고 싶으면 오지. 내 집이니까."

아니야, 여긴 내 집이야라고 외치고 싶지만 받아칠 수 없다. 원래 아마노 집안의 별장이었던 이 집과 토지는 지금도 그의 소유다.

일전에 상응하는 금액으로 양도해달라고 한 번 말했더니 웃으며 거절했다. 예금계좌나 일상적인 경제는 별개여도 부동산이나 자동차처럼 큰 쇼핑은 마음대로 하게 두지 않는다. 경영하는 수입 회사의 경비 계산이 이러쿵저러쿵하는 것도 절반은 사실이겠지만 나머지는 구실로, 그에게는 이런 종류의 결재권을 움켜쥐는 것이 부부 사이에서 일종의 시위 행위기도 한가 보다.

"요즘 글 쓰고 있어?"

"무슨 뜻이야?"

"가끔 서점을 살펴봐도 당신 책이 보이지 않아서."

지금이라면 어느 서점에든 빠짐없이 신간 두 작품이 평대에 산더미처럼 쌓여 있거든. 당신이 비즈니스 서적 코너만 보기 때문이겠지. 이렇게 말해주고 싶지만 도발에 응하지 않는다. 아마 뭐가 얼마나 팔리는지도 벌써 조사했을 것이다.

"그러게. 더 열심히 해야겠네."

담담하게 대꾸하자 그가 코로 흥 하고 숨을 내뿜었다.

"이후에 이쪽에서 일이 있어서." 머그잔을 손에 쥐어 한 모금 홀짝였다. "뭐, 엄밀하게는 일이 될지 안 될지 아직 모르지만, 그 '요로즈야 BOOKS'라고 있잖아. 당신도 많이 이용하는 곳이지?"

"요로즈야가 왜?"

"저번에 참가한 이업종(異業種) 골프 대회에서 거기 CEO와 같은 팀이었거든. 들어보니 원래 하던 플랫폼 비즈니스인지 뭔지에 더해 이번에는 호텔 사업에도 진출한다면서 제1호로서 이 가루이자와에 체류형 호텔을 짓고 싶다더군."

"또 호텔? 포화 상태인데?"

"그게 콘셉트가 제법 새로웠어. '묵을 수 있는 서점'이래."

"묵을 수 있는 서점……."

"요즘은 서점 안에 카페가 있어서 사지 않은 책이라도 거기 가지고 가서 읽기도 하잖아. 그것의 발전형? 착안점이 과연 재미있다 싶어서."

"그래서 팔릴까?"

"뭐가."

"책이. 카페라면 다 읽지 못한 책을 사는 사람도 있겠지만, 하룻밤 묵으면 끝까지 읽게 되잖아. 팔리지 않을 것 같은데."

"비싼 숙박료만 잘 내준다면 책 같은 건 어차피 덤이지."

"책이 덤? 서점인데?"

"그런 건 잘 몰라. 아무튼 그쪽의 이미지는 뉴욕 공공 도서관이라고 하니까 우리 회사라면 통째로 준비할 수 있다고 했지. 서가든 책상이든 독서용 조명이든, 원한다면 천장에 몰딩도 벽화도 샹들리에도, 나아가 입구의 사자상까지 얼마든지 협력할 수 있다고. 그쪽도 꽤 솔깃해하더군. 그래서 지금부터 건축 예정지를 보러 가려고 해."

"어디 부근이야?"

"글쎄, 아웃렛 건너편이랬던 것 같은데 자세한 건 가봐야 알아."

어깨를 으쓱인 그가 아, 하고 생각났다는 듯이 말했다.

"그러고 보니 당신 이름을 말했더니 놀라더군."

자연히 미간이 찌푸려졌다.

"외부에 말하지 말라고 내가 그렇게……"

"괜찮잖아, 그 정도는 협력해줘도. 이름을 말해도 안 통할 줄 알았는데 서점 대표여서 그런지 역시 알더군. '그 아모 카인 씨가 사모님이라니 대단하십니다'라고. 대단할 게 전혀 없는데."

"……그러게." 수많은 생각을 삼키고 말했다. "하나도 대단한 게 없지."

"뭐, 그렇게 됐어. 이제부터 걸어 다녀야 하는데 워낙 추워졌잖아."

이걸 가지러 왔다면서 소파 구석을 향해 턱짓했다. 도쿄에서는 입을 일 없는 도톰한 오리털 패딩은, 벌써 몇 년이나 이 집 옷장에 보관되어 있었다. 부피가 커서 걸리적거렸으니 마침 잘됐다고 생각하는데 그제야 자리에서 일어나며 그가 말했다.

"옷이 또 늘었더군. 당신이 알아서 산 것이니 굳이 말하진 않겠는데, 올해 입지 않았던 옷은 빨리 처분해. 쌓아둬봤자 의미 없으니."

"응, 그렇게. 알겠어."

"그리고 또……."

말을 자르며 패딩을 옆구리에 끼고 다가왔다. 바로 옆에 서자 반사적으로 혐오감이 차올라 스스로도 당혹스러웠는데, 눈앞에 쓱 들이민 것은 명함 두 배 정도 크기의 종이였다.

"뭐야, 이…… 거……."

되물으려던 혀가 바짝 굳어서 움직이지 않았다. 반으로 접힌 하얀 유광지. 중앙에는 파란색과 금색으로 신주쿠의 유명 호텔 로고 마크가 각인되었다. 숙박자 카드였다.

"이런 건 아무 데나 두면 안 되지."

그가 이상하게 다정한 목소리로 말했다. 아무 데나 두지 않았다. 업무용 책상 서랍 안, 노트에 끼워두었을 것이다.

"거기 이름이 적힌 남자 말인데……."

움찔했다.

"아까 조사해보니 편집자인 것 같더군."

"……아니야."

"뭐가 아니야. 아니지 않잖아? 편집장이지, 《올 요미모노》라는 것의."

"그건…… 그건 맞는데, 당신 분명 오해했어."

"과연 그럴까, 뭐, 상관없어. 이렇게 됐으니 서로 촌스러운 소리는 하지 말자."

툭툭 어깨를 가볍게 두드려서 의자에 파묻힐 것만 같았다. 그날 밤 숙박자 카드가 이시다 산세이의 이름으로 된 경위도, 그것이 책상 서랍에 있었던 이유도, 처음부터 차분히 말하면 좋을 텐데 말이 나오지 않았다.

"그럼 나는 슬슬 물러가지." 그가 기분 좋게 말했다. "돌아갈 때는 들르지 않을 테니 안심해. 그보다 당신, 그냥 그대로 자는 게 좋겠어."

"……어?"

"그 나이 먹고 너무 밤을 지새우는 건 좋지 않아."

속을 떠볼 뿐이라고 생각했는데, 그는 이쪽을 빤히 바라보더니 경멸하듯 웃었다.

"거울 좀 봐. 피부, 심하게 뒤집어졌어."

G바겐의 낮은 엔진 소리가 멀어진 이후로는, 창문 너머로 내리쬐는 빛의 각도가 달라지는 것을, 그에 따라 그림자도 길쭉하게 늘어나 움직이는 것을 꼼짝하지 않고 지켜보았다. 코트도 짐도 정리할 마음이 들지 않았다. 그러기는커녕 일어나서 목욕물을 받을 기력도, 침실로 갈 힘도 없다.

눈앞 테이블에는 이시다 산세이의 이름이 적힌 숙박자 카드가 여전히 놓여 있었다. 툭툭 어깨에 닿았던 손의 감촉이 떠오르자 뒤늦게나마 털어내고 싶어졌다.

부부 사이에 남은 것이라곤 이제 아무것도 없다. 그런데도 헤어지지 않는 것은, 남편 쪽은 아내가 있는 편이 오히려 귀찮은 일 없이 놀 수 있기 때문일 테고, 자신은 업무상 이미지 하락은 물론이고 '남편이 바람을 피워 버림받은 여자'로 여긴 사람들이 연민하거나 조소하는 것을 견딜 수 없기 때문이다.

'만약 내가 이걸 집에 가지고 가면, 분명 이혼 소동으로 발전할 일이야. 그렇잖아, 이래서야 산짱이랑 호텔에 묵은 것 같아.'

소동 따위 날 리 없었다. 집을 비운 사이 작업실에 들어가 서랍을 뒤져 이것을 발견했을 때, 남편은 오히려 덩실거렸을 게 뻔하다. 아내의 과실이야말로 켕기는 구석이 있는 그가 가장 손에 넣고 싶은 것일 테니까.

　물론 일부러 가지고 온 것은 아니었다. 체크아웃하면서 카드 키와 함께 프런트에 반납하려고 했는데 이상하게 보이지 않았고, 집에 왔더니 가방 바닥에 섞여 들어가 있는 것을 발견했을 뿐이다. 다만 쓰레기통에 버리려다가 마음을 바꿔 그만둔 데는 이유가 있다. 그것을 본 순간, 호텔 티 룸에서 이시다에게 어리석은 부탁을 했다가 퇴짜 맞은 뒤의 그 수치스러움과 거북함이 되살아났기 때문이다.

　두 번 다시 잊지 않으려 했다. 어지간해서 그 정도로 창피를 당할 일이 없다. 상을 너무 원해서 안달하다 못해 제정신이 아니었지만, 잘 생각해보면 남에게 도와달라고 부탁해 상을 얻어봤자 과연 만족할 수 있을까. 또 새롭게 의심에 빠져 진심으로 기뻐하지 못할 게 뻔하다.

　해가 더욱 저물어 시간이 한참 지난 뒤, 가요코는 고개를 들었다. 방은 이미 불빛이 필요할 만큼 어두워졌는데, 얇은 스웨터 한 장으로도 괜찮을 정도로 따뜻했다. 잠깐 들렀을 뿐인 남편이 온돌 온도를 올렸을 리 없다.

　역까지 마중을 나왔을 때, 룸미러로 본 남자의 눈가가 뭔가 할 말이 있어 보였던 걸 떠올리는데, 뒷문 밖에서 부스럭거리는 소리가 났다. 잠시 시간이 흐른 뒤, 어떻게든 기력을 끌어모아 일어나서 확인하러 갔다. 부엌 전등을 켜고 문을 열었다. 불어오는 찬 바람에 목이 움츠러들었다.

발밑 양동이에 감자와 양파가 서너 개씩.

제일 위에 새빨간 사과가 딱 하나 달랑 놓여 있었다.

"성행위 동의를 홍차로 표현한 동영상이 있는데 아모 선생님 아세요?"

"홍차? 아니, 몰라. 본 적 없어."

"영어로 된 짧은 동영상인데요."

"어떤 건데?"

"홍차 드시겠냐고 상대에게 물었더니 좋다고 해서 일부러 만들어 왔는데, 마시지 않았다고 쳐요. 그때는 절대로 화를 내거나 억지로 마시게 해선 안 되고요. 마찬가지로 '어제는 마시고 싶다고 했잖아', '지난주에는 계속 기뻐하며 마셨잖아' 라고 억지로 강요해도 안 돼요. 상대의 마음은 당연히 갑자기 바뀔 수 있고, 지금 필요 없다고 하면 그건 무조건 거절이에요. 의식 없는 상대에게 먹이려고 해도 안 되죠. 그럴 때는 우선 그 사람을 보살필 것. 혹은 마시고 싶다고 해서 홍차를 탔는데, 그러는 동안 기절하더라도 물론 억지로 마시게 하면 안 돼요. 당연하죠, 기절한 사람은 홍차를 마시고 싶어 하지 않으니까. 뭐, 이런 식인데요."

"음, 이해하기 쉽네."

"그렇죠? 홍차라면 모두 납득하는데 섹스가 되면 왜 모를까요."

잠시 생각한 뒤 가요코는 말했다.

"욕망 때문이야."

"욕망……."

"홍차는 이성으로 탈 수 있지만 하반신은 야성이니까."

"그 야성을 이성으로 억제하는 것이야말로 인간 아닌가요."

"응, 그렇지. 그건 그런데."

오자와 치히로가 일어나 머그잔에 따뜻한 물을 부었다. 그걸 가요코에게 건넸다.

"죄송해요, 화장실 좀 쓸게요."

"그래."

문이 탕 닫히고 물 흐르는 소리가 들렸다.

도쿄의 단골 숙소였다. 여느 때처럼 암반욕을 하고 식사도 했으나 할 말이 남아서, 호텔에 트윈룸만 남은 것을 핑계로 같이 침대에 눕거나 뒹굴며 대화를 나눴다. 티백이나 달콤한 음식은 아래 편의점에서 사 왔다. 아몬드 초콜릿을 입에서 굴리는데 치히로가 돌아와 말했다.

"설령 손을 잡고 호텔에 들어가도 그것과 성적 동의는 별개, 라는 걸 이해하지 않으려는 남자가 너무 많아요."

"어, 잠깐만, 그건 나도 모르겠어. 설명해줘."

치히로가 침대에 올라와 옆으로 다리를 모아 앉았다.

"대학교 2학년 때였는데요, 연구 수업 합숙에서 가와바타 야스나리의 《설국》을 읽었어요. 그때 손가락 냄새를 맡는 장면을 언급한 남자가 있었는데요."

"아, 냄새로 떠올리는 거."

"네, 관계한 여자의 감촉이 남은 손가락 냄새를 맡으며 다른 여자와 인사를 나누는 그 장면인데, 굉장히 야하고 변태 같지만 공연히 문장이 아름다운 탓에 아무도 알아차리지 못한다고 어떤 남자가 말해서 다 같이 웃고, 선배인 남자 선생이 《잠자는 미녀》의 옆에 누워 자는 노인 이야기도 꺼내서……. 거기서부터 조금씩 딴 데로 화제가 새던 중에 저는 왠지 화가 치밀어서, 저도 모르게 아까와 같은 주장을 했어요. 가와바타의 문장이 아름다운 건 맞지만, 남자의 이기심을 뻔뻔하게 그려서 솔직히 말도 안 되고, 여자의 의사를 철저히 무시하는 것도 용납할 수 없다. 동의 없는 성행위를 이런 식으로 아름답게 그리는 건 몇 곱절은 기분 나쁘다고요."

"그렇군."

"이어서 말했어요. 동의 여부는 아주 중요하고, 여자 입장에서는 설령 남성과 함께 러브호텔에 들어가도 그게 곧 동의라고 할 수는 없다고요."

"흐음……. 그에 대해 다른 사람들은 뭐라고 했어?"

"남자는 물론이고 여자 중 몇 명도 미묘한 표정이었어요. 그리고 위 학년 남자가 말하기를, '그러면 오자와 너는 러브호텔이 뭐 하는 곳이라고 생각해? 러브호텔에 들어가는 것이 곧 동의는 아니라면, 네 남자 친구가 다른 여자와 러브호텔에 들어가도 상관 안 한다는 거네.'"

"오호, 제법 머리가 좋네, 그 사람."

"좋은가요?"

"좋지 않아?"

"억지만 부리는 멍청이잖아요. 저는요, 성적 동의를 말했어요. 그걸 바람 이야기로 바꿔치기하면 성가셔져요. 물론 러브호텔은 기본적으로 섹스하는 곳이죠. 만약 남자 친구가 다른 여자를 데리고 들어가면 의심하겠죠, 그야 당연하잖아요. 하지만 그것과 상대의 의사를 서로 존중해야 한다는 이야기는 전혀 별개의 문제예요. 막판에 상대가 싫다고 하면…… 말 그대로 둘 다 침대에서 알몸이 된 후여도 여자 쪽이 역시 싫다고 하면 남자는 아무리 더한 일을 하고 싶어도 그 시점에서 그만둬야 해요. 거기가 러브호텔이라고 해서 싫다고 하는 여자를 자기 욕망대로 범하는 게 용인되나요? 그렇지 않죠. 그건 강간이에요. 좀 더 말하면, 남녀가 반대여도 이건 같아요."

"응……. 그렇군, 그러네."

놀란 듯이 치히로가 입가를 막았다.

"죄, 죄송해요!"

"응? 뭐가?"

"저도 참, 바보처럼 흥분해서 재잘재잘……."

"무슨 소리야." 가요코가 말했다. "설명을 부탁한 건 나잖아."

아니에요, 죄송해요, 하고 치히로가 고개를 숙였다. 둘 다 침대에 앉아 있어서일까, 왠지 수학여행이 생각났다. 그 시절에는 밤늦게 깨어 있다가 선생님에게 들키면 호되게 혼났지만, 어른의 밤샘을 방해하는 자는 없다. 이럴 때면 나이를 먹는 것도 나쁘지 않다는 생각이 든다.

"마침 이렇게 됐으니까 묻는 건데, 치히로 씨가 그런 생각을 하게 된 건 역시, 전에 말했던 그 일이 있어서?"

일부러 거침없이 묻자, 그가 알아차렸는지 미소 짓고 고개를 작게 끄덕였다.

"아무에게도 말하지 않았으니까 제가 비난받진 않았지만…… 흔하잖아요, 비슷한 사건이. 그때마다 버라이어티 방송에서는 매섭도록 여자를 비난해요. 남자를 유혹하는 옷을 입었다거나, 방에 쫓아간 이상 무슨 일을 당해도 어쩔 수 없다거나, 정말 싫었다면 더 저항했을 거라거나, 묶인 것도 아닌데 왜 도망치지 않았냐는 등."

"응, 그런 소리를 하지."

"또 흔한 게, 강간당했다는 건 거짓말이다, 그게 사실이라면 남자와 헤어져서 혼자가 되자마자 바로 경찰서에 가거나 주변 사람에게 도움을 청했을 거라는 의견이에요. 저는…… 저도, 그때는 저도 그렇게 생각했어요. 남자 방에 단둘이 있었고, 심지어 키스까지 받아들인 제가 문제였다고요. 그런 것도 정상성 편견이라고 하겠죠. 남자의 욕망이란 도중에 멈출 수 없고, 그가 이런 일을 한 것은 남자니까 어쩔 수 없다고, 그러니 그건 절대로 강간이 아니라고, 그런 무서운 행위일 리 없다고. 저 자신을 그렇게 납득시키며 고개를 푹 숙이고서 도망치듯이 집에 오자마자, 바보 같죠? 서둘러 샤워를 했어요. 내 몸이 더럽혀졌다는 생각만 들어서, 몇 번이나 반복해서, 평소에는 씻지 않는 안쪽까지 울면서 씻었어요.”

“치히로 씨…….”

“증거를 씻어내기 전에 경찰서에 가야 한다는 말, 아무리 들어도 못 해요, 그런 거.”

“그…… 상대 남자와는 어떻게 됐어?”

“학교에서는 평범하게 지냈어요. 아무리 꼬셔도 절대로 단둘이 만나지는 않았지만, 친구니까 이상하게 여겨지기 싫어서 말을 걸면 대답했고 농담에는 웃었어요. 연예인들 사건에서도 있잖아요? 강간당한 다음 날 아침, 상대에게 감사 메시지를 보내는 거요. 그때 저도 아마 비슷했던 것 같아요. 제 세계가 무너지지 않게 두 손으로 필사적으로 억누르고, 아무것도 달라지지 않았다고 생각하며, 그러기 위해서라도 평소처럼 행동했어요. 상대가 동급생 남자였으니 그 정도로 끝났지만, 나이 차이가 나고 높은 위치에 있는 남자였다면, 두려워서 아양을 떨었을지도 몰라요. ……한심한 여자예요, 저는. 전혀 강하지 않아요.”

“무슨 소리야. 그런 생각 하지 않아도 돼.”

“아니에요, 정말이에요. 그러니까 아모 선생님을 동경해요.”

이쪽을 보지 않으려 하며 퉁명스레 말하는 치히로가 애처로웠다. 입술을 꽉 악문 그가 숨을 한 번 내쉬었다.

"제 이야기는 그만해요. 그보다 아까 하시던 얘기를 들려주세요."

"엑."

"엑이라뇨. '사양하거나 숨기지 않고'라고 말씀하신 건 아모 선생님이시면서."

얼마 전 남편과 있었던 어처구니없는 일을, 늘 그렇듯이 뜨거운 암반에 엎드려 털어놓다가 다른 손님이 들어와서 중단했다. 늦은 식사 중에는 다른 화제가 나왔다가 치히로 이야기로 넘어가서 이 방으로 이동한 지 한 시간 남짓. 슬슬 시계의 짧은 바늘이 자정을 넘어가려 했다.

"시간 괜찮아? 자지 않으면 내일 일할 때 힘들지 않겠어?"

"못 듣고 돌아가면 오히려 못 자요."

가요코가 웃으며 천장을 보고 침대에 벌러덩 누웠다.

"어디까지 말했더라?"

"어어…… 아마 문춘의 이시다 씨와 아찔한 하룻밤, 까지요."

"하지 마, 기분 나빠."

치히로가 웃었다.

"죄송해요, 하긴 기분 나쁘시죠. 그런데, 아모 선생님, 그렇다면 왜 남편분께 제대로 설명하지 않으셨어요?"

"그런 거랑 바람을 피울 리 없다고?"

"그것도 그런데, 그 숙박자 카드를 받은 이유도요. 정직하게 말하면 남편분도……."

"무리야."

"믿어주지 않나요?"

"그게 아니라 내가 말하는 게 안 돼. 다른 사람도 아니고 하필 그 사람한테 내가 나오키상을 노리는 걸 알린다? 죽어도 싫어, 말도 안 돼. 그런 수치를 사느니 불륜 의심을 받는 편이 훨씬 나아."

치히로가 곤혹스러운 듯이 이쪽을 봤다.

"뭔데."

"아니요."

"뭐든 말해. 화내지 않을 테니까."

"상이란……."

"응?"

"상이란 그렇게, 무슨 일이 있어도 받고 싶은 것인가요?"

화내지 않겠다고 말했으나 무의식중에 황당하다는 표정을 지었다.

"되게 당연한 걸 묻는다."

"당연하지 않아요. 상에 집착하지 않는 작가도 생각보다……."

"그런 이상한 사람이 있을지도 모르지만 나는 그렇지 않아."

"그러면 왜 그렇게까지 집착하세요? 상은 그때그때 운이기도 하고, 그래봤자 사람이 선택해서 정하는 건데요."

"그거야 그렇지? 그런데?"

"소설 작품 자체의 가치와 그건 전혀 별개라고 생각해요. 이런저런 일이 있어서 두 번 다시는 나오키상 후보에 올리지 말라고 절연 선언을 했으나, 그 후로도 계속 훌륭한 작품을 쓰는 작가도 있어요."

물론 알고 있다. 즐겨 읽는다. 그러나 자신은 그 작가의 '훌륭한 작품'이 나올 때마다 이거라면 분명 후보에 오를 테고 어쩌면 상을 받을지 모른다고 생각한다. 본인은 어떨까. 정말로 미련이 아예 없을까.

자세를 바꿔 옆으로 누워 한쪽 팔을 베개로 삼았다. 원피스 끝단이 살짝 올라갔으나 여자끼리니까 괜찮다.

"죄송해요, 피곤하시죠."

치히로가 맞은편 침대에서 내려가려고 했다. 가요코가 말했다.

"자신감이 부족해서 그럴지도."

"네?"

"아무것도 아니야."

"어, 잠깐만요. 설마 아모 선생님께서요?"

"자신감이라기보다는 나 자신이라는 존재가 없는 건가."

시선을 맞추지 않고 말했는데 건너편 침대에서 미끄러져 내려온 치히로가 바닥에 쪼그려 무릎을 안고 이쪽을 말똥말똥 바라보았다.

"······됐어. 치히로 씨는 모를 거야."

"그런 말씀 마시고요. 이해할 수 있게 말씀해주세요."

가요코는 그제야 눈앞의 치히로와 시선을 마주했다. 한 번도 남에게 밝히지 않았다는 의미에서는 그도 마찬가지지만, 비교하면 자신의 것은 얼마나 하찮은 고민일까.

"인정받고 싶어. 그럼 안 돼?"

자기도 모르게 말투가 경박해졌다. 치히로가 주춤했다.

"딱히 안 되는 건······."

"권위 있는 사람에게서 알기 쉬운 형태로 인정받고 싶어. 선택받아서, 과감하게 샤넬 원피스라도 사서 사람들 앞에서 영광을 맛보고 싶어. 싫증 날 정도로 칭찬받고 싶어. 어쩔 줄 모를 정도로 추켜세워주면 좋겠어. 한 번이라도 좋으니 내 작품을 진심으로 자랑스럽게 여기고 싶어. 그걸 바라는 게 이상한가?"

치히로가 고개를 저었다.

"이상하지 않아요. 전혀 이상하지 않고 그렇게 바라는 사람이 많을 거예요. 하지만 아모 선생님이나 되는 분이 그렇게 강렬하게 집착하시는 이유가 뭘까 해서요. 서점 대상까지 받으셨고, 그건 즉 서점 직원이 지금 가장 팔고 싶은 책이라고 투표한 거고 실제로도 명실상부 가장 인기 있는 작가 중 한 분이시잖아요. 즉 그만큼 독자가 있다는 것이고 그건 이미 선택받았다는 것과 같잖아요?"

"그것만으로는 안 돼."

"왜요?"

"그냥 왜든."

치히로가 또렷이 들리는 큰 한숨을 내쉬었다.

"실례를 무릅쓰고 말씀드리는데, 아모 선생님은 그 문제가 되면 늘 사고가 멈춰요."

"무슨 소리야?"

"그렇잖아요, 뭘 여쭤도 '왜든'이라고만 대답하시잖아요."

"그야 다르게 설명할 수 없으니까. 치히로 씨야말로 불안하지 않아? 나는 가치가 없다는 기분, 그런 거 느낀 적 없어?"

"있죠, 물론. 그날부터 내내 그랬어요."

말문이 막혔다. 실언이었다.

"그래도 저는 일을 시작하고 월급을 받게 되면서 많이 달라졌어요. 인기 있는 책을 만드는 것도 물론 중요한데, 제가 할 수 있는 만큼 최대한 노력해서 '좋은 책'을 만드는 것. 그리고 무슨 일이 있어도 작가를 최우선으로 지키고 끝까지 헌신하는 것. 매일 그것만 생각했더니 점점 제 가치가 어떤지 생각하지 않아도 괜찮아졌어요."

"……훌륭하네."

"훌륭하지 않아요. 그저 필사적이어서 여유가 없을 뿐이에요. 그래도 편집자에게는 상 같은 게 거의 없잖아요? 스태프 같은 일이니까 명예로운 무대에서 칭찬받고 싶다는 생각은 안 해도 되고, 그 점이 오히려 편할지도요. 가끔 차원이 다른 베스트셀러를 히트시킨 사람이 사장이 주는 상과 금일봉을 받기도 하지만, 그건 아주 드문 일이고……. 조금 멋진 척하면, 저에게는 일 하나하나야말로 상이나 마찬가지예요. 새로운 책이 드디어 나오고, 담당 작가 선생님이 기뻐하시면 그것만으로도 기분 최고거든요."

가요코가 천천히 눈을 깜박였다.

"……역시 훌륭하다."

너무도 한심했다. 치히로와 대화하는 동안은 나이 차이를 거의 잊는데, 이런 순간이면 문득 나이를 의식하고 쓸쓸해진다. 젊은 그는 이토록 야무진데 자신은 대체 뭘 하는 걸까.

"아모 선생님은 왜 그렇게 항상 불안한지 근본적인 원인을 찾으려고 생각해본 적 있으세요?"

치히로의 말이 뇌에 도달하고 자근자근 신체에 배어들었다. 그때 기묘한 위화감을 느껴 가요코는 무심코 고개를 치켜들었다.

"잠깐만."

"네."

"그거 누구나 다 그렇지 않아?"

"네?"

"다들 그렇잖아. 인정받지 못하면 내내 불안한 게 인간의 디폴트 아니야?"

원하는 만큼 평가를 받지 못한 채로 있으면 항상 누가 비웃는 기분이 든다. 누구나 가치를 아는 훈장을 손에 넣어 비웃던 놈들을 찍소리도 못 하게 하고 싶다. 그래야만 비로소 불안에서 해방된다. 누구나 그렇지 않은가. 그게 당연하지 않은가. 그렇다고 당연히 믿었기에 원인 따위 새삼스레 생각한 적도 없었다. 애초에 그런 발상이 없었다.

"혹시……." 치히로가 고심하며 입을 열었다. "아모 선생님, 어려서부터 부모님께 별로 칭찬받은 적 없으세요?"

웃기지도 않아, 그런 단순한 이야기가 아니야, 라고 웃으려고 했으나…… 제대로 웃을 수 없었다.

두 분 다 교사였던 부모님이 생각났다. 사랑받지 않은 것은 절대 아니다. 외동딸이어서 충분한 애정을 받았다고 믿는다. 그러나 아버지도 어머니도 자기 아이를 칭찬하기보다 엄격하게 지도하는 부모였다. 학교에서 가지고 온 그림을 보여줘도 붓글씨를 보여줘도, 잘한 점보다 부족한 점을 지적당하고 다음에는 더 열심히 하라고 엉덩이를 맞았다. 학예회 때는 목소리를 제대로 내지 못했다고 잔소리를 들었고, 피아노 발표회에서는 인사를 대충 했다고 혼났다. 무조건 백 점만 맞으면 칭찬받는 학교 시험이 제일 편했다.

침대에 손을 짚어 일어났다. 바닥에 다리를 늘어뜨리고 내려다보자 쪼그려 앉은 치히로가 묵묵히 올려다봤다.

"왠지 바보 같다." 가요코가 쓴웃음을 지으며 말했다. "부모님에게 칭찬받지 못한 대신 나오키상이라니. 너무 우습네."

"우습지 않아요." 치히로가 단호하게 부정했다. "저는 웃지 않아요."

고맙지만 하여간 한심했다. 너무 한심해서 몸을 마구 비틀고 싶었다. 그러나 치히로 앞이면 신기하게도 그건 '수치'가 아니었다. 그저 너무도 '창피할' 뿐이었다.

"알겠어요."

스르륵 일어난 그가 다시 맞은편 침대에 걸터앉았다.

"그렇다면 과감하게 이쪽에서 가보죠."

"응? 어디에?"

"어디라니요. 나오키상을 사냥하러요."

무심코 눈을 휘둥그레 떴다. 치히로의 입에서 그런 말이 나오는 것은 처음이었다.

"뭐야, 갑자기 왜 그래?"

"전혀 갑자기가 아니에요. 내내 받으시길 바랐고, 아모 선생님은 작품을 내실 때마다 탐욕적으로 발전하는 분이니까 그냥 있어도 언젠가 받으신다고 생각했어요. 하지만 이왕이면 멀리 돌아가기보다 지름길이 더 좋겠죠."

놀라서 바라보는데, 치히로가 갑자기 모공 하나 없는 뺨을 구겼다.

"죄송해요, 지금 저도 모르게 '어둠의 오자와' 모드가 되어버렸어요."

"치히로 씨……."

"갑작스럽지만요, 아모 선생님. 이제부터 제가 제어기를 전부 해제해도 될까요?"

"제어기?"

"아모 선생님 작품이나 앞으로 받을 원고에 대해, 어쩌면 너무너무 실례될 지적을 하게 될지도 몰라요. 지금까지는 아무래도 조심스러워서 발을 들이지 않은 부분까지 파고들지도요. 불쾌하시면 말씀해주세요."

오싹오싹, 목덜미 솜털이 곤두서는 것 같았다.

"괜찮아?"

"네?"

"정말로, 사실을 말해줄 거야? 최근 들어서는 아무도 말해주지 않는 것 같아서, 그것도 포함해서 불안했어. 전에도 부탁했지. 치히로 씨만큼은 제대로 해달라고."

"네, 약속했습니다."

"그럼 시험 삼아 거침없이 말해봐. 지금 내가 낸《달의 이름》과《낙원의 끝》이라면 뭐가 위야?"

"《낙원》이죠."

치히로가 거의 주저하지 않고 대답했다.

"우리 회사에서 내신《달의 이름》이 대중적이기는 할 거예요. 아마 잘 팔리기도 하겠고요. 그러나 작품 깊이를 말하면 단연코《낙원》이에요. 저로서는 아쉽지만요."

이시다 산세이의 평가와 같았다.

"사실 제가 제어기를 해제하려고 생각한 건 그 작품을 읽었기 때문이기도 해요. 지문이 지금까지와 다르게 타이트하고 스타일리시했어요. 문춘 편집자는 책을 이렇게 만드는구나, 어쩌면 이게 '나오키상다운' 문장이겠다고 깨달은 점도 있어요. 분명 이시다 씨는 저보다 훨씬 더 각오하고, 건드리는 편이 낫다고 판단한 부분을 정확하게 지적하지 않았을까요? 그렇다면 저도……."

"이시다 얘기는 아무래도 좋아."

가로막듯 말하는데 목소리가 격하게 떨렸다.

"잘하고 싶어. 무슨 짓을 해서든 소설을 더 잘 쓰고 싶어. 이런 곳에서 꾸물거리는 건 질색이야. 그러니까 전부 알려줘. 뭐가 부족한지, 어디가 별로인지, 조심스러워하지 말고 말해줘. 당신, 편집자잖아? 그게 당신 일이지?"

치히로가 대담하게 싱긋 웃었다.

"그럼요."

두근거렸다. 위장이 자글자글 타들어가는 기분이 드는 것은 초조해서가 아니라 흥분을 억누르려 했기 때문이다. 가요코는 숨을 들이마시고 두 주먹을 움켜쥐었다. 방에 에어컨을 틀어놔서 손끝만 언 것처럼 차가웠다.

낯선 번호에게서 전화가 온 것은 다음 날 오후였다. 택배거나 아니면 보험 권유라고 생각하며 일단 받았는데 차분한 목소리의 남성이 일본문학진흥회라고 밝혔다.

'작가님 작품이 나오키상 최종 후보작으로 선정되었습니다. 받아들이시겠습니까.'

1년 반 전에도 경험한 질문에, 둥실둥실 발이 지면에서 뜬 듯한 심정으로 "네, 받아들이겠습니다"라고 대답했다.

전화를 끊고, 차오르는 환희를 일단 진정시킨 뒤 깨달았다.

남았다고 고지된 것은 《달의 이름》 쪽이었다.

13

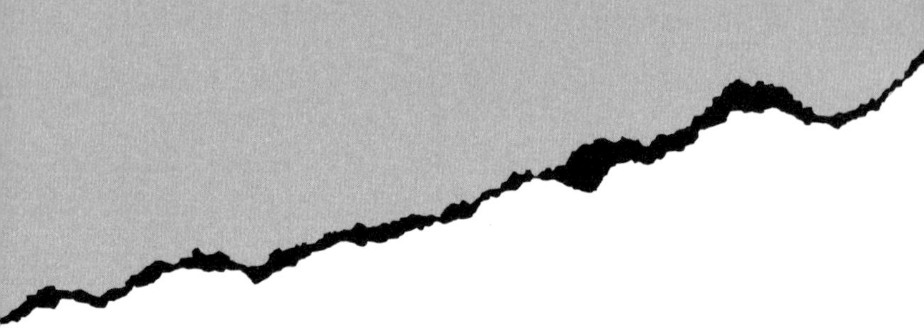

　요즘은 작가의 원고 대부분이 메일로 오니 편집자는 어디에서든 읽을 수 있다. 좋은 건지 나쁜 건지 모르겠다. 외출했을 때도 받을 수 있는 점은 편리하지만, 여차하면 밤늦게 집에 있다가도 일어나게 되니 일과 사생활의 경계가 자칫 모호해진다.

　한편, 여전히 원고지에 손으로 쓰는 베테랑 작가도 있는데, 그러면 잡지 교정 마감 전날은 한밤중이어도 편집부를 떠나지 못하고 팩스가 '띠로롱' 하고 알람 소리를 내며 움직이는 것을 안달복달하며 기다려야 한다.

　어느 쪽이든 힘들지만 괴롭지만은 않아서 복잡한데, 모락

모락 김이 나는 듯한 원고를 이 세상에서 제일 먼저 읽는 기쁨은 분명 존재한다. 완성도가 훌륭하면 더 그렇다.

담당 작가를 독려할 수는 있어도 대신 써줄 수는 없다. 1을 10으로 만드는 것과 0에서 1을 만드는 것은 다른 능력이다.

그리고 작가는 기계가 아니라 살아 있는 인간이라는 점도 모두 잘 안다. 마감을 어길 때마다 어설픈 변명을 늘어놓으면 화가 나지만, 그렇다고 무조건 마감만 맞출 수 있다면 작가 몸 따위 어찌 되든 상관없다고 진심으로 생각하는 편집자는 아마도 없을 것이다.

왜냐하면 원하는 원고가 이번으로 끝이 아니기 때문이다. 오랫동안 함께 일하면서 그 과정에서 대대적인 걸작이 만들어질지도 모른다, 그걸 우리 출판사에서 내고 싶다, 가능하면 내가 그 원고를 받고 싶다. 이것이 소원이다.

12월 중순인 오늘, 즉 하반기 나오키상 후보작이 발표되고 며칠이 지난 일요일, 오자와 치히로는 남십자서방 출입구를 지나 사원용 패스와 얼굴 인증을 거쳐 사내 엘리베이터를 타고 4층으로 올라갔다.

다른 부서에는 드문드문 사람이 보이지만, 소설지 《남십자》 편집부에는 치히로만 있었다. 사물함에 코트를 걸고, 토트백을 책상 밑에 놓았다. 평일에 처리하지 못했던 자질구레한 일을 마치고, 최근 들어온 메일을 다시 살피고, 이쪽도 필요한 연락을 한다. 일요일 대낮에 메일이 오는 걸 꺼리는 상대에게는 내일 일찍 송신되도록 예약한다.

그런 뒤에야 비로소 묵직한 종이 다발을 꺼내 책상에 펼쳤다. B4 종이에 교정지 형식으로 인쇄한 두툼한 그것은, 아모 카인이 문광당에서 돌려받아 남십자서방에 맡긴 신작 장편소설의 원고였다.

제일 첫 장에 《테세우스는 노래한다》라고 적혀 있다.

이미 두 번 통독했다. 카인에게 건네받은 그날, 돌아오는 길에 신칸센에서 읽기 시작해 밤을 꼬박 새워 다 읽었고, 며칠 지난 뒤 집에 가지고 가 한 번 더 차분하게 읽었다.

믿을 수 없을 정도로 재미있었다. 전편에 걸쳐 아모 카인의 색깔이 만개했다고 할 수 있는데, 제목에서 상상할 수 있듯이 '테세우스의 배'라는 그 사고실험이 중요 모티프로 등장하면서도 전체적으로는 고독한 영혼과의 기적 같은 우정을 그리는 이야기였다. 늘 그렇듯이 세심하게 표현된 심리묘사 덕분에 공감과 눈물은 필연적, 다시 읽어도 감동은 여전했다.

그런 감상을 품었으면서 일부러 오늘 회사에 나와 세 번째로 원고를 펼친 데는 이유가 있었다. 평일의 잡무에 시달리지 않고 집중하고 싶었던 것은 물론이고, 집에서는 너무 몰입한 나머지 작품과의 거리감이 너무 가까워질 위험이 있기 때문이다.

머리 꼭대기까지 이야기 세계에 푹 빠지면 작품의 결점을 알 수 없다. 눈을 부릅뜨고 귀를 기울여 어디까지나 냉정하게 분석해야 한다.

'제어기를 전부 해제해도 될까요?'

그날 밤, 이 제안을 카인은 받아들였다. 이쪽이 상당히 많은 것을 떨쳐내고 절벽에서 뛰어내리는 심정으로 한 말을, 화를 내거나 비웃지 않고 받아들였다. 그때 그의 표정을 잊지 못한다. 기대와 공포가 뒤섞인, 도취한 듯하면서 뭔가에 격렬히 굶주린 듯한, 터무니없이 위태로운 표정이었다.

치히로는 자신이 여자여서 다행이라고 생각했다. 그건 남자 편집자에게 보여주면 안 될 얼굴이다.

'잘하고 싶어. 이런 곳에서 꾸물거리는 건 질색이야.'

이런 곳이라고 그는 말했다. 아모 카인이 지금 있는 위치까지 올라갈 수만 있다면 말 그대로 무슨 짓이든 할 작가가 쓸어 담을 만큼 있을 텐데, 본인에게는 '이런 곳'일 뿐이다. 겸손함이라곤 모르는 탐욕이 아름다웠다.

'전부 알려줘. 조심스러워하지 말고 말해줘. 당신, 편집자잖아? 그게 당신 일이지?'

그렇다. 자신은 그러기 위해 여기 있다…….

이번처럼 연재 데이터를 갖고 있어도 단행본을 완성하려면 수많은 여정을 거쳐야 한다. 저자가 내용을 발전시키는 동안 이쪽은 디자인 작업을 진행한다. 한 페이지에 몇 글자×몇 줄 형식으로 할 것인가, 본문 서체는 무엇을 선택할 것인가,

표지는 어떤 분위기로 할 것인가, 사진으로 할 것인가 그림으로 할 것인가, 그 전부를 고려해 누구에게 책 디자인을 의뢰할 것인가…….

이후 완성된 원고 데이터를 입고해 레이아웃에 맞춰 앉히고 종이에 출력한 것이 교정지다. 교정자와 편집자가 확인해 의문점이나 제안할 점이 있으면 연필로 적어 저자에게 보내고, 저자는 그것을 받아 고칠 부분을 고친다. 초교, 재교, 상황에 따라 삼교로 왕복을 몇 번 거듭해 오케이교, 즉 교료가 되면 드디어 인쇄 공정에 들어간다.

본문은 제판해서 필름이나 가제본을 만들어 확인해야 하고, 표지나 띠지는 색상 교정을 생략할 수 없다. 인쇄를 마친 본문은 접지와 재단 가공을 거쳐 깔끔하게 제본한 뒤 표지를 씌우고 띠지까지 둘러야 비로소 한 권의 책으로 만들어진다.

원고가 저자의 손을 떠나 서점에 진열되기까지 이렇게나 많은 전문가가 참여한다. 작가 대부분은 이런 과정을 자세하게 모른다. 그거면 된다고 치히로는 생각했다. 이야기를 만드는 것이 작가의 일이고, 그 일을 도우며 가장 어울리는 옷을 입히는 것은 편집자의 일이므로.

치히로는 사경(불교에서 후세에 전하거나 축복을 받기 위해 경문을 베끼는 일—옮긴이)이라도 하듯 등을 펴고 한 시간 남짓 눈앞의 원고와 맞붙었다. 통독도 세 번쯤 하니 역시 냉정하게 읽을 수 있었다. 지금 이대로도 완성도가 충분하긴 했다. 이번 나오키상 후보가 된 《달의 이름》보다, 아니 어쩌면 또 다른 작품인 《낙원의 끝》보다 위일지도 모른다.

애당초 《낙원》이 아니라 《달》이 후보에 오른 이유를 모르겠다. 발행처인 남십자서방에게는 기쁜 일이지만, 작가 아모카인이 작품으로서 어느 쪽이 나은지 물었던 그날 밤, 자못 보는 눈이 있다는 말투로 '《낙원》이죠'라고 대답한 직후여서 치히로는 마음이 복잡했다. 카인에게서 전화로 아직 비밀이라면서 보고를 받았을 때는 어디 쥐구멍에라도 숨고 싶은 기분이었다.

다음 날 바로 가루이자와 집을 찾아갔다. '후보에 오르신 것 축하드려요' 하고 말하자, '받은 다음에 해'라는 단호한 대답이 돌아왔다.

두 시간가량 논의하는 동안, 카인의 입에서 이 집에 남편이 돌연 나타났던 날의 일을 좀 더 상세히 듣기도 했으나 이윽고 저녁이 되어 떠날 때까지 나오키상에 관해서는 그 이상 화제에 오르지 않았다. 카인의 태도도 평소와 크게 다르지 않았다. 그러나 한 가지 화제만을 주의 깊게 피하려고 하는 것에서 오히려 그가 얼마나 의식하는지 절절하게 전해졌다.

'이번에야말로 선택되기를.' 치히로는 진심을 담아 기도했다. 동시에 그만큼 갈망하게 된다. '이루어진다면 다음 작품으로 받을 수 있기를.'

만약 이번에 상을 받으면 지금 손에 쥔 이 신작은 '수상 후

첫 작품'으로서 주목받는다. 받지 못한다면, 이 작품이야말로 네 번째 도전에 나서서 영광을 거머쥘 것이다. 이쪽이 작품으로서 더 뛰어나다. 이 판단은 잘못되지 않았다.

다시 고쳐 앉아 자세를 가다듬었다. 곰곰이 읽어가며 신경 쓰이는 부분에 포스트잇을 붙이고 메모했다.

표현이 부족한 것보다 과한 것이 더 마음에 걸렸다. 묘사처럼 보이지만 설명인 부분이나 심정을 너무 자세하고 감정적으로 적은 부분은 차라리 깔끔하게 잘라내 행간에 바람을 통하게 하면 애절함과 아름다움이 더욱 돋보일 것이다.

다만 본인에게 이런 말을 꺼낼 때는 신중해야 한다. 이 부분을 더 부풀려달라는 가필 제안이라면 얼마든지 할 수 있지만, 작가가 마음을 담아 쓴 문장에 대고 "이 부분은 필요 없지 않아요?"라고 지적하기는 몹시 어렵다. 어쩔 수 없이 둘 사이의 신뢰 관계가 시험대에 오른다.

과연 그만한 용기와 수완이 자신에게 있을까……?

미간에 주름을 잡으며 턱을 괴고, 책상을 거의 뒤덮는 자세로 메모를 적은 탓에 한동안 알아차리지 못했다. 바로 옆에서 들리는 헛기침 소리에 번쩍 고개를 들었다.

옆 책상에 쌓인 산더미 같은 책 너머로 이쪽을 내려다보는 사람은 단행본 편집부의 후지사키 아라타였다. 회색 패딩 점퍼에 하얀 데님 바지, 운동화를 신은 편안한 차림이었다.

"깜짝이야. 무슨 일이세요?"

“그냥. 책을 가지러 들렀을 뿐이야.”

그 말대로 사진집 한 권을 손에 들고 있었다. 전후 도쿄를 GHQ(제2차 세계대전 때 일본이 항복한 뒤 샌프란시스코 강화조약이 발효될 때까지 일본에 주둔한 연합국 최고 사령부―옮긴이)가 기록한 귀중한 자료로, 지난달 말 남십자서방에서 출판되었다.

“오자와 씨야말로 무서운 얼굴로 뭐 해?”

대답하기 전에 책상에 펼쳐놓은 교정지가 뭔지 알아차리자, 후지사키의 표정이 사라졌다.

“아아, 그거군.”

가볍게 밀어내는 듯한 말투로 들렸다.

“……집에서는 집중하기 어려워서요.”

묻지도 않았는데 변명 같은 소리를 하는 자신이 싫어졌다.

“이해는 한다만.” 후지사키가 말했다. “그런 건 될 수 있으면 평일에 하는 게 좋아.”

“그야 그렇지만, 쉽지 않아서.”

“이렇게 말하면 그런데, 그쪽 사정으로 밀어붙인 일이니까 오자와 씨에게만 부담이 가는 건 이상해.”

말투는 차분한데 왠지 모르게 뾰족하게 느껴졌다.

“부담이라고 생각하지 않는걸요.”

“생각하지 않아도 실제로 그렇잖아. 휴일 출근까지 하지 않으면 다른 업무를 소화할 수 없는 거지? 그게 부담이 아니면 뭐야.”

“제 일 처리가 서툴 뿐이에요.”

표면적인 미소를 지으며 대화를 마치려고 했는데 후지사키는 포기하지 않고 물고 늘어졌다.

“이봐. 전부터 생각했는데. 오자와 씨, 최근 들어 혼자서 너무 많이 떠안는 거 아니야? 어떤 일이든 열심히 하는 건 좋은데 선을 잘 그어야지.”

“선이라니…….” 자기도 모르게 미간을 찌푸렸다. “휴일 출근쯤은 누구나 다 하잖아요.”

“그렇지만 원래대로라면 그건 내 일이지.”

후지사키가 카인의 원고를 턱으로 가리켰다. 출판부에서 아모 카인의 담당은 바로 자신이라고 말하고 싶은 것이다.

“그래도 이번에는 아모 선생님께서…….”

“알아. 들었어. 그러니까 바로 그거야. 원고를 받은 건 오자와 씨지만, 요컨대 우리 출판사에서 대신 내달라는 부탁이니까 이후 작업은 나나 다른 사람에게 맡겨도 됐잖아? 아무리 아모 선생의 안건이라도, 아니 오히려 그렇기에 오자와 씨 혼자 책임감을 느끼고 떠안을 필요 없어. 오히려 혼자 부담하면 위험해. 특정한 사람에게 업무가 집중되면 조직으로서도 좋지 않아.”

“……하아.”

위하는 척하는 말투에 진절머리가 났다. 평소 같은 작가를 함께 담당하는 일이 많은 선배 편집자가 지금 무슨 생각으로 집요하게 집적거리는지 훤히 보였기에 더 그랬다. 치히로는 숨을 들이쉬었다.

"걱정 끼쳐서 죄송해요. 고맙습니다."

후지사키가 안도한 표정을 보였다.

"이해했어? 미안, 내가 말이 좀 심했을지 모르지만."

"아니요." 치히로는 미소를 지었다. "그래도 괜찮아요."

"응?"

"후지사키 씨가 하시는 말씀, 어떤 의미인지 알지만 이번 작품만큼은 아모 선생님이 '우리 출판사에'가 아니라 '저에게' 맡겨주셨어요. 그러니 제가 할게요. 책임지고 마지막까지."

"오자와 씨."

"편집장님도 그래도 괜찮다고 하셨어요."

"들었어, 그것도. 하지만 그거 오자와 씨가 양보하지 않았기 때문이지? 원고를 움켜쥐고 놓지 않는 사람의 손가락을 억지로 뜯어내서 뺏을 수는 없었을 뿐이니, 원칙대로라면 월권행위야."

"외람되지만 그렇게 따지면 후지사키 씨도요."

"내가 뭐?"

"이치노조 씨 신작. 연재로 받는 약속이었죠."

손에 쥔 사진집을 노려보자, 후지사키는 약간 주춤한 듯 발을 헛디뎠다.

지난 11월에 서던크로스 신인상을 수상한 이치노조 다카시에게는 지금까지 어디에도 응모하지 않고 간직한 원고가 있었다. 본인은 완벽주의인 자신에게 비축 원고 따위는 필요 없다는 식으로 호언장담했지만 역시 한 편쯤은 있었다.

무대는 전쟁이 끝나고 얼마 지나지 않은 도쿄. 귀향한 야쿠자 두목의 아들이 아버지의 세력권을 빼앗은 부두목의 책략에 걸려들어 고향에서 쫓겨난다. 반죽음을 당해 길가에서 죽어가던 중에 어떤 여자의 도움을 받은 그는 살해된 부모님을 위한 복수를 맹세한다. 한편, 국가 부흥에 발맞춰 어두운 본업과 표면적인 얼굴을 나누어 때마침 우상향한 건설업으로 최고의 자리까지 올라간 옛 부두목은 정계로도 깊숙이 파고드는데…… 라는 줄거리의, 미완성 장편소설이었다.

이치노조 본인이 말하기를 '결정타가 될 비장의 무기'라는데, 사실은 종장 직전에서 더 쓰지 못해 완성하지 못한 작품이었다. 그러나 이야기 짜임새는 대단했다. 문체에 힘도 있다. 데뷔 때부터 프로급으로 쓰는 신인은 어지간해서 없고, 이쪽도 그러기를 바라지 않는다. 결점은 곧 성장 잠재력이 된다.

지금까지 치히로가 봤던 신인 작가 대부분은, 자기 원고를 사이에 놓고 담당자와 논의를 거듭하면서 '소설을 소설답게 만드는 핵심' 비슷한 것을 어렴풋하게 포착하고, 단기간에 놀랍도록 무럭무럭 발전한다.

이치노조 역시 문제 행동이 많지만 잠재력은 기대할 수 있다. 게다가 남들이 무시하는 것을 극도로 싫어하는 그의 성격이 일반 소설 세계에서는 오히려 강점이 될지 모른다는 점에서 치히로와 후지사키의 의견은 일치했다. 가까이에 알기 쉬운 전례가 있다. 바로 아모 카인이다.

아예 이치노조에게 소설지 《남십자》에서 바로 연재를 시작하게 하면 어떻겠냐고 말을 꺼낸 것은 후지사키였다. '비장의 무기'의 초반부터 중반까지는 나쁘지 않다. 오륙십 장씩 연재하더라도 후반에 들어설 때까지는 몇 달이 걸리니 그동안 논의를 거듭해 모색하다 보면 분명 납득할 만한 결론이 보일 것이다. 라이트 노벨 신인상 수상작에 한해서는 일절 수정을 거부한 이치노조도 일반 소설지의 연재 작업을 통해 차츰차츰 알아차릴 터다. 남의 의견을 받아들이지 않으면 자기 손해일 뿐임을.

여기까지 확고하게 의견을 나누고 작전을 세운 뒤, 후지사키와 치히로는 이치노조를 만나러 갔다. 약속 장소는 전처럼 이치노조가 지정했는데, 이번에는 아메요코의 커피숍이 아니라 도쿄 스테이션 호텔 로비 라운지였다.

이쪽의 제안을 기뻐할 줄 알았는데, 이치노조는 연재하면 도중에 주변에서 이러쿵저러쿵 참견할 것 같아서 싫다, 수상작의 단행본 출간이 1월 하순이라면 다음 작품은 시간차를 거의 두지 않고 내고 싶다, 그 정도의 충격을 노리지 않으면 계속해서 데뷔하는 어중이떠중이 신인과의 역량 차이를 보여줄 수 없다 같은 얼토당토않은 주장을 시작했다. 기가 막혀서 치히로가 한마디 하려고 몸을 내민 순간 후지사키가 막아섰다.

'그렇군요, 알겠습니다. 그런 전례는 들어본 적 없지만 눈에 띈다는 의미에서는 의외로 괜찮을지도 모르겠군요.'

덕분에 《남십자》의 연재는 날아갔다. 대신 이치노조 다카시의 신작을 3월 말에 내기로 했다. 어지간한 인기 작가라면 몰라도 앞으로 어떻게 될지 모르는 신인이 수상작 이후 겨우 두 달의 간격을 두고 차기작을 간행하다니 전대미문이었다. 게다가 발행처도 같으니 정말로 낸다면 두 권 다 잘 팔리도록 광고비도 평소보다 늘어날 것이 당연했다.

"그걸 지금 말해봤자 무슨 소용이야."

후지사키가 우뚝 선 채로 변명하듯 입술을 삐죽였다.

"아니, 처음부터 단행본으로 완성해주면 연재에 필요한 원고료를 주지 않아도 되고. 그만큼 광고비로 돌리면 책이 잘 팔릴지도 모르지. 작가의 생고집이지만 꼭 나쁜 이야기는 아니라고 봐."

치히로가 잠자코 있자 후지사키가 계속 말을 이었다.

"아무튼 하던 이야기로 돌아가서, 지금은 그런 걸 따질 때가 아니야. 내가 걱정하는 건, 오자와 씨가, 뭐라고 해야 하나, 공사 분별을 못 할 만큼 아모 선생 한 사람에게 푹 빠진 것처럼 보인다는 거야."

"잠깐만요." 가만히 듣고 있을 수 없는 말이었다. "혹시 그거, 제가 공사를 혼동한다는 뜻으로 하는 말씀이에요?”

“……뭐, 그런가.”

“예를 들어 어떤 점이요?”

“음…… 굳이 말하고 싶진 않은데, 경비라든가.”

“네?”

트집을 잡는 것도 정도가 있다. 영수증 문제는 자신의 통장 사정과도 연관되니 성실하게 경리부에 제출하는데, 문제 될 내용은 아마 없었다. 홧김에 뚫어져라 올려다보는 치히로의 시선을 받고, 후지사키가 조금 불편해하며 시선을 피했다.

“자잘한 일까지 참견하는 것 같아서 좀 그런데……. 요즘 아모 선생과 간 피부 관리실 같은 것도 마구마구 경비로 처리하잖아. 다들 걱정해.”

“피부 관리실이 아니에요.”

“뭐였더라.”

“암반욕과 때밀이.”

“비슷한 거잖아. 자기도 같이 기분 좋게 즐기고 예뻐지고 말이야. 우리 남자들로 바꾸면, 설령 작가와 함께 이발소에서 수염 관리를 받아도 그건 각자 낸다고.”

“이발소는 알 바 아니지만, 그럼 남자들은 담당 작가와 긴자에 술 마시러 가도 더치페이로 계산하나요? 골프도 더치페이예요?”

“그거랑 이건 다르지.”

"같아요."

"남자끼리 마주 앉아 거나하게 술잔을 나누며 맨정신으로는 하지 못하는 대화를 하다가 다음 작품이 만들어지기도 하는 법이니까."

"그러니까 같다고요. 여자끼리 알몸으로 마음을 터놓고 평소에는 할 수 없는 대화를 하다가 다음 작품이 만들어지기도 해요. 작가와 암반욕을 하고 때를 밀고, 그 후에 같이 식사하고 계산서는 전부 제가 가지고 오는데 영수증 때문에 경리부에서 뭐라고 한 적은 지금까지 한 번도 없어요. 금액의 많고 적음은 문제가 아니겠지만, 전부 합쳐도 긴자 금액의 10분의 1에도 미치지 않고요."

후지사키가 복잡한 표정으로 입을 다물었다. 치히로의 분노는 진정되지 않았으나 더는 말싸움을 하고 싶지 않았다. 당장 가주면 좋겠다고 생각했다. 이래서야 모처럼 주말에 출근한 의미가 없다.

빨리 집중하고 싶다, 오로지 그러기 위해서.

"죄송해요, 말이 조금 과했어요."

내키지 않지만 사과했다.

"아니, 나야말로 미안해." 후지사키도 그랬다. "딱히 이런 자질구레한 소리를 하려던 건 아닌데. 서로 이런 얘기를 잘 돌려서 말하는 건 쉽지 않군."

"그러게요."

돌려서 말하지 않았다. 후지사키가 하고 싶은 말은 정확히 똑바로 전달되었다. 한마디로 아모 카인의 신작 원고라는 공로를 여자 후배에게 빼앗겨서 분한 것이다.

"이치노조 씨는 이제 맡길게요."

치히로가 말했다.

"저를 별로 신뢰하지 않는 것 같아서요. 억지로 셋이 대화하기보다 후지사키 씨와 둘이 하는 편이 낫지 않을까 해요."

"그런가. 음, 그럴지도 모르지." 쓰게 웃은 후지사키가 다시 굳은 표정을 지었다. "그러나 아모 선생 문제는 그것과는 별개니까."

반사적으로 위장이 부글부글 끓었다. 치히로는 한 번 심호흡하고 말했다.

"저기요. 아무튼 아주 중요한 시기거든요."

"뭐가?"

"아모 선생님께 지금이요."

의아한 눈으로 후지사키가 이쪽을 바라보았다.

"아모 선생님은 본인 의지로 대대적으로 달라지려고 하세요. 마치 우화하는 것처럼요. 도와드릴 수 있는 건 저뿐이에요."

"아니, 잠깐만."

커다란 손바닥이 이쪽을 향했다.

"으음…… 무슨 말인지 도무지 모르겠네. 대체 왜 이러는 거야? 오자와 씨, 예전부터 이렇게 자기 맹신이 강한 사람이었나?"

이쪽을 향한 시선은 물론이고 무신경한 말에 상처 받았다.

"모르셔도 별로 상관은 없는데요. 아모 선생님과 저 사이에서만 통하면 되니까요."

"뭔데 그게. 이상하잖아?"

점점 더 무례해지는 말투에 머리를 쥐어뜯고 싶어졌다.

"됐어요, 그냥 내버려두세요. 여자끼리만 주고받을 수 있는 것도 있으니까."

"그 말은 여성 작가에게 남성 편집자가 붙으면 안 된다는 소리잖아."

"왜 그렇게 논점을 흩트리려고 해요? 다른 작가를 말하는 게 아니에요. 어디까지나 아모 선생님과 제 이야기예요."

'괜찮아? 정말로, 사실을 말해줄 거야?'

'전에도 부탁했지. 치히로 씨만큼은 제대로 해달라고.'

그때 카인의 얼굴. 흔들리는 눈동자.

"자기 맹신이라고 한다면 그래요, 그래도 괜찮아요." 치히로가 말했다. "하지만 후지사키 씨, 곁에서 그렇게 봐놓고도 정말로 모르겠어요? 아모 선생님이 지금 작가로서 얼마나 중요한 고비를 앞두고 있는지를요. 그렇다면 후지사키 씨로는 역시 어렵겠어요. 아모 선생님의 작품이 지금보다 한 단계 위에 도달하려면 제가 붙어 있어야만 하겠어요."

믿을 수 없는 것을 보듯 눈을 휘둥그레 떴던 후지사키가 곧 고개를 천천히 좌우로 저었다.

"자만하는 것도 적당히 해. 지금 오자와 씨, 조금 위험해."

"그런가요?"

"도대체 왜 이러는 건데. 이상하다니까. 진짜 질린다."

더는 반론할 의욕도 없었다. 입을 다물고 다시 교정지에 집중하려는데, 후지사키가 낮은 목소리로 말했다.

"작가와 그런 식으로 어울리는 거, 내 생각에 그닥 바람직하지 않아."

남자의 질투는 추악하네요, 라고 말하려다가 그만뒀다. 더 이상 무의미하게 흘려보내는 시간이 아까웠다.

편집장인 사토에게 불려 간 것은 월요일 오후였다. 말을 시작하기 전부터 내용을 예상할 수 있었다.

"어제 일…… 들었네."

짐작대로였다. 좁은 회의실 책상에 양쪽 팔꿈치를 대고 다섯 손가락을 맞댄 채 사토가 말했다.

"후지사키가 많이 걱정했어."

"뭐를요?"

"물론 자네를 걱정하지."

작은 체구가 신경 쓰이는지 평소보다 더욱 위엄 있는 면모를 보이려 하는데, 최근 치히로는 사토의 얼굴을 보면 자연스레 아모 카인의 목소리를 떠올리게 됐다.

'편집장님은 가만히 계세요. 나는 지금 일을 결정하는 권한

이 있는 분과 대화 중이니까.'

그때 사토는 찍소리도 못 했다.

"오자와 씨의 열의를 인정하는 건 사실이야." 사토가 말을 이었다. "그렇지만 그 열의를 조금은 자제하는 것도 슬슬 배우는 편이 좋겠어. 우리 편집자는 계속 한 작가만 담당할 수 없어. 부서 이동도 있고, 몸 상태가 나빠질지도 모르지. 상황이 그렇게 되면 어쩔 수 없이 다른 사람이 인계받아야 해. 그때를 위해서라도 자신 이외에는 대체하지 못하는 방식으로 일하면 안 돼."

도대체 무슨 멍청한 소리를 하나 싶었다. 양산품인 냄비나 사발처럼 매번 같은 형태의 물건만 만든다면야 몰라도. 맞은편에 앉아 무릎에 가지런히 손을 올린 자세로 치히로가 말했다.

"그런 방식으로는 작가와 하나가 되어 유일무이한 작품을 만들지 못한다고 생각합니다만."

"으음, 과연 그럴까."

"작가도 당연히 살아 있는 인간이에요. 누가 담당하느냐에 따라 의욕도 달라지고 만들어내는 작품의 완성도가 좌우되는 것은 당연합니다."

"그렇군. 그럴지도 모르지."

사토가 고개를 끄덕였다.

"하지만 그건 말이야, 우리 편집자 쪽에서 무조건적으로 믿어버리면 안 되는 거야. 작가가 그렇게 말해준다면 기쁜 일이고 과분할 정도로 감사하지만, 그렇다고 해서 편집자 스스로 제 능력을 과신해서 자신이 특별하다고 고집하는 건 아니지.”

“특별하다고 생각하지 않아요. 저는 단지⋯⋯.”

단지⋯⋯ 알고 있을 뿐이다. 바로 지금, 아모 카인의 마음을 가장 잘 이해하는 사람도, 아모 카인이 원하는 바를 올바르게 제시하는 사람도 자기 자신이라는 사실을.

“오자와 씨, 자만하면 안 돼.”

우연일까, 사토가 후지사키와 비슷한 말을 했다.

“특정 작가와 자네 사이에서만 만들어지는 것이 있듯이 그 작가와 다른 편집자 사이에서만 길러지는 것도 있어. 완성된 작품의 만듦새에 어쩔 수 없이 우열이 생길지도 모르지만, 나는 작가와 편집자의 관계성은 다른 것과 비교해서 우열을 가릴 수 없다고 생각하네.”

고개를 숙인 채 들으며 다시금 ‘시시한 소리는 집어치워’라고 생각했다. 관계성의 우열 따위 상관없다. 아모 카인이 끝까지 추구하려는 것은 말 그대로 작품의 완성도, 오로지 그것뿐이다. 뛰어난 작품을 써서 상의 후보에 오르고, 다른 후보 작품과의 격차를 심사 위원에게 인정받아 세상에 널리 알리고 싶다, 그것뿐이다. 이 단순한 것을 왜 이 사람들은 이해하지 못할까.

“이번 나오키상에 올라간 그 작품도 따지고 보면 아모 선생과 자네 사이에서 만들어진 건 알아.”

사토가 말했다.

"만약 상을 받으면 우리로서는 5년 만의 쾌거야. 자네 공로야. 솔직히 말해서 아모 선생이란 사람은 알다시피 다루기 어려운 작가니 오자와 씨가 지금처럼 상대를 잘해줘서 참 고맙기도 해. 이건 자네의 능력을 평가하니까 하는 말이야. 하지만 뭐라고 하면 좋을까, 그 교류하는 방식에도 절도라는 게 있거든. 앞으로 만약 너무 거슬린다 싶으면 담당을 변경하는 방향도 고려할 수밖에 없어."

치히로는 고개를 들었다.

"……변경?"

"아니, 만약의 이야기지만."

"변경자는 후자사키 씨인가요?"

"그건 아직 생각해보지도 않았어."

사토가 쓴웃음을 짓더니 크게 숨을 내쉬었다.

"아무튼…… 한 번쯤 잘 생각해주면 좋겠네. 자기 자신을 객관적으로 보지 못하는 편집자가 담당한 작품을 제대로 읽어낸다는 보장이 없으니까."

14

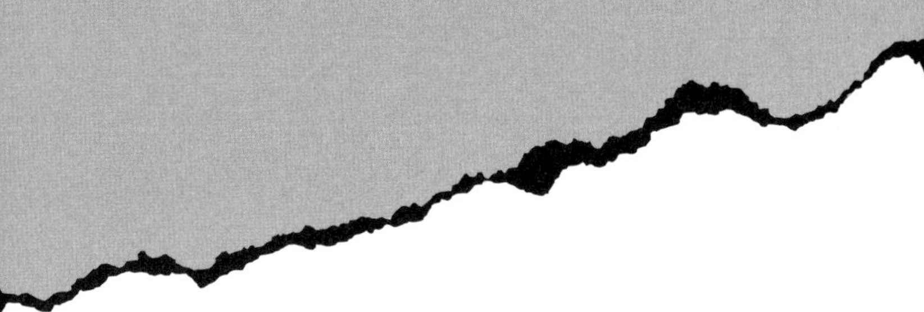

오렌지빛 보닛에 석양이 반사되었다.

일요일인데도 도로에 차가 많지 않아 이리도 화창한 저녁 때 아내와 아이들을 태우고 고속도로를 달리니 기분이 좋았다. 운전은 이시다 산세이의 순수한 기쁨 중 하나였다.

주니어 축구 시합은 1점 차로 이겼다. 역전 골로 이어지는 패스를 성공한 아들은 룸미러 속에서 누나에게 기대어 잠들어 있었다.

이시다는 조수석을 향해 나직하게 말했다.

"자도 돼."

꾸벅꾸벅 졸던 아내가 퍼뜩 고개를 들더니 앞을 보고 고쳐 앉았다.

"아니야, 괜찮아."

"뒤에 애들, 도착할 때쯤이면 완벽 충전될 테니 지금 자둬."

몸을 돌려 아이들을 살펴본 아내가 만족스러운 미소를 지었다.

"그냥 근처에서 먹고 들어갈까? 별로야?"

"아니, 그럴까."

얼마 전에 비교적 고급스러운 중식집에 갔으니 오늘은 저렴한 패밀리 레스토랑이면 충분하리라. 노력한 아들을 위한 축하로는 통 크게 디저트까지면 된다. 바로 앞 차가 느리게 달려서 사이드미러를 확인하며 부드럽게 차선을 변경했다. 그때 스마트폰이 우웅 진동했다. 개인용 전화가 아니라 드링크 홀더에 꽂아둔 업무용이었다.

"봐줄래?"

평소처럼 아내에게 부탁했다. 운전 중에는 보통 이렇게 한다. 아내가 손에 들고 익숙하게 비밀번호 네 자리를 입력한 뒤 메일을 확인했다. 고개를 숙이지 않고 눈앞에 들고 읽는 것은 그러지 않으면 멀미하기 때문이다.

"……'이치조인 선생님 추도식' 사무국에서라네."

"아아, 오케이. 고마워."

나중에 읽으면 된다고 일일이 말하지 않아도 호흡이 잘 맞는다. 아내가 말없이 화면을 끄고 원래 있던 드링크 홀더에 돌려놓았다. 당연히 나오키상 관련 연락인 줄 알았다. 지난주 드디어 후보작이 발표되어 일본문학진흥회 사무국도 《올 요미모노》 편집부도 돌연 분주해졌다.

2013년 상반기까지는 후보에 오른 본인에게만 심사회 한 달 반쯤 전에 알리고 허락을 구하되, 한동안 함구령을 내려 거의 일주일 직전 아슬아슬할 때까지 정보를 공개하지 않았다. 그러다가 현재처럼 한 달 전 발표로 바뀐 이유는 당연히 그래야 흥이 오르기 때문이다. 후보 발표부터 심사회와 수상작 발표 사이의 일정 기간, 발행처도 서점도 이때다 싶어 분발해 '나오키상 후보!'라는 띠지를 책에 둘러 증쇄하고 매장에 특설 매대를 준비하는 등 조금이라도 매출을 늘리려고 안간힘을 쓴다. 업계 전체의 축제였다.

세상에는 문학상이 셀 수 없이 많지만, 수상이 매출로 직결되는 것은 현재 서점 대상을 제외하면 나오키상과 아쿠타가와상 정도라고 한다. 3주 남짓 뒤, 그 나오키상이 선택되는 자리에서 자신이 또 사회를 맡아야 한다. 처음 했을 때만큼은 아니지만 그때를 생각하면 약간은 긴장된다.

심사 위원 중에는 자신이 태어났을 무렵에 이미 작가였던 중진도 있고, 함께 동시대를 달려온 작가도 있다. 직접 담당한 적 없는 작가에게는 특히 신경 쓰는데, 반대로 오래 알고 지내 속속들이 아는 사이라고 해서 야합 분위기가 되는 것은 금물이다.

제일 먼저 위원 전원의 투표를 진행하지만, 그때 득표수만으로 결과가 정해지는 것은 아니다. 심사회란 비유하자면 많은 사공을 태운 거대한 배 한 척이다. 물의 흐름이나 바람 방향에 따라 향하는 곳이 달라지는 것은 물론 모두가 각자의 방향으로 나아가려고 한다.

전에 아모 카인에게 자신이 할 수 있는 일은 아무것도 없다고 말했다. 실제로도 사회자에게는 투표권이 없다. 절대로 참견하지 않는다.

그러나 그 자리에 있는 한, 영향을 전혀 행사하지 않는다고 하긴 어렵다고 이시다는 생각한다. 사회 진행이 너무 어설프면 논의가 정체되거나 역류하고, 위원 한 명 한 명의 의견을 듣는 순서에 따라 전체적인 형세가 달라질 수도 있다.

최초 투표에서 한두 작품이 고평가를 얻어 논의의 행방이 정해진다면 비교적 편한 패턴인데, 매번 일이 잘 풀리지는 않는다. 걸출한 작품이 없어서 전부 다 아쉬운 평가를 받아 표가 뿔뿔이 흩어질 때가 곤란하다.

'이번 회차는 수상작 없음!'이라는 판단을 내리는 것만은 특히 피하고 싶다.

가능한 한 그런 섭섭한 사태에 빠지지 않도록 전체적인 흐름을 내려다보고, 위원에게 실례가 되지 않도록 자기 권한을 넘어선 주장은 절대로 하지 않을 것을 주의하면서 의견을 정리하고, 결선 투표로 이끌고 가야 한다. 단순히 사회라고 가볍게 여길 역할은 아니다.

나들목이 가까워지자 도로가 막히기 시작했다. 슬슬 주행차선으로 돌아가고 싶은데 자리가 잘 나지 않았다. 살펴보니 몇 대 건너, 굉장히 큰 짐을 끌고 가는 트럭의 앞이 빈 것 같았다. 항구에서 적하했는지 옆구리에 외국어가 적힌 장대한 컨테이너를 간신히 추월해 왼쪽 차선으로 되돌아왔는데, 스마트폰이 또 진동했다.

아내가 손을 내밀어 메일을 확인했다. 드물게도 고개를 숙이고 화면을 노려본 채 입을 열지 않았다. 곁눈질하며 이시다가 물었다.

"왜 그래?"

대답이 없다. 족히 1분쯤 침묵이 흐른 뒤, 아내가 조금 전과 마찬가지로 스마트폰을 끄고 제자리에 돌려놓았다.

"어디에서 온 메일이야?"

아내는 대답하지 않았다. 표정을 지우고 똑바로 앞만 보고 있었다.

불길한 예감이 들었다. 도로가 완만한 커브에 접어들어 엔진브레이크를 이용해 속도를 낮추는 동안에도 머릿속에 계속해서 좋지 않은 상상이 지나갔다. 특별히 나쁜 일을 하지 않아도 이 나이쯤 되면 아내나 가족에게 당당히 말하지 못하는 비밀 한두 가지쯤은 있다.

그때 이후로 아내는 최소한으로만 입을 열었다. 요금소를 지나 고속도로에서 빠져나온 것과 동시에 잠에서 깨어난 아이들이 외식이라고 듣고 "신난다!" 하며 기뻐하는 동안에도 싸늘함이 느껴지는 조수석이 이상해서 이시다는 불안했다.

집에서 15분 거리인 패밀리 레스토랑으로 차를 몰아, 가게 안쪽에서 창문 너머 바로 보이는 곳을 골라 후면 주차했다.

"먼저 들어가자. 아빠는 일이 있는 것 같아."

차에서 내린 아내가 아이들을 재촉해 냉큼 가버린 뒤, 운전석의 이시다는 그제야 스마트폰을 쥐었다. 안면 인식을 하는 1초도 초조해하며 메일을 열었다. 몹시 충격적인 글을 각오했는데 그렇지 않았다. 보낸 사람도 없고 제목도 없고, 본문에 딱 한 줄만 있을 뿐이었다.

그대가 해야 할 일을 속히 할지니.

보낸 사람 주소는 영어와 기호의 나열이었다.

아래로 스크롤하자 첨부 파일이 하나. 별다른 특징 없는 jpeg 파일을 망설이면서도 열었다. 순간 심장이 불쾌하게 뒤틀렸다. 지겨울 정도로 익숙한, 밤하늘색 단행본. 그 제목과 저자 이름 사이, 정확히는 '달'과 '모'라는 글자에 좌우의 모서리가 살짝 걸치도록 하얀 카드가 한 장 놓여 있었다. 반으로 접힌 종이를 일부러 반대로 접은 탓에 안쪽의 호텔 이름과 방 번호와 함께 인쇄된 숙박자 이름을 볼 수 있었다.

이시다 산세이.

자기도 모르게 입에서 신음이 흘렀다. 손바닥에 난 땀을 핸들에 문질렀다. 이걸 보고 아내는 도대체 어떻게 해석했을까. 아니, 그보다 도대체 이게 무슨 일일까. 누가 어떤 목적으로 이런 것을.

아모 카인이 분명하다고 제일 먼저 생각했다. 이 숙박자 카드를 지금도 가지고 있는 사람이라면 그뿐이다.

이 상황까지 와서 상의 행방을 조정하라는 협박일까. 이번에 수상하지 못하면 이 사진을…… 어쩔 생각이지. 예를 들어 문춘의 상사에게 보낸다거나? 아니, 그러나 이 사진만으로 스캔들 낌새를 알아차릴 사람은 없을 것이다. 게다가 만에 하나 문제가 되면 카인에게도 피해가 있을 것이다. 새로운 부부의 형태를 표방하는 그로서 불륜 의혹은 그 무엇보다 피하고 싶을 것이 분명하다.

이시다는 앞 유리 너머로 패밀리 레스토랑을 바라보았다. 창가 자리에 아내와 두 아이가 앉아 메뉴를 보고 있었다. 아들이 이쪽을 알아차리고 웃으며 손을 흔들었다. 위장이 경련하고 속이 메슥거렸다. 보낸 사람을 모르는 데다 그 목적이 불분명해서 불쾌했다.

만약…… 만약 보낸 사람이 카인이 아니라면? 누가 보냈느냐에 따라 메시지가 품은 의미가 달라진다.

그대가 해야 할 일을 속히 할지니.

무슨 소리인지 모르겠다.

화면을 좀 더 노려본 뒤, 연락처를 열어 전화를 걸었다. 이런 기분으로 가족 앞에 갈 수는 없다. 신호음이 허무하게 울렸다. 일요일에 오는 전화는 받을 필요도 없다는 건가. 드디어 포기하고 끊으려고 할 때, 신호음이 뚝 끊겼다.

"……네."

딱딱한 목소리가 대답했다.

"아, 바쁘신 와중에 죄송합니다. 문춘의 이시다입니다."

"아는데 무슨 일이야?"

찔러도 피 한 방울 나오지 않는 태도였다. 레스토랑 창 안쪽에서 아내가 이쪽을 빤히 바라보았다. 심장이 점점 빨리 뛰는 것을 어떻게든 진정시키며 이시다는 말했다.

"나오키상 후보를 흔쾌히 받아주셔서 감사합니다."

"뭐야, 새삼스레."

"아니요……. 각 신문사의 사전 취재로 번거롭지 않으신가 싶어서요."

"이쯤 됐으니 익숙해." 비꼬는 말투지만 약간 조소가 섞인 것 같았다. "솔직히 그거, 열받긴 해."

역시나 카인이 먼저 말을 이었다.

"후보에 오른 기분은 어떠냐느니 뭐라느니 원하는 만큼 인터뷰를 하고서 결국 받지 못하면 싣지 않잖아. 남의 시간을 빼앗았으니 설령 수상하지 못해도 어떤 형태로든 기사를 내는 게 예의 아니야?"

"……정말 그렇네요."

"뭐, 이런 말을 대놓고 하진 않지만. 싸움에 진 개가 짖는다고 여기는 건 싫거든. 그보다 산짱, 당신 되게 건방지게 말하지 않았어?《낙원의 끝》이 작품으로서 훨씬 위라고."

"……말씀드렸습니다."

"그렇다면 왜 그게 후보에 오르지 않았지?" 잠자코 있자, 카인의 콧김이 귀에 들렸다. "물어봐도 어차피 대답할 수 없겠지."

"죄송합니다."

"됐어, 잊어버려."

의외로 홀가분한 말투였다.

"인터뷰 말인데요, 다음 주 라디오, 모쪼록 잘 부탁드립니다."

"아아, 그러고 보니 그런 게 있었지. 심야방송."

"네, 생방송입니다. 출연 섭외 이후에 후보가 결정되었으니 아마 우리 작품뿐 아니라《달의 이름》에 관해서도 질문할 텐데 그 점은 괜찮으실까요?"

"딱히. 뭐 문제 있어?"

"아니요, 고맙습니다. 숙소는 평소 그 호텔로 괜찮으신가요?"

"좋아. 특별히 호사는 바라지 않아."

이시다는 한 손으로 스마트폰을, 다른 손으로 핸들을 움켜쥐고 마침내 결심한 말을 꺼냈다.

"저번에는 죄송했습니다. 숙박자 카드에 이름, 이번에야말로 확실히 확인하겠습니다."

일순간, 주저하는 듯한 공백이 생겼다.

"……그래. 그렇게 해주면 고맙겠어."

지금 그 공백은 뭐였을까. 이대로 전화를 끊으면 아무것도 알 수 없다.

"그리고 죄송합니다만 한 가지만 더."

더욱 과감하게 말을 꺼냈다.

"'그대가 해야 할 일을 속히 할지니.'"

"응?" 카인의 목소리가 어리둥절한 듯 뒤집혔다. "지금 뭐라고 했어?"

이시다는 그 한 구절을 반복해서 말했다.

"아모 선생님, 이 말에 짐작 가는 바가 없으신가요?"

창가 자리에서 이번에는 가족 셋이 이쪽을 바라보았다. 오라고 손짓하는 장녀에게 한 손을 들어 대답하는데, 그 모든 것이 현실 같지 않았다. 그때 카인이 성대하게 한숨을 쉬었다.

"무시하는 거야? 내가 모를 줄 알았어? 성서잖아."

"엇……."

"뭐야, 산쌍이야말로 몰랐어? 최후의 만찬 때, 예수 그리스도가 유다에게 한 말이잖아. 다자이의 《직소》에도 나오지 않았나?”

그 말을 듣고서야 비로소 생각났다. 유다, 이스카리옷의 유다. 알기로 예수는 제자 중 하나인 그의 배신을 알아차렸으면서 말리지 않고 빨리 가라고 재촉했다.

“그래서? 그게 뭐 어쨌는데?”

“아니요, 죄송합니다. 오늘 우연히 어떤 작품에서 봤는데…… 아모 선생님이라면 거기에 담긴 의미를 아실 것 같아서요.”

“뭐. 그런 학교를 나왔으니까.”

초등학교부터 대학교까지 미션 계열을 다녔던 카인이 말했다. 운 좋게도 뜬금없이 던진 질문의 부자연스러움이 무마된 것 같아 가슴을 쓸어내렸다. 라디오 일정의 약속 장소와 시간을 정하고 전화를 끊었다.

피로가 우르르 몰려왔다. 가족의 시선이 없었다면 핸들에 엎어지고 싶었다. 메일과 사진을 보낸 것은 아무래도 카인이 아닌가 보다. 그는 그런 일을 하지 않는다, 라고 단언할 수는 없어 아쉽지만 적어도 이런 식으로 시치미 떼지는 않을 것이다.

유니폼 차림의 점원이 세 사람의 테이블까지 왜건을 밀고 와 각자 앞에 접시를 놨다. 이쪽을 보는 아내에게 신경 쓰지 말고 먹으라고 손짓하고, 구글에 검색 단어를 입력했다. 유다, 배신, 예수, 라고 넣기만 해도 찾던 말에 도달했다.

‘빨리 가서 네가 해야 할 일을 하거라.’

현대어 번역이라 분위기는 별로지만 분명 성서의 같은 구절이다. 배신자 유다는 누구보다 경애하는 스승을 판 것을 곧바로 후회하고 사제들에게 보수로 받은 은화를 돌려주러 가지만 비웃음만 사고 만다. 유다는 자신이 한 짓을 저주하며 목을 매고, 예수는 십자가에 못 박혀 죽는다.

다시 읽어보니 아무리 생각해도 예수가 이상하다. 제자의 망설이는 마음을 알아차렸으면서 왜 말리지 않았는가. 너는 무슨 멍청한 생각에 사로잡혔느냐, 정신 차리거라, 라고 말했다면 유다는 배신하지도 않았고 목을 매는 일도 없었을 것 아닌가.

식욕은 이미 사라졌다. 멍하니 대시보드에 시선을 던졌다. 조금 전 사진이 뇌리에 꺼림칙하게 되살아났다. 이름 적힌 숙박자 카드를 목격하고 더군다나 사진을 찍을 수 있는 자는…… 아모 카인이 아니라면 대체 누구일까.

'이대로도 괜찮아. 남한테 보여줄 것도 아니고.'

그는 그럴 생각이었지만 어떤 사정이 있어서 집에 가지고 갔고, 그게 남편 눈에 띄었다면……. 그런데 카인 자신은 그 사실을 알아차리지 못할 수가 있을까.

우웅, 손에 쥔 스마트폰이 진동해서 이시다는 펄쩍 뛰었다. 아내가 재촉하는 줄 알고 확인했다가 다시 신음했다. 조금 전과 완전히 똑같은 글귀가, 완전히 똑같은 사진을 첨부해 다른 주소로부터 도착했다.

뭔가 감지했는지 이후로 아내의 눈빛이 차가워졌지만 이쪽에서 해명하는 것도 이상했다. 결국 그날 밤은 한숨도 자지 못했다. 어디선가 누가 빤히 보는 것만 같아 눈을 감지도 못했다.

해야 할 일은 무엇을 가리킬까. 상대가 바라는 대로 행동하지 않았을 때 어떤 일이 벌어질까. 이것조차 확실하지 않아 불안이 무한하게 증폭되었다.

숙박자 카드와 함께 찍힌 《달의 이름》을 상으로 뽑으라는 건가, 뽑지 말라는 건가. 어느 쪽이든 자신의 힘이 미치지 않는 일이라고 생각하는 한편으로, 만약 이런 협박 같은 메일이 오기 전이었다면 사회자로서 어떻게 행동했을지 생각하면 점점 혼란스러워졌다.

심사 결과를 좌우하는 것은 절대로 불가능하더라도, 예전부터 카인의 작품에 호의적인 심사 위원의 의견을 먼저 듣는 것 정도는 할 수 있었을지도 모른다. 하지 못했을 수도 있다. 잘 모르겠지만, 이런 메일을 받고 말았으니 이제는 전부 불가능했다. 조력하는 것도 그 반대도, 양쪽 다 할 수 없게 됐다.

만약 우연히 《달의 이름》이 상을 받는다고 해보자. 그 결과가 메일을 보낸 누군가의 의도와 맞지 않았다면, 그 사진이 인터넷에 올라가지 않으리라는 보증은 없다. 사진만으로는 아무런 소동도 나지 않을 가능성은 있다. 그러나 일단 SNS에서 불이 지펴지면 터무니없는 의심을 받게 되고, 변명해도 수

습하지 못한 채 세간의 오해를 받고 혹여 뒤에서 어떤 종류의 거래가 있었다고 여겨질지도 모른다. 상을 받는 아모 카인 한 사람의 불명예에 그치지 않고 다른 후보자에게도 누가 되고, 무엇보다 나오키상의 권위 자체가 땅에 떨어진다.

그날 이후로도 업무용 스마트폰에는 하루에 두 번이나 세 번, 이시다 앞으로 같은 글귀와 사진이 성실하게 도착했다. 그러는 동안 심사회 준비가 진행되었다. 당일, 심사 위원들을 집이나 역으로 데리러 갈 택시 수배, 동승할 담당자 배치, 자택에서 원격으로 출석하는 심사 위원의 설비 확인……. 후보작을 전부 한 번 더 정독해야 하고, 동시에 평소대로《올 요미모노》의 편집 업무도 소화해야 한다.

"어이, 이시다. 괜찮아?"

친한 선배 편집자가 말을 건 것은 심사회가 사흘 앞으로 다가온 날이었다.

"얼굴이 왜 그래. 피곤해 보이는데."

"뭐, 시기가 이러니까요."

원래 이러지 않냐고 억지로 웃으며 대답하고 책상으로 돌아와 앉으려는데, 어깨를 덥석 붙잡혔다.

"이제 얼마 안 남았군, 산세이."

문예 부문 시라토리 국장이 뒤에 서서 은근한 미소를 지으며 바라보았다.

"어때? 우리끼리 하는 얘긴데 이번에는 뭐가 받을 것 같나? 우리 책이 될까?"

위가 송곳으로 쑤시듯이 욱신욱신 아팠다.

"……죄송합니다, 잠깐."

의자를 박차고 화장실로 달려가 몸을 반으로 접었다. 고개를 숙여도 씁쓸한 위액 이외에 아무것도 나오지 않았다. 등을 꿀렁이며 게워낼 때마다 눈가에 눈물이 고였다.

비틀거리며 화장실 칸에서 나와 간신히 입을 헹궜다. 몸을 일으켜 거울을 보자 눈이 죽어 있었다. 이마나 뺨이 묘하게 밀랍 인형처럼 투명해 보이는 듯해서 자기가 봐도 기분 나빴다.

그날 밤, 집에 어떻게 돌아왔는지 기억하지 못한다. 아내와 아이들과 대화도 나누지 않았다. 창고보다 그나마 나은 정도인 좁은 서재에 틀어박혀, 벽에 기대어 담요를 뒤집어쓴 채 밤을 지새웠다.

스마트폰이 진동했다.

그대가 해야 할 일을 속히 할지니.

다음 날 아침, 이시다는 전화를 걸었다.

"오, 무슨 일이지?"

아직 집일 것이다. 의미도 없이 쾌활한 시라토리의 목소리가 들렸다.

“죄송합니다. 심사회의 사회를 대신 맡아주실 수 있을까요?”

“뭐? 앗, 설마 코로나?”

맞습니다, 라고 대답하면 될 텐데 말이 나오지 않았다. 몇 번 숨을 내쉬고 간신히 짜냈다.

“한동안…… 쉬게 해주십시오.”

그 말을 한 순간, 눈물과 콧물이 주르륵 흘렀다.

15

무섭도록 긴 하루였다.

작품이 나오키상 후보에 오른 적은 과거에도 두 번 있었으나 익숙해지지 않는다. 익숙하기는커녕 세 번째 도전이기에 오는 압박까지 더해져 가요코는 아침부터 위장약 없이는 버티지 못했다. 심장 약도 있다면 먹고 싶을 정도였다.

심사회를 두고 전전긍긍하는 모습은 남들에게 보일 것이 못 된다. 과거 두 번의 대기 모임에 왔던 편집자들이야 수상을 놓친 순간의 자신이 얼마나 이를 갈았는지 목격했겠지만, 그런 건 괜찮다. 진심으로 나오키상에 흥미 없는 작가 따위이 세상에 있을 리가 없으니, 받지 못해서 발을 구르며 분개하는 모습쯤은 얼마든지 보여도 상관없다.

다만 '아모 카인은 심사회가 진행되는 동안 음식도 먹지 못할 정도로 긴장했다'라는 둥 마치 자기 작품에 자긍심이 없다는 듯한 소문이 퍼지는 것은 참을 수 없었다.

자신이 만든 작품을 사랑하기에 가슴에 소용돌이치는 기대와 불안……. 이를 진정한 의미에서 이해하는 사람은 현재 업계에서 단 한 사람, 남십자서방의 오자와 치히로뿐이다. 얼마 전까지는 한 명 더 있다고 믿었는데 그는 저 혼자 전선에서 이탈했다.

나오키상 심사회의 사회는 전통적으로 소설지《올 요미모노》의 편집장이 담당한다. 그 이시다 산세이가 이 타이밍에 하필이면 코로나에 걸렸다는 보고를, 같은 문예춘추의 다른 편집자에게서 들었다.

사회 대행은 급하게 시라토리 국장이 맡게 된 것 같다. 시라토리라면 국장이 되기 전부터 알고 지냈다. 작품을 성실하게 읽고 감상도 말해주기에 다른 출판사의 파티 등에서 마주치면 선 채로 잠깐 대화도 나누지만 아무리 오래 알아도 도무지 속내를 파악하기 어려운 인물이어서, 특별히 앞뒤가 다르거나 뱃속이 시커먼 것은 아니나 무슨 생각을 하는지 진심을 알기 어렵다. 그래도 남성 작가, 그것도 정신성이 체육회 계통(보통 대학에서 운동부 활동을 한 사람을 일컫는데, 엄격한 상하 관계와 정신력, 근성 등을 중요하게 여기는 경직된 특성을 가리킨다―옮긴이)인 작가에게는 호감을 사는 듯하다.

남자끼리 어울릴 때 흔한, 말하지 않아도 통하는 것 같으면서도 실제로는 저마다 자기 자신에게 취했을 뿐인 관계성보다, 가요코 자신은 역시 여성 편집자가 표현하는 말, 그 섬세함과 현명함이 좋았다. 오자와 치히로처럼 오로지 세상에 하나뿐인 말을 구사해 작품을 향한 애정과 이해를 표현해주면, 그것만으로도 안심하고 '내 아이'를 맡기고 싶어진다.

이시다 산세이는 드물게도 그런 점이 다른 남자와 달랐다. 술을 마시지 않는 점도 좋았고, 여성을 불편하게 하지 않는 섬세함과 작품에 품은 사랑을 올곧게 표현하는 말을 겸비했다. 원래는 여자끼리만 나눌 수 있는, 남녀의 관능이나 성벽과 깊이 연관되는 화제라도 그에게는 아주 솔직히 털어놓을 수 있었고, 바로 그랬기에 불평을 마구 늘어놓으면서도 신뢰했었는데…… 하필이면 가장 중요한 이 상황에 코로나라고? 제정신이야? 그 변태 갓파.

지난번 대기 모임은 낮부터 시작했다. 피자를 구울 수 있는 화덕을 자유롭게 쓸 수 있고 온종일 대여할 수 있는 은신처 같은 레스토랑이라는 조건으로 담당 편집자에게 알아보게 한 결과, 세타가야에 적합한 곳을 찾았다. 후보작의 발행처뿐 아니라 가깝게 지내는 편집자 모두를 오라고 해서 꽤 북적북적한 모임이었다. 요리 대부분을 혼자 도맡아서 모두를 대접하니 장소 대여비와 장 볼 때 든 경비는 당연히 각 출판사가 분담하게 했다.

그러나 다 같이 즐겁게 어울렸던 것은 심사 결과를 알리는 전화가 오기 전까지였다. 전화를 끊은 뒤, 모두가 침묵하는 방에 감돌던 장례식장 같은 분위기를 잊을 수 없다.

그런 반응을 원하지 않았다. 같이 분개하길 바랐다. 직전까지 다들 그렇게 입을 모아 후보작이 얼마나 대단한지 칭찬하고 틀림없이 받을 거라고 단언한 주제에, 수상을 놓쳤다는 보고를 듣자마자 어쩔 수 없다고 받아들이는 모습에 화가 나서, 대체 왜 아무도 분노하지 않는지 짜증이 솟구쳤다. 장작을 삼킨 것처럼 괴로워서 뱉어내기 위해 화풀이할 수밖에 없었다.

그때 질려서 이번에는 큰 규모로 하는 것은 그만두었다. 평범하게 빌릴 수 있는 소규모 레스토랑을 찾아달라고 오자와 치히로에게 부탁하자, 히비야의 분위기 좋은 프렌치 이탈리안 비스트로를 찾아냈다.

장소는 중요하다. 아쿠타가와상도 나오키상도 심사 결과는 보통 저녁 6시 반경에 발표고, 제1보는 각 방송국 모두 7시 뉴스 방송에서 내보낸다. 금병풍 앞에 한 사람씩 걸어가 박수와 플래시를 온몸으로 받으며 인사하는 수상자에게 각 회사의 기자가 손을 들고 질문하는 동안 시간이 다 돼서, 대부분 서두의 한 명이나 두 명의 영상만으로 뉴스를 꾸리게 된다.

치히로는 그런 언급을 하지 않았으나, 대기 모임 장소로 이렇게 히비야의 가게를 고른 것은 실제로 수상하면 곧바로 기자회견장인 도쿄회관으로 달려갈 수 있도록 배려한 것이 분명하다. 인생 최고로 경사스러운 순간을 최대한 명예롭게, 라고 생각했기에 할 수 있는 배려였다.

오후 3시를 지나 치히로와 함께 비스트로에 도착하자, 집학관과 천입서방과 영담사 등 가깝게 교류하는 출판사 면면들이 이미 몇 명쯤 모여 있었다. 예의 신작 문제로 결별한 문광당은 역시 오지 않았다. 그 대단하신 다케다도 그렇게까지 후안무치하진 않나 보다.

비스트로의 직원들이 부지런히 움직여 한쪽 구석에 준비된 테이블에 요리를 차렸다. BGM은 이쪽 희망대로 피아노곡과 오페라 같은 클래식한 음악을 중심으로 틀게 했다. 지금은 라흐마니노프의 피아노 협주곡 2번, 가요코가 제일 좋아하는 2악장에 접어들었다. 왠지 징조가 좋았다.

편집자들이 한 명 또 한 명 도착해서 각자 마실 것을 주문하기 시작했다. 오라고 한 사람이 모두 오면 열다섯 명쯤 될 것이다.

그 문예춘추에서는 단행본 담당인 가와사키라는 50대 여성과 다카노라는 문고 담당의 젊은 남성이 왔는데, 둘 다 오늘은 마음이 편하지 않나 보다. 상을 관장하는 일본문학진흥회가 아무리 별개 조직이라고 해도 주변에서 뭔가 비판 섞인 말을 들을 때마다 자신들이 욕을 먹는 기분일 것이다.

"이번에는 틀림없이 아모 선생님 차례입니다."

벌써 벌게진 얼굴로 백천사의 고바야시가 말했다.

"첫 번째 때도 두 번째 때도 굉장히 훌륭한 작품이었는데, 심사 평에 무슨 영문인지 '앞으로 한 편을 더 보고 싶다고 생각했다' 같은 말을 하지 않았습니까. 그 흐름으로 가면 이번에야말로 아모 선생님입니다. 후보를 봐도 3회 차인 분은 아모 선생님 한 분이고, 왕도인 현대물도《달의 이름》하나뿐이고요."

"그렇죠, 틀림없어요."

집학관의 야마시타도 말했다.

"아무리 완고한 심사 위원이라도 현실적으로 이 정도로 인기 있는 작가를 평가하지 않을 수 없죠. 시대가 원하는 작품을 인정하지 않는 것은 자기들이야말로 시대에 뒤처졌다고 선언하는 것이니까요."

시간이 초조하게 흘러갔다. 연신 손목시계를 들여다보는 것은 꼴불견이니 참았지만, 마침내 누군가가 "아, 4시네요"라고 중얼거린 것을 기회로 삼아 가요코는 일부러 소리 높여 말했다.

"자, 슬슬 때가 됐네."

도전적인 동시에 가벼운 태도를 의식해 높이 낸 목소리가 순간적으로 고요해진 가게 안에 울려 이상하게 튀었다. 도와준 것은 이번에도 치히로였다.

"생각해봤는데요……. 심사 위원 선생님들은 문학상 심사가 두렵지 않을까요?"

"무슨 소리야?"

"왜냐하면 심사회에서 토론하거나 심사 평을 쓰는 과정에서 자신의 읽는 능력이 가차 없이 드러나게 되잖아요."

"아아, 저도 생각한 적 있어요."

말을 받은 것은 환천서점의 기무라였다.

"저희가 진행하는 문학상도 그래요. 편집부 전원이 심사회 자리에 동석해 선생님들의 대화를 경청하는데, 특히 자신이 담당하는 작가의 작품이 후보에 올라가면 초조해집니다. 완전히 빗나간 비판을 하면, 이보쇼, 바로 앞 장에 있는 그 한 줄을 안 읽었지, 하고요."

"그럴 때는 이상하다고 말해야 하지 않아?"

가요코가 묻자 그는 떨떠름한 표정을 지었다.

"선생님들이 여쭤보시지 않는 한 저희는 철저하게 입회인일 뿐입니다. 같은 심사 위원 중 누군가가 지적한다면 몰라도 저희는 처지가 다르니까요. 심사 위원을 부탁한다는 것은 심사를 전면적으로 맡기겠다는 뜻이니 설령 오독이 발생해도 이해할 수 있게 쓰지 못한 작가의 책임이기도 해서요."

"하지만 그러면 그 위원도 부끄럽지 않을까? 잘못 읽은 것을 지적받지 않아서 심사 평까지 건방지게 적었다가 그게 지면에 실리기라도 하면 이번에는 독자들이 떠들썩하게 비난할 텐데? 독자는 작가라고 해서 봐주지 않으니까."

"음, 그건 그렇지만요. 미스터리 같은 경우에서 트릭이나 복선과도 이어지는 명백한 오독이라면 아무래도 실리기 전에 교열 단계에서 확인하겠지만, 으음, 일반 소설이라면 좀처럼은……."

탄식하는 그는 손목시계를 차고 있었다. 가요코는 읽기 어려운 크로노그래프 문자판을 최대한 티 내지 않고 응시하려고 했다.

4시 10분.

아직 얼마 지나지 않았다. 이제야 모두 자리에 앉고 사회자가 인사를 마쳤을 무렵이지 않을까. 옛날 사진으로만 봤던 심사 풍경이 생각났다. 역사 깊은 요정의 넓은 방에 길쭉한 좌상과 하얀 커버를 씌운 방석이 놓였고, 약식 기모노 차림의 명망 있는 작가들이 열 명 정도 마주 앉아 불쾌한 듯 카메라를 노려보았다.

지금도 그런 식일까. 당시와 비교하면 남녀 비율이 달라져서 지금은 오히려 여성 심사 위원이 훨씬 많지만 그렇다고 해서 자신에게 유리하다고 할 순 없다. 동성 작가가 편을 들어준다는 보장은 없고, 오히려 공격적으로 대할 때도 있다. 질투거나 동족 혐오. 둘 다가 분명하다고 가요코는 생각했다.

이번 후보작은 전부 다섯 편. 남녀 비율은 3 대 2로, 문춘에서 나온 책이 두 편 있다. 장르로는 미스터리가 두 편, 시대소설과 이세계(異世界) 판타지가 한 편씩, 거기에 청춘 소설이며 연애소설이며 성장소설이기도 한 《달의 이름》이 섞여 있다. 아주 평범한 일반 소설인 점 역시 불리할지 유리할지 모른다.

가만히 있으면 숨이 막힐 것 같았다. 들고 있던 무알코올 맥주잔을 내려놓으려는데 치히로가 말했다.

"드실 것 좀 가지고 올까요? 고기 어떠세요?"

"괜찮아, 내가 갈게."

일어나 가게 구석에 준비된 각종 요리를 처음으로 차분히 살폈다. 하얀 천이 깔린 테이블에 이른바 '인스타그램용'으로 좋아 보이는 메뉴가 놓여 있었다.

도미 카르파초, 수제 리코타 치즈와 토마토와 견과류 마리네이드, 생햄과 루콜라 샐러드 같은 차가운 음식은 각각 얼음 깐 널찍한 쟁반에 큰 그릇째로 담겼고, 반대로 따뜻한 음식들, 흑트러플 오믈렛과 작게 자른 라자냐, 홍합 화이트 와인찜, 양고기와 로즈메리 소테 등은 뜨거운 물을 받은 쟁반 아래에 고형 연료 양초를 켜서 보온했다. 지극정성이었다.

그러나 식욕이 전혀 생기지 않았다. 모든 요리가 진열장의 음식 모형처럼 보였다.

천장에 설치된 스피커에서 〈민둥산의 하룻밤〉이 흘러나왔다. 답답하다 못해 둥근 옷깃이 조여드는 것처럼 느껴져서 목쪽에 손가락을 넣어 끌어 내렸다. 오늘 입은 옷은 신간 사인회 때와 같은 미드나잇블루 원피스다. 이후 기자회견에 갔을 때, 책 디자인이 눈에 잘 띄도록 고려했다.

그때를 상상만 해도 심장이 뛰었다. 사람들을 등지고 힐끔 시계를 봤다.

4시, 20분.

첫 투표는 일단 끝났을까. 아아, 위장이 쑤신다. 결과가 어떻든 시간이 성큼성큼 흘러가면 좋을 텐데.

겁 많은 내면이 고개를 들려고 해서 가요코는 이래서는 안 된다고 어떻게든 스스로 다잡았다. 부모가 '내 아이'를 믿지 않으면 어떡하는가.

이 정도면 완벽하다고 생각하지 않는 것을 세상에 책으로 내놓지 않는다. 늘 그랬듯이 이번에도 타협 없이 자신의 전부를 쏟아부었다. 등장인물의 심정과 변화를 세밀하게 묘사하고, 줄거리를 끌고 가기 위해 다소 엉뚱한 행동을 하는 부분에서는 부자연스럽지 않아 보일 사정을 준비했다. 결말 역시 독자 모두를 쥐락펴락하며 납득시키고 기분 좋은 눈물을 흘릴 만하게 만들어냈으리라. 그토록 치밀하게 구성한 작품이 상에 적합하지 않다면, 역시 심사 위원의 눈이 미쳤다고 생각할 수밖에 없다.

문춘에서 나온 《낙원의 끝》이 작품으로서 위라고, 이시다 산세이도 오자와 치히로도 말했다. 그러나 실제로 상의 후보가 된 것은 《달의 이름》이었다.

예비 심사회는 어디까지나 엄격하게 진행되므로 개인 사정으로 어떻게 할 수 없다, 1인 1표는 직위에 상관없이 같은 무게로 다뤄진다…… 라고 이시다가 말했는데, 그 말을 믿는다면 《달의 이름》에 그토록 많은 인간의 마음을 움직일 무언가가 있다는 뜻 아닌가. 예비 심사회의 위원들이 자기 회사에서 나온 《낙원》이 아니라 굳이 《달》을 후보로 고를 정도로, 다수의 의견은 그쪽이 뛰어나다고 판단한 것이다.

이시다나 치히로가 보는 눈이 없었나. 아니면 《달》이 선택된 것에 뭔가, 말 그대로 고바야시가 '아모 차례'라고 말한 것처럼 사정이 있을까. 생각이 쳇바퀴처럼 돌았다.

먹고 싶지 않았지만 체면을 지키기 위해서 최대한 산뜻한 음식을 적당히 접시에 담았다. 카르파초의 시큼한 냄새가 텅 빈 위장을 따끔하게 자극했다. 자리로 돌아가려는데, 가게 문을 열고 남십자서방의 사토 편집장이 들어왔다. 《달의 이름》을 연재한 곳은 소설지 《남십자》다.

가요코는 처음으로 당당히 손목시계를 보고 말했다.

"어쩜 이른 행차시네."

"아이고, 좀 봐주십시오." 알랑거리듯이 사토가 웃었다. "죄송합니다, 자리를 좀처럼 비울 수 없어서."

"흐음. 아모 카인의 대기 모임 이상으로 비울 수 없는 일이 있었나 보네?"

농담 투로 말했지만 전혀 농담이 아닌 것이 전해졌나 보다. 사토가 웃음을 지우고 면목 없습니다, 하고 고개를 숙였다.

"괜찮아. 어차피 아직 결정되지도 않았고. 마시고 싶은 음료를 시키고 편하게 있어.”

자리로 돌아가 접시를 내려놓고 마시던 잔을 집으려고 했는데 거기에 없었다. 어라, 싶은 그때 손 닿는 곳에 잔이 새로 놓였다. 아주 차가운 황금색 맥주였다.

“같은 무알코올로 가져왔는데 괜찮으세요?”

치히로였다. 아까처럼 왼편에 앉은 그가 평소와 다르지 않은 온도의 다정한 눈빛으로 미소를 지어서 긴장했던 기분이 겨우 풀렸다.

“고마워.” 가요코는 말했다. “당신도 먹고 있어? 많이 먹어, 남으면 아까우니까.”

“네, 먹고 있어요.”

갑자기 치히로가 목소리를 낮추고 얼굴을 가까이 댔다.

“다른 출판사 담당자들이 ‘저 녀석 잔뜩 졸았네’라고 생각하는 게 싫어서 무리해서 먹기 시작했는데요.” 놀라서 바라보았는데 그가 말을 이었다. “장난 아니에요, 이 가게.”

“응?”

“제가 찾아놓고 이런 말을 하기 그런데 아모 선생님, 양고기 드셔보셨어요? 이거 좀 미친 거 아닌가 싶게 일품이에요.”

가요코는 무심코 웃고 말았다.

“……그럼 나도 조금 먹어볼까.”

“네!”

치히로가 기쁘게 일어나 가지고 온 양고기 소테에는 바싹하게 튀긴 로즈메리와 타임의 가지가 보기 좋게 장식되었다. 부드러운 새끼 양의 붉은 고기를 입에 넣고 어금니로 천천히 씹었다. 레드 와인이 베이스인 소스의 산미와 함께 뜨거운 육즙이 혀뿌리에 촉촉하게 스며들고, 약간 짐승 같은 고기 냄새가 허브와 통후추의 산뜻한 향미와 혼연일체가 되어 코를 스쳐갔다.

아침부터 거의 아무것도 먹지 못했고 여기 와서도 음료에서조차 아무 맛을 못 느꼈는데, 치히로가 순진무구한 미소로 권하는 음식만큼은 맛있게 느껴졌다. 이토록 원시적인 신뢰가 있을까.

차가운 맥주로 입을 씻어내자 어느 정도 기운이 나서, 자신이 가지고 온 카프레제를 이어서 입에 넣었다. 놀란 위장이 삐걱삐걱 조여들었다.

그렇게 다른 담당자들과 대화를 나누는데, 사토 편집장이 과감하게도 이쪽으로 다가왔다. 맞은편에 앉았던 다른 출판사의 여성 편집자가 눈치껏 자리를 내주자 당연하다는 듯이 털썩 주저앉아 일부러 그러나 싶게 고개를 깊이 숙였다.

"다시 한번 늦어서 죄송합니다."

"됐다니까, 딱히. 아무도 당신을 기다리지 않았으니까."

주르륵, 하고 미끄러지는 리액션이 옛날 사람 같아 등줄기가 썰렁해졌다.

"그렇지만" 하고 가요코가 계속 말했다. "지금 여기 후지사키 아라타가 없는 건 이상하지 않아?"

옆에서 치히로의 손이 움찔 튀었다.

"아아, 죄송합니다. 사실 후지사키는……."

"알아. 신인 작가 아무개의 입고 작업 때문에 고생이라면서."

"맞습니다. 잘 알고 계시네요."

누구에게 들었는가 하면 한 명뿐이다. 사토가 힐끔 치히로를 보고 말했다.

"출간일을 고려하면 정말이지 아슬아슬합니다. 변명이 되겠지만 제가 늦은 것도 그 문제로 같이 논의하던 참이어서."

"뭐가 그렇게 손이 많이 가?"

"그게 말입니다, 신작의 마지막 착지점이 잘 정해지지 않는 모양입니다."

"그런 거라면 출간일과 상관없이 몇 번이든 고쳐 쓰게 하면 돼."

"그게, 뭐랄까, 참 마음처럼 되지 않아서요."

"무슨 소리야?"

"저희가 고쳐 쓰자고 말하면 싫어합니다. 옹고집을 부려서 인제 와 책을 내지 않겠다고 하면 곤란하니 대놓고 말하지는 못하고, 본인 스스로 고치고 싶어서 그렇게 하는 형태로 유도하는 게, 이게 참 힘들지 않겠습니까."

"뭐? 그게 뭐야, 너무 봐주는 거 아니야?"

"후지사키에게도 그렇게 말했습니다만, 끌고 가는 방향에 따라 엄청난 것이 만들어질지도 모른다고 하네요."

"웃기지도 않네. 담당이 왜 그렇게까지 눈치를 봐야 하는데. 쓰지 못하는 건 재능이 없어서 아니야?"

"아니요, 그래도 잠재력은 충분합니다."

"이 세계, 잠재력만으로 살아갈 수 있다면 고생할 것도 없지. 우쭐해서 큰소리만 치고 달리지 못하는 포르쉐보다 저 주변에 굴러다니는 경차가 성실하게 전진하는 면에서 훨씬 나아."

"하하하, 역시 매서우십니다."

"아라타 씨한테 말해둬. 작가가 담당 편집자의 의견을 받아들이지 않는 건 신뢰하지 않기 때문이라고."

"아이고, 정말 옳은 말씀입니다. 후지사키에게도 전해두겠습니다."

비위를 맞추며 실실 웃는 사토의 손목시계는 건방지게도 롤렉스였다.

4시, 50분.

슬슬 논의의 귀추가 보이기 시작한 무렵일까.

벌써 몇 번이나 하는 생각이었다. 최소한 사회가 이시다 산세이였다면. 그랬다면 지금보다 조금은 편하게 맡기는 기분이 들었을지도 모른다. 자기가 할 수 있는 일은 아무것도 없다고 말했지만, 그였다면 예를 들어 아모 카인에게 호의적인 의견에 조금 더 고개를 끄덕이거나 미소 짓는 정도의 일은 했을 것이다. 시라토리 국장으로는 안 된다. 그가 편을 든다면 문춘에서 후보에 오른 남성 작가일 게 뻔하다.

"그건 그렇고." 사토의 말투가 달라졌다. "《테세우스는 노래한다》, 고맙습니다. 감사히 읽었습니다."

"어머, 그래. 어땠어?"

"이런 말씀은 실례일지도 모르지만 아모 선생님, 한 작품을 마칠 때마다 교묘해지십니다."

가요코는 눈을 가늘게 뜨고 사토를 봤다.

"별로 좋아하지 않아."

"네?"

"'교묘하다'라는 단어. 뭔가 표면적인 테크닉을 말하는 것 같아서 칭찬으로 들리지 않네."

"앗, 아니요, 아니요. 그런 의도는 추호도 없습니다. 제가 생각하는 '교묘하다'란, 뛰어난 구성이나 훌륭한 문장이나 주제의 깊이나 그것을 다루는 방식이라든지, 그런 것 전부를 통틀어서……."

"알고 있다니까. 농담이야. 칭찬인 줄 알고 있어."

쓴웃음을 짓자 사토도 간신히 안도한 표정을 지었다.

"변칙적인 경위긴 했어도 이렇게 되고 보니 당신네에서 내는 게 제일 잘 어울린다 싶어."

"그런 말씀을 들으니 기쁩니다. 저희도 힘들이지 않고 그토록 멋진 원고를 받다니 감사할 따름입니다."

힘들이지 않고. 치히로의 수고와 헌신을 생각하면 화가 나지만, 이 자리에서 눈을 부릅뜰 것은 없다. 가만히 있자, 사토가 싱글거리며 가슴팍을 부풀리듯 숨을 들이쉬었다.

"그 일로 상의드리고 싶은 것이 하나 있는데……."

"뭔데?"

"이번 작품, 후지사키 그 친구에게도 조금 거들게 해주실 수 있을까요?"

시야 왼편, 오자와 치히로가 번쩍 고개를 들어 사토를 응시했다.

"거들게 해달라니?"

"원래 단행본은 후지사키의 업무지 않습니까. 물론 아모 선생님이 이 오자와를 몹시 신뢰하시는 점도, 오자와가 그에 응해 전력을 다하는 것도 알고 있습니다만, 이제부터는 교열 작업을 진행하면서 책 디자인도 하나하나 결정하게 될 테고, 그런 작업은 후지사키가 익숙하니까요."

"……그거 다시 말하면 오자와 치히로만으로는 불안하다는 소리야?"

"앗, 아이고, 그게 아닙니다. 오자와는 우수합니다."

"그럼 괜찮잖아."

"다만 중요한 작품이어서요. 많은 사람의 눈을 거치는 편이 좋은 부분도 있겠다 싶고."

"필요 없어."

가요코가 단호하게 잘라냈다.

"필요 없으십니까."

"그보다 오히려 방해야. 사공이 많으면 배가 산으로 간다고 하지. 나도 치히로 씨도 뭘 하면 되는지쯤은 잘 알고 있으니 괜찮아."

잠깐 사이를 두고 사토가 그렇습니까, 하고 말했다.

"알겠습니다. 혹시 몰라 한번 여쭙고 싶었을 뿐입니다."

생글생글 웃으며 대답하는 점이 역시 너구리였다. 그가 치히로에게 시선을 옮겼다.

"그럼 오자와 씨. 점점 더 책임이 중대해지겠지만 잘 부탁하네. 보고만은 잊지 말고."

사토가 떠난 뒤, 주변의 웅성거림과 음악이 되돌아왔다. 빈자리에는 아무도 오지 않았다. 덕분에 이제야 숨을 쉴 수 있었다. 가요코는 앞을 응시한 채 물었다.

"이러면 됐지?"

왼쪽의 공기가 살짝 흔들렸다.

"고맙습니다."

축축한 한숨과 함께 치히로가 속삭였다.

"우리 멋진 책을 만들어요."

16

오후 6시 28분이었다.

울리는 스마트폰이 테이블에 놓인 아모 카인의 것임을 알아차린 순간, 가게 안에 있던 십여 명의 편집자가 차례로 입을 다물었다. 카운터에 기대 담소를 나누던 사람들도 주문한 칵테일을 지금 막 받으려던 사람도 우뚝 움직임을 멈추고 숨을 죽였다.

치히로는 바로 옆에서 카인을 바라보았다. 귀에 댄 스마트폰을 움켜쥔 손가락 끝이 새하얬다. 만지면 분명 얼어붙은 듯 차가우리라.

"네. ……맞습니다, 네. ……네."

묵묵히 전화 너머의 이야기에 귀를 기울이던 카인의 어깨에서 살짝 힘이 빠졌다.

"그렇군요." 눈을 감고 말했다. "알겠습니다. 실례할게요."

모두의 시선이 쏟아지는 가운데 전화를 끊었다.

그걸 끝으로 아무 말도 없었다.

어떻게 됐나요, 하고 아무도 물어보지 않는 것은 먼저 튀어나갔다가 총을 맞을지도 몰라 무섭기 때문이다. 그렇다고 성급하게 낙담해도 괜찮을까, 이것이 본인의 서프라이즈가 아니라고 확인한 뒤가 아니면 이 역시 무섭다.

카인은 입을 꾹 다물었다. 고요해진 가게에 흐르는 성악곡이 유난히 귀를 찔렀다. 하필이면 〈나비 부인〉의 그 아리아였다.

"……아모 선생님."

치히로가 이름을 부르자 그제야 이쪽을 봤다. 산산조각 부서진 유리 같은 눈을 보고 답을 알았다.

"왜지? 대체 왜?" 들어본 적 없는 궁지에 몰린 목소리로 카인이 신음했다. "그게 대체 왜 안 되는데? 이게 말이 돼?"

"……정말 말도 안 돼요."

치히로가 분노를 담아 대답하자, 카인의 하얀 얼굴이 일그러졌다.

"이상하잖아. 게다가 실례잖아. 세 번이나 후보에 올려놓고 이번에도 이런 처사라니 아무리 생각해도 너무하지 않아? 사람을 뭐라고 생각하는 거야? 어차피 떨어뜨릴 거면 처음부터 선정하지 않으면…… 어이, 거기 당신들, 뭘 멀뚱히 서 있어, 앉아!"

팅기듯이 모두가 움직여 의자 뺏기 게임처럼 착석했다. 가게 직원들이 어색하게 등을 돌리고 최대한 조용히 손을 움직였다.

치히로는 카인을 응시했다. 다른 사람들도 그의 갑작스러운 변화에 눈을 크게 뜨고 굳어 있었다.

"나오키상은 최악이야. 매번 매번 이렇게 창피를 당하는 처지가 되어보라고."

카인의 저주가 이어졌다.

"왜 이런 게 용인되는데? 문춘의 방식, 너무 거만하지 않아?"

"이상하다고 생각해요, 저도." 치히로가 말했다. "이런 처사는 너무하잖아요. 말도 안 돼요."

누군가에게 보고가 들어왔나 보다. 수상자는 남녀 둘, 그중 하나는 문예춘추에서 나온 미스터리임을 알았다.

"역시 이런 거로군. 처음부터 문춘 작품이 두 편 들어갔으니 하기야 둘 중 하나는 받겠지. 짜고 치는 거야."

맞은편 끝에서 말을 꺼낸 것은 조금 전까지 이번에야말로 아모 카인 차례라고 역설했던 백천사의 고바야시였다. 의자에 몸을 기대고 앉아 문춘의 두 사람을 노려보았다.

"대체 뭐냐고, 댁네 출판사. 아모 선생님 말씀이 맞아. 도대체가 작가에게 실례잖아."

“……죄송합니다.”

연장자인 가와사키가 고뇌 가득한 표정으로 고개를 숙였다. 원래 화장이 옅은 얼굴이 지금은 더욱 창백해졌다.

“다만 아시다시피 심사 결과만큼은 저희도 어떻게 할 수가.”

“이보쇼.” 옆에서 집학관의 야마시타까지 끼어들었다. “댁네 방침 따위를 듣고 싶은 게 아니야. 댁네 국장을 여기로 부르면 되잖아? 아모 선생님 앞에서 자초지종을 설명하게 하자고.”

“그래, 그 정도의 책임은 져야지.”

“대체 누가 아모 선생님의 수상을 반대했는지도 알고 싶네요”라고 환천서점의 기무라가 말을 받았다. “누군지 어지간히 힘 있는 심사 위원이 반대하지 않은 이상, 이런 결과는 말도 안 됩니다. 누가 적이고 누가 아군인지 제대로 분석해야지요.”

“어이, 다카노 씨, 지금 당장 시라토리 씨에게 연락해. 자네가 못 하겠다면 내가 할까?”

그때와 같다.

지난번 대기 모임을 떠올리고 치히로는 암담한 기분을 느꼈다. 그때도 역시 누군가가 《올 요미모노》의 편집장을 여기로 불러서 설명을 듣자고 말을 꺼냈고, 그러나 기자회견 참석 등등으로 바빠서 실현되지 못했다. 오늘 밤은 어떨까. 거의 돌팔매질을 당하는 상황에서 문고 담당인 다카노가 가게 구석으로 가서 시라토리 국장에게 전화를 걸었다, 그 뒷모습을 다른 사람들이 저마다 불편해 어쩔 줄 모르겠다는 태도로 지켜보았다.

치히로는 가만히 카인을 살폈다.

옆얼굴만 보이는데, 가면이라도 쓴 것처럼 표정이 움직이지 않았다.

대체 왜 이 얼굴이 환희에 차 웃는 모습을 볼 수 없을까. 《달의 이름》은 처음부터 그와 함께 달리며 만들어낸 작품이었던 만큼 원통하고 원통해서, 이를 악물지 않으면 본인보다 먼저 비명을 지를 것 같았다. 자신의 분노는 당연히 카인 다음으로 크겠지만, 다른 사람들은 진심으로 발을 구를 정도로 분통하거나 화가 난 것은 아니어서 그것에 또 분노가 치밀었다.

담당 작가의 대기 모임에 달려온 이상, 작가의 수상을 바라지 않는 자는 없다. 누구나 소식을 듣자마자 만세를 부르고 싶고, 안도하며 끌어안고 싶고, 무엇보다 당사자의 기뻐하는 얼굴을 보고 싶다.

그러나 지금 여기 있는 베테랑 편집자들은 지난번이나 어쩌면 지지난번 대기 모임에서 배웠으리라. 솔선해서 폭언을 내지르는 것으로 아모 카인의 분노를 진정시키려는, 이른바 퍼포먼스로 화를 내는 것이다.

불쌍한 것은 희생양이 된 문춘의 두 사람이었다. 그들만큼은 도망칠 구석이 없다. 통화를 마친 다카노 청년이 딱딱한 얼굴로 이쪽을 돌아보았다.

"……시라토리 국장이 오겠다고 합니다."

“언제.”

“지금 당장요.”

치히로는 카인이 주먹을 움켜쥐는 것을 봤다.

키도 크고 덩치도 있는 시라토리는 눈을 내리깔아도 별로 저자세로 보이지 않았다. 치히로는 평소 그 점이 짜증스러웠는데, 용맹한 건지 둔감한 건지 대담한 건지 덜렁거리는 건지 알 수 없는 점이 이 남자의 강점 같기는 했다.

도쿄회관에서는 지금쯤 기자회견이 한창이리라.《올 요미모노》의 편집장이라면 금병풍 곁을 떠날 수 없을 테지만, 국장쯤 되는 지위면 뒷일을 부하에게 맡기고 움직일 수 있나 보다. 시라토리는 양복 단추를 풀며 맞은편에 앉아 자못 송구한 표정을 짓고 말을 꺼냈다.

“이번에는 참으로 아쉬웠습니다. ……그런데 으음, 무엇부터 말씀드리면 좋을지,”

“처음부터 차근차근 설명해.” 카인이 딱딱한 목소리로 말을 가로막았다. “누가 어떤 식으로 말했는지 빼먹지 말고 아무튼 전부.”

어떻게든 침착하려고 하지만 말투가 거칠었다. 평소라면 연장자에게는 일단 존댓말을 쓰는데 지금은 그런 것도 없었다.

“그렇군요. 그렇다면 설명해드리겠습니다만, 원래 누설해서는 안 되는 내용이오니 부디 이 자리에서만 하는 이야기로.”

"내가 바보인 줄 알아?"

"네?"

"알고 있는 소리 일일이 하지 마."

시라토리가 시선을 내리더니 마음을 정한 듯 다시 눈을 치켜떴다.

"먼저…… 첫 투표에서 아모 선생님 작품은 다섯 편 중 3위였습니다. 1위와 2위는 매우 근소한 차이여서 최종적으로 그 두 편이 결선에 올랐고 결과적으로는 완벽한 동점이어서 두 편의 공동 수상이 결정되었습니다만…… 도중에 논의하는 과정에서는 아모 선생님을 강력하게 추천하는 분도 계셨습니다."

"누구야."

시라토리가 두 명의 이름을 댔다.

"거짓말이네."

카인이 매섭게 말했다.

"아니요, 정말입니다."

"그렇다면 모처럼 그 두 사람이 추천했는데 결선 투표에서는 왜 여전히 두 편이었는데? 댁의 진행에 따라 세 편을 결전까지 끌고 갈 수도 있었잖아? 그랬다면 예상 밖의 결과가 나왔을 가능성도."

"그건…… 어땠을까요."

"어땠을까요는 뭐가 어땠을까요야! 사회자인 댁이 무능했기 때문이잖아!"

"죄송합니다. 역량이 부족해서."

"뭐야, 판에 박힌 듯한 사과는. 조금이라도 잘못했다고 생각한다면 거기 엎드려 무릎이라도 꿇어!"

휘잉, 하는 소리가 들릴 듯한 침묵 속에서 시라토리는 테이블 중앙쯤에 시선을 주었다. 노려보는 카인의 무릎 위에서 움켜쥔 주먹이 떨고 있었다. 치히로는 그 손을 잡아주고 싶었다. 이 사람은 지금 화가 난 것이 아니다. 슬퍼한다. 손수 키우고 돌본 자기 아이에게 인간들이 달려들어 헐뜯고 치욕을 줘서, 울부짖고 싶은 것을 참느라 이러는 것이다.

"저, 시라토리 국장님. 하나 여쭤봐도 될까요?"

갑자기 입을 연 치히로를 주변 모두가 놀라서 바라보았다. 카인도 그랬다. 시라토리 국장은 치히로가 아모 카인의 담당인 걸 기억했나 보다. 송구한 표정을 유지하고 대답했다.

"물어보시죠."

"제 말이 틀렸다면 죄송하지만…… 귀사가 발행한 작품은 최종 후보에 남더라도 최대 두 편까지인 규칙이 있다는 게 사실인가요?"

"명문화된 것은 아니지만." 시라토리가 대답했다. "최종 후보가 다섯 편이든 여섯 편이든 우리 출판사에서 낸 작품이 그 중 절반이 되지는 않도록 합니다."

"마치 공평한 것처럼 들리긴 하네요."

"공평합니다. 좀처럼 믿어주시지 않지만요."

주변의 편집자들 사이에서 잔물결처럼 씁쓸한 웃음이 퍼졌다가 금방 잠잠해졌다.

"그걸 왜 물어보시죠?"

"또 하나 여쭙고 싶은데, 이번 최종 후보작을 좁히는 단계에서 《달의 이름》과 함께 아마도 《낙원의 끝》도 후보로 거론되었다고 생각하는데요. 어떤가요?"

"그건…… 맞습니다. 그 역시 훌륭한 작품이었으니까요."

"발행처가 귀사지요."

"그렇습니다."

"그 《낙원》이 후보작에서 낙선된 것은 예비 심사의 어느 시점이었나요? 혹시 상당히 좁힌 이후가 아니었나요?"

시라토리의 굵직한 눈썹 끝이 모였다.

"으음, 정확하게 뭘 묻고 싶으신 건지."

"정확하게 말하면 이거예요. 이번 수상작 중 하나인 그 미스터리 작품은 알기로 처음부터 귀사의 기대작이었죠? 그걸 돋보이게 하되 방해하지 않을 다른 작품을 일부러 후보로 올린 탓에 같은 문춘에서 나온 《낙원의 끝》이 불이익을 보는 형태로 일찌감치 제외되었고, 그 대신 마치 속죄라도 하는 양 저희의 《달의 이름》이 후보에 올랐다……. 그럴 가능성은 전혀 없나요?"

오른쪽 뺨에 카인의 시선을 강렬하게 느꼈다. 타들어갈 것 같았다. 한편, 시라토리의 관자놀이가 살짝 경련했다. 이 남자가 감정을 드러내다니 드문 일이었는데 그래도.

"절대로 없습니다, 그런 일은."

오랜 세월에 걸쳐 쌓은 경험은 대단했다. 시라토리의 말투는 달라지지 않았다.

"최종 후보에 남는 작품은 예비 심사에서 위원의 표를 얻은 작품뿐입니다. 오해가 있는 듯하니 정확하게 말씀드리지요. 문춘의 작품을 두 편 이내로 하는 것은 최종 투표 결과를 보고 나서 생각합니다. 한편 최종 투표에 들어가기 전, 같은 작가의 작품이 여러 편 후보에 남은 상태라면 먼저 한 편으로 좁히는 논의를 합니다. 즉, 아모 선생님의 두 편 중에서 뭐가 좋을지 위원들이 투표해서 《달의 이름》이 남았습니다. 모두가 그 작품에 투표한 이유는, 소설 작품으로서 훌륭한 것은 당연히 대전제지만, 누가 뭐래도 수많은 독자를 획득했기 때문입니다. 당사에서 낸 작품보다 훨씬 많이 팔리고 중판도 거듭했어요. 아시다시피 나오키상은 인기투표도 아니고 베스트셀러상도 아니지만, 시대를 대표하는 작품이란 그 자체로도 가치가 있어요. 출판 불황인 이 시기, 이만큼 인기 있는 작품을…… 그보다는 이 작품이 지금 인기 있는 이유를 심사 위원 선생님들이 다 함께 검증하는 것에 큰 의의가 있을 것이다……. 이렇게 생각한 위원이 많았기에 그대로 최종 후보에도 올라갔다고 생각합니다."

“그렇다면.” 참지 못하겠다는 듯이 카인이 말했다. “왜 떨어뜨렸는데? 그 검증 결과인지 뭔지를 듣고 싶네.”

“그건 좀……..”

“내 작품은 말 그대로 독자를 획득했어. 시대에 받아들여져서 펑펑 팔리지. 그래, 이번 상에 오른 다른 후보 작가와 심사 위원 전원을 합쳐도 이기지 못할 정도로. 그런데 뽑히지 않는 건 한마디로 질투 아니야?”

“주제넘지만 그건 아니라고 생각합니다.”

“그럴까?”

“조금 전에 저는 강력하게 추천한 위원이 두 분 계신다고 말씀드렸지만, 사실 강력하게 반대한 위원도 세 분쯤 계셨습니다.”

“누군데.”

“그건 말씀드릴 수 없습니다.”

“어째서!”

“다만, 최종적으로 결선 투표를 하기 전 시점에서 심사 위원 모두가 그쪽 의견을 받아들이셨습니다. 추천하셨던 두 분까지도요.”

“그러니까 그 의견이란 걸 들려달라고 하는 거야.”

시라토리가 입을 다물었다. 잠깐 사이를 둔 다음, 새끼손가락으로 눈썹 위를 긁더니 역시 변함없는 말투로 말했다.

“감동적인 문체는 주목할 만하고, 만인의 공감을 얻을 만한 인물 조형에 호감이 생기지만, 유감스럽게도 등장인물의 언동에 비약이 없다. 인간에게는 조금 더 이해하지 못하는 면이 필요하다.'"

"허?"

"'차례차례 등장하는 인물 모두, 작가가 말하려는 주제를 대신 말하려는 작위성이 보여서 오히려 소설이 조촐해졌다.'"

"……잠깐만."

카인의 목소리가 알아듣기 어려울 정도로 낮아졌다.

"그게 뭐가 문제인데? 소설은 그런 거잖아. 작가가 생각하는 주제를 등장인물이 말하지 않으면 누가 말하는데. 도대체 누구에게 뭘 맡기고 쓰라는 건데?"

시라토리는 입을 다물었다.

"도무지 이해가 안 되는데. 그런 시시한, 말도 안 되는 의견 때문에 내 작품이 떨어졌다는 소리야? 그래서 그 두 편이 결선 투표에…… 시라토리 네놈, 잠자코 듣기만 하고 아무것도 안 했군? 논의가 거기까지 진행되기 전에 뭐든 할 수 있는 일이 있었잖아!"

숨을 쉬기 어려워진 카인이 거칠게 호흡을 가다듬었다. 그러는 사이, 조용한 피아노곡이었던 BGM이 갑자기 가극 〈아이다〉의 〈개선 행진곡〉으로 바뀌었다. 전승을 축복하는 트럼펫의 팡파르가 높게 울려 퍼졌다.

"……역량이 부족해서 죄송합니다."

조금 전과 거의 똑같은 말로 '사죄'하는 시라토리를 카인이 뚫어지게 바라보았다. 이윽고 묵묵히 자기 잔에 손을 내밀더니 마시다 남은 맥주를 시라토리에게 들이부었다.

시라토리는 아무 말도 하지 않았다. 허둥거리지도 않고 분노하지도 않고, 가까이 있던 누군가의 물수건으로 젖은 얼굴과 상의의 가슴, 하의의 허벅지 부분을 적당히 닦고 일어나 고개를 숙였다.

"어디 가는 거야. 도망칠 셈이야?"

"죄송합니다만, 수상자 두 분을 모셔야 합니다."

마치 팡파르에 맞추는 것처럼 다시 허리를 숙이고 걸어가는 그를 붙잡는 편집자는 없었다. 고바야시도 기무라도 야마시타도, 조금 전까지 기세등등했던 것이 거짓말처럼 그저 괴로운 표정으로 고개를 숙였다.

'글로리아!'

낭랑한 합창에 맞춰 가게 문이 열리고,

'글로리아!'

다시 천천히 닫혔다.

고조되는 대합창 속에서 그 누구도 입을 열지 않았다.

17

일할 때는 하루 24시간이 부족하고 한두 달이 쏜살같이 지나가지만, 막상 휴가를 받았더니 분명 똑같을 시간의 흐름이 느릿느릿했다. 달팽이걸음보다 느렸다.

가만히 있다가는 머리가 이상해질 것 같았다. 안 그래도 나약해진 몸과 마음이 점점 더 무너지는 것을 느꼈다. 이대로 가다가 언젠가 잠에서 깨지도 못할 것 같아서, 이윽고 이시다 산세이는 억지로라도 일찍 일어나기로 했다. 유급휴가를 써서 한 달을 보내고 어느 정도 지났을 무렵이었다. 낮에는 가능하면 햇빛을 보고 몸을 움직이려고 노력했다.

그래도 처음 한동안은 메일 알림이 울릴 때마다 심장이 펄

떡거렸다. 조심조심 열어서 살펴보고 아무 문제 없는 연락임을 알면 또 아는 대로 안도와 함께 자신이 너무 한심해서 진절머리가 났다.

근속 20년, 문예지와 주간지 등 각종 편집부를 전전한 끝에 드디어 《올 요미모노》의 편집장을 맡았는데, 설마 이리도 멍청하고 웃기지도 않은 사건 때문에 좌절할 줄은 상상도 못 했고, 자신이 이토록 기개 없는 인간인 줄도 몰랐다. 아내에게는 회사의 인간관계 문제라고만 말했다. 회사 일이라 말을 보태진 않아도 남편에게 크게 실망했겠지.

그대가 해야 할 일을 속히 할지니.

심사회 종료와 동시에 뚝 끊긴 그 메일의 발신자가 누구인지는 여전히 모른다. 첨부 사진의 저서와 숙박자 카드로 보면 아모 카인과 관련 있는 게 분명하지만, 아무래도 본인은 아무것도 모르는 듯하고 주변 인물이더라도 의도가 확실하지 않다.

애초에 이시다 자신도 무슨 수를 쓰든 범인을 알아내고 싶은 것은 아니었다. 아는 것이 두려운 심정 이상으로 어쨌든 카인이 아니라면 아무래도 좋았다. 발신자의 목적이 무엇이었든 자신은 이제 나오키상과 관계가 없기에.

출근이 거의 석 달 만이어서 알몸이었던 가로수의 녹음이 제법 짙어진 것에 놀랐다. 간곡히 상의할 사안이 있다고 알린 덕분에 시라토리 문예국장이 구석진 특별 응접실에서 만나주었다. 평소 인터뷰나 촬영 때 쓰는 방이다.

맞은편 소파에 앉은 시라토리가 등받이에 몸을 기대고 다리를 꼬았다. 이시다는 선 채로 고개를 깊이 숙였다.

"이번에는 제 부주의로 인해 너무 큰 폐를 끼쳐드려서……."

"아니, 그건 이제 괜찮아. 누구든 병에 걸리고 싶어서 걸리는 게 아니니까."

"그렇더라도 갑자기 사회 역할을 부탁드리다니 아무리 생각해도 너무한……."

"알았네, 알았어. 일단 앉게."

이시다는 그제야 고개를 들었다. 거듭 권해서 소파에 살짝 걸터앉았다.

"그나저나 생각보다 건강해 보여서 다행이야."

"오히려 조금 쪘습니다."

휴가 초반에는 살이 심하게 빠졌다. 뭘 먹어도 아무런 맛이 안 나서 정말로 코로나에 걸렸는지 의심했을 정도였다. 아내와 아이들이 하도 걱정해서 원래 체중을 회복하려고 무리해서 먹었더니 복부와 턱 아래에 흉하게 살이 붙었다. 위장 크기가 늘었는지 요즘은 유난히 배가 고팠다.

"뭐, 서두를 것 없어. 급하게 해야 할 인수인계는 지금 없으니까 갑자기 무리하지 말고 몸 상태를 살피면서 천천히 복귀하면 돼."

예전부터 부하에게 이렇게 친절한 상사였나 싶었는데 곧 생각을 고쳤다. 시라토리뿐 아니라 사람은 자기 쪽에 여유가 있을 때는 얼마든지 관용적으로 군다. 표현을 바꾸면 상대를 한 수 아래로 볼 때다.

"그래서? 상의하고 싶은 게 뭐지?"

이시다가 앉은 자세를 고쳤다.

"사실은……《올 요미모노》편집장 자리에서 내려오고 싶습니다."

엇, 하고 외마디 반응을 보이며 시라토리가 당황했다.

"거기에 더 큰 폐를 끼쳐서 너무도 죄송합니다만, 저에게는 앞으로 나오키상 사회를 맡을 자격이나 책임도……."

"아니, 잠깐 있어보게." 시라토리가 미간을 찌푸렸다. "일단 진정하자고, 산세이. 그렇게까지 극단적으로 생각할 것 없잖아."

"진정했습니다. 극단적으로 생각한 것도 아닙니다."

일부러 깊게 호흡했다.

"어제오늘 한 생각이 아닙니다. 그때 시라토리 국장님께 사회를 부탁드린 시점에서 결심했으니까요."

"아무리 그래도 나로서는 당연히 산세이가 회복해서 돌아오면 교대할 생각으로 기다렸어."

"정말 죄송합니다."

"죄송하다고 끝날 문제가 아니라. 그럴 생각이었으니 3·4월 합병 호와 5월 호는 내가 편집장 대행을 맡았던 거야. 그러지 않았다면 일찌감치 부편집장에게 맡겼지.”

시라토리의 말에 틀린 점은 없었다. 노동기준법 때문에 휴직 중인 사원을 이동시킬 수는 없었겠지만, 그래도 다른 사람을 후임으로 앉힐 예정이었다면 국장이 일부러 대행을 맡지 않았으리라.

합병 호란 즉 나오키상 발표 호기도 해서 1년에 두 번 나오는 호화판이다. 심사 위원들의 심사 평, 수상작 초록, 수상자가 직접 쓴 긴 에세이와 인터뷰와 사진, 그 밖에 과거 수상 작가들의 단편과 대담 등이 북적북적하게 게재된다. 이번에는 두 작품 동시 수상이어서 편집부의 부담이 더욱 컸을 것이다.

넉넉히 두 달에 걸쳐 서점에 진열된 발표 호 중에서도 특히 심사 평을, 이시다는 집에서 흠칫거리면서 그러나 한 글자도 놓치지 않고 읽었다. 후보작 중 하나였던 아모 카인의《달의 이름》을 놓고, 호감을 품어 추천했으나 상을 받지 못해 아쉬웠다고 평한 위원도 있었으나 다른 위원은 대놓고 신랄한 평을 남겼다. 그중에는《달의 이름》에 관해서는 한 줄도 언급하지 않은 위원도 있었다. 아무 말 없는 것이 가장 잔혹한 비평이라고도 할 수 있으니, 그걸 본 카인이 얼마나 날뛰었을지 상상하기 어렵지 않았다.

“이봐.”

부름을 듣고 정신을 차렸다.

“네.”

"여기서만 말해봐, 무슨 일이 있었지?"

"딱히 아무 일도요."

대답하면서 너무 즉각적으로 부정했다고 후회했다. 시라토리도 같은 느낌을 받았나 보다. 두 눈썹이 더욱 가깝게 모였다.

"표면상으로 이시다는 코로나 후유증이 심해서 회복에 시간이 걸린다고 해두었지만……."

"고맙습니다."

"진실이 뭔지는 나도 아직 듣지 못했지. 아까 '사회를 맡을 자격이나 책임도'라고 말했는데, 자격이 없다니 무슨 뜻이지?"

"……아닙니다."

"대체 그때 무슨 일이 있었어? 아무 일도 없는데 산세이 자네가 도중에 사회를 포기했을 것 같지 않은데."

창문에 친 블라인드 너머로 빛이 비쳤다. 테이블과 바닥 위로 떨어지는 줄무늬가 유난히 눈부셨다.

"혹시 누가 뭐라고 했나? 이걸 넣으라느니 저걸 넣으라면서."

"아니요, 그런 일은 아닙니다."

"뭐, 그건 그렇지. 우리 사원이라면 많든 적든 다들 듣는 말이니까. 그렇다면 대체 왜."

이시다는 입을 다물었다. 지금에 와서 자세한 경위를 푸념하듯 보고하는 것도 우스웠다. 좀 더 일찍 상의해야 했다는 말이 나오면, 왜 그러지 않았는지 이유까지 설명해야 하는 상황이 된다.

그 숙박자 카드의 이름은, 결백한 이상 뭘 어떻게 협박하든 당당하게 있으면 됐을 거라고 이시다 자신도 생각한다. 생각하지만, 이런 종류의 이야기는 곧바로 군더더기가 거창하게 붙어 업계 전체로 퍼진다. 그런 점은 심사회 전에도 지금도 똑같고, 아무리 시라토리가 '여기서만 말해봐'라고 해도 사람 입에 자물쇠를 채울 수 없다. 아니, 애당초 시라토리는 입이 이상하리만치 가볍다. '이시다는 코로나 후유증이⋯⋯'로 처리했다지만 정말로 진상을 발설하지 않았을지, 주변이 그걸 믿어주었을지도 의심스럽기 그지없었다.

"죄송합니다."

이시다는 벌써 몇 번인지 모르게 고개를 조아렸다.

"아무튼 편집장을 그만두면《올 요미모노》에는 있을 수 없으니 다른 부서로 이동을 고려해주시면 좋겠습니다. 잘 부탁드립니다."

시라토리가 신음하며 소파 등받이에 기댔다. 이쪽의 의지가 어디까지나 굳건한 것을 마침내 받아들였나 보다. 이시다의 등 뒤, 벽과 천장 경계 주변을 올려다보며 크게 한숨을 쉬었다.

"알겠네. 최대한 빨리 처리할 테니 일단 맡겨줘."

그 말을 듣자 온몸에서 힘이 빠질 정도로 마음이 놓였다. 자신이 그렇게 생각한 것에도 안도했다.

"정말 고맙습니다."

진심으로 감사하며 고개를 숙이자, 시라토리가 은근슬쩍 말투를 바꿨다.

"그나저나 산세이, 아모 선생 얘기 들었나?"

움찔했다.

"……아모 선생 얘기라면."

"대기 모임 때 말이야. 심사회 이후, 그때 아주 서슬이 시퍼 렜는데."

일단은 환자라는 설정이었던 자신에게 일부러 그런 일로 연락하는 동료는 없다. 몰랐습니다, 라고 대답하자 시라토리 는 표정을 바꾸지 않고 그렇군, 하고 중얼거렸다.

"그렇다면 그건 됐어. 내가 말하는 것도 이상하니까. 다 만…… 기회가 있으면 산세이도 선생에게 잘 말해줄 수 있을 까?"

"뭐를 말씀이죠?"

"너무 신경 쓰지 말라고. 아무래도 혹독한 평이 이번에도 있었지만, 심사 위원의 평가야 그때그때 달라지니까 일일이 신경 썼다가는 끝이 없어. 그보다 그런 시시한 일로 사이가 틀어져서 다음부터 아모 선생이 후보를 받아들이지 않으면 곤란해. 선생이 후보가 되는 편이 나오키상 전체가 고조되고, 그럴 수만 있다면 지금 인기몰이하는 사람이 수상하면 좋잖 아. 이런 걸 잘 말해주면 좋겠네. 부탁해."

그 선생, 산세이는 신용하는 것 같으니까, 라고 시라토리가 말했다.

지금까지 부편집장이었던 후배가 후임 편집장으로 발탁되고, 이시다는 당분간 문예국 편집 위원으로서 유동적인 형태로 근무하게 됐다.

한가하게 여유를 즐길 상황은 아니었다. 특정 편집부에 속하지 않아도 《올 요미모노》는 물론이고 사내의 다른 잡지나 웹 매체에서도 인터뷰나 대담을 기사로 정리하는 일이 계속 들어온다. 작가를 직접 담당하지 않는다는 점을 제외하면 일의 내용은 편집부에 있을 때와 그리 다르지 않고, 한동안 멀어졌던 실무에 복귀할 수 있어서 이시다는 오히려 기뻤다. 출세 문제는 생각해봤자 무의미하다.

지금은 6월 호 편집 작업이 진행 중이고, 이시다는 이날 데이코쿠 호텔 방에 있었다. 지난번을 마지막으로 나오키상 심사 위원 자리에서 물러난 미나가타 곤조 씨에게 지금까지의 심사회를 돌아보며 추억담을 듣는다. 그것도 단순히 인터뷰만 하면 시시하니 마찬가지로 심사 위원을 맡은 하기오 교코 씨에게 대담 상대를 의뢰했더니 흔쾌히 승낙했다.

"좋아. 그러니까 내가 듣는 역을 맡아 이야기를 끌어내면 되지?"

작품 세계는 전혀 다르나 인기 작가인 이 두 사람의 만남은 화제가 될 것이다. 방에는 그 외에도 작가 각각의 담당자들네 명이 모여 있었다.

"심사회 사회를 맡은 적 있는 산세이가 경험을 살리지 않을 이유가 없지?"

기사를 정리하는 일을 맡아달라고 시라토리가 말했을 때, 이시다는 그들 앞에 나서기가 망설여지긴 했으나 그 말을 듣고 각오했다. 원래도 이런 일을 싫어하지 않았다.

마주 보고 앉은 두 작가가 요 한동안의 심사회를 회상했다. 시대를 더 거슬러 올라가면 미나가타의 독무대가 된다. 오랜 세월 트레이드 마크였던 담배와 시가를 완전히 끊었다는 미나가타는 커피로 입을 축이며 말했다.

"아무튼 나는 이제 막바지에 이른 판에 의견을 뒤집는 것들이 하여간 기분 나빠."

"지금은 그렇게 말씀하시지만요." 하기오 교코가 곧바로 파고들었다. "미나가타 씨, 전에 저한테 잔뜩 화를 내며 말씀하셨잖아요. 여자란 도무지 의견을 바꿀 줄 모른다고."

"으잉, 내가 그런 말을 했었나?"

쩔쩔매는 척하는 모습도 유머러스했다. 정교한 트위드 원단으로 지은 재킷, 가슴에 보이는 행커치프의 색감도 길이도 세련되었다. 한편 하기오 교코는 검정 일색인 원피스, 양쪽 소매가 살짝 비치는 것 이외에는 마치 수녀 같은 복장이었다.

"하지만 말이야, 그거랑은 또 다른 문제로, 하기오 씨도 많이 목격했잖아?"

“뭘 요?”

“전체 의견이 딱 둘로 나뉘어서, 조금만 더 하면 우리 진영이 밀던 작품을 수상까지 끌고 가거나 혹은 최소한 공동 수상이라도…… 인 최종 단계에서 갑자기 태세를 바꿔 적에게 붙는 놈이 있잖아. ○○나 ××나.”

여러 대의 녹음 기기가 돌아가고 있었다. 역시 실명을 낼 수는 없겠다고 이시다는 생각했다. ‘여기에서만 하는 이야기’야말로 가장 재미있지만, 이걸 기사로 내면 여러 면에서 불화가 생긴다.

“하긴 이러는 나도 예전에는 젊었지. 적에게 붙는 짓은 안 했지만, 대선배인 심사 위원의 지적에 눈이 번쩍 뜨이는 깨달음을 얻은 적이 있었어.”

미나가타가 이미 귀적에 든 여성 작가의 이름을 언급했다.

“지금도 생생하게 기억해. 그때 심사회도 표가 딱 둘로 갈렸는데 한쪽이 시대소설이었어. 나는 전혀 다른 작품을 추천했는데, 시대소설도 그럭저럭 나쁘지는 않았지만 조금 평범하다고 생각했었거든. 그러다가 지적을 듣고 놀랐다니까. 그 작품에 등장인물이 밖에 넌 빨래를 거둬들이며 먼지를 터는 장면이 있어. 평소보다 먼지가 잔뜩 쌓였지. 왜 그랬는가 하면, 실은 마침 그 무렵에 아사마산 대분화가 있었어. 그러니까 먼지는 바람을 타고 날아온 화산재였던 거야. 작가는 자료를 찾다가 분화가 있었다는 역사적 사실을 알았어. 그러나 소설

속에는 일부러 그 이상 쓰지 않았지. 이렇게 언뜻 보면 무미건조한 방식이 다른 무엇보다 대단하다고, 그 대선배가 말씀하셨어. '역사를 그린다는 것은 때로 빨래의 먼지구나'라고."

"……대단해요. 지금 소름이."

"그렇지? 나도 눈이 번쩍 뜨인 기분이었어. 자료를 읽고 흡수하더라도 막상 쓸 때는 그것 중 아홉 개를 버릴 각오를 해야 해. 알고는 있어도 쉽게 하지는 못하지."

"그래서 심사 결과는 어떻게 됐어요?"

"두 편 공동 수상이었어. 이렇게까지 열변을 토하면 나 역시 받아들일 수밖에 없지."

역사란 빨래의 먼지. 본문 소제목 하나가 정해졌다.

대담 마지막에는 창가로 소파를 끌어서, 촬영용 하얀 우산을 등지고 카메라맨이 플래시를 터뜨리며 두 사람의 투숏을 몇 가지 버전으로 찍었다. 노트북 화면으로 촬영 사진을 확인한 뒤 허가가 났다.

"오케이입니다!"

"이것으로 끝입니다. 오랜 시간, 감사합니다."

"고생하셨습니다."

동석한 담당 편집자들이 입을 모아 감사 인사를 했다. 이 뒤에는 하기오 교코도 좋아한다는 긴자의 프렌치 레스토랑을 예약해두었다. 거기에서도 대화가 무르익으면 미나가타의 단골 바까지 가게 될 터다.

“이시다 군도 갈 거지?”

같이 오래 있게 되면 올 편집장을 그만둔 이유를 꼬치꼬치 캐물을 것이다.

“죄송합니다. 오늘은 이후에 한 건 더 일이 있어서 이쯤에서 실례하겠습니다.”

“그래? 아쉬워라.”

“자네, 사람이 이리 촌스럽게 굴면 쓰나.”

“정말 죄송합니다.”

최소한 택시 타는 곳까지 배웅하려고 선두에 서서 에스컬레이터를 타고 내려갔다. 오늘 밤에는 소규모 모임 정도만 열리는지, 내려가는 길에 있는 물품 보관소에서 직원들이 무료하게 대기하고 있었다. 1층, 호텔 뒤편에 해당하는 연회장 입구에도 사람이 거의 없었다. 여기로 나가면 택시를 탈 수 있다. 두 대를 확보하려고 그쪽으로 가려던 때.

기둥 옆에 서 있던 여성이 돌아보았다.

놀라서 멈춰 선 이시다를 상대방도 알아차리고 눈을 살짝 크게 떴다. 주변에 깔린 진홍색 카펫이 마치 그를 위해 준비된 무대장치 같았다.

“어라, 아모 선생님 아니십니까?”

이시다 뒤에서 다가와 천진하게 말을 건 것은 오랫동안 미나가타를 담당한 다니다라는 남자였다. 기억하기로 아모 카인의 문고를 작업한 적 있었다.

"무슨 일이세요? 이런 곳에."

"내가 할 말이지. 조금 전까지 저쪽 라운지에서 인터뷰를……."

대답하던 카인의 시선이 문득 위를 향했다. 조금 뒤처져 에스컬레이터로 내려오는 편집자들과 두 명의 작가를 올려다보는 구도가 되자 순간 표정이 달라졌다. 이시다가 얼른 다른 화제로 끼어들려고 했으나 늦었다.

"어머, 미나가타 선생님." 한발 먼저 카인이 목소리를 높였다. "하기오 선생님도."

"여, 아모. 어때, 잘 지내나?"

대범하게 웃으며 말했다. 그런데 아모 카인은 작가의 호의를 코끝으로 털어내는 것처럼 곧바로 받아쳤다.

"잠깐 시간 괜찮으세요?"

이미 질문이 아니었다. 미나가타가 다니다 쪽을 힐끔 보고, 씁쓸한 것 같기도 하고 시큼한 것 같기도 한 표정을 지었다. 하기오 교코는 처음부터 웃지 않았다.

1층에 모두 내려서 총 일곱 명에게 둘러싸인 형태였으나 카인은 적극적으로 말을 이었다.

"여기서 뵙게 되어 다행이에요. 두 분께 꼭 여쭙고 싶은 것이 있습니다."

"오오, 뭐지?"

"뭐가 문제였나요?"

“응?”

“대체 왜 몇 번이나 반복해서 그렇게까지 모욕을 받아야 하나요?”

“대체 무슨 소릴 하나?”

“나오키상 말이에요. 당연하잖아요!”

1층 맞은편 구석을 열댓 명이 단체로 줄줄이 지나갔다. 결혼 피로연을 마쳤는지 연미복과 구로토메소데(기혼 여성이 입는 격식 있는 정장 기모노로 검은 옷감을 쓴다—옮긴이)나 화사한 드레스를 입은 사람들이 이쪽을 보고 뭐라고 소곤거렸다. 시가를 입에 물지 않았어도 미나가타 곤조는 눈에 띈다.

그러나 카인은 그쪽을 거들떠보지도 않았다.

“세 번이나 후보에 올랐다는 것은 상을 받아도 이상하지 않을 만큼의 수준은 넘어섰다는 거죠.”

미나가타를 노려보는 눈꼬리가 위로 솟구쳤다.

“그런데 막상 뚜껑을 열면 받지 못하는 이유가 뭐죠? 이번 심사 평에서도 마치 공개 처형처럼 폄하만 가득해서는, ‘특수하고 이상한 것을 쓴다고 소설이 되는 것이 아니다’라느니, ‘작가가 주인공에게 심취했다’라느니, ‘작가로서 재주는 인정하나 그 재주를 너무 목청 높여 주장한다’라느니……”

“잘도 기억하는군.”

“당연하죠. 어떻게든 이해해보려고 열심히 읽었으니까. 그러나 납득할 수 없어요. ‘등장인물의 언동에 비약이 없다’는 오히려 칭찬해야 할 점 아닌가요? '인간에게는 이해하지 못하는 면이 필요하다'라고 하는데, 이해할 수 없는 인간을 쓰면 이번에는 '인간을 쓰지 않았다'라고 할 거잖아요? 뭐 어쩌라는 거죠? 내 작품의 대체 어떤 점이 문제인데요?"

"문제라고는 하지 않았어. 좀 진정하라고, 응? 모처럼 미인인데 그렇게 무서운 표정을 지으면 아깝잖아."

"성희롱이에요, 그거." 카인이 날카롭게 말했다. "됐으니까 얼버무리지 말고 제대로 대답해주세요. 왜 저는 나오키상을 받지 못하나요?"

"대답하라고 해도 말이지." 미나가타가 입술을 삐죽거렸다. "나 혼자 정한 것도 아니고."

"그래요, 그런 식으로 도망치시는군요?"

그쯤 되니 미나가타도 지긋지긋한지 양쪽 어깨에 힘이 들어갔다. 옆에서 다니다가 이렇게 말할 때였다.

"아모 선생님, 아무리 그래도 그 말씀은 좀……."

"나라도 괜찮아?"

쌀쌀맞은 목소리가 들렸다. 이시다가 시선을 준 것과 동시에 모두가 돌아보았다.

하기오 교코였다. 옆에 있던 담당 편집자가 보관소에서 받아와 지금 막 내밀려던 봄 코트를 주춤거리며 거둬들였다.

"아모 씨, 어때? 나라도 괜찮다면 대답하고 싶은데."

말랐어도 미나가타보다 키가 큰 그가 웃지도 않고 그런 말을 하면 무서울 정도로 압력이 느껴졌다. 검정 일색인 복장 탓도 있을 것이다.

"모쪼록 부탁드립니다."

카인이 도발에 응했다.

"사실을 알고 싶다는 거지?"

"네."

"참작하지 않겠어."

"상관없어요. 원하던 바입니다."

"그래."

하기오가 숨을 들이쉬었다.

"그렇다면 말하지. 이번 《달의 이름》……. 나는 전체 후보작 중에서 최저점을 매겼어."

주변이 숨을 죽였다. 미나가타가 입을 단호하게 다물고 코로 세차게 숨을 내쉬었다.

"심사 평에도 썼어. '이 작품으로 후보에 오른 것이 안타깝다고 할 수밖에 없다'고. 그러나 생각해보니 안타까운 건 그쪽이 아니라 그걸 읽어야 하는 우리야. 미나가타 씨는 다정한 분이어서 지금처럼 말씀하셨지만, 나는 평가를 전혀 못 하겠더군. 그중에는 장점을 찾아 칭찬하는 분도 계셨고, 많은 작품 중에서 후보가 되었으니 수준은 당연히 갖췄어. 그러나 추천했던 분들도 논의 끝에 모두 의견을 바꿨어. 마지막까지 편을 들어준 사람은 아무도 없었다고. 왠지 알아? 아아, 당신은 그 '왜'를 물으려는 거지. 스스로는 모르니까. 자기 작품에 부족한 점이 보이지 않는 것 자체가 부감하는 눈이 부족하다는 뜻이야. 작가로서 치명적이라고 생각하는데."

이시다는, 아모 카인이 이 정도로 창백해진 것을 처음 보았다. 저 손에 부채를 건네면 금방이라도 귀신이 되어 춤을 출 것 같았다.

"이래도 계속 듣고 싶어?"

카인이 신음을 흘리고, 악문 이 사이로 대답했다.

"네."

"애초에 주제가 진부해. 흔한 사회문제를 너무 있는 그대로 가져다 써. 한쪽은 알코올의존증인 엄마를 혼자 감당하는 소녀. 한쪽은 친부에게 성적 학대를 받는 소년. 두 사람을 도와주려고 하는 부부는 누가 봐도 선량하고 금실 좋아 보이지만 사실은 섹스리스고, 가정 밖에 각자 애인이 있다……. 아마 이랬던 것 같은데 내가 틀려?"

"……아니요."

"유행하는 소재를 이렇게 줄줄 늘어놓는 게 소설이 할 일일까? 다큐멘터리가 훨씬 더 전달력이 있지 않아? 상처 받거나 괴로워하는 인물을 마치 공감하는 듯한 시선으로 바라보고 있지. 그걸 두고 TV 드라마 같다고 평가한 위원도 있었지만, 내가 보기에 그런 식으로 표현하면 TV 드라마에 실례야. 요즘 드라마는 훨씬 세련되었어. 도대체 괴롭고 슬픈 이야기를 쓰면서 작가가 먼저 울어버려서 어쩌려고? 등장인물들을 냉철하게 밀어붙이지도 못해서 어쩌려고? 공감하는 수준을 넘어 동화해버리니까 대화도 지문도 설교처럼 들려. 갖가지 이유를 붙이지 않고는 사람의 불행 하나 그릴 수 없다면, 그건 당신의 필력이 부족할 뿐이지."

숨도 쉬지 않고 거기까지 말하더니 하기오 교코는 담당자에게 손을 내밀어 코트를 받았다. 입혀주려는 것을 제지하고 팔에 걸쳤다.

"반론이 있다면 작품으로 보여줘. 죄송해요, 미나가타 씨. 기다리시게 해서."

아니야, 하고 고개를 저은 미나가타가 나직한 목소리로 말했다.

"다정한 건 당신이야, 하기오 씨."

다니다가 더없이 겸연쩍어하며 "어, 네, 그럼 슬슬" 하고 재촉했다. 일행이 걸음을 옮겼다. 택시 타는 곳은 유리문을 나서면 바로지만, 이시다는 거기에 남아 모두의 뒷모습을 배웅하며 고개를 숙였다.

잠시 뒤, 등 뒤에 말을 걸었다.

"이 뒤에 도쿄에서 묵으시나요?"

카인은 말이 없었다. 얼마나 충격이었을까, 그럴 만도 하다.

"괜찮으시다면 저녁이라도 같이 드시겠어요? 호텔 안이라면 프렌치 요리나 일식 코스, 중식도…… 혹시 바쁘시다면 차라도."

역시 대답이 없었다.

뒤를 돌아보았다.

빨간 카펫이 깔린 곳에서 이시다 혼자 말하고 있었다.

18

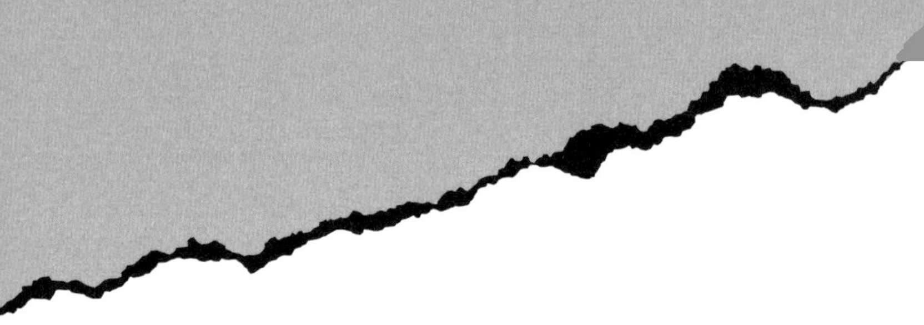

《테세우스는 노래한다》 제1장

'테세우스의 배'라는 유명한 사고실험이 있다.

고대 그리스의 영웅 테세우스가 크레타섬에서 귀환했을 때, 배에는 서른 개의 노가 있었다. 이 영광스러운 배를 후대까지 오래 보존하기로 했다. 그러나 목재는 썩는다. 사람들은 노를 하나 또 하나 새것으로 바꾸고 상한 선체를 보수했다.

이를 두고 철학자들 사이에서 논쟁이 벌어졌다. 어떤 철학자는 "이제 이 배는 원래 배와는 다른 것이다"라고 주장했고, 또 어떤 철학자는 "아니다, 여전히 똑같은 배다"라고 주장했다.

최종적으로 모든 부품이 교체된다고 치면, 그 배는 여전히 같은 배라고 할 수 있는가. 혹은 교체한 낡은 부품을 모아 또 다른 배를 조립한다면, 대체 어느 것을 '테세우스의 배'라고 해야 하는가. 요컨대 동일성 문제를 둘러싼 패러독스다.

그러나 사실 내가 궁금한 것은 그게 아니다.

만약 그것이 이미 원래 그 배가 아니라고 한다면.

도중에 어느 시점에서 그렇게 되었을까……. 귀환 불가능한 한계점은 어디였을까다.

기말시험 마지막 날 밤이었다. 전날 밤도 꼬박 새워 공부해 건조한 눈에 병원의 새하얀 전등은 너무 강렬했다.

창가 침대에 옷을 입은 채 누워 있는 엄마를 내려다보며 나는 눈을 깜박였다. 차라리 울면 눈동자도 촉촉해질 텐데 눈물은 한 방울도 흐르지 않는다. 절실하게 안약을 원했지만, 아무리 병원이라도 갑자기는 받지 못하겠지……. 아니 그보다 나는 왜 이렇게 냉정할까.

엄마의 감긴 눈꺼풀이 푹 꺼졌다. 어느새 저렇게 나이를 먹었나 놀라울 정도였다. 마른 뺨은 움푹 팼고, 입술 옆에 잡힌 깊은 주름 사이사이 하얀 찌꺼기 같은, 바나나의 하얀 줄기 비슷한 것이 말라붙어 있었다. 약을 잔뜩 먹고 게거품을 문

흔적일까, 아니면 위세척하면서 생긴 타액의 흔적일까.

침대 옆 스탠드에 매달린 용기에서 누런 액체가 일정한 간격을 두고 떨어졌고, 반투명 튜브가 팔 안쪽에 꽂힌 바늘과 연결되어 있었다. 조금 전 간호사 두 사람이 와서 분주하게 해놓고 갔다. 다른 환자가 없는 2인용 병실, 입구 가까운 쪽 침대는 비었다.

끼익, 접의자가 삐걱거렸다. 아빠가 벽 근처로 의자를 끌고 가서 앉은 것이다.

나도 그 옆에 앉았다. 두 사람의 한숨이 길게 포개졌다.

"……일단 걱정은 안 해도 된다네."

침울한 목소리로 아빠가 말했다.

"그래."

"이삼 일은 입원해야 한대. 오늘 밤은 내가 여기 있을게."

"알았어."

"그나저나 너, 벌써 봤니?"

"뭐를."

아빠가 주섬주섬 상의 안주머니를 뒤져 꺼낸 것은 네 번 접힌 편지지 같은 종이였다.

"괜찮아, 그런 건. 보기 싫어."

"너한테도 썼거든."

내키지 않지만 받아서 펼치자, 하도 봐서 익숙한 글자가 이어졌다. 이제부터 죽으려는 찰나치고는 평소와 다르지 않은 달필이며 심지어 구태여 붓으로 썼다. 너무 엄마다워서 웃겼다.

뭉개진 글자를 읽느라 고생했지만, 아빠에게 뭐라고 써 있는지 묻는 것은 잔혹할 것 같아 미간을 잔뜩 찌푸리고 어떻게든 읽었다.

이대로는 살아 있는 것이 고통일 뿐입니다. 용기가 없었던 저를 용서하세요. 하나님은 스스로 생명을 끊는 짓을 절대 용서하지 않으시겠지만, 이제 안 되겠습니다…….

하나님에게 하는 참회인 척 꾸민 아빠를 향한 푸념이 이러쿵저러쿵 이어진 뒤, 드디어 나에게.

우리 유, 미안하다. 엄마는 이제 지쳤어. 다르게 끝낼 방법도 생각해 봤지만, 너는 앞으로도 학교에 가야 하고 이웃 시선도 있겠지. 그래서 이렇게 했단다.

집에 있는 이런저런 약을 총 서른 알쯤 삼키고 엄마는 의식을 잃었다. 바로 옆 다다미방 대들보에는 콘센트 연장 코드가 고리 모양으로 걸려 있었다.

목을 매면 정말로 죽을 테니까 그건 그만두고 약을 적당히 삼키기로 했을 거라고 나는 생각했다. 그걸 알아차릴 정도로 이 사람과는 오래 알고 지냈다. 내가 냉정한 것이 아니다.

유서(라고 불러야겠지, 일단은)에도 적혀 있듯이 엄마는 기독교인으로, 하나님을 열렬하게 믿었다. 지금 생각하면 엄마가 조금 지나치게 신앙에 기댄 배경에는 아빠의 경박한 여성 관계가 있을지도 모른다. 모두가 인정하는 인격자이며 사회적으로도 성공을 거뒀으면서 아빠는, 말하자면 어떤 부분에서는 자기 자신을 너무 풀어버리는 경향이 있었다.

'이번이 벌써 세 번째야.'

며칠인가 전에 나에게 그런 말을 늘어놓으면서 엄마는 한심하다, 아아, 한심해, 하고 울었다. 몹시 괴로워하며 훌쩍이는 모습까지 어딘가 연극처럼 보였다. 덕분에 내 감정은 점점 식어갈 뿐이었다.

너무도 틀에 박힌 '유서'를 나는 원래대로 접어 돌려주었다. 벌써 몇 번이나 읽었을 유서를 아빠는 한 번 더 펼쳐 바라보았다.

"……멍청하긴."

나직하게 흘러나온 중얼거림에는 엄마를 향한 비난만이 아닌 다른 것도 포함된 것 같았다.

멍하게 입을 벌린 엄마가 호흡할 때마다 작게 코 고는 소리가 들렸다. 보기만 해도 내 숨까지 막힐 것 같아서 나는 일어나 창문을 열고 머리를 내밀었다.

밤 8시를 지나 어둠이 주변을 에워쌌다. 세 층 아래 도로는 그리 넓지 않고 오가는 차량도 많지 않았다. 차가운 바람을 타고 멀리서 철도 건널목의 땡땡 소리와 전철 지나가는 소리가 희미하게 들렸다. 구급차를 같이 타고 오는 동안에는 창밖을 볼 여유도 없어서 여기가 어디쯤인지 잘 몰랐다.

한참 바라보는데 조금 떨어진 사거리를 익숙한 버스가 지나갔다. 주유소 불빛을 받아 행선지까지 보였다. 노선을 알게 된 덕분에 병원 위치를 대충 짐작했다. 꽤 오래 달렸다고 생각했는데 그렇게 멀리 오지 않았나 보다. 갑작스레 공복이라는 데 생각이 미쳤다.

"아빠, 배고프지 않아?"

나는 돌아보고 물었다.

"그러게. 그러고 보니 배고프네. 저녁도 못 먹었어."

아빠가 무리해서 밝게 말했다. 내 기운을 북돋으려고 그러는 거겠지만 사실 어쩔 줄 모르는 쪽은 아빠였다.

"너 내일도 학교 가야지."

"아니야. 시험 끝나서 쉬는 날."

"아하. 그럼 부탁해도 될까?"

"뭘?"

"집에 일단 돌아가서 필요한 것을 챙겨다줄래?"

아빠는 갈아입을 옷 등 필요한 것을 종이에 적어 왕복 택시비와 함께 건넸다.

"그러는 김에 편의점에서 도시락이라도 사다주면 고맙겠어."

"알았어. 나한테 맡겨."

"네가 좋아하는 걸로 사 와. 나는 뭐든 괜찮으니까."

이 하얀 병실, 엄마가 때때로 괴롭게 입을 뻐끔거리는 것 외에는 아무 일도 벌어지지 않고, 따라서 엄마를 지켜보는 것 말고는 할 일이 없는 이 방에 아빠를 혼자 두고 가는 것이 마음에 걸렸으나, 나는 어쩔 수 없이 병실을 나와 병원 앞 도로에서 택시를 잡았다. 택시를 타면서 올려다보니 조금 전 그 창문에서 아빠가 나를 내려다보며 손을 흔들었다.

마주 흔들며 나는 일순간 세피아 색 꿈속으로 빠져드는 착각에 사로잡혔다.

목록에 있던 물건들을 모두 병원에 전달하고 다시 집에 돌아왔을 때는 밤 10시가 지난 시각이었다. 다른 때라면 아직 이른 시간이지만 오늘 밤은 머리가 어질어질했다. 어젯밤은 철야, 아침부터 영어와 세계사와 고전 시험을 보고, 집에 오자마자 쓰러진 엄마를 발견해 회사에 있는 아빠에게 알리고 달려온 구급차에 타야 했다. 역시 이쯤 되니 지칠 대로 지쳤다. TV를 켤 기력도 없었다.

소파에 앉아 나는 주머니에서 스마트폰을 꺼냈다.

이미 잠들었을지도 모른다. 리에는 보기보다 성실하고 우수하지만, 그래도 다른 때와 달리 계속 밤을 새웠을 테니까.

—자?

만약을 위해 무음 메시지로 바꿔 보냈는데 바로 확인했다.

—안 자지롱.

즐거워 보이는 토끼 이모티콘과 함께 답이 왔다.

—뭐 해?
—멍 때리기. 언제든 원할 때 자도 된다고 생각하니까 아까워서 자
   기 싫어ㅋㅋ
—그 마음 알아~!

곰이 자지러지게 웃는 이모티콘을 같이 보낸 뒤, '그럼 잠
깐 대화할 수 있어?'라고 쓰고 보내기 버튼을 눌렀다.
거의 동시에 전화가 걸려 왔다.
"무슨 일이야?" 벌꿀에 설탕을 뿌린 것 같은 목소리가 말했
다. "혹시 내가 그리워졌어?"
"……응."
"뭐야, 오늘 유, 되게 솔직하다. 혹시 무슨 일 있었어?"
갑자기 정곡을 찔려 쓴웃음이 나왔다. 언제나 그랬다. 리에
는 내 감정의 미미한 흔들림도 놓치지 않고 걱정해준다. 아주
작은 찰과상에도 딱 맞는 크기의 반창고를 건네는 것처럼.
"뭐…… 있다고 하면 있었다고 해야 하나."

"나한테 말할 수 있는 거?"

"말하고 싶은데 전화로는 좀. ……내일 만날 수 있어?"

"물론이지."

"그럼 오전 중에 우리 집 올래?"

"괜찮은데, 너희 집이면 아줌마 계시잖아. 괜찮아?"

나는 거실 천장을 올려다보았다. 평소보다 훨씬 넓게 느껴졌다.

"그게, 없어. 오늘 밤은 아빠도 없어."

"거짓말."

"진짜야. 지금 집에 나 혼자야."

3초 정도 사이를 두고 리에가 말했다.

"알았어. 조금만 기다려."

"어?"

"지금부터 갈게."

"뭐라고?"

"아마 30분 정도."

전화를 끊은 지 28분 뒤에 초인종이 울렸다. 분홍 토끼가 달린 미니 보스턴백에 아마도 잠옷과 칫솔과 화장품과 갈아입을 옷 따위를 넣고, 리에는 새하얀 숨을 헐떡이며 현관 앞에 서 있었다.

"미쳤어? 이렇게 밤늦게." 나는 기쁨을 감추고 말했다. "괜찮았어?"

"우리 집은 부모님이 엄격하지 않으니까."

"그게 아니라 오는 길 말이야. 위험하지 않았어?"

"무시무시한 안색으로 자전거로 내달리는 여자는 아무도 안 건드려. 귀찮아서."

의미도 없이 흥이 올라 함께 깔깔거리며 리에가 여기까지 타고 온 자전거를 대문 안으로 들이고 같이 집에 들어갔다. 패딩 점퍼를 벗고 목도리를 푼 목에서 평소의 리에 냄새가 났다. 애용하는 보디워시와 향수와 땀이 살짝 뒤섞인 냄새.

너무 성급한 줄 알지만 참을 수 없었다. 나는 뒤에서 리에를 끌어안고 이쪽을 보게 해 입술을 겹쳤다.

그대로 거실 소파에 앉히고 밀어 쓰러뜨렸다. 조금 전까지만 해도 여기 앉아 라인을 주고받았는데, 바로 그녀가 이제는 품 안에 있다니 믿을 수 없었다.

나의 소소한 변화를 전화 너머로도 알아차리고, 이유도 모르면서 있는 힘껏 자전거를 몰아 만나러 와줬다. 기쁘고 사랑스러워서 참을 수 없었다.

"리에……."

귀에 입을 대고 속삭이자, 그녀의 몸에서 힘이 빠졌다. 내장과 뼈를 모두 발라낸 오징어처럼 흐물흐물해져서 촉촉한 눈으로 나를 올려다보았다. 다시 입술을 겹치고 앞니를 살그머니 벌리듯이 파고들어 혀를 섞는데, 리에의 혀가 뜨거웠다. 웅얼거리는 목소리로 그녀가 말했다.

“유의 입술, 차갑다.”

“이를 막 닦았으니까.”

“이런 거 할 생각으로?”

“글쎄다.”

더 깊이 혀를 섞었다. 리에의 허리가 휘었고 몸 전체가 뜨거워졌다.

“리에, 사랑해.”

“나도 그래. 유를 좋아해. 정말 좋아해.”

‘정말 좋아해.’

그러나 ‘사랑해’는 아니구나, 하고 나는 생각했다.

그녀는 그 말을 해주지 않는다. 지금까지 몇 번이나 말하게 하려고 했고, 몇 번이나 부탁했으나 아직 한 번도 들어본 적 없다.

‘잘 모르겠거든.’ 이것이 이유였다. ‘사랑한다는 게 뭔지 감이 잘 안 와. 내가 잘 이해할 수 없는 말로 감정을 표현하면 전부 거짓말이 되잖아? 나에게는 정말 좋아해가 최상급이야. 그런 말은 반드시 유한테만 하는걸?’

“말해줘, 더.”

나는 속삭였다.

“……뭐를.”

“정말 좋아한다고. 제대로 말해주지 않으면 불안해져.”

리에의 눈썹이 아래로 처졌다.

"왜 그런 말을 해?"

"그야……."

"언제나 말을 제대로 하는데 믿지 못하겠어?"

나온 곳도 들어간 곳도 비슷한 서로의 몸을 꼭 맞춰 끌어안으면, 내 코끝에 나보다 가늘고 뾰족한 어깨가 닿았다. 왠지 부아가 나서 덥석 물었다. 그녀가 응석 부리듯 우는소리를 내며 달라붙었다.

"싫어, 유는 미워."

"거짓말만 하고."

"이런 짓을 하는 사람은 정말 싫어."

"리에?"

"아, 진짜. 좋아해. 정말 좋아해. 당연하잖아. 심술궂긴!"

있는 힘껏 끌어안았다. 이대로 목을 졸라 죽이고 싶을 정도였다. 좋아하는 감정이 이토록 흉포한 것일 줄은, 리에와 이런 사이가 되기 전까지 몰랐다.

리에의 집에서 잘 때는 같은 침대에 누워도 절대 소리를 낼수 없었지만, 오늘 밤은 다르다. 나는 평소보다 더 많이 '심술'을 부렸다. 그러면서 몇 번이나 그 하얀 병실을, 입을 벌리고 코를 고는 엄마와 지금도 잠든 그 얼굴을 보고 있을지 모를 아빠를 떠올렸다.

엄마가 자살 미수를 벌인 밤, 여자와 알몸으로 어울리며 이런 일을 하려고 하는 나는 분명 정상이 아니다. 미쳤다. 머리가 이상하다. 그런 생각이 들 때마다 일부러 리에를 더 울렸다. 나 자신이 끔찍해서 미칠 것 같았다. 그래서 그녀에게서 '사랑해'라는 확실한 말을 듣고 싶은지도 모르겠다.

아주 오랫동안 끌어안은 뒤, 리에는 내 팔에 머리를 얹고 나를 바라보았다. 긴 속눈썹이 촘촘한 아래, 눈동자가 마치 해 비치는 마루에 놓아둔 아이스크림처럼 녹아내렸다.

"뭐야, 전화로는 말할 수 없다고 해서 왔는데."

그녀가 입술을 삐죽이며 말했다.

"미안, 미안. 얼굴을 봤더니 참을 수 없어서."

"그래서…… 무슨 일이 있었어?"

"아, 응. 사실은 우리 엄마가."

나는 오늘, 아니 벌써 어제 있었던 일을 하나하나 차례대로 털어놓았다. 아빠를 비롯해 구급 대원이나 경찰이나 주치의 선생님에게도 그때그때 반복해서 같은 설명을 한 뒤여서 리에에게는 생각보다 청산유수로 말할 수 있었다.

중간부터 그녀가 미간을 잔뜩 찌푸리더니 입을 꾹 다물어 점점 무서운 표정이 되었다.

"……뭐야, 대체." 어느 정도 이야기를 듣더니 낮은 목소리로 말했다.

"유, 너 대체 무슨 짓이야? 이러고 있을 때가 아니었잖아."

"하지만 오늘 밤에는 내가 할 수 있는 일이 더는 아무것도 없는걸."

"그게 아니라. 그렇게 큰일이 있었는데 왜 이렇게 태평하냐고."

"미안."

"그보다 왜 좀 더 빨리 말하지 않았어? 나 되게 이상한 소리 내고 바보 같았잖아."

"안 그랬어, 귀여웠어."

"그러니까 그런 문제가 아니라고!"

"진짜 미안하다니까."

그저 사과할 수밖에 없었다.

"말했잖아, 참을 수 없었다고. 그걸 꼭 하고 싶었던 것만은 아니야. 현관문을 열고 리에가 서 있는 걸 보자마자 안도감이 한꺼번에 몰려와서 그래."

입은 여전히 꽉 다물고 있었지만, 이쪽을 노려보는 눈동자 안쪽에서부터 조금씩 날카로움이 사라지는 것을 알았다. 이윽고 그녀가 말했다.

"……나야말로 미안해. 제일 힘든 건 당연히 너일 텐데 화만 내서."

나는 무심코 웃었다.

"힘들지 않아. 내가 생각해도 신기하지만."

"무리하지 않아도 되는데."

"아니, 정말로. 뭔가, 쭈글쭈글한 얼굴로 잠든 엄마를 봐도 마음이 전혀 동요하지 않아. 멍청하다고 생각할 뿐이야. 이런 짓을 하며 몰아붙여봤자 아빠는 점점 더 멀어질 뿐인데 왜 그런 것도 모르나 싶어서."

"아저씨, 지금도 그 여자랑?"

"모르겠어. 헤어졌다고 하는데 실제로는 어떨지. 되게 오래 만난 사람 같거든."

그러자 순식간에 그녀의 눈에 물의 장막이 생겼다.

"어, 왜 리에가 울어?"

"그게……." 그녀는 목이 멘 소리를 냈다. "너무해, 유. 아줌마가 불쌍해."

"어?"

"배신한 건 아저씨잖아? 그런데 왜 편을 들어주지 않아? 너는 냉정해."

"그, 그런가."

"사귀면서도 종종 생각했어. 너한테 소중한 사람에게는 다정하면서 그렇지 않은 사람한테는 너무 냉담하고, 진심으로 어찌 되든 상관없다는 듯이 거의 거들떠보지도 않잖아."

"그건 보통 그렇지 않아? 인간은 원래 그렇잖아."

"잘은 모르지만, 나는 그러지 않으면 좋겠어. 게다가 아줌마는 타인이 아니라 네 엄마잖아. 당연히 일반적으로, 아빠가 바람을 피우면 딸은 엄마 편을 드는 법이잖아? 아줌마도 그걸 기대할 거야."

"자기 마음대로 기대해봤자……."

생각보다 더, 그야말로 냉담한 말투가 나왔다. 그러나 멈출 수 없었다.

"리에 너는 엄마랑 사이가 좋지만 우린 아니야. 솔직히 말해서 엄마가 너무 싫어. 아무리 아빠와 문제가 있어서 괴로워도 그렇지, 내가 시험공부를 할 때까지 옆에 와서 구시렁거린단 말이야. 아빠가 무슨 소리를 했다느니, 상대 여자와 어떤 섹스를 했다느니, 언제 언제 집에 늦게 왔는데 회의가 아니라 또 여자를 만났을 게 뻔하다느니, 회사에도 소문이 났을 게 틀림없다느니……. 그런 거 내가 알 게 뭐야. 정말로 싫다면 헤어지면 되잖아. 나는 아빠를 따라갈 거야. 그럴 일은 없겠지만 그 상대를 엄마라고 부르라고 하면 아무렇지 않게 부를 거고 그렇지 않더라도 세상에 흔한, 내가 비뚤어지거나 반항할 일은 절대로 없어."

"유……."

"왜냐하면 나는 아무래도 좋거든. 주변 상황이 그렇게 달라져도 나는 아무것도 달라지지 않아. 그것만큼은 자신 있어. 진짜 전혀 상관없어. 빨리 어른이 되어서 집을 나와 자유롭게 살고 싶어, 그게 전부야."

강하고 거친 말을 끝없이 내뱉으면서 가슴 안쪽에는 그와 비슷하거나 훨씬 웃도는 양의 무언가가 물밀듯이, 넘칠 듯이 고이는 심정이었다. 슬픔과 비슷한데 눈물은 아니었다. 좀 더 차갑고 파란, 맛이 느껴지지 않는 물 같은 것이었다.

“알았어. 그때가 오면 나도 너랑 갈래.”

리에의 손가락이 내 뺨에 닿았다.

여러 번 망설이고 머뭇거린 뒤, 그녀가 말했다.

“……정말 좋아해, 유. 계속 함께 있자.”

모든 것이 여기에서부터 시작한다고, 그 시절에는 두 사람 모두 생각했다.

비슷하지만 달랐다. 그것은 모든 것이 끝나는 시작이었다.

19

제일 밝게 해도 침실 불빛은 부드럽다. 글자를 읽기에는 적절하지 않았으나 두 사람 다 집중할 수 있어서 여기 있었다.

가요코의 등 뒤는 철제 침대 헤드보드였다. 엉덩이를 받치는 매트리스는 교정지와 자료를 잔뜩 펼쳐도 충분한 더블 사이즈였다. 처음에만 해도 담당 작가 쪽으로 다리 뻗는 것을 주저했던 오자와 치히로지만, 금요일과 토요일을 이 집에 머물면서 역시 조심스럽던 마음도 줄었는지, 지금은 자신 또한 침대에 올라와 풋보드 쪽에 기대 교정지를 읽고 있었다.

둘 다 필요할 때만 입을 열었다. 긴 침묵 속에서 종이를 넘기는 소리, 줄을 긋고 뭔가 적는 소리만 들렸다.

밤 11시. 지친 시신경이 은근히 아파서 눈꺼풀을 강하게 누르듯 비벼서 풀었는데, 다시 눈을 떴을 때는 글자가 더 흐릿해 보였다.

가요코는 교정지에서 고개를 들었다. 치히로의 발꿈치가 마치 어린 소녀처럼 매끈매끈하고 깨끗해서 바라보는 도중에 졸음이 서서히 밀려왔다. 이러면 안 된다. 눕더라도 조금만 더, 최소한 제2장 끝까지 손본 뒤여야 한다.

“치히로 씨, 커피는?”

“아, 신경 쓰지 마세요.”

그가 허둥지둥 몸을 일으켰다.

“내가 마시고 싶어서.”

“……그럼 죄송해요, 감사히 마시겠습니다.”

교정지를 침대 위에 놓고, 가요코는 바닥에 내린 발끝으로 더듬어 찾은 실내화를 신고 부엌으로 갔다.

길게 이어지는 거실 바닥에 나무의 실루엣이 까맣게 드리워졌다. 평소에는 날이 저물기 전에 두꺼운 커튼을 치는데, 오늘 밤은 보름달이 선명하게 비추는 숲의 음영이 워낙 아름다워서 젖혀두었다. 혼자였다면 분명 이런 아름다움도 두렵게 느꼈으리라. 가루이자와의 밤에는 도쿄의 밤과 다른 원시적인 불길함이 있었다.

물을 끓이는 동안 원두를 갈았다. 밤의 적막을 부수듯 요란한 소리가 울렸다. 창문을 열어뒀다면 이 소리가 뒤뜰 별채에

사는 사카키의 귀에도 들렸겠지만, 그럴 수 있는 계절은 여름의 짧은 한철뿐이다. 이곳의 3월과 4월은 여전히 겨울이라 해도 좋다.

《테세우스는 노래한다》의 출간 예정일은 5월 하순. 최종 입고가 드디어 다음 주 화요일로 다가왔다.

서두부터 손보는 것이 벌써 몇 번째일까. 문광당의 다케다에게서 원고를 돌려받기 전에도 끝까지 파고들어 완벽하게 완성했다고 여겼는데, 치히로와 대화를 나누며 한 군데라도 단어를 더하거나 빼다 보니 다른 부분까지 신경 쓰여서 또 여기저기 고쳤다.

그러나 그게 기뻤다. 치히로가 지적한 부분을 그의 예상을 초월한 완성도가 되도록 고쳐 쓰고 추가하는 것이 참을 수 없이 즐거웠다.

역시 능력 문제라고 가요코는 생각했다. 인정하기에는 부아가 치밀지만, 이시다 산세이와도 가끔 비슷한 일이 있었다. 작가에게는 작가의 재능이 있지만, 편집자에게도 또 독자적인 재능이 있다. 연재 중에 이시다가 적어놓은 메모가 열 개라면 그중 여덟 개나 아홉 개까지는 무시하거나 × 표시를 했지만, 남은 한 개나 두 개는 크게 ○를 치고 채용했다. 아무리 ×를 받아도 이시다는 낙담하지 않았고, ○에 들뜨지도 않았다. 그저 담담히 함께 달려주는 것이 기분 좋았고 때로 믿음직스러웠다.

　데이코쿠 호텔에서 이시다 일행과 마주친 것은 바로 지난 주였다. 도쿄는 따뜻해서 이쪽 기온에 익숙한 몸에서 땀이 날 지경이었다. 에스컬레이터를 타고 내려온 심사 위원 두 사람을 본 순간, 대체 왜 그렇게 머리 꼭대기까지 피가 몰렸을까. 미나가타는 그저 발뺌하며 잽싸게 제 몸을 지키려고 했다. 남자란 원래 그런 족속이니 새삼스레 화도 나지 않았다.

　그와 별개로 하기오의 그 말본새는 또 뭐람. 분명 경력 차이는 크지만 같은 업계에서 각자 간판을 내걸고 활동하는 사람끼리 말을 할 때는 예의라는 게 있다.

　'반론이 있다면 작품으로 보여줘.'

　사람을 한 수 아래로 보는 듯했던 목소리가 다시 들렸다.

　분통했다. 판매 부수로 따지면 하기오나 미나가타는 물론이고 심사 위원 전원의 숫자와 합쳐도 뒤지지 않는데, 하고 이를 갈았다. 내기만 하면 곧바로 베스트셀러, 지금 당장 작가 일을 그만둬도, 말이 나온 김에 남편과 헤어지더라도 평생 놀면서 살 수 있을 저축은 이미 있다.

　그러나 이제 원하는 것은 부가 아니었다. 명예다. 상이다. 당당하게 나오키상을 받아 세상의 인정을 받고 싶었다. 단순한 대중소설가가 아니라는 것을, 내실도 훌륭한 'THE 작가'라는 사실을 이 세상은 물론이고 그 거만한 남편에게도 증명해야만 한다.

　가요코가 교정지에 메모하는 옆에서 치히로는 아까부터

뭔가 골똘히 생각에 잠긴 듯했다. 같은 곳, 그것도 생각보다 초반에 멈춰서 앞으로 나아가지 못했다. 진하게 내린 커피를 머그잔에 따라 마카롱과 구운 과자와 함께 쟁반에 담아 가지고 가자, 치히로가 황송해하며 침대 위에 바르게 앉았다.

"뇌를 이만큼 썼으니까 우리 둘 다 한밤중의 당분을 너그럽게 봐주자고."

"낮의 당분은요?"

"그건 처음부터 논외."

아아, 뇌가 녹는다…… 하고 함께 웃으며 과자를 먹고 씁쓸한 커피를 마셨다. 치히로가 머그잔을 사이드 테이블에 놓을 때를 노려 가요코가 말했다.

"아까부터 뭘 그렇게 고민해?"

놀란 그의 몸이 굳었다.

"……그건."

"괜찮아, 어려워하지 말고 말해."

치히로가 무릎 옆에 둔 교정지를 내려다보았다. 그러고는 손에 들더니 마음먹은 듯이 이쪽으로 내밀었다. 몇 군데 인덱스가 붙어 있어서 그 페이지를 넘겨보자, 몇몇 문장에 연필로 물결선이 그어져 있었다.

"이거, 의미가 뭐야? 표현이 알기 어려웠다?"

"아니요. ……어디까지 제안인데요, 물결선 부분을 빼도 괜찮지 않을까 해서요."

"빼다고? 이게 전부 필요 없다는 소리야?"

"물론 선생님 판단에 따르겠지만요."

한동안 보지 못했던 경직된 표정이었다. 가요코는 말없이 교정지를 읽었다. 이 문장도, 저 단락도, 저마다 강렬한 마음을 담아 쓴 곳들뿐이었다.

순서대로 쫓아가다가 제1장 종반에 이르렀다.

마지막 두 줄에도 선이 그어진 것을 본 순간, 뱃속이 화르르 들끓었다.

"뭐야, 이게. 왜?" 자기도 모르게 말투가 거칠어졌다. "하필이면 왜 여기야? 필요 없다고? 이게?"

"아뇨, 그게 아니라요, 알아요. 아주 감정적인 표현이고, 독자의 가슴 깊이 스며들어서 멋지다고 생각해요."

"그렇다면 대체 왜!"

"그렇기 때문에요."

창백한 얼굴이면서 한 걸음도 물러서지 않고 치히로가 말했다.

"일부러 그 부분을 삭제함으로써 오히려 감동이 깊어지는 것 같아요. 말로 설명하기보다 무한히 상상하게끔 한달까요……. 독자를 믿고 던지는 거예요."

도저히 납득할 수 없어 가요코는 교정지를 움켜쥐고 1장 끝부분을 다시 읽었다. 특히 마지막 두 줄은, 이걸 쓴 순간까지 기억했다. 스스로 생각해도 천재구나 싶을 만큼 마음에 든 구절이었다.

리에의 손가락이 내 뺨에 닿았다.

여러 번 망설이고 머뭇거린 뒤, 그녀가 말했다.

"……정말 좋아해, 유. 계속 함께 있자."

모든 것이 여기에서부터 시작한다고, 그 시절에는 두 사람 모두 생각했다.

비슷하지만 달랐다. 그것은 모든 것이 끝나는 시작이었다.

이게 뭐가 별로라는 거지. 전체적인 프롤로그에 해당하는 이 부분에서, 주인공이 한때 반짝였던 '그 시절'을 회상하는 중요한 장면 아닌가.

초조해하며 가요코는 치히로가 선을 그은 두 줄을 손가락으로 가렸다. 허탈한 기분으로 다시 한번 읽었다.

리에의 손가락이 내 뺨에 닿았다.

여러 번 망설이고 머뭇거리다가 그녀가 말했다.

"……정말 좋아해, 유. 계속 함께 있자."

3초 후.

온몸에 소름이 돋으며 모근이 오싹하게 일어나는 것을 느꼈다.

어떻게 된 거지. 가장 마음에 들었던 두 줄을 싹둑 잘라내 대사로 장을 마쳤더니 서서히 스며드는 여운이란…….

여분의 말을 쓰지 않아도, 아니 오히려 쓰지 않았기에 독자에게 생생하게 전해졌다. 이 두 사람이 '계속 함께' 있을 수 없다는 것이.

어쩌면 여기에 해결책이 숨어 있을까.

'괴롭고 슬픈 이야기를 쓰면서 작가가 먼저 울어버려서 어쩌려고?'

"치히로 씨."

"……네."

"더 알려줘."

"네?"

"말해두겠는데 나, 당신을 절대로 놓아주지 않겠어. 도망칠 생각은 하지도 마."

일을 어느 정도 마무리하고 누운 것은 새벽 1시를 넘겼을 때였다.

마감이 화요일, 치히로가 도쿄로 돌아가는 월요일까지 앞으로 하루뿐이다. 아까의 요령으로 불필요한 문장을 척척 잘라내려면 잠을 충분히 자서는 시간이 부족하다.

어제와 그제는 손님방에서 잤던 치히로와 의논해 오늘 밤은 이대로 여기에서 같이 자기로 했다. 네 시간 반 뒤에 알람을 맞춰 아침 6시에 일어나기로 했다. 한쪽이 일어나지 못하면 다른 한쪽이 깨우면 된다.

"안녕히 주무세요."

"잘 자."

더블 사이즈 이불을 나눠 덮고 눈을 감았다.

"저기, 혹시 저 이를 갈지도 몰라요. 죄송합니다."

"나야말로 코골이가 심할지도 몰라."

같이 키득키득 웃었다. 불을 전부 꺼도 달빛이 푸르렀다. 가까운 곳 어딘가에서 날카로운 비명이 들려서 치히로가 불안해하며 몸을 뒤척였다.

"저게 무슨 소리예요?"

"저건 여우."

"여우? 어, 그 여우요?"

가요코가 웃음을 흘렸다.

"달리 무슨 여우가 있어?"

"하지만 홋카이도라면 몰라도."

"그건 북극여우. 지금 건 일본여우."

"아모 선생님, 자세히 아시네요."

"그야 살다 보면 자연히. 참고로 너구리도 있고 토끼, 오소리, 흰코사향고양이, 사슴, 영양도 비교적 자주 봐. 야생화한 미국너구리도. 반달가슴곰만은 마주치기 싫은데, 산길에서 종종 배설물이 발견돼."

“우아······.”

아이처럼 감탄하는 치히로가 귀여워서 가요코는 눈을 감은 채 웃었다.

여우 우는 소리가 멀어졌다. 슬슬 번식기를 맞이하려나 보다. 창밖에서 나무우듬지를 흔드는 바람이 휭휭 소리를 냈다. 이제 눈은 내리지 않겠지만 서리는 어떨까. 앞으로 비가 몇 번쯤 더 오면 드디어 본격적인 봄이 찾아온다.

“······저기, 주무세요?”

문득 치히로가 조용히 속삭였다. 마치 소설 속 유 같았다.

“깨어 있어.” 가요코도 다정하게 대답했다.

“왜?”

“자야 하는 건 아는데요, 이 말씀만요.”

“응?”

“고맙습니다.”

“뭐?”

“아까······ 저의 실례되는 제안을 흔쾌히 받아주셔서.”

“무슨 소리야. 고마워할 사람은 나지.”

그러자 치히로는 쭈뼛거리면서도 최선을 다해 말했다.

“인제 와서 새삼스럽지만 저요, 이번 《테세우스》가 정말 좋아요. 지금까지 작품과 확연하게 달라요. 이것도 실례되는 말이겠지만, 수준이 다른 깊이가 있어서, 지금까지 가지 못한 곳에 도달한 것 같아요. 게다가 저는 그 두 아이가 너무 사랑스럽고 애틋해서…… 진정한 악인은 한 명도 등장하지 않는데 왜 이토록 잘 풀리지 않을까, 왜 다들 이런 상처를 받아야 할까, 하지만 인생이란, 산다는 건 분명 그런 거다…… 싶어요. 왠지 저 자신을 투영하는 마음으로 읽게 돼요. 몇 번을 다시 읽어도 감동이 줄어들지 않고 오히려 점점 깊어져요. 대단한 작품이에요."

"고마워. 치히로가 그렇게 말한다면 이긴 거나 다름없지."

"맞아요. 틀림없어요." 후후, 웃던 치히로가 잠시 후 말했다. "전에 말씀드렸던 그 일 말인데요."

"……응."

"꼭 그래서는 아니지만…… 아니, 어쩌면 그래서일지도 모르는데, 지금도 남자와 가까워지는 게 무서워요. 소설엔 유도리에도 저와는 다르게, 딱히 남자가 무서워서 여자를 좋아하게 된 것은 아니지만, 그래도 여자들의 관계가 매우 아름답게 그려지잖아요. 대단히 정결한데 단순히 허울만 좋은 게 아니에요. 분명 생생하고 아프고 절실한데, 그러면서도 역시 한없이 정결해요. 제가 말로는 잘 표현하지 못하겠는데요, 얼마나 위로를 받았는지 몰라요. 이런 식으로 읽는 건 아모 선생님이 바라시던 바가 아니라고 생각하지만, 그러니까…… 저도 행복을 전부 포기하지 않아도 되겠다 싶어서."

"치히로 씨."

"남자와는 만나고 싶은 마음이 좀처럼 들지 않더라도, 그렇다고 인생 자체가 빛바래는 것은 아니다. 세상에는 수많은 사람이 있고 다들 다양한 사정을 안고 사니까, 그러니까 성적인 의미에서만이 아니라 누군가의 볼록한 부분과 저의 오목한 부분이 우연히 완벽하게 맞물리는 일도 있지 않을까, 하고 생각했어요.《테세우스》의…… 아니, 아모 선생님 덕분이에요.”

바람이 또 우듬지를 흔들며 지나갔다.

어디까지 불어갈까. 저대로 산비탈을 달려 올라가 언젠가 높은 곳에 도착할까. 아니면 도중에 기운을 잃고 사라질까.

이불 속, 바로 옆에 치히로가 있다.

가요코는 손을 뻗어 마침 닿은 손끝을 움켜쥐었다. 순간 놀라서 움찔한 치히로의 손가락이, 곧 조심스럽게 맞잡았다.

“아모 선생님.”

“응?”

“이 작품으로 받아요.”

휘잉, 창문이 떨렸다.

20

누차 항의하는데도 위에서는 도무지 진지하게 받아들이지 않았다. 사토 편집장도 총무부 직원인 여성도, 어차피 전부 이쪽의 기분 탓이라고 생각하겠지. 말만은 가로막지 않고 들어주지만 그걸로 끝이었다.

사토는 대화 막바지에 반드시 위엄 있는 표정을 꾸미고 "나쁜 쪽으로 흘러가게 하진 않을 테니 조금만 더 기다려줘"라고 말했다. 그 조금만 더가 쌓이고 쌓여 벌써 두 달이다.

오자와 치히로는 이런 울분을 엄청난 노력으로 카인에게 말하지 않고 참았다. 말하면 상담이라는 이름을 빌린 고자질이 된다. 동료를 팔아넘기는 소리는 하기 싫고, 그 이상으로 카인에게 그런 여자로 여겨지는 것이 싫었다.

작가 아모 카인에게는 '최고의 소설을 이 세상에 내보낸다'라는 하늘이 주신 사명이 있다. 일개 편집자의 개인적인 고민 따위로 귀중한 시간을 할애하게 할 수 없다. 그러니 도쿄에서 미팅하는 동안에는 완벽하게 업무용 뇌로 전환하려고 노력했다. 그 암반욕 사우나에서 땀을 흘릴 때도 마음의 갑옷까지 벗지 않으려고 어금니를 악물었다.

이번 아모 자택에서의 합숙도 그랬다. 비일상적인 공간에서 무심코 긴장이 풀리면 안 된다. 이 사흘간은 처음부터 끝까지, 본래 목적을 위해서만 투자해야 한다.

금요일 밤에 회사에서 나와 가루이자와로 가는 호쿠리쿠 신칸센을 탄 그 순간의 해방감과 흥분은 대단했다. 품에 안은 가방이 묵직한 것은 카인이 원하는 만큼 적어 넣을 수 있도록 재교까지 마친 교정지 복사본을 자기 것도 합쳐서 두 부 가지고 왔기 때문이었다. 논의하면서 마지막 교정을 진행해 완성하고, 월요일 아침에 그걸 안고 도쿄로 돌아간다.

담당 작가의 집에서 며칠이나 머물며 교정을 했다는 편집자는 자신이 아는 한 들어본 적 없다. 그래도 카인은 지난밤, 이쪽이 편집자로서 결사의 각오로 한 제안을 최종적으로 받아들이고 수용했다. 이러한 신뢰를 받는데 이 이상 무엇을 바라겠는가.

그러나 전부 원만하게 수습된 것은 아니고, 그 후로도 말다

툼과 충돌이 셀 수 없이 있었다.

'이 대사는 너무 설명적으로 들리는 것 같아요.'

'여긴 의도적으로 심리묘사를 많이 하지 않는 편이 현명하겠어요.'

'제 생각에 아마 여백이나 행간으로 느낄 수 있게 하는 정도로도 충분하지 않을까 해요.'

말하는 방식까지 고려하며 제안해도 그게 카인의 생각과 상반되는 경우도 물론 있었다. 그럴 때 치히로는 당연히 먼저 굽혔다. 나중에 "그래도 역시" 하고 재차 문제 삼는 실례는 범하지 않는다.

그러나 지금 시점에서 한 가지, 통한의 실수가 있었다. 예의 그 부분…… 카인이 싹둑 잘라낸 제1장의 마지막 두 줄 그 부분이었다.

모든 것이 여기에서부터 시작한다고, 그 시절에는 두 사람 모두 생각했다.

비슷하지만 달랐다. 그것은 모든 것이 끝나는 시작이었다.

제3장까지 교정을 진행한 시점에 치히로는 거기를 다시 읽었다. 그리고 퍼뜩 깨달았다. 어쩌면 여기는 두 줄 다 지우지 말고 첫 번째 문장은 그대로 두고 뒷 문장만 빼는 편이 효과적이지 않을까. 하는 김에 '그 시절에는'도 지운다.

모든 것이 여기에서부터 시작한다고, 두 사람 모두 생각했다.

이 한 줄로 제1장을 마무리한다면 이미 제안한 리에의 "계속 함께 있자"라는 결정적인 대사로 끝나는 형태보다 훨씬 좋아진다. 여운에도 더욱 깊이가 생긴다.

빼기가 아니라 되돌리기. 분명 카인도 기뻐할 줄 알고 신나게 제안했다.

"고치지 않을 거야."

카인이 대답했다.

"아까 당신 아이디어, 나는 참 좋다고 생각했어. 그러니까 고쳤어. 일단 판단했으니 더 이상은 고치지 않겠어."

"하지만……."

"하지만? 뭐?"

"……아니에요."

눈동자 안쪽의 선뜩한 빛이 마치 카인을 단죄의 신처럼 보이게 해서 더는 말할 수 없었다.

작품은 결국 작가의 것이다. 이렇게 하면 분명 좋아질 텐데 싶어서 이쪽이 아무리 답답해도 최종적인 결정권은 카인에게 있다.

치히로는 그렇게 자기 자신을 납득시켰다. 결점을 반드시 전부 없애는 것이 좋은 것은 아니다. 결점으로 보이는 것 역시 그 사람의 중요한 개성이다.

온몸에 힘이 들어간 치히로를 카인 나름대로 배려했으리라. 중간중간 휴식할 때는 일부러 작품과 전혀 관계없는 이야기를 꺼냈다.

최근 본 인상적이었던 영화 스토리나 연출 기교, 배우의 연기에 대해서. 가끔 지역 음악 홀에 주로 클래식을 들으러 가는데, 음향이 상당히 뛰어나서 도시의 유명한 홀보다 나으면 낫지 못하지 않다는 것. 이곳은 도쿄보다 계절이 느려서 벚꽃을 보려면 아직 한 달 이상 남았다는 것……. 두서없는 대화를 나누며 커피나 홍차, 허브차와 중국차, 그에 곁들여 과자를 몇 종류나 먹었는지 모른다.

"내가 언제나 이렇게 방탕하게 구는 건 아니야." 카인이 변명처럼 말했다. "어제와 오늘은 특별하니까."

"그렇죠. 중요한 일을 할 때는 달콤한 것이 필요한걸요."

"보람 없는 소리 하지 마. 당연히 치히로 씨가 와줬으니까 이러지."

화난 듯이 뺨에 바람을 넣고 그런 소리를 하는 카인은 작품을 두고 대화할 때와는 다른 사람 같았다. 낙차가 너무 커서 어지러울 지경이었다.

데이코쿠 호텔에서 심사 위원 두 사람과 있었던 일에 관해서도 그렇게 차 마시는 시간에 들었다. 카인이 드물게도 감정을 배제하고 담담하게 말했던 만큼 치히로는 온몸의 피가 거꾸로 솟는 것처럼 화가 났다.

'작가로서 치명적'이라느니 '당신의 필력이 부족해서'라느니, 어쩜 그렇게 무례한 소리를 할까. 쓰는 작품과 경력이 아무리 다르더라도 같은 작가끼리 최소한의 존경심은 있어야 하는데, 남들 앞에서 그렇게까지 철저하게 헐뜯다니, 제대로 된 어른이 할 짓이 아니다.

이에 더해 치히로가 가장 용납할 수 없었던 것은 그 자리에 이시다 산세이가 있었다는 사실이었다.

"대체 뭐예요? 아모 선생님이 그런 무례한 말을 듣고 있는데 이시다 씨는 도중에 한 번도 끼어들려고 하지 않았어요?"

"그러게" 하고 카인이 쓰게 웃었다. "그래도 그건 어쩔 수 없지. 하기오 씨에게 싸움을 건 건 나였고, 따지고 보면 문춘의 일개 사원 주제에 심사 위원 선생님에게 따끔한 소리를 할 순 없어."

비난하면서도 감싸는 말투에 더욱더 속이 들끓었다. 무릎을 꽉 움켜쥐는데, 카인이 힐끔 곁눈질했다.

"만약 치히로 씨라면 그 자리에서 뭐라고 했을까?"

"절대로 잠자코 있지는 않았어요" 하고 치히로가 한탄했다. "아마 지금쯤 경사스럽게 잘렸겠죠."

소리 내 웃은 카인이 곧 숨을 훅 내쉬었다.

"아아, 이제야 속이 후련해졌어."

하얀 테이블보 위로 창 너머의 볕뉘가 떨어지는 가운데, 카인이 미소 지으며 응시해서 치히로의 가슴 깊은 곳이 조여들었다.

자신은 이 사람을 사랑하는 걸까, 하고 생각해보았다.

그럴지도 모른다. 육체를 동반한 욕망과는 거리가 아주 멀지만, 이 사람에게 특별한 존재가 되고 싶고 유일한 존재가 되기를 바라는 마음은, 이미 불붙어 타오르는 것 같다. 그걸 사랑이라고 한다면, 그렇게 불러도 상관없다.

이제 시간이 얼마 남지 않은 일요일 오후였다.

같은 부지의 별채에서 지낸다는 그 초로의 남자가 바구니 한가득 산나물과 신슈산 화이트 와인 한 병을 전했다. 이름이 아마도 '사카키'였던가. 과거에 병을 앓아 발성이 어려워서 평소에는 풀이라도 베지 않는 한 거의 기척이 없다. 산나물은 그렇다 쳐도 와인은 뭔가 싶었는데, 이 집과는 별개로 관리를 맡은 별장 주인에게서 평소 수고해주어 고맙다고 선물받은 것이라고 한다.

"감사 선물이라. 요 근처 마트에서 파는 토속 와인이라는 점이 미묘하지만……."

병의 물기를 쓱 닦아 냉장고에 넣으며 카인이 말했다.

"이거 제법 괜찮아. 나는 좋아해."

"선물인데 이렇게 우리가 받아도 괜찮을까요?"

"괜찮아, 사카키는 무조건 맥주거든. 뭐, 이걸 보니 다른 데에서도 일만큼은 성실하게 하나 보네."

그날 저녁 식탁에 머위 꽃대와 두릅 튀김이 올라왔다. 카인의 손길을 거치자 부드러운 연둣빛이었던 머위 꽃대가 장미꽃처럼 벌어지고, 윤기 있게 빛나는 두릅은 한층 더 화사해지고 바싹하게 튀겨졌다. 차갑게 한 신슈산 화이트 와인은 소박해서 맛있었다.

"마음씨 굳건한 젊은이 같은 와인이지?"

권하는 대로 두 잔째를 받아 마셨다. 교정 작업도 거의 골인 지점이 보여서 치히로도 이제야 음식의 맛을 느낄 수 있었다.

이 사흘간, 이 이상은 불가능할 정도로 집중해서 한 글자 한 글자와 대치했던 만큼, 확실하게 실감했다. 처음 예상을 훌쩍 뛰어넘을 정도로 엄청난 작품이 이제 곧 완성되려 한다.

자만이 아니다. 그 작품은 이미 걸작이다. 카인과 둘이서 세상에 내보내는, 피와 눈물의 결정이다. 욕심을 말한다면, 아니 절대로 말할 수 없지만 그래도 만약 이쪽이 지적한 부분을 그가 전부 받아들여 고쳐준다면 '걸작'을 초월해 하나의 '기적'에까지 도달했을 텐데……. 두릅으로 젓가락을 뻗었다.

"그러고 보니 치히로 씨가 그때 찾아준 히비야의 비스트로……."

젓가락이 허공에서 멈췄다.

"거기 양고기 요리, 정말 일품이었지. 점심때도 있을지 모르니까 다음에 가지 않을래?"

치히로는 시선을 내리깔고 싶은 것을 참고 미소를 지었다.

"좋은데요, 꼭 가요."

한 달 반 전에 있었던 그 대기 모임을 본인이 언급하는 것은 처음이었다.

"물론 좋은 기억은 아니지만……." 카인이 콧잔등에 주름을 잡았다. "왠지 막연하게 싫잖아. 가게는 아무 죄도 없는데 이대로는 그 장소에 지는 느낌이어서."

"멋있어요." 치히로가 진심을 담아 말했다. "저는 아모 선생님의 그런 면이 좋아요."

말없이 미소 지은 카인이 와인잔의 스템을 잡고 입으로 가지고 갔다.

"그래도 한마디 하자면 그쪽의 후지사키 아라타."

놀라서 바라보자, 이미 정색한 표정이었다. 느릿한 손놀림으로 잔이 원래 있던 위치에 돌아갔다.

"그가 대기 모임에 얼굴을 비치지 않은 것만은 지금도 용서할 수 없어. 담당 신인 작가의 마감일이 닥쳤다고? 그게 무슨 변명이야. 나오키 발표가 언제인지 한 달도 전부터 알고 있었잖아. 자기가 만든 책이 결선에 올랐잖아? 무슨 일이 있어도 달려오는 것이 담당자의 일이지. 책무라고 해도 좋아. 아니야?"

"……죄송합니다."

"치히로 씨보고 사과하라는 게 아니야. 책임을 져야 하는 사람은 후지사키 아라타와 사토 편집장. 특히 아라타 그놈은 믿었던 만큼 배신당한 기분이야. 나도 사람 보는 눈이 한참 멀었네."

치히로는 젓가락을 내려놓았다. 아니, 안 된다. 지금까지 계속 잘 참았다. 이 화제는 이대로 흘려보내자.

"왜 그래?"

"아니에요."

"말해봐, 아라타는 평소에 어때? 누구에게나 그런 식으로 겉과 속이 다른 느낌이야?"

"……어떨까요."

"그렇게 무례한 행동을 다른 작가에게도 한다면 벌써 문제가 됐을 텐데. 어라, 혹시 나한테만 그렇게 깔보는 태도로 대하나?"

반사적으로 고개를 들었다.

"아니에요!"

"감쌀 생각?"

"그게 아니라…… 아모 선생님께만 그러지 않아요."

"어머, 그래." 카인의 눈썹이 한쪽만 치켜 올라갔다. "계속 말해봐."

"그게……."

어물거리자 날카로운 목소리가 날아왔다.

"괜찮으니까 계속해. 숨기지 말고."

"그 사람, 언제나 그래요, 뒤에서는."

말하고 말았다.

"처음에는 믿음직스럽고 좋은 선배라고 생각했어요. 이것 저것 친절하게 가르쳐주고 여성에게 그렇게 위압적으로 굴지도 않고, 지나치게 단순한 면은 있어도 배울 점도 아주 많아서……. 그렇지만 최근 들어, 그러니까 아모 선생님 원고를 제가 받아서 단행본까지 담당하게 됐을 때부터 태도가 노골적으로 변했어요."

"그 말은 질투네?"

"그런 것 같아요."

"괴롭히기도 해?"

"대놓고 심하게는 아니에요. 그래도 비꼬는 소리를 가끔 하고, 그 사람이 말을 흘려서 제가 사토 편집장에게 불려 가 주의를 받기도 했고."

"주의라니 뭐라고?"

"아모 선생님께 너무 힘을 쏟는다고 말해요."

"응? 그게 뭐가 문제인데?"

"작가와는 좀 더 거리를 두고, 주변에 일을 돌려야 한다나 뭐라나……. 그야 저에게 아모 선생님은 물론 특별하지요. 그건 당연하잖아요, 아모 카인이니까요. 그렇다고 다른 작가 선생님들께 소홀히 하는 것도 아닌데, 마치 제 몸 상태나 심리를 배려하는 척 굴면서 제게서 《테세우스》를 빼앗으려고 하니까 도저히 참을 수 없어서…… 사토 편집장과는 말이 통하지 않으니까 회사 총무부에도 상담했는데 진지하게 받아주지 않아요."

"뭘 어떻게 상담했는데?"

"……후지사키 씨, 이상한 소문을 마구 퍼뜨려요. 제가 정신적으로 완전히 병들었다나."

"그게 뭐야."

"이대로 일을 시키면 위험하다느니, 작가에게도 회사에도 큰 피해를 준 뒤에는 늦다느니. 백 보 양보해서 편집장에게만 말했으면 괜찮은데, 관계없는 다른 편집부나 탕비실에서 마침 마주친 사람한테도 툭하면 속닥속닥 일러바쳐요."

"무슨 목적으로?"

"글쎄요. 어지간히도 받아들일 수 없나 봐요. 대형 베스트셀러가 될 게 당연한 아모 작품을 저한테 빼앗겨서 자기 공로로 삼을 수 없는 게요. 하지만 그 사람, 인상이 좋아서 인망은 있으니까 다들 그 사람의 말을 믿어요. 하루하루 저를 보는 사람들 시선이 차가워져서 회사가 완전히 바늘방석이에요."

단숨에 말을 쏟아낸 탓에 목이 말라서 미지근해진 와인으로 손을 내밀다가 퍼뜩 정신을 차렸다.

말이 너무 과했다. 대놓고 말이 과했다.

게다가 이렇게 싫은 소리를 늘어놓다니, 고민을 털어놓더라도 좀 더 완곡하게 할 수 있었을 텐데.

"어떡해…… 죄송해요." 쥐구멍에 들어가고 싶은 심정으로 치히로는 고개를 숙였다. "제발 지금 건 잊어주세요. 저도 참 왜 이런 말을…… 와인이 이상한 스위치를 눌렀나 봐요. 아모 선생님께는 절대로 말씀드리지 않으려고 했는데 결국."

"바보구나. 계속 혼자 참았어?"

가만히 있자, 카인의 한숨이 덩어리가 되어 테이블 위로 쏟아졌다. 그 후, 날카롭게 혀 차는 소리가 이어졌다.

"역시 나를 깔보는 거네."

"그건 아니……."

"아니지 않아. 일반적인 연재 작품이라면 몰라도 이번 건 그렇지 않잖아. 문광당에서 원고를 돌려받아 다른 누구도 아닌 오자와 치히로에게 맡긴 것은 작가인 내 판단이야. 편집장에게도 그 윗사람에게도 양해를 구했으니 남십자서방으로서는 전혀 문제 될 게 없을 거야. 문제의 불씨는 딱 하나, 후지사키 아라타. 자기보다 힘이 없는 당신을 뒤에서 깐족거리며 괴롭히다니, 그건 곧 치히로 씨에게 일임한 나에게 대놓고 불평하는 거나 마찬가지야. 기가 막히네."

"하지만 저기……."

"괜찮아. 당장은 가만히 있을 테고 당신한테 들었다고 내색하지 않을 테니까. 뭐, 조만간 깨달으면 되는 거 아니겠어? 내가 진심으로 화나면 어떻게 될지."

카인의 두 눈이 유난히 강렬하게 반짝였다. 빨려 들어갈 듯이 바라보며 치히로는 깨달았다. 말할 생각이 없었다는 건 그저 자기 자신을 속이는 변명이었다.

사실은 바로 이것을 바랐다.

월요일, 치히로는 도쿄역에서 회사로 직행해 그대로 밤늦게까지 오로지 교정지를 확인하는 작업을 이어갔다.

카인은 대단한 악필……이 아니라 달필이다. 그런 글씨로 그가 교정지에 적은 수정 지시를 하나하나 실수 없이 읽어내고, 교열부와 인쇄소의 담당자가 한눈에 알 수 있도록 완교지에 베껴 쓰는 일이었다.

도중에 동료의 상담을 듣거나 다른 담당 작가가 연락했을 때는 대응했으나, 그 이외의 시간을 전부 바치며 몰두하다가 문득 고개를 들자, 사무실에 사람이 드문드문했다. 창밖은 어둡고, 벽시계가 가리키는 시각은 밤 9시를 지났다. 어쩐지 배가 꼬르륵거린다 싶었다.

식사하러 나갈 마음이 들지 않아 사물함에 비상식으로 상비하는 편의점 도넛을 씹어 인스턴트커피로 넘겼다. 마지막 장에 이르렀으니 얼마 남지 않았다. 이제 한숨 돌릴 수 있다.

사실 이렇게 음미에 음미를 거듭해 더하거나 깎아내며 갈고닦았기에 오히려, 아모 카인이라는 작가는 일단 세상에 내보낸 자기 작품에 놀랄 만큼 집착하지 않는다. 한 권의 책이 나오면 그걸로 끝, 두 번 다시 읽지 않는다. 지금까지 그랬다.

'시간이 아까우니까요.'

어떤 인터뷰에서 그가 말했다.

'작품은 내 아이나 마찬가지니 한없이 사랑해요. 그러니 내보내기 전에 구두점 하나까지 완벽하게 완성합니다. 그걸 나중에 굳이 다시 읽고 저 혼자 뿌듯해한다고 무슨 의미가 있나요? 단순한 자위행위죠.'

그래, 그렇기에, 하고 치히로는 생각했다.

앞으로 작가가 이 페이지들에 시선을 주는 일이 없기에 더욱더, 지금 여기가 마지막 보루였다. 하나의 실수도 용납할 수 없다. 자신이 모든 책임을 지는 각오로 최종 교정 완료까지 무사히 끌고 가야 한다.

갑자기 이 원고를 맡게 된 그날부터 지금에 이르기까지……. 돌이켜보면 자신 나름의 답안지와 정답이 적히지 않은 해답란을 대조하는 작업이었다. 판단하기 어려워 도움을 청하며 하늘을 우러르면, 그 위에는 항상 아모 카인이라는 이름의 신이 자리하며 이끌어주었다. 초교 교정지, 카인에게서 돌아온 저자 교정지, 그 메모를 반영한 재교 교정지, 다시 저자 교정지……. 그 두툼한 전체 페이지, 전체 행, 전체 어구에 걸쳐 이런 작업을 진행하다 보니 이윽고 치히로의 온몸을 신비로운 감각이 채웠다.

말하자면 자신은 무녀다.

'신'의 말씀을 이 몸 안으로 받아들이는 매개체다.

출판업계가 넓다지만 그 아모 카인과 서로 알몸을 보이고, 마음의 약한 부분까지 서로 숨김없이 내보이며 대화를 나눈 것은 나뿐이다. 편집자가 아무리 많아도 사흘이나 침식을 함께하며 언어의 바다를 탐닉할 수 있는 사람은 나뿐. 같은 침대에서 이불을 덮고 손을 맞잡고 잠든 사람도 바로 나뿐이다.

이루 말할 수 없이 기분 좋았다. 태어나서 지금까지 이 정도의 흥분, 이 정도의 도취를 느낀 적이 없다.

도넛의 마지막 조각을 입에 넣었다. 입가에 붙은 설탕과 기름이 끈적끈적하고 달아서 혀로 핥자 자연히 미소가 지어졌다.

작가 아모 카인에 관해서라면 이제 전부 안다. 자신만이 진정한 그를 알고, 다른 누구보다 깊이 이해한다. 어쩌면 아모 카인 본인보다도…….

다 먹고 나서 손끝을 물티슈로 꼼꼼히 닦고, 치히로는 다시 펜을 들어 남은 교정지에 집중했다.

21

가루이자와 주민에게 5월은 1년 중에서 가장 살기 좋은 계절이다.

지난달까지는 도로 결빙이나 뒤늦게 내리는 눈이 여전히 걱정이었지만, 4월 말부터 5월 초까지 긴 연휴가 끝나면 역시 본격적인 봄이 시작된다. 사카키가 소형 트럭과 아우디를 한 대씩 미니 기중기로 올려 미끄럼 방지 타이어를 일반 타이어로 교체하는 옆에서 자작나무는 연둣빛 잎을 펼치고, 야생 등나무에서 연보랏빛 꽃잎이 살랑살랑 떨어졌다.

5월 중순, 가요코 앞으로 남십자서방에서 무거운 택배가 도착했다. '완성본 재중'. 조급해지는 마음을 진정시키며 열어보니 안에는 오자와 치히로가 쓴 카드와 함께 《테세우스는 노래한다》 스무 권이 담겨 있었다.

두꺼운 비닐봉지에서 한 권을 꺼내 바라보았다. 창문으로 들이치는 햇살이 신간 단행본 위에서 아른아른 춤췄다.

아름답다. 이번에도 역시 생각한 대로 책이 만들어졌다. 은은한 블루 계열에 은가루를 섞은 듯한 색지에 아주 개성적인 서체로 제목을 배치해서, 평대에 놓이면 분명 시선을 끈다. 이쪽에서 치히로와 디자이너에게 장정 이미지를 전하는 것부터 시작해 커버와 표지 재질, 제목과 저자명 폰트, 아래에 두르는 띠지 색상과 문구에 이르기까지 무엇 하나 소홀히 하지 않고 그때그때 스스로 판단하며 일을 진행했다.

표지를 살그머니 열어 페이지를 팔랑팔랑 넘기며 새 잉크의 냄새를 가슴 깊이 빨아들였다. 이 순간이 최고다. 종이책만이 줄 수 있는 열락이다.

책을 내려놓고, 가요코는 대신 치히로가 함께 보낸 카드를 집어 들었다. 제목과 서두에 맞춰 골랐으리라, 흰 바탕에 금박으로 범선이 그려진 아름다운 카드였다. 뒤로 돌리자 그 특유의 꼼꼼한 글자가 배치되어 있었다.

아모 카인 선생님.

언제나 여러모로 감사합니다.

드디어 《테세우스는 노래한다》의 단행본이 완성되었습니다!

예상치 못하게 초대받은 가루이자와 자택에서, 거의 출판을 앞둔 원고를 받아 오늘까지, 이 작품을 위해 온 힘을 기울여주셔서 진심으로 감사합니다.

이번에도 역시 이야기가 발전하는 과정을 바로 곁에서 함께할 수 있었던 것을 무엇보다 기쁘게 생각합니다.

지금까지보다 더 많은 독자 곁에 다가갈 수 있도록 전사적으로 노력하겠습니다.

앞으로도 모쪼록 잘 부탁드립니다.

오자와.

'과정을 바로 곁에서'. 미소를 지으며 그의 말이 옳다고 생각했다. 말이 바로 곁이지, 담당 편집자와 같은 침대에서 자다니 이 일을 오래 하면서도 처음 있는 일이었다.

갓 나와 따끈따끈한 단행본을 거실 사이드 보드 위, 미술 관련 외서 줄에 세웠다. 하얀 벽에 파란 표지가 잘 어울려서 마치 처음부터 이 방을 장식하기 위해 만들어진 듯한 자태였다.

가요코는 그 옆의 미니 스테레오를 켜 CD를 넣었다. 라흐마니노프 피아노 협주곡 제2번, 만년의 아슈케나지와 콘세르트헤바우 관현악단의 연주였다. 지금 주변 별장에 아무도 체류하지 않는 것을 기회 삼아 집이 진동에 울릴 정도로 볼륨을 높이고 소파에 누워 눈을 감고 귀를 기울이자, 몸 내면을 차곡차곡 채우고 부풀어 오르는 것이 있었다.

대작을 써냈다는 만족감과 성취감, 이번 달 말에는 서점에 진열될 이 책을 사람들이 어떻게 읽을지에 대한 기대감……. 그것만으로 그치지 않는다. 단순히 '많은 독자'에게 다가가는 것만으로는 부족하다. 이번에야말로, 이 작품이야말로 완고한 심사 위원들의 고집을 뒤엎어 눈에 또렷하게 보이는 '프라이즈'를 받아야 한다. 그럴 수 없다면 정말 이상하다.

이시다 산세이의 말을 떠올릴 것도 없이, 상반기 나오키상은 전년도 12월부터 5월에 걸쳐 간행된 작품을 대상으로 하고, 최종 후보작이 6월 중순에 발표된다. 앞으로 한 달도 남지 않았다.

아마도 5월 말에 나올 《테세우스는 노래한다》는 설령 심의에 오르더라도 하반기로 넘어갈 확률이 높으리라. 오히려 잘됐는지도 모른다. 반년 가까운 유예기간에 마음껏 팔아서 도저히 무시할 수 없는 베스트셀러로 만들겠다. 그걸 위해서라면 전국 서점을 방문하는 것쯤은 일도 아니다.

지금껏 새 책을 낼 때마다 상 후보가 되기를 진심으로 바랐다.

그러나 이번에는 뭔가 달랐다. 지금까지보다 더한, 일종의 특별한 감정이 있었다. 이렇게 필사적인 심정으로, 그야말로 몸과 마음을 바쳐 작품을 갈고닦은 것은 처음이었기에 결과를 원했다. 보상받고 싶었다. 자기 작품을 앞에 두고 철저히 객관적으로 임했던, 그 고통스러운 노력에 의미가 있었다고 확인하고 싶었다.

《테세우스》로 받지 못한다면, 하고 가요코는 생각했다.

더는 쓰지 않을지도 모른다.

다음 날에는 출간 전 중판이 정해졌다.

지금까지 가장 빨랐던 것은 환천서점에서 출간 후 사흘 만에 했던 중판으로 2만 부였다. 이번에는 3만 부, 초판과 합치면 8만 부가 된다. 그만큼 남십자서방의 진심이 엿보인다고 할 수 있으나 가요코는 손을 움직이며 가차 없이 말했다.

"예측이 너무 허술했던 거 아니야?"

가장 넓은 회의실 테이블에는 1500권의 신간이 열 권씩 탑처럼 쌓여 빽빽하게 놓여 있었다. 추가 사인본을 만들자는 의뢰를 받아 인터뷰 몇 건과 일정을 맞춰 일부러 상경했다.

"이봐요, 편집장님. 내가 전부터 계속 말했을 텐데. 처음부터 과감하게 부수를 뽑지 않으면 전국의 서점까지 배본하지 못한다고. 기억해?"

"물론입니다."

"그런데 왜 초판을 더 찍지 않았지? 팔 생각이 없나 봐?"

"아이고, 아닙니다. 무슨 그런 말씀을 하시나요."

사토 편집장이 얼굴 앞에서 손을 내저으며 한심하게 눈썹을 늘어뜨렸다.

"광고는 앞으로 쭉쭉 나갈 거고, 더욱더 많이 팔 겁니다. 주요 서점에는 이미 가제본을 보내 먼저 읽도록 해두었고요."

“알고 있어. 덕분에 진행이 빨라서 고생했으니까.”

“그러셨죠, 감사합니다. 정말 덕분에 살았습니다. 서점 직원 중에는 아모 선생님의 열렬한 팬이 많으니까요.”

서점 각각의 문예 매대를 만드는 담당 스태프가 눈에 띄는 곳에 어느 정도 쌓아주는가, 추천 문구를 어떻게 쓰는가, 이런 것 하나하나로 매출이 크게 달라진다. 그건 분명하다.

“그렇다고 타인의 열정에만 기대서 어쩌려고?” 가요코가 말했다. “운에 맡길 생각? 발행처가 나서서 신간을 좀 더 홍보할 수 있게 상자나 포스터를 준비하거나 굿즈를 만들어서 이벤트를 하는 것처럼 할 수 있는 일이 있잖아? 기합을 넣으라고.”

“안심하세요. 광고부도 판매부도 하나가 되어 아이디어를 내고 있으니까.”

“그래요. 예를 들어 어떤 아이디어?”

“그게 그러니까⋯⋯.”

“그거 전부 알려줄 수 있어?”

“네?”

“예정된 굿즈 이벤트나 서점 관련 스케줄. 당연히 전국적으로 하지?”

“아니요, 그건 바야흐로 조정하는 중이라서⋯⋯.”

“그런 것도 정하지 않았다니 아모 카인을 무시하는 거야? 좋아, 지금 여기에서 정할 테니 어느 서점에 몇 부씩 배본하는지 목록을 보여줘."

"아니요, 그런 걸 보셔도 전혀 참고가……."

"정신 좀 차려!"

이쯤 되자 가요코는 고개를 들어 책의 산맥 너머에 앉은 사토를 노려보았다.

"나는 다른 출판사 담당에게 슬쩍 보여달라고 한 적 있어. 재고를 많이 둔 서점에 찾아가지 않으면 의미 없으니까. 그리고 출간 뒤 한동안은 대형 서점의 매출 추이 데이터를 매일 체크했지."

"그게……."

"첫날부터 얼마나 팔리고 그에 맞춰 추가 주문이 몇 권 들어왔는가. 구매한 손님의 남녀 비율, 연령층, 또 유사 도서와의 비교 데이터도 있었던가. 전부 목록으로 만들어서 매일 보내줘요."

"유사 도서……요?"

"모르는 척하지 마. 구매층이 겹치는 다른 작가의 신간 말이야. 일이 주간 매출 추이도 정확히 비교할 수 있게 표를 만들더군. 인제 와서 감출 것 없다니까. 당신들 출판사에서도 그런 걸 꼼꼼하게 조사할 거 아니야. 보여줘요. 영업에 참고할 테니까."

사토 편집장이 "으음" 하고 곤란한 듯 낮은 소리로 신음했다.

"설마 못 한다고 하지 않겠지? 이쪽은 새로 쓴 원고를 외부에서 돌려받아서까지 당신들 출판사에 넘겼으니까 얼마든지 참견할 권리가 있을 텐데."

"저희를 신용하고 맡겨주실 수는 없으실지요."

"뭐 하나 제대로 생각해주지 않는 발행처를 어떻게 신용하라고! 내가 신용하는 건 담당 편집자로서 오자와 치히로뿐이야. 판매나 광고를 전적으로 맡겨주길 원하면 먼저 실적을 보여줘야지."

하아, 하고 반응하며 사토가 시선을 내리깔았다. "알겠습니다. 일단 담당 부서와 상의하고 답변드리겠습니다."

"한시라도 빨리 처리해줘."

짜증을 감출 마음은 처음부터 없었다. 사안을 그 자리에서 척척 결정하지 못하는 인간과 대화하면 하여간 감정이 소모된다.

대화하는 동안에도 가요코는 사인하는 손을 한 번도 쉬지 않았고 물론 잘못 쓰지도 않았다. 왼쪽에는 아까부터 치히로가 말없이 서서, 매번 그러듯이 사인을 마친 책에 간지를 끼웠다.

한편, 오른쪽에 있는 사람은 편집부에서 도우러 온 이름 모를 여성이었다. 본래 여기 있어야 할 후지사키 아라타는…….

'죄송합니다, 후지사키는 오늘 외근 중이어서, 모쪼록 아모 선생님께 잘 부탁드린다고 하더군요.'

아까 사토가 그렇게 말하며 본인에게서 전달받았다는 고

급 쇼콜라티에 종이 가방을 건넸다. 안에는 신간에 대한 감사와 괜찮다면 한숨 돌리실 때 드시라는 말이 적힌 메모가 들어 있었다.

전혀 심금을 울리지 않았다. 치히로가 준 카드와 비교해 백분의 1조차도. 가요코에게 있어 후지사키 아라타의 인상은, 나오키상 대기 모임에 더해 오늘도 여기 없는 것으로 땅에 떨어졌다.

이번 작품 편집에 직접적으로 관여하지 못한 것이 그렇게나 불만일까. 설령 불만이 있더라도 자사에서 책이 나오는 이상, 인사쯤은 하려고 얼굴을 비치는 것이 어른스러운 태도 아닌가.

아니, 이제 더는 이러쿵저러쿵 말하지 않겠다. 어차피 낙오자다. 필요 없는 인간이다. 자신과 오자와 치히로를 적으로 돌리면 어떻게 되는지, 언젠가 아라타가 알게 해주겠다.

1500권의 사인을 마친 뒤, 세 번째 인터뷰가 별실에서 이루어졌다. 주로 요리 레시피를 다루는 생활 정보지지만, 발행 부수가 현격히 많아서 광고 효과도 기대할 수 있다.

앞선 두 건과 마찬가지로 치히로는 방 한쪽에 대기하며 '아모 카인'이 대답하는 내용에 고개를 깊이 끄덕이고, 때로 자기 수첩에 메모했다. 자신 역시 아모 작품의 엄청난 팬이라는 여성 기자와는 취재 시작 전부터 작품 감상을 나누며 같이 흥분해서 자리 분위기를 훈훈하게 하는 데 크게 공헌했다.

"인상적인 대사나 교훈이 될 만한 문장이 많이 나오죠."

30대 여성 기자가 진지한 눈빛으로 말했다.

"아모 씨가 생각하기에 가장 마음에 남는 대사가 있나요?"

가요코는 잠시 생각하고 대답했다.

"어렵지만 하나를 고른다면, 어떤 장면에서 주인공 중 한 명이 말하는 '너를 용서한 건 아니야'라는 대사일까요."

치히로가 말없이 고개를 힘차게 끄덕였다. 읽기 전인 독자를 위해 에둘러 말했지만 주제와도 연결되는 중요한 대사였다.

"그게 만약 '너를 용서 안 해'였다면 의미가 전혀 달랐을 거예요. 사람이 누군가에게 '용서한 건 아니야'라고 말할 때, 징조는 이미 거기에 있죠."

"징조……."

"표현을 바꾸어 말하자면, 새로운 관계성으로 가는 최초의 빛 같은 걸까요."

인터뷰는 신기하다. 질문을 받아 최대한 정확하게 대답하려고 자신과 떨어져 바라보는 과정에서 비로소 말이 되는 것이 있다. 지금도 말로 하고서 처음으로 이해했다. 《테세우스는 노래한다》를 통해 자신이 가장 쓰고 싶었던 것은, 길게 이어진 절망의 어둠 뒤에 비치는, 단 한 줄기의 빛이었다.

한 시간가량의 취재를 마치고, 그때까지 묵묵히 촬영하던 카메라맨이 기재와 노트북을 정리하기 시작했다. 여성 기자가 테이블 중앙에 놓인 녹음기 스위치를 끄고 가방에 넣으며 말했다.

"그건 그렇고 일전에 저희가 염치없는 부탁을 드려서 죄송했어요."

"네?"

가요코는 서둘러 기억을 뒤졌다. '부탁'이 뭐였지. 일전이라면 얼마 전이었을 텐데 기억에 없었다.

"담당인 야노가 면목 없어했습니다. 야노가 말씀드려달라고 부탁했어요. '분명 바쁘신 줄 알고 여쭈었기에 각오도 했습니다만, 저희 잡지 독자 중에도 아모 선생님의 팬이 아주 많으므로 언젠가 나중에라도 등장해주신다면 기쁘겠습니다……. 다음 기회에 또 부탁드리겠습니다'라고 하네요. 말씀만 전달해드릴게요."

가요코가 생긋 웃었다.

"저야말로 이번에는 기대에 부응하지 못해 정말 미안해요. 야노 씨에게 부디 잘 부탁한다고 전해주세요."

치히로와 함께 엘리베이터까지 두 사람을 배웅했다.

문이 닫힌 시점에 가요코가 뒤를 돌아보지 않고 물었다.

"지금 거, 뭐였지?" 가냘픈 목소리가 죄송합니다, 라고 말했다. "사과하라는 게 아니야. 내 질문에 대답해."

대답이 없었다. 돌아보자 치히로가 창백한 얼굴로 고개를 숙이고 있었다.

"말씀드리는 걸 깜박 잊어서……."

"드문 일도 다 있네."

"죄송합니다."

요 몇 달간 가요코는 자질구레한 업무 창구를 치히로에게 부탁했다. 말을 꺼낸 것은 치히로로, 마침 문광당의 임원과 괴로운 대화를 마치고 돌아온 그날이었다.

사소한 그림자 노동에 쫓겼던 가요코는 그의 제안을 받아들여 남십자서방 관련한 일뿐 아니라, 이를테면 연애나 결혼이라는 주제롤 다루는 단발적인 인터뷰나 에세이 의뢰 등에 관해서도 상대방과의 조율을 치히로에게 맡겼다. 자유로워진 시간을 일에 투자할 수 있다면 돌고 돌아 남십자서방에도 이익이 된다.

"그래서 대체 어떤 내용이었어?"

"연재를……." 치히로가 헛기침했다. "그 잡지에 생활 관련한 에세이를 연재해달라는 의뢰였어요. 하지만 메일로 조건을 자세히 물었더니, 첫 연재 시점까지 유예가 거의 없었고 심지어 매달 분량이 일곱 장인데 보수는 '약소해서 죄송합니다만 2만 엔에'라고 해서……. 아모 선생님께 그런 조건으로 글을 쓰라니 너무 말도 안 되잖아요."

"그랬군. 그래서 치히로 씨 판단으로 거절했어?"

"……네. 마침 교정 작업이 고비에 접어든 때여서 번거롭게 해드릴 일도 아니라고 생각해서요. 죄송합니다. 보고만큼은 제대로 해야 했어요."

"그러네." 가요코가 말했다. "자칫하면 멍청한 소리를 하고 창피를 당할 뻔했어."

"정말 죄송합니다!"

치히로가 거의 몸이 거꾸로 설 정도로 고개를 숙였다. 그대로 한참이나 고개를 들지 않았다. 가요코는 한숨을 쉬었다.

"미안한데, 그런 퍼포먼스는 별로야."

그래도 들지 않았다.

"그만하라고 했지. ……그만해!"

그제야 든 얼굴이 이번에는 새빨갰다. 머리에 피가 몰렸나 보다.

"있지, 당신이 나를 생각해서 그렇게 한 건 알아. 강연이나 TV 출연 같은 의뢰라면 당신 판단으로 거절해도 괜찮아. 하지만 쓰는 일, 나의 문장과 관계되는 일이라면 아무리 사소해도 내 지시를 들을 것. 당신이 판단하지 말고 반드시 나한테 확인할 것. 그렇게 말했었지?"

"네."

"말해두겠는데 두 번은 봐주지 않아."

그때였다. 바로 옆 엘리베이터에서 소리가 나더니 남성 둘이 내렸다. 가요코를 보자 오, 하고 멈춰 섰다.

"아, 다행입니다. 늦지 않았네요."

후지사키 아라타였다.

"인사만이라도 드리고 싶어서 혹시 아직 계시려나 했습니다."

"그거 일부러 고맙네." 가요코가 말했다. "맛있는 초콜릿까지 주고."

아니요, 소소한 것이어서 죄송합니다, 하고 아라타가 겸손하게 대답했다. 뒤에 선 남자는 어디선가…….

"이쪽은 이치노조 다카시 씨입니다."

가요코가 아아, 하고 반응했다.

"그러네. 작년 신인상인 그 사람."

"네. 잘 부탁드립니다." 그렇게 뻔뻔한 연설을 한 남자가 제법 정중하게 인사했다. "설마 저를 기억하실 줄은 몰랐습니다."

"당신이 말했잖아. 이름을 기억하고 가라고."

"정말 죄송합니다."

그러는 이치노조를 옆에 선 후지사키 아라타가 어딘지 묘하게 싱글벙글, 그림처럼 따사로운 눈빛으로 지켜보았다. 어차피 지금 잘나가는 대선배와 만나게 해주겠다느니 해서 끌고 왔겠지. 그렇게 함으로써 간접적으로 편집자로서 자기 역량과 공적을 어필하고 우위를 점하려는 꿍꿍이가 훤히 보였다. 이용당했다고 생각하자 순식간에 속이 들끓었다.

가요코는 아라타 못지않게 생긋 미소를 지었다.

"그런데 이치노조 씨, 솔직하게 말해봐. 후지사키 아라타는 당신에게 어떤 편집자야?"

"엑. 그런 건 당사자를 앞에 두고 묻지 말아주세요."

웃어넘기려는 아라타를 거들떠보지도 않고 질문을 거듭 이어갔다.

"응? 어때? 후지사키 씨, 작품을 제대로 읽지도 못하면서 엉뚱한 소리만 하지?"

이치노조가 훗, 하고 웃었다.

"그런 경향은 있습니다."

"역시."

"그래도 우수하세요."

"그래? 대체 어떤 점이?"

"제가 천재임을 인정하고 전부 마음대로 하게 두는 점이요."

예상 밖이어서 말문이 막혔다. 지금은 틈을 두지 않고 대수롭지 않게 흘려들었어야 한다고 후회했으나 이미 늦었다. 이쪽을 내려다보는 이치노조의 엷은 미소가 너무 불쾌해서 목덜미 쪽이 확 뜨거워졌다.

"그렇군. 뭐, 상성도 있으니까."

"저, 아모 선생님." 옆에서 치히로가 조심스럽게 끼어들었다. "슬슬 다음 일의 시간이……."

다음 일 같은 것은 없다. 그러나 지금은 그가 보내준 구조선에 타기로 했다.

"실례할게." 가요코는 의젓하게 미소를 지었다. "수상 후 첫 작품도 부디 열심히 해."

"이미 출간되었습니다."

털이 곤두서는 줄 알았다.

"그랬지. 내가 깜박했네."

그럼 또, 하고 원래 있던 방으로 발걸음을 돌리는 가요코를 이치노조와 아라타가 나란히 배웅했다. 방으로 들어가 치히로가 문을 닫자마자 가요코는 의자를 걷어찼다.

"뭐야 저거! 열받아!"

치히로는 고개를 끄덕였지만 여전히 딱딱한 표정을 무너뜨리지 않았다.

"왜 가만히 있어. 같이 화를 내야지!"

야단치자 그제야 안도한 듯이 그도 숨을 내쉬었다.

"저 두 사람, 최근 계속 저래요."

"저렇다니?"

"아까 말이 나왔듯이 지난달 말에 이치노조 씨의 신작이 드디어 출간되었는데요……."

"별로였구나?"

"그게…… 생각보다 좋아요."

가요코가 미간을 찌푸렸다. "설마."

"그렇게 생각하시죠? 본인은 보시는 대로 개성이 강하고, 남이 하는 말을 절대로 받아들이지 않는데 이번 작품은 상당히 완성도가 좋아요. 게다가 잘 팔려요. 편집부에서도 평판이 좋아서 수상작과 한 세트로 제법 팔릴 것 같다고 하고요."

"그럼 아라타 씨가 오늘 외근한 건……."

"그쪽도 둘이서 서점 방문이에요. 화이트보드에 적혀 있었어요."

그렇군. 그걸 예상하고 일부러 유명 가게에서 미리 초콜릿을 사서 편집장에게 맡겨두었다는 것인가. 너무 계산적이어서 소름이 돋았다.

"그나저나 이후로 괴롭힘은?"

의중을 떠보자 치히로의 얼굴이 순식간에 바뀌어 고민 가득한 표정을 지었다.

"여전히 그래요. 이상한 소문을 퍼뜨려서 다른 사람들도 험담하고요. 그런 짓을 해서 뭐가 즐거울까요."

"이상한 소문이라니 어떤 거?"

입을 다물고 침묵했다.

"말해."

강하게 재촉하자, 씁쓸한 미소를 슬쩍 지으며 고개를 저었다.

"괜찮아요, 저만 마음에 두지 않으면."

"치히로 씨."

"관여하지 않으시면 좋겠어요. 아모 선생님은 가능한 한 그런 멍청한 일과는 멀어지시는 게 좋아요. 부탁드립니다."

22

출간일은 5월 26일이지만, 전국 주요 도시에서는 그보다 이삼 일 일찍 서점에 진열되기 시작했고, 그 주에 《테세우스는 노래한다》는 각종 베스트셀러의 소설 분야 1위로 뛰어올랐다.

치히로는 연일 아모 카인과 행동을 함께했다. 어제는 나고야의 유서 깊은 서점에서 사인회, 그대로 도쿄로 돌아와 오늘은 긴자와 유라쿠초 주변의 서점에 인사하러 갔다. 파도처럼 몰아치는 스케줄이지만, 전부 카인 스스로 원한 것이었다.

갓 데뷔한 신인이나 몇 년이 지나서야 간신히 인기 조짐이 보이는 작가라면 몰라도 아모 카인 정도의 경력이면서 부지런히 서점을 방문하는 작가는 드물다.

"감사하다면야 감사하지만, 신경 써야 해서 지치는 면도 있어요."

판매부의 요시다가 작은 목소리로 말했다.

"누가, 누구에게?"

"음, 대놓고 말하면 서점이 작가에게려나요. 제 경우에는 작가와 서점 양쪽 다요. 중진쯤 되면 여러모로 어려운 점도 많잖아요. 물론 서점에 따라서도 다른데, 와줘서 고마운 반면에 평소보다 괜히 신경 쓸 것도 많고, 사인본이 잘 팔리는 작가도 있고 안 팔리는 작가도 있고요. 우리가 모시고 갈지 물어도 꼭 와달라는 대답은 웬만해선 잘……. 그보다는 활기 넘치는 젊은 작가를 데리고 와달라는 말을 들을 때가 많아요."

요시다와 치히로는 손님을 방해하지 않도록 구석에 서서 주변을 살피며 속닥속닥 대화했다.

오후 마지막 일정으로 방문한 이 서점에는 위층에 작게 티룸이 있어서 홍차와 케이크라도 드시라며 점장이 직접 안내했는데, 치히로는 도중에 자리를 양보했다. 그 대신 점장의 호출로 날아온 문예 담당 직원은 동경하던 작가와 가까이에서 대화를 나눌 수 있어 기뻐 보였다.

"물론 아모 선생님은 격이 다르지만요." 요시다가 계속 말했다. "어느 서점이든 대환영이에요. 그만큼 모셔야 하는 저로서는 완전 기가 죽지요."

"역시 그렇군."

"그야 너무 무섭잖아요, 우리한테는요. 판매부 사람은 아무도 같이 다니고 싶어 하지 않아요. 저도 연일은 솔직히 힘들고요."

어제 사인회를 연 나고야 노포 서점도, 오늘 인사를 다닌 여러 서점도 전부 요시다가 영업을 맡은 점포였다. 그는 어제 저녁, 서점 주인과 함께 나고야역 승강장에 서서 카인과 치히로가 타는 신칸센을 정중하게 배웅하고 바로 서점으로 돌아가 각종 뒷정리를 마친 뒤, 본인은 신칸센 막차를 타고 돌아왔다고 한다.

불면 날아갈 듯한 체형이나 아직도 학생티가 빠지지 않은 말투는 여전하지만, 작년 여름의 사인회 때와 비교하면 제법 믿음직스러워졌다. 치히로가 교육을 맡았던 신입 연수 당시를 생각하면 더 그랬다.

"오자와 선배는 정말 대단해요." 요시다가 말했다. "저 괴물에게서 엄청난 신뢰를 받잖아요."

"어이, 말이 너무 심해."

"아니, 진짜 그렇다니까요. 뭐, 별로 부럽지는 않지만요."

큭큭큭 웃던 요시다가 허둥지둥 등을 폈다. 티 룸에서 카인이 나타났다.

점장과 스태프의 인사를 받으며 서점에서 나오자, 도로에 치히로가 불러둔 택시가 이미 서 있었다. 요시다를 남기고 오늘은 가루이자와로 돌아가는 카인과 함께 도쿄역으로 갈 예정이었다.

"도쿄역 어느 출구에 세울까요?"

택시 기사가 물어서 치히로는 카인의 옆얼굴을 바라보았다. 호쿠리쿠 신칸센 승강장과 가장 가까운 곳은 니혼바시 출구지만, 먹을거리를 산다면 야에스 출구에서 내릴 때가 많았다.

"마루노우치 출구로 부탁해요."

카인이 뜻밖의 말을 했다. 치히로를 보고 부연 설명했다.

"한 군데 더 인사하고 돌아가고 싶어서."

"혹시 'OZON'에?"

"그래. 요시다 씨의 담당 점포는 아니지만 거기는 평소 혼자서도 자주 가니까."

역 앞의 거대한 복합 빌딩에 입점한 서점을 말하는 것이었다. 도쿄에서 일하고 돌아갈 때나 그 근처 호텔에서 머문 다음 날 들러서 충실하게 갖춘 서가 사이를 어슬렁거리고 위층 문구 매장까지 여유롭게 살펴보는 것을 좋아한다고 카인이 말했었다.

집에서도 책을 살 수 있는 인터넷 서점은 물론 편리하고, 원하는 책 한 권까지 최단 거리로 데려가준다. 효율만 추구한다면 그걸로 충분하다고 생각하는 사람들도 있으리라.

그러나 치히로가 아는 한, 출판업계에 그런 소리를 하는 사람은 없다. 오프라인 서점에는 인터넷 서점과는 또 별개로 심오하게 즐기는 방법이 있고, 일부러 찾아가는 재미나 이점도 효율과는 전혀 다른 지점에 있다. 원하는 책 한 권을 찾으러 들어갔다가 다른 데로 시선이 가서 전혀 관계없는 책을 몇 권이나 안고 돌아올 때도 종종 있는데 그게 또 좋다. 멀리 돌아가는 여정에 인생의 기쁨이 있으니, 잉여란 반드시 헛된 것은 아니다.

평대의 눈에 띄는 곳에 놓이는 책은 화제의 신간만이 아니다. 각 분야 서가를 담당하는 서점 직원이 저마다 안테나를 길게 뻗고 여러모로 궁리해서, 쉽게 읽히고 도움이 되는 책이나 도움은 되지 않아도 재미있는 책, 재미있고 세상을 넓혀주는 책, 혹은 읽기는 어렵지만 살아가면서 반드시 읽어야 하는 책 등등 여러 방면에 걸쳐 책을 갖춰둔다. 다시 말해, 만반의 준비를 하고 기다린다.

그렇기에 자신과 상성이 맞는 서점과 그렇지 않은 서점이 생기기도 한다. 미식가에게 신뢰할 수 있는 레스토랑, 패셔니스타에게 신뢰할 수 있는 브랜드가 있듯이 책벌레들에게도 자신이 제일 믿을 수 있는 서점이 존재한다.

"눈에 띄게 줄어들었지, 서점."

점점 어두워지는 창밖을 바라보며 카인이 말했다. 마침 비슷한 생각을 하고 있었나 보다.

"치히로 씨, 기억해? 코로나 팬데믹 초기에 불필요한 외출과 밀집을 피하기 위해 서점이 일제 휴업한 적 있었지."

"긴급사태 선언 때죠."

"그때 밤에 혼자 샤워하는데 말이야. 샴푸를 헹구려고 눈을 감은 순간이었어. 갑자기 불안감이 어마어마하게 덮쳐오는 거야. 만약 이대로 바이러스가 맹위를 떨쳐 서점이 두 번 다시 열리지 않으면 어쩌지. 사람이 툭툭 쓰러져서 죽는 와중에, 모두 자기 생명과 생활을 건사하는 것만으로 벅차서 도저히 소설을 여유롭게 읽을 상황이 아니게 되어서⋯⋯. 그때는 현실적으로 다들 그랬잖아. 만약 앞으로도 계속 지금처럼 살아야 하면 어쩌지. 그야 저축은 다소 있지만 그런 문제가 아니라, 아무도 책 따위에 시선도 주지 않는 세상이 되면, 나는 도대체 뭘 업으로 삼고 뭐에 기대어 살면 좋을까⋯⋯. 상상만 해도 오싹했어."

정말 오싹했다고, 카인이 반복했다.

"그 감각은 아마 평생 잊지 못하겠지."

택시가 황거(도쿄 지요다구에 있는 일왕 내외가 거주하는 궁궐―옮긴이) 수로 근처로 접어들었다. 가로등에 이미 불이 들어왔다. 좌측 차창으로 꽃이 진 벚나무와 바람에 흩날리는 버드나무 아래를 달리는 사람들이 보였다. 마스크를 쓴 비율이 예전보다 낮아졌다.

"얼마 지나지 않아서 서점이 하나둘 영업을 재개하고 두 달쯤 전에 낸 내 최신간이 평대에 놓인 것을 비로소 내 눈으로 봤을 때, 눈물이 펑펑 흘렀어. 인터넷 서점의 베스트셀러 순위는 확인했지만 그것과는 전혀 달랐어. 구원을 받은 벅찬 기분이었어. 말하자면 그때였어. 오프라인 서점과의 인연을 더욱 소중히 여겨야겠다고 생각한 게.”

치히로는 고개를 끄덕였다. 말 하나하나가 모공으로 스며드는 기분이었다.

이토록 깊고 가깝게 사귀어도 여전히, 무심코 신경을 거스르지 않게 조심해야 하고 갑자기 혼나면 떨린다. 그래도 이 사람의, 자기 작품을 사랑해주는 독자와 서점 이외에는 아무것도 눈에 들어오지 않는다는 태도를 접하면, 그 철저한 고결함에 다른 의미로 떨린다. 설령 이 세상 사람 모두가 그런 면을 곡해해서 받아들이고, 전 세계가 적으로 돌아서더라도 자신은, 자신만은 이 사람 편이 되고 싶다…….

택시는 대로에서 우회전해 곧 마루노우치 입구의 호텔 앞에 섰다. 7층 위로는 호텔인데, 인기척 없는 1층을 아트리움 쪽으로 뚫고 가면 서점이 나온다.

“있을까, 효도 씨.”

요즈음 독자나 시장에 영향력을 미치는 서점 직원을 총칭해 ‘카리스마 서점 직원’이라고 부른다. 베스트셀러뿐 아니라 숨은 명작이나 앞으로 인기가 있을 듯한 신인의 작품까지 폭넓게 살피고, 독자를 위한 뛰어난 안내자이자 시장의 조종자가 되어주는 사람들이다.

그들 중 하나, 효도 미와코는 파워풀한 행동력과 견인력으로 정평이 났고, 잡지나 인터넷 서평란에 연재를 맡은 데다 여러 출판사의 편집자들에게서 신뢰받고 있다. 그가 눈여겨 본 작품을 전국 각지에 있는 계열 서점이 하나가 되어 응원한 덕에 지금까지 얼마나 많은 베스트셀러가 탄생했던가. 이른 바 실력 탁월한 히트 메이커다.

치히로도 문예 편집부로 이동하고 바로 후지사키 아라타를 통해 그를 소개받았다. 물론 《테세우스는 노래한다》는 가제본을 배부할 때도 제일 먼저 보냈다. 분명 이번에도 새로운 단행본을 일등지에 진열했을 것이다.

서점에 들어서려다가 치히로가 멈춰 섰다.

"잠깐만요, 아모 선생님."

"응? 왜 그래?"

"저기 문춘 사람들 아닌가요?"

가리킨 곳을 바라본 카인이 "어머, 정말이네" 하고 말했다.

키가 큰 시라토리가 유달리 튀어서 알아차렸다. 그 옆에는 글쎄 이시다 산세이도 있지 뭔가. 혀를 차고 싶었으나 치히로는 참았다. 휴직했다가 복귀했다는 소문은 들었는데, 하여간 방해만 되는 남자다.

그들이 여기 있는 이유도 바로 알았다. 서점 입구의 입간판에 '작가 미나가타 곤조 토크&사인회'라고 크게 적혀 있었다. 오후 6시부터 7시 반. 뒤의 한 시간이 사인회라면 슬슬 토크가 끝날 때일까.

"……인사하시겠어요? 미나가타 선생님께."

아주 잠깐 눈동자가 흔들린 카인은 그런 자신에 화가 난 듯이 말했다.

"그야 해야지. 예의는 지켜야 해."

에스컬레이터를 타고 2층으로 올라가는 중에 마이크를 통해 미나가타의 탁한 목소리가 들려왔다. 효도 미와코가 진행을 하는 모양인데, 언변 뛰어난 작가가 거의 혼자 말하고 있었다. 알기로는 희수가 지났을 텐데 전혀 그래 보이지 않았다.

많은 손님들이 이야기를 듣느라 행사장 주변에 찌그러진 동심원이 만들어졌다. 오랜 세월 작품을 읽어온 골수팬도 있을 테지. 현장의 공기가 전기라도 띤 것처럼 찌릿찌릿 뜨거웠다.

카인이 뒤쪽 서가 그늘에 자리를 잡아서 치히로도 그 옆에 섰다.

적절한 때를 살펴 효도가 말했다.

"이제 슬슬 마무리할 시간입니다."

"이런, 벌써 그렇게 됐나. 그럼 마지막으로 효도 씨는 뭔가 질문이 없나?"

"네?"

"우리야 아무리 건방진 소리를 늘어놔도 고작 자기 작품을 쓰는 능력밖에 없지만, 당신 같은 서점 직원은 다르지 않나. 말하자면 일본 전업 작가 전체의 생존권을 손에 쥔 셈이지."

"그럴 리가 있겠어요."

“그렇고 말고, 우리는 서점의 미움을 샀다간 살아갈 수 없는걸.”

“고맙습니다. 그렇게 말씀해주셔서요.”

“그러니 궁금해. 효도 씨가 지금 나에게 제일 물어보고 싶은 건 뭐지?”

으음, 하고 그가 생각에 잠겼다. 작가가 반대로 자신에게 질문하리라고 예상하지 못했을 것이다. 잠시 후 그가 말했다.

“선생님 작품과 직접 관련이 없는 질문도 괜찮나요?”

“물론이지.”

“그렇다면 한 가지만요. 미나가타 선생님은 지난 심사를 마지막으로 나오키상 심사 위원 자리에서 은퇴하셨죠. 그런 선생님께 여쭙고 싶어요. 나오키상은 도대체 뭘까요?”

치히로는 숨을 죽였다.

바로 옆에 선 카인은 꼼짝하지 않았다.

“호오. 이건 또 거창한 질문인데.”

“죄송합니다. 그러나 나오키상이 도대체 어떤 상인지, 왜 이토록 특별하게 여겨지는지, 새삼스레 생각해보니 신기해서요……. 수많은 문학상 중에서 평소 책을 읽는 습관이 별로 없는 사람들까지 주목하는 상이라면 역시 아쿠타가와상과 나오키상과 서점 대상 세 가지일 텐데요, 서점 대상은 아시다시피 전국 서점 직원의 투표를 모아 그해 가장 팔고 싶다고 생각하는 책을 고르는 상입니다. 원래 시초를 말하면, 나오키상에 선정되는 작품과 저희 서점 직원이 추천하고 싶은 작품 사이에 크나큰 괴리가 있다는 의문에서 만들어진 상이었어요. 그렇지만 프로인 작가 선생님들이 작품의 완성도나 문학성을 평가할 때의 감각과 책을 상품으로 다루는 저희가 느끼는 방식이 다른 건 당연하기도 해서요, 그렇다면 저희가 할 수 있는 일을 독자들을 위해 해보자는 마음이 있었습니다. 다만 솔직히 말씀드려서 지금 열기가 뜨거운 작가의 작품이 모처럼 나오키 후보가 되었는데 도무지 이해할 수 없는 이유로 떨어지는 일이 이어지면, 역시 직원들 사이에서 불만이 터지는 것도 사실이에요. 물론 바로 그렇기에 여러 상이 공존한다고 할 수도 있지만…… 작가 선생님들께 나오키란, 실질적으로 어떤 상인가요?”

“으음, 그렇군.”

미나가타가 신음을 흘렸다.

“죄송합니다, 왠지 질문이 막연하네요.”

“아니, 그렇지 않아. 뭘 어떻게 해도 막연하게 물어볼 수밖에 없는 것도 있을 테니. 마찬가지로 막연하게 대답할 수밖에 없는 것도 있고. 그래도 괜찮겠나?”

“네. 잘 부탁드립니다.”

“나는 20여 년 전에 나오키상 심사 위원을 맡았지. 고백하자면 나는 나오키상 후보에 세 번이나 올랐지만 받지 못했어요. 그런데도 심사 위원을 부탁받아서, 딱히 은혜를 입은 적도 없고 지킬 의리도 없으니 거절할 수도 있었을 텐데 결국 받아들였어요. 왜 그랬는가. 내게는 '제2의 미나가타 곤조를 만들지 않겠다'라는 사명이 있다고 생각했기 때문입니다."

청중 사이로 소리 없는 술렁거림이 퍼졌다.

"나오키상을 받지 못한 나는 자력으로 내 이름을 알릴 수밖에 없었지. 그게 얼마나 힘들었던지 뼛속까지 사무쳤거든요. 뛰어난 재능이 있는 작가가 상을 꼭 받아서, 그대로 거물이 되길 바랍니다. 그건 일본 엔터테인먼트 소설계를 위한 일이기도 하지. 나오키상이란 작가에게 특대형 엔진이고 날개고 무기이자 방패도 됩니다. 일단 수상한 뒤에는, 여러분의 서점 대상을 포함해 굵직한 문학상을 아무리 많이 챙겨도 죽으면 뉴스에서 '나오키상 작가 아무개 씨'라고 다뤄지지요. 예외라면 노벨문학상 정도려나. 요컨대 나오키상이란 그런 상입니다. 바라건 바라지 않건 상관없이 작가의 간판이 됩니다."

"그렇군요."

효도가 이어서 질문했다.

"그렇다면 미나가타 선생님은 지금까지 어떤 기준으로 나오키상을 선정하셨나요? 서점 대상은 서점 직원의 투표여서 알기 쉬운데요, 그러나 나오키상에서 어떤 작품이 선정될지는 도무지 예상이 어려워요. 때때로 저희가 매장에서 추천하는 작품이 마구잡이로 폄하되어서 분통할 때도 있고, 선생님은 화를 내실지도 모르지만 '장사를 방해하지 말아줘'라는 의견이 나오기도 해요. 요즘 같은 시대에 신랄한 심사 평을 쓰는 것에 무슨 의미가 있느냐, 모처럼 읽어보고 싶다고 생각한 독자의 마음에 찬물을 뿌려서 어쩌느냐고요."

"그렇군……. 이거 또 어려운 점을 건드리는군. 한 가지 확실한 것은, 방금 효도 씨도 말했듯이 나오키상의 경우에는 심사하는 쪽이 현역 작가니까요. 스토리가 재미있고 공감할 수 있는지보다 소설로서의 면모, 문장의 윤기, 주제의 현대성, 혹은 인간이라는 이해하기 어려운 존재를 그 어려운 점까지 포함해서 썼는가, 설명하는 예술이 아니라 이미지의 예술이 되었는가……. 그런 다양한 면을 종합적으로 봅니다. 그중에서도 내가 가장 중시하는 것은, 높은 뜻일지도 모르겠군요."

"뜻……인가요."

"그래요. 내가 왜 이걸 썼는가, 하는 뜻. 그것만 내게 절절하게 전해지면 설령 결점이 다소 있어도 과감하게 추천하고 싶어져요. 뜻이야말로 소설이 지닌 가장 큰 펀치력이라고 생각합니다. 그런 펀치를 얻어맞으니 후보작을 읽을 때면 녹초가 되지요. 그래도 진심으로 펀치를 날리는 상대는 봐주지 않아요. 나도 진심으로 대적하지. 그게 예의입니다. 솔직히 치고 받을 때는 이게 팔릴지 말지를 생각한 적 없어요. 그러다 보니 때로는 여러분의 일을 방해하게 되는지도 모르겠군요. 그 점은 미안하게 생각합니다. 다만 우리도 서점 직원 여러분들과 마찬가지로 소설을 좋아하니까, 너무너무 좋아서 미칠 것 같으니까 심사를 해올 수 있었어요. 말씀대로 책이 팔리는 것도 물론 중요합니다. 한편으로 현역 작가가 뜻을 느끼고 건투를 기리는, 혹은 바통을 맡기는 문학상도 있으면 좋겠다고 생각합니다. 나는요.”

잠깐 사이가 생긴 뒤, 효도 미와코가 감사하다고 토크를 마무리했다. 큰 박수가 일었고, 서점 안내 방송이 나와 바로 이어서 열리는 사인회를 알렸다. 땅딸막한 미나가타의 모습은 번호 순서대로 줄을 서는 사람들에 가려져서 보이지 않았다.

“뭐가 치고받기야.”

카인이 가면 같은 얼굴로 말했다.

“남의 작품을 일방적으로 두들겨 패고 잘났다는 듯이. 사인회가 끝날 때까지 기다리는 것도 웃기니까 오늘은 돌아…….”

그때였다.

행사장 쪽에서 빳빳한 앞치마를 두른 효도 미와코가 닌자처럼 미끄러지며 달려왔다. 눈이 강렬하게 반짝였다.

“역시 아모 선생님! 다행이에요, 뵐 수 있어서.”

치히로는 카인의 기분이 곧바로 V자를 그리며 회복하는 것을 느꼈다.

“아까 토크 중에 에스컬레이터로 올라오시는 모습을 언뜻 봤어요. 혹시 계속 듣고 계실지 궁금했어요. 사인회에 참석하러 오셨어요?”

빠른 말투로 적극적으로 묻는 효도에게 카인이 설마요, 하고 웃었다.

"효도 씨가 보고 싶어서 들렀는데 마침 미나가타 씨가 계셨을 뿐이에요."

"어머, 그럼……." 효도가 환하게 웃었다. "뻔뻔한 부탁을 드려도 괜찮을까요?"

"사인본?"

"네."

"물론 되고 말고요. 여기 있는 만큼 몇 권이든 하겠지만, 저쪽은 괜찮겠어요?"

카인이 행사장 쪽을 힐끔 보자, 효도 미와코가 "괜찮아요" 하고 끄덕였다. 작가의 양옆을 지키는 것은 문춘에서 출장 나온 담당 편집자고, 자신은 원래 전반부 토크 이벤트만 담당하고 사인회부터는 베테랑 직원들에게 바통 터치할 예정이었다고 말했다.

안내받은 사무실로 들어가 치히로는 가방에서 은색 펜을 꺼내 접어둔 간지에 시험 삼아 써본 뒤 카인에게 건넸다. 서점 여기저기에서 《테세우스는 노래한다》 수십 권이 모였고, 사인을 마친 것부터 순서대로 젊은 직원의 손을 거쳐 다시 매장으로 돌아갔다.

"이만큼 받아도 내일이나 내일모레면 다 떨어질 것 같아요."

효도가 심각한 얼굴로 말했다.

"당연히 주문도 넣고 있는데, 아모 선생님 사인본은 경쟁

률이 세서 그런지 좀처럼 원하는 만큼 배본을 받을 수 없어서……. 귀사에서는 지금 그 신인상 작가님의 사인본만 들어와요."

"정말 죄송합니다." 치히로가 고개를 숙였다. "혹시 오히려 불편을 끼치지는 않나요?"

"아니에요. 그 작가님의 두 번째 작품, 제목이《전율의 카니발》이었나? 그건 전작보다 훨씬 재미있던데요. 아마 담당이 후지사키 씨였죠?"

"맞아요."

"뭔가 계기가 있으면 크게 터질 것 같은 느낌은 있어요. 그건 그렇고…… 죄송하지만 오자와 씨, 판매부 직원분께 말씀 전해주실 수 있을까요? 효도가 아모 선생님 사인본을 더 많이 원한다고요. 보내주신 만큼 제가 책임지고 한 권도 남기지 않고 팔겠다고요."

"알겠습니다, 반드시 전할게요."

시원시원하고 믿음직스러운 말에 힘차게 고개를 끄덕이며 치히로는 카인을 바라보았다. 고개를 숙여 마지막 몇 권에 사인을 하는 카인의 입가는 조금 전까지의 불쾌감은 어디로 갔나 싶게 풀어져 있었다.

"그런 걸 나한테 말해봤자."

다음 날, 회사에서 효도 미와코의 말을 전하자, 후지사키가 불쾌한 느낌으로 엷게 웃었다.

"사인본 배본처를 내가 일일이 정하지 않잖아. 판매부에 가서 말해."

"물론 판매부에는 이미 전달했어요. 일단 보고입니다."

"그래, 그래. 알았어."

마치 파리라도 쫓는 것처럼 한 손을 들더니 더는 말 걸지 말라는 듯이 책상 위 노트북으로 고개를 바짝 댔다. 자신도 아모 카인의 담당이면서 어쩜 저렇게 태도가 불손할까.

이놈이, 하고 치히로는 어금니를 악물었다.

이 남자가 모든 악의 근원이다. 탕비실에서, 구내식당에서, 화장실에서, 로비에서. 회사 어디에서나 자신을 향한 험담이 들리는 것은 후지사키 아라타가 소문을 퍼뜨리기 때문일 게 분명했다.

《테세우스는 노래한다》의 최종 입고를 위한 체크 작업이 막바지에 들어섰을 무렵, 사토 편집장에게 불려 갔다. 뭐 그리 급한 용건인가 싶었는데, 최근 가루이자와 출장의 숙박비 문제였다.

'신칸센을 포함한 왕복 교통비는 청구했는데 2박분의 호텔비 영수증을 제출하지 않았다고 하던데.'

일괄 출장비로 잡아 이대로 처리할 수 있지만 일단 확인하고 싶다고 해서, 양심에 꺼릴 일도 전혀 없으니 솔직히 대답했다.

'이틀 밤을 아모 선생님 댁에서 묵었거든요.'

그게 대체 무슨 이유에선지 소문이 났다.

'어머, 그 애 그쪽인가?'

'상대편도 그럴지도.'

'싫다, 잠자리 영업이란 소리야?'

복도 구석에서 여성지 선배 두 사람이 속삭이는 말도 안돼, 같은 대화를 듣기만 해도 자길 말하는 걸 바로 알아차렸다. 카인의 귀에는 죽어도 들어가게 하지 않겠다고 다짐했다.

회사에 있는 동안만이 아니었다. 페이스북이나 인스타그램 계정에도 최근 들어 갑자기 쓰레기 같은 댓글이 쏟아지는 것 같았다. 그것 역시 자신에게 악의를 품은 회사 누군가의 소행이 아닐까.

쓰기만 하면 반드시 베스트셀러인 몬스터 작가를 '그 애'가 아귀처럼 집착하며 끌어안고 놓아주지 않는다. 그런 식으로 시기하며 이쪽을 공격하고 싶어지는 마음을 이해 못 하는 것도 아니었다. 자기 능력이 부족한 줄도 알아차리지 못하는, 딱한 인간들.

그러나 어쩔 수 없는 노릇 아닌가. 바로 그 아모 카인이 오자와 치히로가 아니면 안 된다고 말하니까. 오자와 치히로에게만 원고를 맡길 수 있다고 했으니까. 오자와 치히로야말로 자신을 진정으로 이해해준다고, 그토록 당당하게 공언했으니까.

회사 사람들은 오히려 감사해야 하지 않나. 소설이 도무지 팔리지 않아 자칫 적자를 내기 쉬운 문예 부문에서 아모 카인이 벌어들이는 이익 덕분에 모두가 월급을 받는다. 그 말은 즉 이쪽 덕분이기도 한 건데, 어째서 이런 일을 당하며 매일 괴로워해야 하는 걸까. 너무도 불합리했다.

낮에 그런 생각을 하다 보면 심박수가 오르고 몸이 뜨거워지고 손가락이 굳어서 잘 굽혀지지 않았다. 반대로 밤에는 침대에서 혼자 눈을 감으면, 얕은 잠이 들어 가장 꾸고 싶지 않은 꿈을 꾸고 답답해서 발버둥 치다가 깰 때가 종종 있었다. 손끝 발끝이 싸늘하게 차가워지고, 등부터 흙탕물로 가라앉는 기분이었다.

다시 자면 같은 꿈을 꿀지도 모른다.

그럴 때면 치히로는 스마트폰으로 가루이자와에서 찍은 사진을 봤다. 카인과 이인삼각으로 교정 작업을 진행하는 사이사이 시선이 머문 아름다운 것을 찍어 모은 앨범이었다.

큰 창문 너머로 던져진 농담(濃淡)의 모자이크 같은 나무 그림자. 새파란 하늘을 배경으로 우뚝 선 낙엽송의 뾰족한 우듬지. 카인이 손수 만들어준 세상에서 가장 가치 있는 아침 식사. 테라스에서 식사할 때 다가온 귀여운 야생 다람쥐. 거실 사이드 보드에 가지런히 꽂힌 외서들의 고요한 분위기. 두 사람 다 고작 몇 시간만 선잠을 잔 새벽, 램프 불빛을 받아 부드럽게 발광하는 것처럼 보이는 구겨진 홑이불……

그것들을 순서대로 보다 보면, 가슴속이 어루만져져서 조금씩 차분해졌다.

찍은 사진은 한 장도 빠트리지 않고 저장해두었다. 아니, 정확히는 '한 장을 제외하고'였다.

카인이 화장실에 간 사이에 급하게 찍은 한 장이었다. 용건을 마친 뒤 곧바로 삭제했는데, 때로 그 색감과 구도가 머릿속에 선명하게 떠올랐다.

더 이상 생각하고 싶지 않았다. 담당 편집자로서 한때는 자신과 마찬가지로 카인의 신뢰를 얻고 카인의 마음 가까이에 접근했던 남자의, 그 천박한 미소가 떠오르기만 해도 두드러기가 돋았다.

그대가 해야 할 일을 속히 할지니.

지난 나오키상 심사회를 앞두고 최선의 행동을 하도록……그러면서도 구체적으로는 무엇 하나 제시하지 않음으로써 무한한 해석이 가능하도록.

본인의 마음가짐에 따라 어떻게든 움직일 수 있게 모처럼 신의 계시를 전달했는데, 그렇게 간단히 무너진 것에는 놀랐다. 패기 없는 남자인 줄은 알았지만 예상 이상이었다. 어차피 사라질 거였다면 최소한 카인에게 도움 될 일을 하고 사라졌으면 좋았을 것을, 그런 행동은 일절 하지 않았으면서 한참

지나서 아무 일도 없었다는 듯이 후련한 얼굴로 복귀했을 때
는 더 놀랐다. 그런 무능력자가 운이 좋아서 카인과 만든 작
품을 자신이 한 번이라도 칭찬했던 것이 분해서 더욱더 화가
치밀었다.

앨범 속 풍경을 아무리 봐도 여전히 마음의 격랑이 진정되
지 않을 때면 치히로는 책장에서 아모 카인의 과거 작품을 손
닿는 대로 꺼내 펼친 페이지를 집어삼킬 듯이 읽었다.

이 작품 하나하나가 몇 번이나 자신을 구했던가. 모든 문
장, 모든 말이 내면 깊숙이 파고들어서 몸과 마음의 일부를
이루어 이제는 경계도 모호해졌다.

앞으로 언젠가 남십자서방에 있기 어려워지면…… 그때는
프리랜서 편집자로서 아모 카인 전속이 되자.

그렇게 엉뚱한 생각은 아니다. 외국에서는 일반적인, 이른
바 에이전트 형식이다.

원고를 완벽하게 완성할 때까지는 자신만이 카인과 작업
하고, 완성하면 그것을 각 출판사에 판다. 정가와 부수, 광고
전략부터 멀티미디어 확장에 이르기까지 모든 면에서 최고
의 조건을 제시한 출판사가 해당 작품의 출판권을 획득하는
시스템이다.

어중이떠중이 작가라면 몰라도 다른 사람도 아닌 아모 카
인의 신작이라면, 어떤 출판사든 갖고 싶어서 혈안이 될 테니
어지간한 조건은 받아들이리라. 무엇보다 당사자인 카인이

‘담당 편집자는 오자와 치히로가 아니면 안 된다’라고 말하니 이걸로 전부 다 원만하게 해결되지 않을까.

간직해두기 좋은 아이디어였다. 품에 넣은 손난로가 차츰차츰 열기를 띠는 것처럼, 이 아이디어만 있으면 자신에게 상처를 주려는 동료들에 대해서도 지금은 일단 너그러워질 수 있을 것 같다.

카인이라면 분명 받아들인다. 그 전폭적인 신뢰라니. 지금도 외부에서 들어오는 업무 의뢰를 거의 치히로의 판단으로 취사선택하도록 허락했을 정도다. 사소한 안건을 보고하지 않았다가 혼났지만, 그 정도 소규모 폭발에는 익숙해져야 한다.

‘내가 뭔가 이상한 소리를 하면 ‘아모 선생님 그건 아니에요’라고 치히로 씨가 알려줘.’

‘부탁해, 약속해줘. 다른 누가 모르는 척 입을 다물어도 치히로 씨만은 나한테 사실을 말해주겠다고.’

떠올리기만 해도 너무 행복해서 정신이 아득해진다.

물론 상응하는 각오는 필요하다. 그토록 기쁜 말을 한 카인일지라도 여느 때처럼 그때그때 감정에 따라 반발하고 잘못된 판단을 할 때도 얼마든지 있다. 지난 교정 작업 중에도 몇 번이나 그랬다.

지금까지도, 앞으로도, 그럴 때는 자신이 용기를 내 바로잡아야 한다. 이대로라면 선생님은 벌거숭이 임금님이 되고 말아요, 라고 외쳐야 한다.

그러다가 미움을 사도 어쩔 수 없다고 치히로는 생각했다.

무슨 일이 있어도 자신만큼은 작가 아모 카인을 위해 끝까지 봉사하겠다고 약속했으므로.

23

　얼마 전에 진행한 인터뷰 원고가 너무 형편없어서 현기증을 느꼈다. 요즘 보기 드문 고령의 인터뷰어였고 취재 도중 녹음도 하지 않고 메모만 휘갈겨 쓰는 것을 봤을 때부터 불길한 예감은 있었다.

　그렇다고 이것만큼은 교정지와 달리 백지로 돌려보내면 그대로 실리고 만다. 혀를 차고 한숨을 거듭 내쉬며 무수히 많은 오류를 수정하는 데 집중한 탓에 책상 구석에 둔 스마트폰이 진동하는 것을 한참 지나서 알아차렸다.

　손을 내미는 것과 동시에 진동이 끊겼다. 쳇, 하고 또 혀를 찼다.

모르는 번호여서 누구인가 싶었는데, 10초쯤 지나 다시 울리기 시작했다. 귀에 대고 상대의 말을 마지막까지 정확하게 들은 뒤 대답했다.

"받아들이겠습니다."

자신의 목소리가 아득했고, 기시감으로 시공이 일그러지는 것 같았다.

"이야, 이런 일이 다 있네요."

전화 너머 사토 편집장의 목소리가 껑충껑충 뛰는 것처럼 들떴다.

"물론 '12월부터 5월까지 발행된 작품'이라는 조건은 충족했지만 아무리 그래도 출간하고 2주밖에 안 됐는데 후보에 오를 수도 있다니 처음 알았습니다."

상대가 신나면 이쪽은 오히려 냉정해졌다.

"작품 수가 어지간히도 적었나 보지?"

"무슨 그런 말씀을 하십니까. 그럴 리 있나요, 거의 다 정해졌던 다른 하나를 밀어내고 《테세우스》가 들어간 게 분명합니다. 실력이에요. 작품의 힘입니다."

이 남자의 말을 들을 것도 없이 분명 그러리라. 또 후보에 오른 것 자체는 기뻤다. 그렇지만 이 북받치는 울분을 어떻게 해줄 것인가.

"참 대단하네요, 그렇게 태평스럽다니."

"네?"

"당신네야 당신들 작품이 두 편이나 들어갔으니 지금쯤 거의 축제나 마찬가지겠지만."

"아하하하, 다 선생님 덕분입니다."

가요코는 숨을 들이마셨다.

"웃기지 마!"

호통을 치자 전화 건너편이 조용해졌다. 개그 만화에서 흔히 보듯이 사토가 우주 끝까지 날아가는 광경을 상상하며 마음을 진정시켰다. 간신히 평소의 목소리로 말했다.

"내 작품을 그런 것과 같은 선상에 놓을 생각이야?"

"아니요, 그럴 의도는……."

뭐라 말하려던 사토가 현명하게도 그 이상의 변명을 삼키고 죄송하다고 사과했다.

발표에 따르면, 이번 나오키상 최종 후보작은 여섯 편이었다. 남십자서방에서는 아모 카인의 《테세우스는 노래한다》와 함께 이치노조 다카시의 《전율의 카니발》이 후보에 올랐다. 서던크로스 신인상 수상작의 출간과 거의 간격을 두지 않고 연재 없이 발표한 두 번째 작품으로, 이 '간격을 두지 않고' 역시 본인의 간곡한 희망이었다고 한다. 다른 후보작은 발행처가 문예춘추인 것 한 편, 나머지 세 편은 각각 다른 출판사고 장르도 제각각이었다.

과거에는 첫 작품으로 나오키상 후보에 오른 작가도 있었으니 두 번째 작품으로 후보에 오른 것 자체는 대단한 일도 아니리라. 그러나 속아 넘어가기 쉬운 대중들은 데뷔하자마자 후보에 오른 것만으로 엄청난 재능의 소유자라고 믿는다.

그 증거로 이치노조 다카시의 작품을, 이번 후보작은 물론이고 첫 번째 책인 《환상의 귀신》까지 거슬러 올라가 읽는 사람이 많았다. 전작은 호러 분위기의 버디물이었는데 이번에는 전후 도쿄를 무대로 야쿠자와 정치 세계를 생생하게 그렸다면서 폭넓은 작풍을 칭찬하는 서평가도 있나 보다. 하찮기는.

"저번과 달라진 게 하나도 없잖아. 이번 제목도 비슷한 수준으로 촌스러워. '전율의' 같은 뻔한 형용사가 필요해? 어? 필요하냐고? 차라리 '카니발'만 남기는 게 훨씬 낫지 않아?"

"역시 대단하십니다, 아모 선생님!"

꺾일 줄 모르는 사토 편집장이 손뼉이라도 칠 듯이 흥분해서 말했다.

"후지사키 그 친구도 마지막까지 똑같은 조언을 했다고 하는데, 전에 그랬던 것처럼 이치노조 씨가 받아들이지 않아서 말입니다. 음, 그런 것 아닐까요, 요즘 세상에는 오히려 뻔한 것이 독자들에게 잘 먹히지 않습니까."

"아, 그래요. 팔리기만 하면 뭐든 괜찮다는 거네. 그거야 그렇겠지."

"아이고, 또 왜 이러십니까. 경사스러운 일 아닙니까."

"뭐가 경사야!"

가요코가 거칠게 내질렀다. 몇 번을 기다렸는 줄 아는가.

말은 이렇게 했지만 오자와 치히로와는 도쿄의 매번 묵는 숙소에서 아주 조촐하게 축배를 들었다.

"대단해요. 틀림없이 작품의 힘이에요, 아모 선생님."

사토에게 들으면 열받기만 하는 말도 치히로가 눈을 반짝이며 하면 가슴 깊이 기뻤다. 호텔 최상층에서 철판구이를 맛있게 먹고, 방에서 다시 샴페인 하프 보틀을 마시며 치히로가 사 온 프랄린 초콜릿을 먹었다.

"저 이거 좋아해요. 멍청한 후지사키가 사 온 것보다 여기 초콜릿이 분명 더 맛있을 거예요."

경쟁이라도 하듯 말하는 치히로가 안쓰러웠다.

"아, 진짜……!" 치히로가 소파에서 뒹굴뒹굴 몸을 비틀며 쿠션을 끌어안고, 목소리를 죽여가며 외쳤다. "이번에야말로 아모 선생님이 웃는 모습을 보고 싶어요!"

"그러게." 침대에 앉은 가요코는 미소를 그리며 말했다. "나도 이번에야말로 기분 좋게 웃고 싶어."

뭔가 알아차리고 치히로가 의아한 표정으로 몸을 일으켰다.

"무슨 일 있으셨어요?"

"응?"

"왠지 아모 선생님, 평소와 분위기가 다르세요."

"그러게. 나도 그런 것 같아." 가요코는 솔직히 말했다. "왜 이럴까. 지금까지와 다르게 마음이 평온한 듯해."

"특별한 감정을 느끼지 않는다는 뜻인가요?"

"그게 아니라, 그…… 잔잔한 물결처럼."

말하면서 쓴웃음을 지었다.

"있는 척하는 말은 못 하겠다. 이치노조와 아라타의 멍청한 얼굴을 떠올리면 역시 마음이 차분하진 않거든. 만약 내가 떨어지고 그쪽이 수상하기라도 하면……."

"그런 말도 안 되는 일이 있을 리 없어요!"

"그럴 수도 있지만 만에 하나라도 그런 일이 생기면…… 나는 주변에 있는 걸 전부 파괴할 정도로 발광할지도 몰라."

상상만 해도 굴욕적이어서 떨렸다.

"그런데 정말로 왜 이럴까."

지금까지 후보에 올랐던 때처럼 아무것도 손에 잡히지 않고 맥박만 마구 뛰어서 먹어도 맛을 느끼지 못하고 밤에도 잠을 제대로 이루지 못했던 상태와 비교하면, 이번에는 아무래도 다른 경지에 있는 것 같다. 이유는 모르겠다. 그저 몸이 지면에서 살짝 떠오른 것처럼 가벼웠다.

"그거……." 치히로가 곰곰이 생각하며 말했다. "완성한 작품에 자신이 있어서 이미 결과에 만족하기 때문이라거나, 이런 것과는 다를까요?"

"그러려나. 하지만 그렇게 따지면 지금까지 쓴 소설도 전부 그랬을 텐데."

하긴요, 하고 치히로는 납득했다.

"그런데요, 아모 선생님. 이번 《테세우스》도 다시 읽어보지 않으셨나요?"

"당연하지. 그만큼 갈고닦아서 세상에 내놓은 것을 자꾸만 치덕치덕 건드려서 부옇게 하긴 싫어."

"그렇구나, 그러시죠."

"만약 내가 내 작품을 다시 읽는다면 한참 나이를 먹은 뒤겠지. 그때는 내가 쓴 내용도 잊어서 남의 작품처럼 읽을 수 있을지도."

어두운 창에 앉아 있는 자기 모습이 비쳤다. 나이 먹기를 기다릴 것도 없이 마치 생판 모르는 사람처럼 보였다. 저기 비치는 시원찮은 여자가 수많은 베스트셀러 소설을 세상에 내보냈다니 믿기 어렵다.

가요코는 일어나 자신의 흐릿한 그림자 너머로 바깥을 응시했다.

저 아래 수많은 선로가 나란히 달리고 승강장도 층층이 있었다. 밤 12시가 다 되었는데도 그 모두가 여전히 휘황찬란하게 밝았다. 오른편에는 복원하고 이제 제법 시간이 지난 기와 얹은 도쿄역사였다. 양파 같은 돔 지붕이 옅은 먹빛 어둠에 잠겼다.

맞은편 빌딩의 반짝이는 불빛을 바라보며 가요코가 깊게 숨을 들이마셨다.

"대기 모임…… 이번에는 그만둘래."

한 박자 늦게 엇, 하고 치히로가 고개를 들었다.

"아무도 부르지 않을래. 우리끼리 단둘이 기다리자."

"……아모 선생님."

가요코는 무심코 웃었다.

"그런 표정 짓지 않아도 돼. 설령 떨어져도 고함을 지르며 편집장을 불러오라고 하지 않을 테니까."

그러자 치히로는 딱 한 번 고개를 저었다.

"그게 아니라."

"응?"

"……기뻐요."

모르는 편이 좋았다고 생각하는 것이 있다.

엎어진 물은 주워 담을 수 없다는 말은 진리다. 모르는 편이 좋았다고 생각한 시점에는 이미 그것을 알아버렸고, 몰랐던 과거로 두 번 다시 돌아가지 못한다.

유튜브에 올라온 그 동영상 채널을 가요코는 처음 봤다. 나오키상 후보작이 발표되고 한 달, 드디어 심사회를 내일로 앞둔 밤이었다.

메일로 알려준 사람은 사토 편집장이었다.

인기 유튜브 채널 〈나기의 소설 도장〉에서

구로야 나기(黑矢凪) 씨가 《테세우스는 노래한다》를 소개했습니다!

나오키상 직전 특집 방송! 이어서 다른 후보도 두루 다루지만,

우리 테세우스를 가장 길게! 9분 이상 투자해서

아주 상세하게 분석했습니다!

물론 극찬입니다!!!

아래에 링크를 첨부하니 괜찮다면 봐주세요!

'!'의 수와 '우리 테세우스'라는 낮춰 보는 듯한 표현을 지긋지긋해하면서도 링크를 누르자, 잘 아는 남성 작가의 얼굴이 갑자기 등장했다.

펜네임으로 추측하기로 본명은 아마도 '구로야나기(黑柳)'이리라. 여성지나 소설지에서 몇 번 대담을 나눈 적 있었다. 작풍과 마찬가지로 행동거지나 말투가 매우 재치 있어서 괘씸하단 생각을 한 적은 한 번도 없는데, 만날 때마다 이 남자는 도대체 왜 소설을 쓰는지 점점 의아해졌다. 신기한 작가였다.

영상에서도 그는 언변이 뛰어났다. 기본적으로 장점을 찾아 칭찬하는 방침인지, 이미 자신 것 이외의 후보작을 전부 읽은 가요코로서는 반박하고 싶은 내용도 종종 있었지만 드디어 '우리 테세우스'가 도마에 오른 것을 보고 과연, 이건 이것대로 괜찮다고 생각을 바꿨다.

자기 작품을 '극찬!'했기 때문은 아니다.

영상은 불특정 다수가 본다. 읽지 않은 사람도 물론 본다. 치명적인 스포일러를 피하면서 간결하게 줄거리를 소개하고, 나아가 읽고 싶은 마음이 들게 유도하는 것은 생각보다 어렵다.

그런 점에서 구로야 나기는 천재적이었다. 별의별 말을 구사해 칭찬하는데 거짓말 같지 않았다. 안 그래도 책이 팔리지 않는 요즘 시대, 장래의 예비 독자군에게 조금이라도 읽을 마음이 들게 하는 것이야말로 수수하지만 현상 타개를 위한 지름길일 수도 있다. 가요코는 그런 생각을 하며 지켜보았다.

'아아, 같은 말을 자꾸 반복하게 되는데요, 이 부분의 전개가 얄밉다고 해야 하나, 정말이지 교묘합니다, 아모 카인이라는 사람은.'

은은한 블루 커버에 또렷하게 새겨진 제목이 화면에서 유난히 시선을 끌었다.

'자세한 내용은 꼭 읽고 확인하시면 좋겠는데, 모처럼이니 제가 정말 정말 좋아하는 장면, 그러니까 묘사를 한 부분만 소개하고 싶습니다. 비교적 앞부분이에요.'

미리 가름끈을 끼워둔 페이지를 나기가 펼쳤다. 하얀 옆얼굴을 숙이고 그가 술술 낭독을 시작했다. 화면에 그 부분이 크게 클로즈업되었다.

강하고 거친 말을 끝없이 내뱉으면서 가슴 안쪽에는 그와 비슷하거

나 훨씬 웃도는 양의 무언가가 물밀듯이, 넘칠 듯이 고이는 심정이었다. 슬픔과 비슷한데 눈물은 아니었다. 좀 더 차갑고 파란, 맛이 느껴지지 않는 물 같은 것이었다.

"알았어. 그때가 오면 나도 너랑 갈래."

리에의 손가락이 내 뺨에 닿았다.

여러 번 망설이고 머뭇거린 뒤, 그녀가 말했다.

"……정말 좋아해, 유. 계속 함께 있자."

모든 것이 여기에서부터 시작한다고, 두 사람 모두 생각했다.

'자, 어떻습니까, 여러분. 참 아름답고 애절한 묘사죠. 저는 여길 읽고 소름이 돋았어요. 지금까지의 카인 씨라면 아마 좀 더 다르게 쓰지 않았을까 싶은데.'

영상을 일시 정지하고 가요코는 일어났다.

작업실을 나와 계단을 내려가 아무도 없는 거실의 작은 등을 켰다. 그날, 몸 내면을 차곡차곡 채우는 기쁨과 함께 장식한 파란 단행본은 사이드 보드 위, 그 모습 그대로 놓여 있었다.

달 없는 밤은 이토록 어둡다.

어딘가 멀리서 울부짖는 새끼 여우들의 목소리가 들렸다.

24

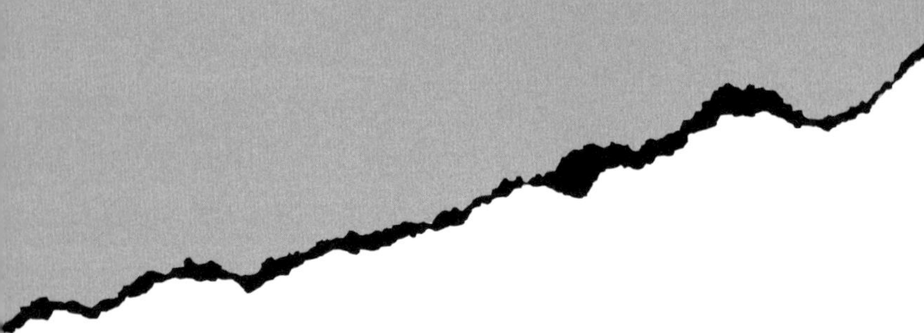

오후 6시가 지났다. 아무래도 심사가 난항을 겪나 보다.

이시다 산세이는 기자회견장에 놓인 접의자의 중간쯤에 앉아 무료하다 못해 무릎에 노트북을 얹고 니코니코 동화(일본의 유명한 동영상 공유 플랫폼—옮긴이)를 보고 있었다. 저명한 문예평론가 여럿이 모여 아쿠타가와상 및 나오키상 결과가 발표되기까지 후보작을 읽은 감상과 예상을 논하는 방송이었다.

상의 예비 심사에 관여하던 시절에는 방송에서 그들이 하는 지적이 때로 무례하고 논점에서 벗어났다는 생각에 냉정하게 듣지 못할 때도 있었는데, 이렇게 현장을 떠나 자유로운 처지가 되자 마치 안개가 걷힌 것처럼 그들의 의견을 흥미롭게 받아들일 수 있었다. 사람은 변하는 법이다.

돌이켜보면 딱 1년 전 심사회 날에는 요정 신키라쿠에서 직접 사회를 맡았다. 반년 전 같은 날에는 집에서 무릎을 끌어안고 있었다. 회사에 복귀하는 날이 오리라고 상상도 못 했다. 한 치 앞도 보이지 않았다.

지금 지위나 업무 페이스는 예전과 멀어졌을지 모르나 상당히 마음에 들었다. 인생, 이런저런 일이 있어도 의외로 어떻게든 된다.

6시 10분.

아쿠타가와 쪽은 이미 발표되었는데 나오키가 좀처럼 정해지지 않았다. 지금 이 순간 어떤 대화가 오가는지 알고 싶어서 좀이 쑤셨다.

무릎 위에서는 여전히 출연자의 예상이 한데 모였다가 흩어졌다가 했다. 이어폰으로 들어보니 가장 유력시되는 것은 아이바 신페이의 《등불》, 후보작 중 유일한 시대소설이다. 막부 말기부터 메이지에 걸쳐 바다 건너오는 열강 제국의 배들로부터 '암흑 바다'라고 불리던 일본 바다. 모닥불 정도의 등불뿐이어서 조금만 멀어지면 캄캄하던 그 연안 여기저기에 최초의 서양식 등대를 세우기 위해 노력한 사람들을 그린 이야기……지만, 이에 대항하는 형태로 《테세우스는 노래한다》를 미는 출연자도 여럿 있고, 거기에 다크호스로서 《전율의 카니발》이……. 대략적인 예상으로는 그런 세력 구도가 생긴 듯했다.

6시 20분.

타당한 예상이라고 이시다도 생각했다. 시대물도 괜찮았지만 이시다 개인적으로는 그 이상으로 《테세우스는 노래한다》에 깜짝 놀랐다.

솔직히 아모 카인에게 품었던 인상이 모조리 뒤집혔다. 작가의 특색이라 할 수 있는, 모든 것을 설명하려는 요설체 지문이나 사정이란 사정은 다 끌어안은 캐릭터, 울라고 강요하듯 덮치는 감정적인 대사 등이 가만히 숨을 죽이고, 전체적인 인상이 개방적이며 타이트해졌다. 추상적으로 말하자면 갑자기 '소설이 됐다'. 그러면서도 글쓴이가 가장 전달하고 싶었을 핵심만큼은 울퉁불퉁 거친 모습 그대로 가슴을 때렸다.

심사를 맡은 면면들은 이를 어떻게 받아들일까. 내는 소설마다 10만 부를 돌파하는 작가의 화려한 얼굴을, 사실은 서툴고 성실한 노력이 뒷받침한다는 것을 알아차리고 평가해줄까.

그때, 회견장 앞쪽의 입구 부근이 떠들썩해졌다. 일본문학진흥회의 여성 직원이 둥글게 만 하얀 종이를 들고 들어왔다. 자세히 보니 종이가 두 장. 공동 수상인가.

마침 6시 30분. 눈에 띄는 곳에 준비한 백보드에 그 종이가 붙었다. 까맣게 인쇄된 작가 이름과 제목을 보자마자 회견장에서는 웅성거림이, 귀에 꽂은 이어폰에서는 거대한 환성이 들렸다.

아이바 신페이 《등불》

아모 카인 《테세우스는 노래한다》

해냈다. 공동 수상이다.

이시다 산세이는 자기도 모르게 주먹을 움켜쥐었다. 이어서 아주 길게 숨을 내쉬었다. 그제야 호흡이 줄곧 얕았던 것을 알았다.

아아, 드디어 이 순간이 왔구나. 드디어. 한발 먼저 보고를 들은 카인이 지금 얼마나 기쁨을 곱씹고 얼마나 안도했을까. 이로써 더는 기다리지 않아도 되니까.

《올 요미모노》 편집장 자리에 미련은 없지만, 이번만큼은 심사회에 동석해 논의의 흐름을 빠짐없이 듣고 싶었다. 나중에 누가 상세히 알려주더라도 그 자리의 분위기까지는 알 수 없다. 위원 한 명 한 명의 목소리 톤, 말투, 누구와 누구의 의견이 대립하고 누구와 누가 함께 싸우고, 어느 지점에서 흐름이 바뀌었는지……. 목격하지 못해 참으로 아쉬웠다.

아니, 그나저나 정말 잘됐다. 자신이 더 안도하는지도 모른다. 뭔가 거대한 것에서 해방된 기분이었다.

우선 각 상의 심사 위원 대표가 단상 스크린에 등장해서, 요정 신키라쿠에서 원격으로 논의의 흐름을 간략하게 설명하고 심사 평을 말했다. 그러는 동안 아쿠타가와상 수상자 한 명과 나오키상 수상자 두 명이 회견장에 들어왔다. 이쪽에서 봤을 때 무대 오른쪽에 준비된 의자에 일단 앉았다.

환갑이 넘어 데뷔한 아이바 신페이는 어두운색 양복을 입었고 감개무량한지 눈가를 붉혔다. 카인도 그러리라 예상하고 봤는데, 짙은 감색 원피스를 입은 그는 어째서인지 딱딱하게 굳은 표정이었다. 안색도 조금 나빠 보였다. 드물게 긴장한 것일까.

이시다가 앉은 쪽의 좌석이 어느새 많은 관계자와 기자로 채워졌다. 회견장 전체가 웅성거림으로 꽉 차서 실온까지 올라간 것 같았다.

뛰어난 순문학에 주어지는 아쿠타가와상은 기본적으로 신인상이어서 수상자가 젊을 때도 많다. 기자의 질문에 하나하나 진지하게 대답하는 20대 신진 여성 작가를 이 자리에 있는 모두가 호감으로 받아들이는 것이 느껴졌다. 좋은 기사가 나올 문답이었다.

이어서 아이바 신페이가 단상에 올랐다.

데뷔 시점부터 이미 솜씨 좋은 작가였다. 처음 읽었을 때, 이시다는 이만한 인재가 지금까지 어디에 묻혀 있었는지 의아했을 정도였다. 작년 상반기에 단편집으로 처음 후보에 오르고, 두 번째인 오늘 장편으로 상을 받았다.

아이바의 더듬거리는 질의문답을, 카인은 거의 듣고 있지 않는 듯했다. 여전히 굳은 표정으로 자기 무릎보다 조금 앞쪽에 시선을 떨구고 있었다. 안색이 조금 전보다 더 하얘져서 밀랍처럼 흐리게 비쳐 보였다.

이시다는 아예 제일 앞줄에 앉을 걸 그랬다고 생각했다. 시선을 맞추지 못해서 안타까웠다. 모처럼 경사스러운 무대니 부디 빈혈을 일으키지 않기를 기도했다.

사회자가 "다른 질문은 없습니까?"라고 확인하고 아이바의 회견을 마쳤다. 시간이 걸린 만큼 사람들 기분도 약간 처진 듯했다.

"다시 한번 말씀드립니다." 고의인지 아닌지 사회자의 목소리가 살짝 커졌다.

"이번 나오키상은 아이바 신페이 씨의 《등불》과 아모 카인 씨의 《테세우스는 노래한다》 두 편으로 결정되었습니다. 그럼 아모 카인 씨, 단상으로 나와주십시오."

그제야 고개를 들고 일어난 카인이 박수를 받으며 천천히 걸어 꽃으로 장식된 연단 반대편에 앉았다. 풀어졌던 분위기가 단숨에 긴장했다. 그의 일거수일투족에 사람들의 시선이 쏟아졌다.

"아모 카인 씨, 축하드립니다. 먼저 지금 심정이 어떠신지 말씀 부탁드립니다."

단정하게 등을 펴고 앉은 카인이 창백한 얼굴로 회견장을 쭉 둘러보았다.

시선이 마주친 것을 알았다. 아주 잠깐 이시다 위에 머물렀던 그의 시선이 다시 누군가를 찾는 듯이 사람들 위를 흘러갔고, 아마도 찾지 못했는지 바로 눈앞의 꽃으로 쏟아졌다. 잠시 뒤, 얇은 입술이 위아래로 벌어졌다.

"아주 오랫동안…… 목에서 피를 토할 정도로 원했던 상입니다."

약간 잠긴 목소리로 카인이 말했다.

"물론 많은 독자분께 사랑을 받고 전국의 서점 직원분이 지금 가장 팔고 싶은 책이라고 말씀해주신 것도 아주 큰 기쁨이었어요. 응원해주신 여러분께 먼저 이 자리를 빌려 인사를 드립니다. 감사합니다."

눈을 감고 고개를 숙인 그에게 따뜻한 박수가 쏟아졌다.

카인이 다시 고개를 들었다.

"그래도 저는 그것만으로는 전혀 만족하지 못했습니다. 어떻게든 이 상을…… 나오키상을 원했어요. 제가 쓰는 소설이 단순히 재미있는 것이 아니라, 단순히 감동적인 것이 아니라, 좀 더 어떤 큰 가치가 있는 훌륭한 문학작품이라고 세상이 인정해주길 바랐어요. 지금까지 저를 몇 번이나 후보에 올린 문예춘추나 몇 번이나 떨어뜨린 심사 위원을, 제 실력으로 다시 보게 하고 싶었어요. 언젠가 반드시 수상해서, 다른 누구보다도 제가 저 자신을 인정하고 싶었습니다."

회견장이 고요해졌다. 기침 소리 하나 들리지 않았다.

"……심사 위원 선생님들께 진심으로 감사합니다. 이번에 드디어 제 작품의 뛰어난 점을 알아주셔서 고맙습니다."

청중 중 몇 명이 웃음을 터뜨렸고, 덕분에 안심했는지 모두의 긴장이 풀렸다. 이시다도 실소했다. 이 정도 농담이라면 위원 면면들도 쓴웃음을 지을 테지.

"그러나……."

당사자인 카인은 전혀 웃지 않고 목소리를 높였다.

"지금에 이르러 이 소설이 완전한 제 작품이라고는 할 수 없다는 것을 알아버린 이상, 이대로 못 본 척 넘어갈 수 없습니다."

"응? 무슨 소리지?"

누가 무심코 중얼거렸다. 기자들이 서로 얼굴을 마주 보고 술렁거리기 시작했다. 금병풍 앞, 입을 다문 그가 코로 천천히 숨을 들이마시고 천천히 내쉬었다.

"저 아모 카인은……."

어째서인지 이시다를 똑바로 보며 말했다.

"이번 나오키상을 고사하겠습니다."

종장

전대미문의 소동은 먼저 인터넷 공간을 석권하고 동시에 TV와 대형 신문, 이어서 스포츠 신문과 주간지를 떠들썩하게 한 뒤 몇 주가 지난 무렵에야 일단 잠잠해졌다.

결과론이지만 이번이 두 편 공동 수상이어서 다행이라고 할 수밖에 없었다. 카인이 상을 거절함으로써 수상자가 한 명이 되었어도 '수상작 없음'보다는 훨씬 낫다. 상을 운영하는 측을 위해서도, 만반의 준비를 하고 기다리던 전국 서점을 위해서도, 무엇보다 아모 카인 본인을 위해서도 이시다는 그 사실에 안도했다.

처음부터 끝까지 시끌벅적했던 것이 각종 SNS였다. 의문은 억측을 부르고 억측은 헛소문이 되고, 그 헛소문이 일단 퍼지면 수습할 방법이 없다. 그중에서도 자주 눈에 띈 것이 '도작'이라는 두 글자였다. 아모 카인 스스로 말한 '완전한 제 작품이라고는 할 수 없다'라는 발언이 그곳만 뜯어져 나와 혼자 걷는 형국이었다.

"생각보다 서투시네요. 일이 닥쳤을 때 조치가 어설프시다고 해야 하나."

이시다가 중얼거리자 그의 눈초리가 금세 치켜 올라갔다.

"시끄럽거든. 당신한테만큼은 듣고 싶지 않아."

가루이자와에 있는 카인의 집을 찾은 것은 오랜만이었다. 《올 요미모노》 편집부 소속으로 있던 막바지에는 특히 눈에 보이지 않는 뒤처리로 분주할 때가 많아져서 작가와는 주로 도쿄에서 만났다.

"그러니까 뭔가, 조금은 더 적절하게, 눈치껏 하시면 좋았을 텐데……."

자기가 할 말은 아니다 싶으면서도 중얼거리자, 카인도 같은 생각을 했나 보다.

"편집장으로 복귀한 뒤에나 말하시지, 멍청이."

단칼에 잘라냈다.

원래 상의 심사 결과는 먼저 대상이 되는 수상자에게 알리고 그때 "받으시겠습니까?"라는 질문에 대답하는 단계에서

비로소 결정된다. 이번에 카인이 비판받는 이유 중 하나도 일단 "받겠습니다"라고 대답했으면서 일부러 회견장 자리에서 고사한 것이었는데, 그 이유를 그는 기자들 앞에서 이렇게 설명했다.

전날 밤 《테세우스는 노래한다》의 한 부분에 자신의 의도와는 다른 한 문장, 저자 교정 단계에서 분명히 지웠을 한 줄이 남아 있는 것을 발견했다. 매우 중요한 구절이므로 자신은 이를 작업하다 방심한 실수나 발행처와 논의를 반복하는 과정에서 생긴 불운한 착오라고 생각하지 않는다. 저자인 자신 이외 누군가의 명확한 의사가 작용한 결과라고 생각한다.

어젯밤부터 오늘에 걸쳐, 또한 수상 보고를 들었을 때도 깊이 고민했으나, 그 시점에 "역시 받지 못하겠습니다"라고 먼저 대답해버리면 이 문제는 외부로 공개되지 않은 채 흐지부지 묻히고, 또 반대로 사소한 문제일 뿐이라고 눈을 감고 상을 받으면 앞으로 평생 후회할 것을 안다.

누구에게 어떻게 책임을 지게 할지는 지금부터 생각하겠다. 그건 타인과는 관계없는 일이다. 다만 내 작품만큼은 끝까지 성실하게 대하고 싶다. 주위에 많은 폐를 끼칠지도 모르나, 그런 의도를 이해해주면 고맙겠다.

이런 취지였다. 호기심을 충족하고자 더 깊이 파고들려는 기자의 질문에 카인은 완고하게 대답하지 않았다.

지금 이 집에 두 사람 말고는 아무도 없다. 창문 주변의 나무를 둘러봐도 새나 다람쥐만 보였다. 역에서 택시로 여기까지 오는 동안에는 해가 비쳤다가, 카인이 커피를 준비하는 동안 하늘이 어두워졌다. 장마는 이미 한참 전에 끝났지만, 여름 분위기가 좀처럼 나지 않았다.

그나저나 어떻게 말을 꺼낼지 생각하는데, 캔에 든 쿠키를 가운데에 놓은 카인이 후후 하고 콧소리를 내며 웃었다.

"묻고 싶은 게 있어서 왔지?"

"잘 아시네요."

"물어보면 되잖아. 대답할 수 있을지는 모르겠지만."

이시다는 앉은 자세를 고쳤다.

"석연치 않은 점이 있습니다."

"뭔데?"

"작품 중의 한 문장에 아모 선생님이 아닌 누군가의 의사가 작동했다……. 거기까지 사정은 어렴풋이 상상이 갑니다. 하지만 아모 선생님이었다면 발견한 그 순간 발행처에 따지러 가셨을 것 같은데요? 시중에 유통된 분량을 회수 폐기한 후, 신속하게 해당 부분을 수정한 개정판을 증쇄하라고요. 제가 아는 아모 카인이라면 그렇게 했을 텐데요."

이시다의 얼굴을 빤히 바라본 카인이 곧 입가를 일그러뜨렸다.

"어디에서 날 지켜봤어?"

"역시."

“밤이 늦어서 바로 따지러 갈 수 없었지만 전화로 편집장을 깨워서 맹렬하게 항의했어. 그리고 지금 당신과 똑같은 말을 했지. 당장 회수해라, 지금 이대로라면 그건 내 작품이 아니라고.”

“그랬더니 뭐라고 했나요?”

“내일 나오키상 발표가 끝날 때까지 기다려달라고 애원하더라. 완전 회수도 개정판 증쇄도 그렇게 서둘러서는 할 수 없고, 만약 정말로 수상하게 됐을 때 더욱더 서점에 책이 없으면 큰일이다. 문제 되는 부분은 다음 중판 때 반드시 수정할 테니까 부디 너그럽게 봐주시면 안 되겠냐, 어쩌고저쩌고……”

“그 조건을 받아들일 생각은 없으셨나요?”

“왜 받아들여?”

“삭제했을 텐데 남아 있던 문장이라면, 따지고 보면 아모 선생님이 쓰신 문장이었단 뜻이죠. 타인이 멋대로 써서 붙인 것은 아니지 않습니까.”

어휴, 하고 카인이 길게 한숨을 쉬었다.

“사토 그 멍청이와 똑같은 소리를 하네.”

죄송합니다, 하고 이시다가 고개를 숙였다.

“그럼 묻겠는데, 산짱이라면 그런 일을 멋대로 하겠어?”

움찔했다.

“내가 교정지에 ‘삭제’라고 지시한 부분을 일부러 지웠다가 다시 되돌리거나, 반대로 내 문장 어딘가를 멋대로 삭제하는 일, 당신이라면 해?"

"아니요."

"그렇지, 안 하지. 아니, 하고 싶어도 절대로 못 하지."

이시다는 묵묵히 커피로 시선을 내렸다.

이시다도 경험이 있다. 원고를 마음대로 고칠 수 있다면 얼마나 좋을까. 편집자라면 누구나 한번은 생각해본 적 있지 않을까. 그러나 실제로 선택의 순간이 닥쳤을 때, 분명 자신은 하지 않는다. 설령 그러는 편이 좋다고 아무리 굳건하게 믿더라도 작품은 작가의 것이다. 절대로 침범해서는 안 될 영역은 존재한다.

카인은 그 말을 끝으로 입을 다물었다. 지금 알았는데, 조금 살이 빠진 것 같았다.

작가와 편집자가 가족이나 연인에게도 말하지 못하는 비밀까지 털어놓는 사이인 것은 자신 역시 경험으로 안다. 게다가 여자끼리 공적으로도 사적으로도 그렇게 친밀하게 교류한 상대였다. 카인이 받은 상처는 상상 이상으로 깊으리라.

"그 친구, 지금 어떻게 하고 있나요?"

넌지시 묻자, 카인은 살짝 어깨를 움츠렸다.

"건강 문제로 휴직 중이래. 어휴, 개도 그렇고 당신도 그렇고, 대체 왜 그렇게 나약해빠졌어?"

뭐라고 할 말이 없었다.

"그 후로 연락은요?"

“무슨 염치로? 할 수 있을 리가 없지. 나도 할 리 없고.”

“……기다리고 있지 않을까, 싶긴 합니다만.”

“헛소리하지 마. 나를 배신했다고? 두 번은 없다고 내가 그렇게 말했는데.”

“두 번?”

“아무것도 아니야.”

그 말을 남기고 카인이 커피를 더 내오려고 일어났다.

“어?” 그 뒷모습을 보고 비로소 알아차렸다. “아모 선생님, 다리 다치셨어요?”

왼쪽 다리를 보호하는 것처럼 보였다.

“조금 멍청하게 굴었어. 그래도 깁스는 풀었어.”

주전자를 불에 올리며 아무렇지 않게 말했지만, 사정은 설명하지 않았다. 뜨거운 커피를 옮기려고 해서 이시다가 허둥지둥 도왔다. 마침 창밖을 보자 가랑비가 내리고 있었다. 언제부터 내리기 시작했을까, 너무 조용한 비여서 몰랐다.

“일찌감치 나가서 근처에서 식사라도 할까?”

“좋네요, 뭐 드시고 싶으세요? 예약하겠습니다.”

그러네, 하고 생각에 잠겨 카인이 커피를 마셨다.

“우리 집에서 뭔가 대접해도 좋겠지만, 안 해.”

“오자와 씨에게는 만들어주셨죠.”

“응. 하지만 이제 안 해.”

“왜 그러세요. 제가 남자여서요?”

그러자 그가 푸훗 하고 웃음을 터뜨렸다.

"산짱을 남자라고 생각한 적은 단 한 번도 없는데."

"아무렇지 않게 심한 말씀을 하시네요."

"직접 만든 요리를 자꾸 먹여주면 너무 가까워져. 작가와 편집자, 뭐든지 털어놓을 수 있는 사이까지는 괜찮아. 그래도 역시 적절한 거리는 필요하겠지."

아마도 그의 말이 옳다. 글쓴이와 동반자는 어디까지나 함께 달려갈 수 있다. 땅끝까지도 갈 수 있다. 그러나 도를 넘어 동화되어서는 안 된다. 다리가 뒤엉켜 함께 쓰러지고 만다.

드디어 오늘의 본론에 들어갈 수 있겠다.

소파에 얕게 걸터앉았다. "아모 선생님."

"뭐야, 진지한 얼굴로 기분 나쁘게. 나 보지 마."

"외출하기 전에 한 가지 부탁드리고 싶습니다."

"싫어. 귀찮아."

이시다는 상관하지 않고 말했다.

"다음 일 이야기를 할까요."

사토 편집장은 세상의 관심이 식으면 복귀해도 된다는 소리를 했지만, 하여간 그 사람은 세상 보는 눈이 어설프다고 치히로는 생각했다.

동료 누구 하나 할 것 없이 모두가 사정을 아는 남십자서방에 두 번 다시 돌아갈 수 있을 리 없다. 그러기는커녕 출판계에 머물지 못할 수도 있다. 대체 어느 세상에 담당 작가의 소설을 멋대로 고쳐 쓰는 편집자가 있겠는가. 게다가 그렇게 큰 소동으로 발전한 이상, 원흉인 자신이 갈 곳이 있다고 믿는 것이 이상하다.

침대에서 일어나는 것도 싫어서, 죽음 충동 비슷한 것에 마음을 지배당한 시기도 있었다. 지금도 여전히 감정 변화가 극단적이지만, 오늘은 비교적 나은 편이었다. 그러니 이렇게 근처 마트에 와서 며칠분의 식량을 장바구니에 담는 것이다.

우유, 요구르트, 과일. 낫토는 알이 작은 것, 두부는 연두부, 고기는 각종, 그 밖에 채소도. 생명력이라고 하면 듣기 좋겠지만, 이렇게까지 목숨에 집착하는구나 싶어서 자기 자신이 지긋지긋했다. 그 누구에게도 용서받지 못하는 주제에 꾸역꾸역 살려고 하다니.

태어나서 처음 찾아간 정신건강의학과에서 처방받은 몇 가지 약을 순순히 먹었더니 세상이 극적으로 달라졌다. 머릿속의 안개가 걷힌 것처럼 논리적으로 생각할 수 있었고, 밤에는 예전보다 푹 잠들었다. 그것만으로도 훨씬 편해졌다.

지금 돌이키면 정말 제정신이 아니었다는 생각만 든다. 몸 내부에서 시커멓게 비대해지는 것이 있었다. 근거라곤 없는 전능감과 더럽혀진 과거가 있는 자신은 가치가 없다는 열등

감, 그 외에 스스로 벌하려는 의식과 인정 욕구와 자기 연민 같은 것들로, 이중 삼중의 쇠사슬에 꽁꽁 얽매여 있었다. 작가가 삭제하겠다고 결정한 두 문장 중 한 문장을 본인에게 비밀로 하고 돌려놓은 뒤에도 별다른 죄책감을 느끼지 않은 것이 신기했다.

'아무도 부르지 않을래. 우리끼리 단둘이 기다리자.'

그렇게 말해줬던 카인이 심사회 전날 밤, 연락을 전혀 주지 않았다. 이쪽이 라인 메시지를 보내도 그날 밤은 읽지 않은 채 쌓여가기만 했고, 마음 졸이던 중에 사토 편집장에게서 갑자기 전화가 걸려 왔다.

부주의에 의한 실수인지 아니면 고의로 했는지 물어서 당연히 후자라고 당당하게 대답했더니, 말도 안 되는 짓을 했다고 비명 같은 목소리로 야단맞았다.

아모 선생님이 머리끝까지 화가 나서 미친 듯이 날뛴다. 시중 재고를 전부 회수하라고 한다. 완벽하게 이쪽의 잘못인 이상 어떤 요구든 성의 있게 대처해야 하지만, 지금은 하필이면 나오키상에 뽑히느냐 마느냐의 갈림길이다. 바짝 엎드려 고개를 조아리며 일단 참아달라고 부탁했다. 내일 그는 도쿄로 와서 심사회를 시작하기 전에 편집부에 들르기로 했다. 오자와 치히로를 직접 만나 본인의 입으로 설명을 듣고 싶다고 한다. 그러니 아침 일찍 회사로 와라. 손이 발이 되도록 용서를 빌어라.

……갈 수 없었다. 카인의 분노가 두려운 것보다 자신의 진심을 그가 받아주지 않았다는 슬픔에 마음이 꺾여서 밖에 나가지도 못했다.

끝없이 울리는 스마트폰 전원을 끄고 이불을 덮고, 우는 것도 잊고 덜덜 떨다가 밤에 두려워하며 다시 전원을 켜자, 셀 수 없이 많은 착신 기록과 함께 인터넷 뉴스 헤드라인이 눈에 들어왔다.

나오키상 수상자 아모 카인 씨, 수상 직후 고사!

목 깊은 곳에서 괴상한 비명이 흘러나와 아무리 참으려고 해도 억누를 수 없었다.

손에 든 한 권을, 치히로는 암기할 정도로 읽고 또 읽었다. 아무리 읽어도 생각은 바뀌지 않았다. 문제가 된 한 줄은 역시 없애는 것보다 있는 편이 훨씬 나았다.

어쩌면 자신은 쓰는 쪽으로 가고 싶은 걸까? 그런 생각이 들어 어느 날 시험 삼아 컴퓨터 앞에 앉았다.

한 줄도 쓰지 못했다. 문장을 쓰지 못하는 것이 아니라 쓰고 싶은 것이 없었다.

그걸 깨달은 순간, 처음으로 진심에서 우러나 아모 카인 앞에 무릎을 꿇고 싶었다. 그의 발에 이마를 비비며, 설령 영원히 이쪽을 거들떠보지 않더라도 괜찮으니 용서를 빌고 싶었다.

하루에도 몇 번씩, 그 가냘프고 하얗고 갸름한 얼굴을 떠올렸다. 후회하느라 너무 고통스러워서 참을 수 없을 때만, 마치 산소를 흡입하듯이 앨범을 보는 것을 허락했다.

하얀 아우디 보닛에 반사하는 나무의 녹음, 거실을 둘러싼 미묘한 색감의 회색 벽, 북쪽 지붕창에서 내리쬐는 부드러운 빛, 그가 요리에 넣어준 채소의 선명한 색…….

'오늘 저녁은 라타투유를 해보자. 그렇게 잘 만들 수 있을지는 모르겠지만.'

파프리카와 가지를 장바구니에 추가로 담아 계산대를 지나고, 페달을 밟을 기력이 없어서 자전거를 밀며 맨션 1층의 집으로 돌아왔다.

"수취 사인, 여기에 해주세요."

그런데 막 문을 열려는 참에 냉장 택배 트럭이 도착했다. 차갑도록 시원한 소포를 치히로에게 건네고 뒷걸음질로 떠났다.

방의 전등을 켜고 조금 축축한 운송장을 살피다가 보낸 사람 이름을 알아본 순간, 숨을 쉴 수 없었다. 장바구니 따위 내동댕이치고 소포를 열어 안에 든 포장지를 풀었다.

나타난 것은 상자에 든 프랄린 초콜릿이었다. 치히로가 제일 좋아하는 점포 것으로, 구매하면 반드시 넣어주는 작은 메시지 카드가 있었다.

용기를 어떻게든 짜내야만 했다. 뒷면은 텅 비었거나 혹은 온갖 욕설이……

단단히 마음먹고 뒤로 돌렸다.

파란 만년필로 딱 한 문장만.

당신을, 용서하지 않아.

교정용 빨간 글자로 하도 봐서 익숙한, 개성적인 글씨가 거기 있었다.

환희가 치히로의 몸을 꿰뚫었다. 두 손으로 얼굴을 덮으려다가 다급하게 뗐다. 젖으면 카드 글자가 번진다.

용서받지 못해도 된다. 이 한마디가 영원히 나만을 위한 것이라면.

울면서 초콜릿 한 알을 집어 입에 넣었다. 카드를 들여다보며 또 울었다.

전혀 젖지 않았는데도 파란 글자가 번져 아른아른 흔들려 보였다.

그래, 이혼해야겠다.

갑자기 이런 생각이 내려온 것은 오모테산도 로드숍에서

오자와 치히로에게 보내려고 초콜릿을 고를 때였다. 마치 여행사의 캐치프레이즈 같은데, 심지어 교토에 가는 것보다 훨씬 간단했다.

계기가 있다면, 그 소동 중에 남편이 던진 한마디였다.

'도작 같은 멍청한 짓은 하지 마, 남부끄럽게.'

입가에 지은 엷은 웃음을 봐도 화조차 나지 않았던 그때, 하늘에서 내려오는 계시처럼 이제는 안 되겠다고 깨달았다. 일분일초도 같이 있기 싫었다.

남편도 마침 새 여자가 생겨서 들떴던 시기였나 보다. 헤어지고 싶다고 말하자 두말없이 이혼 절차를 밟기 시작했다. 가루이자와 집을 이쪽에 넘기는 것에는 조금 떨떠름한 반응이 었지만 생각만큼은 투덜거리지 않았다.

왜 좀 더 일찍 이렇게 하지 않았을까. 자신의 소망에 스스로 뚜껑을 덮었다. 새로운 부부 형태 같은 환상에 매달리지 말고, 고작해야 머리카락을 시원하게 자르는 기분으로 뭐든지 다 벗어던지고 일찌감치 자유를 손에 넣을 것을 그랬다.

호적상으로는 흔한 옛 성으로 돌아왔지만, 이로써 더욱더 '아모 카인'으로 살아갈 수 있다. 앞으로는 뭐든지 스스로 정할 수 있다. 집도 자동차도 마음대로 할 수 있다. 작업실도 필요하면 나중 일까지 신중하게 고려해 도쿄에 사거나 빌리면 된다.

무엇보다 외출했다가 가루이자와로 돌아온 날, 집 앞에 갑자기 세워진 남편의 차를 발견하는 불쾌함과 이제 영원히 안녕이라고 생각하자, 하늘이 뻥 뚫린 듯한 해방감을 느꼈다. 자신이 얼마나 멍청하게 참아왔는지 새삼스럽게 깨달았다.

그날, 도쿄에서 이시다 산세이와의 미팅을 마친 가요코는 평소처럼 다이마루 백화점 지하에서 음식을 사고 저녁때 신칸센을 타고 돌아왔다.

한창때와 비교하면 해가 저무는 시간이 많이 빨라졌다. 오본(양력 8월 15일인 일본의 최대 명절—옮긴이) 시즌 전후로는 동네에 넘쳐났던 관광객도 줄었고, 역 승강장에 시원한 바람이 불었다.

개찰구를 빠져나오자, 찾을 것도 없이 정면 벽에 서 있었다. 그나마 작업복 차림은 아니었으나 팔짱을 끼고 떡 버티고 선 모습은 유독 눈에 띄었다. 가까이 다가가니, 햇볕에 탄 손이 다가와 짐을 받았다. 아주 잠깐, 가요코의 다리로 걱정스러운 시선을 주었다.

"그만해, 성가시게."

고개를 끄덕인 남자는 중앙 광장을 앞장서서 걸어가다가 하행 에스컬레이터 직전에서 돌아보았다.

"그러니까 말했지. 일일이 보지 말라고!"

또 끄덕이고 먼저 내려갔다. 반백의 정수리를 내려다보며 가요코는 혀를 찼다. 이 남자에게 그런 추태를 보이다니, 자신도 나이를 먹었나 보다.

수상 회견이 있던 그날 밤이었다. 돌아오는 신칸센에서 기절하듯이 의식을 놓은 가요코는 스마트폰 알람을 듣고 억지로 눈을 떠 승강장에서 개찰구까지 비틀비틀 기듯이 올라갔다. 그리고 오늘과 다르게 사카키보다 먼저 하행 에스컬레이터를 타려고 한 순간, 천장이 기우뚱 돌더니 발을 잘못 디뎠다. 몸을 비틀어가며 거의 바닥까지 굴러떨어지는 동안, 묘하게 냉정하게 각성한 의식 한편으로 모르는 누군가의 비명 소리를 들었다.

다행히 머리를 강하게 부딪치지 않았으나, 사카키에게 거의 안겨서 병원 응급실로 갔더니 발목 인대가 뚝 끊어진 상태였다. 수납하려고 로비에 앉아 기다리는데 머리 위 **TV**에서는 나오키상 고사를 다룬 뉴스가 나와서, 너무나 그림과도 같은 '설상가상'이다 싶어 웃음이 나와 곤란했다.

그 후로 어디에서 에스컬레이터를 타든, 처음 타보는 아이처럼 주춤하게 된다. 사카키가 반드시 먼저 타려고 하는 것이 또 정말, 정말이지 성가셨다.

하얀 아우디는 에스컬레이터와 제일 가까운 곳에 세워져 있었다. 뒷좌석으로 몸을 밀어 넣는 가요코를 사카키가 최대한 바라보지 않으려고 했다. 차 뒤를 빙 돌아 운전석에 탄 그가 문을 닫자 바깥 소리가 멀어졌다.

그때 길게 꼬리를 이으며 이어졌던, 들어본 적 없는 목소리가 생각났다. 공포라고도 슬픔이라고도 후회라고도 할 수 없는, 마치 짐승이 울부짖는 듯한 비명이었다.

그러고 보니 헤어질 때 남편이 물었다.

'사카키는 어떻게 하지?'

'편리하니까 그냥 둬.'

대답하자, 드물게도 다정한 얼굴로 그게 좋겠다고 말했다.

그걸 떠올리자 이번에야말로 화가 났다. 운전석 뒤에서 아프지 않은 쪽의 구둣발로 허리쯤을 있는 힘껏 걷어찼다.

"빨리 출발해!"

덜컥, 둔탁한 소리가 나도 그는 아무 말 없이 고지식하게 안전띠를 단단히 맸다. 더 화가 나서 거듭해서 걷어차려던 때였다. 스마트폰이 울렸다.

가방 바닥에서 꺼내 화면을 봤다. 모르는 개인 전화번호였다. 내키지 않는 마음으로 귀에 대자, 무섭도록 부드러운 남성의 목소리가 들렸다.

"아모 카인 씨입니까?"

단번에 누구인지 알았다. 작년 가을, 가루이자와에서 강연했던 대학교수.

"오랜만에 인사드립니다. 구와바라입니다."

그래, 구와바라 다쓰히코였다. 여유롭고 깊이 있는 목소리가 갑자기 전화를 건 실례를 사과하고 이유를 밝혔다. 실은 이번에…… 하고 구와바라가 역사 있는 문학상의 이름을 언급했다. 후보에 오른 사실을 미리 알리지 않는 상이다.

"아모 씨가 문제로 삼은 한 문장에 관해서는, 발행처의 편집부에 문의해 개정판 이후로 제대로 삭제된 것을 확인했습니다. 따라서 오늘 심사 결과는 그런 사정도 전부 고려한 것입니다. 참고로 시상식은 다음 달 말, 도쿄 호텔에서 열릴 예정입니다. 부디 출석해주실 수 있을까요? 그 전에."

잠깐 쉬었다가 구와바라가 말했다.

"이 상을 받아주시겠습니까?"

가요코는 창밖으로 시선을 주었다. 전혀 예상하지 못했던 일이라 머리가 따라가지 못했다. 로터리 건너편에 심은 단풍나무가 가로등 아래에서 화사하게 물들었다. 저곳만 완연하게 가을이다.

사카키는 아직 차를 움직이려 하지 않았다. 통화 중에 시동을 걸어도 되는지 가늠하나 보다.

"아모 씨?"

구와바라의 목소리에 가요코는 스마트폰을 꼭 움켜쥐었다.

"고맙습니다. 감사히 받겠습니다."

통화를 끊고 고개를 들자, 룸미러를 통해 사카키가 이쪽을 살피고 있었다. 전화 내용을 대충 짐작했나 보다. 눈가가 부드러웠다.

또 한번 있는 힘껏 의자를 걸어차주었다.

"빨리 출발하라니까."

가요코는 말했다.

"집에 가서 일할 거니까."

인정받고 싶은 갈망을 파고들다

나오키상은 아쿠타가와상과 더불어 현재 일본에서 가장 권위 있는 문학상이다. 상반기와 하반기 연 2회 진행되고, 그 결과는 우리나라 뉴스로도 소개되곤 한다. 지난 2025년 7월, 제173회 아쿠타가와상·나오키상 선정 위원회는 두 상 모두 '해당 작품 없음'을 발표했다. 일본 문학 번역가로서 당연히 두 상의 결과에 관심이 있기에 결과를 보고 멍해졌다. 다른 나라의 문학상에 허탈하다니 조금 이상하긴 한데, 나오키상 후보 중에 응원하던 작품도 있었고 무엇보다 이때 이 작품《프라이즈》를 번역하던 중이었다. 작품 속에서 문예춘추의 문예지《올 요미모노》편집장으로 등장하는 이시다 산세이는 수상작이 없는 결과만은 피하고 싶다고 생각한다. 바로 그 결과를, 그것도 두 상 모두 수상작이 없는 결과를 마주하니 기분이 묘했다. 나오키상을 다룬 이야기를 번역하면서 나오키상 수상작이 없는 순간을 목격한, 번역가로 살면서도 쉽게 하지 못할 경험이었다.

《프라이즈》의 핵심 인물인 아모 카인은 나오키상을 받음으로써 소설가로 인정받고 싶어 한다. 책을 내면 곧바로 베스트셀러가 되고 일본 서점 직원들이 뽑는 서점 대상까지 받은 대단한 작가인데도 오로지 나오키상을 탐한다. 대중에게 인기 있는 작가를 넘어 문단의 인정을 원한다. 그래서 후보로 넣어달라고 청탁도 하고, 결과가 탐탁지 않으면 편집자들을 괴롭힌다. 처음에는 아모 카인의 심리가 부담스러웠다. 차고 넘칠 만큼 성공한 사람이 문학상 하나에 이리 집착할 필요가 있을까. 무엇보다 편집자를 대하는 태도가 너무 별로다. 아무리 돈을 벌어주는 노다지 작가라지만 성숙한 어른이라고 할 수 없다. 초벌 번역을 완료한 단계에서도 도무지 아모 카인에게 정이 가지 않았다. 욕망 득실득실한 이야기를 따라가는 것은 재미있었는데, 한편으로 이 사람의 심리에 계속 접촉해야 하는 것이 괴로웠다. 그런데 반복해서 소설을 뜯어보고 문장 하나하나를 살피면서 차츰 그를 이해할 수 있었다.

나오키상이라는 뚜렷한 결과로 인정받기를 원하는 그는 욕망 덩어리다. 자기 욕구와 결핍에 솔직하고 바라는 바를 이루려고 노력한다. 인정을 바라는 것은 나쁘지 않다. 인정 욕구라는 말도 있듯이 인간이라면 누구나 이런 마음을 품고 살 것이다. 나 역시 번역가로서, 작가로서, 사람으로서 인정받고 싶은 마음이 들끓는다. 사회적 체면이나 자존심, 예의범절 등으로 적절히 가릴 뿐이다. 노골적으로 드러내면 부끄러우니까. 한데 아모 카인은 그러지 않는다. 성취를 위해 자신의 전부를 바친다. 과연 나는 무언가에 이렇게까지 열정을 쏟아부으며 몰입할 수 있을까. 불가능할 것 같다. 그 모습에 존경심을 품자, 아모 카인이라는 작가를 응원하고 싶어졌다.

작가 무라야마 유카는 한 인터뷰에서 '문학상을 갈망하는 작가를 주인공으로 삼은 이유는, 과거 내가 그런 감정을 품었기 때문'이라고 밝혔다. 문학상 수상 자체를 넘어 작가로서 인정받고 싶은 것이 오랜 세월 작가 내면의 욕구였다고 한다. 2003년에 나오키상을 수상했고(수상작은 《별을 담은 배》(김난주 옮김, 예문사, 2014)), 이후로도 시바타 렌자부로상과 요시카와 에이지 문학상 등 여러 문학상 수상 경력이 있는 작가에게도 이런 욕구가 있다. 이렇듯 《프라이즈》는 자기 욕구를 솔직히 들여다보는 것에서 출발해 인간 심리를 꿰뚫고, 본인이 활동하는 출판계라는 세계를 해부하듯 그려낸 작품이다.

출판계를 다룬 만큼 작품 속 여러 인물에게 실존 모델이 있다. 이 사람이 누구라고 정확하게 명시되진 않지만, 이시다 산세이는 실제 문예춘추에서 근무하는 이시이 잇세이가 모델이고 나오키상 심사 위원인 미나가타 겐조는 기타카타 겐조일 것이다. 가루이자와 거주 작가로 이름이 언급되는 후지모토 요시나카와 고이즈미 마리코 부부는 후지타 요시나가와 고이케 마리코 부부일 수밖에 없고, 미야노 유키미의 이름을 봤을 때는 웃음이 터졌다. 딱 봐도 미야베 미유키가 떠오르지 않는가. 이렇듯 일본 문학에 흥미가 있다면 읽다가 웃음이 터지는 요소가 가득한 작품이다. 또 포인트를 세세하게 모르더라도 특정 업계의 현실을 엿보는 것은 짜릿한 경험이다. 픽션이므로 과장한 연출도 있겠지만 남의 업장 이야기는 재미있지 않은가. 이런 즐거움을 우리나라 독자에게 잘 전달할 수 있다면 번역가로서 기쁠 것이다.

이소담

그렇다. 소설가를 포함해 문학출판계 종사자에게도 아주 속물적인 욕망들이 있다. 그 욕망을 이루기 위해 속물적인 시도도 벌인다. 그런 게 없는 척, 그러지 않는 척할 뿐.

그렇다. 이 소설 엄청 센세이셔널하다. 당신이 보고 싶었던 바로 그것, 시스템의 뒷면과 고상한 척하는 출판업계 종사자들의 시시하고 옹졸한 내면을 아주 적나라하게 보여준다.

그렇지 않다. 소재가 전부인 소설 절대 아니다. 냉소와 조롱만 가득한 소설 아니다. 억지 감동을 짜내거나 설교를 늘어놓는 지루한 소설 결코 아니다. 불꽃 튀는 서스펜스물이다. 결함 있는 인간을 이해하게 만들고 그 인간이 한 단계 성장하는 모습을 설득력 있게 보여주는 품격 있는 드라마다. 당신이 추구하는 것에 대해 그것을 왜 좋는지, 얼마나 치열한 자세인지 묻는 서늘한 우화고 교훈극이다. 아, 일하는 사람들 사이에서 세대를 뛰어넘는 우정이 어떻게 가능한지, 직업윤리와 기세가 어떻게 이어지는지에 관해서도 이야기한다. 부끄러운 마음으로 책 절반을 넘기고 부러운 마음으로 뒷부분 절반을 넘긴 뒤 감동해서 책장을 덮었다.

장강명(소설가)

《프라이즈》에 등장하는 출판 용어

가제본 임시로 제작한 책 견본. 출간 전 홍보를 위해 언론, 서점 등에 배포한다.

간지 건조되지 않은 인쇄면이 다른 면에 붙어 잉크가 묻지 않도록 사이에 끼우는 종이.

교정·교열 교정은 출판물의 글자나 글귀가 바른지 검토하는 일로 주로 오탈자, 띄어쓰기, 맞춤법, 표기 등 최소한의 오류를 살핀다. 교열은 문장을 바로잡아 고치며 검열하는 일로 교정에 비해 다듬는 일에 가깝다. 일본은 전반적인 편집 업무를 담당하는 편집자와 교열자가 분리된 경우가 많으며 교열자가 교정·교열을 완료한 교정지를 편집자가 확인해 작가에게 넘긴다.
조판(원고의 순서, 행수, 자간, 행간, 위치 등을 맞추어 짜는 일) 후 처음 보는 교정을 초고, 그다음으로 보는 교정을 재교라고 하며 교정을 끝냈을 때는 교료, 완교 등으로 쓴다.

면지 책의 앞뒤 표지 안쪽에 있는 종이를 말한다. 주로 색지를 사용한다.

배본 서점 등에 책을 배달함.

색상 교정 인쇄물에서 색상이 실제와 다르게 표현될 때, 의도한 색상에 가깝도록 수정하는 작업.

아마존 책, 생활용품, 의류, 식품 등을 취급하는 온라인 종합 쇼핑몰. 일본에서는 가장 규모가 큰 온라인 서점의 역할을 하고 있다.

인세 계약에 의하여 저작물을 발행할 때 판매하는 측에서 판권 소유자인 저작자에게 저작물이 팔리는 수량에 따라 일정한 비율로 지급하는 돈. 도서 인세의 경우 주로 출판사에서 작가에게 치르는 돈을 말한다. 잡지, 신문 등 매체 게재를 목적으로 일시 지급하는 연재료와는 별개로, 단행본 출간 계약에 따른 대가다.

입고 원고를 인쇄소나 편집부에 넘김.

재단 종이를 치수에 맞추어 자르는 일.

접지 인쇄된 종이를 제본하기 위해 페이지 순서대로 접음. 일반적으로 전지에 여러 페이지를 인쇄하기 때문에 재단하기 전 접지 과정이 필요하다.

제본 낱장으로 된 원고를 차례에 따라 묶고 표지를 붙여 한 권의 책으로 만드는 일. 국립국어원에서는 '책매기'를 대체어로 권한다.
주로 실 또는 철사를 사용하거나(양장, 하드커버, 사철, 중철 등) 접착제(무선, 소프트커버, 문고본, 페이퍼백 등)를 사용한다. 일본을 포함한 해외에서는 하드커버 단행본으로 출간한 책을 일정 시간이 지난 뒤 소프트커버, 즉 문고본으로 만들어 저렴하게 판매한다.

제판 인쇄판을 만드는 일. 인쇄판이란 인쇄할 내용을 인쇄기에 부착하기 위해 만든 알루미늄 판을 말한다. 이전에는 편집이 완료된 데이터를 필름으로 출력하여 인쇄판을 제작하였으나 최근 CTP 인쇄가 도입되어 필름 출력 과정이 생략되었다. 요즘 '필름을 확인한다'라고 하면 통상 편집 데이터로 만든 인쇄판을 확인한다는 의미로 이해할 수 있다.

중쇄·중판 책을 추가로 인쇄하는 일. 쇄는 인쇄한 횟수를 나타낸다. 국내에서는 단순 오탈자 교정을 제외하고 내용에 변화 없이 그대로 인쇄하는 경우를 중쇄 또는 증쇄, 재쇄라고 말하고, 내용이 변경되어 인쇄판을 새로 제작하여 판이 바뀌었을 경우(개정판, 신판, 증보판 등이 있다) 중판, 증판, 재판이라 구분하지만, 일본에서는 중쇄와 중판을 포함하여 일반적으로 중판, 증판이라 부른다.

초판 책이 처음 제작된 판본. 책의 내용이 변경되어 2판, 개정판 등이 발행되기 전까지는 모두 엄격하게 초판이지만, 일반적으로 '초판 부수'를 말할 때의 초판은 초판 1쇄의 인쇄 수량을 가리킨다.

프라이즈

초판 1쇄 인쇄 2025년 12월 11일
초판 1쇄 발행 2025년 12월 22일

지은이 무라야마 유카
옮긴이 이소담
펴낸이 최순영

출판2 본부장 박태근
스토리 팀장 김소연
편집 곽선희
디자인 정명희

펴낸곳 ㈜위즈덤하우스　**출판등록** 2000년 5월 23일 제13-1071호
주소 서울특별시 마포구 양화로 19 합정오피스빌딩 17층
전화 02) 2179-5600　**홈페이지** www.wisdomhouse.co.kr

ISBN 979-11-7591-014-0 03830